Enfant secret

LYNNE GRAHAM

Le secret d'Erin

SHARON KENDRICK

Le secret de Justina

HEIDI RICE

Le secret de Juno

Titres originaux :
Premier titre : THE SECRETS SHE CARRIED
Deuxième titre : A SCANDAL, A SECRET, A BABY
Troisième titre : PUBLIC AFFAIR, SECRETLY EXPECTING

Ces titres ont déjà été publiés en 2013.

HARPERCOLLINS FRANCE
83-85, boulevard Vincent-Auriol, 75646 PARIS CEDEX 13
Service Lectrices — Tél. : 01 45 82 47 47

www.harlequin.fr

ISBN 978-2-2803-6705-9

LYNNE GRAHAM

Le secret d'Erin

Traduction française de
LOUISE LAMBERSON

HARLEQUIN

Chapitre 1

Cristo s'ordonna de se ressaisir. Il était resté de longues secondes abasourdi devant le dossier du Stanwick Hall Hotel Group, qu'il venait d'ouvrir sur son bureau.

« Allez, se dit-il, tu es Cristophe Donakis, tu en as vu d'autres ! »

Pourtant, la photo qu'il avait sous les yeux l'ébranlait, lui habituellement peu impressionnable. A trente ans, les années passées à développer ses affaires — qui l'avaient rendu milliardaire — avaient développé chez lui un cynisme à toute épreuve, surtout dans ses relations avec les femmes. Après une liaison dont le souvenir lui laissait encore un goût amer, son bref mariage avait abouti à un échec cuisant. Pourtant, il s'y était engagé avec les meilleures intentions du monde...

Cristo baissa de nouveau les yeux sur le beau visage d'Erin Turner, Vénus miniature aux cheveux clairs et aux yeux couleur d'améthyste. Il serra les mâchoires. Erin occupait une place bien à part dans sa mémoire : non seulement elle était la seule femme à l'avoir jamais trompé mais, alors que trois années avaient passé depuis

leur dernière rencontre, le souvenir de sa trahison gardait encore le pouvoir de le blesser au vif.

Sur le cliché, l'air parfaitement à l'aise, son ancienne maîtresse souriait au bras de Sam Morton, le propriétaire du Stanwick Hall Hotel Group. Vêtue d'un tailleur sombre à la fois sobre et élégant, sa chevelure luxuriante retenue par un clip, elle lui parut fort différente de la jeune femme décontractée qu'il avait connue autrefois.

Une tension soudaine s'empara de Cristo tandis qu'il se rappelait son corps mince, avant littéralement de *sentir* sa peau soyeuse sous ses doigts. Il se força à respirer calmement, déterminé à réprimer la réaction instantanée de sa libido.

Il n'avait hélas jamais rencontré de femme qui parvienne à lui faire oublier Erin...

Ce désir fou avait peut-être joué un rôle dans la fin de leur liaison. En véritable drogué du travail, il l'avait laissée seule durant des semaines pendant qu'il voyageait à l'étranger pour ses affaires. Si elle avait accepté de l'accompagner, rien ne serait jamais arrivé. Mais à ce moment-là, aveuglé par son désir — et par son orgueil, reconnut-il en son for intérieur —, il n'avait pas pensé un seul instant qu'elle puisse avoir de sordides raisons de préférer rester à Londres.

En marmonnant un juron, il se concentra sur Sam Morton. Agé d'une bonne soixantaine d'années, celui-ci ne pouvait dissimuler son attitude possessive envers la directrice de son spa : arborant un sourire fier, il lui avait passé un bras autour de la taille. Cristo frappa du poing sur son bureau. Une fois de plus, Erin Turner avait usé de ses charmes ! S'en prenait-elle aussi à l'argent de Morton ?

Quand il avait découvert qu'elle le trompait, Cristo

l'avait aussitôt quittée ; mais cet acte vengeur n'avait pas suffi à apaiser l'amertume causée par son infidélité. Et lorsque, peu après, il avait constaté qu'en plus, elle l'avait arnaqué, son amertume s'était transformée en dégoût et en colère. Dire qu'il lui faisait à l'époque totalement confiance, commençant même à songer qu'elle ferait une merveilleuse épouse !

Le soir où il était entré dans sa chambre et avait trouvé ce type dans son lit, puis vu les verres abandonnés, la bouteille de vin vide et les vêtements épars sur le tapis, Cristo avait senti le sol basculer sous ses pieds.

Ensuite, il avait commis la plus grande erreur de sa vie et pris une décision qui avait eu des conséquences désastreuses.

Cependant, avec le recul, il comprenait exactement pourquoi il avait agi ainsi, même s'il ne s'était pas encore pardonné ce fatal faux pas. Pinçant les lèvres à ce souvenir, Cristo examina avec attention la photo d'Erin. Aussi belle qu'autrefois, la jeune femme cherchait probablement le meilleur moyen de plumer ce pauvre Morton, qui devait vénérer le moindre endroit où elle posait son pied délicat…

Malheureusement pour Erin Turner, Cristo détenait à présent le pouvoir de compromettre sérieusement ses petites machinations. En effet, il doutait fort que Sam Morton, réputé pour ses vues conservatrices et son attachement à une morale irréprochable, soit au courant de la liaison qu'il avait vécue avec Erin. Comment cet homme respectable aurait-il pu soupçonner que derrière cet adorable minois se cachait une garce et une vulgaire voleuse ?

La sinistre réalité avait fondu sur Cristo quelques semaines à peine après la fin de leur histoire. A ce moment-là, un audit avait révélé de graves irrégularités dans les comptes

du centre de balnéothérapie dont il avait confié la direction à Erin. Des produits de valeur avaient disparu, des factures avaient été falsifiées, des emplois fictifs inventés dans le but de toucher des salaires correspondant à des postes inexistants. Seule Erin avait pu commettre ces vols et réaliser ces faux en écriture. De plus, une employée digne de confiance, l'assistante d'Erin, avait reconnu avoir vu sa directrice subtiliser des produits dans la boutique du complexe.

En tout, les différents larcins d'Erin Turner s'élevaient à plusieurs milliers de livres sterling. S'il ne l'avait pas traînée devant la justice, c'était parce qu'il était trop fier pour révéler que sa maîtresse était une aventurière, à laquelle de surcroît il avait confié un poste important au sein du fleuron de son groupe hôtelier.

Comme lui avant ses mésaventures, Morton ignorait les ressources cachées de cette femme en apparence si douce, si honnête. Il ne savait pas que le jour de l'anniversaire de Cristo, elle était venue l'attendre à l'aéroport, complètement nue sous son manteau, puis qu'à peine installée dans sa limousine, elle s'était rapidement débarrassée de cet unique vêtement…

Criait-elle le prénom de Morton quand elle s'abandonnait dans ses bras ? se demanda-t-il subitement. C'était lui-même qui lui avait appris les raffinements de l'amour. Cette pensée ranima sa fureur.

Troublé de constater que les souvenirs de cette période étaient restés aussi vivaces, il se versa un whisky, tout en tempérant l'ardeur de ses réactions. Il était hors de question qu'il perde son temps à s'appesantir sur le passé. Erin continuait à user de ses atouts délectables pour faire avancer sa carrière, et alors ? Et puis, d'où tenait-il que

Sam Morton était trop naïf pour avoir compris son petit manège ? Comme beaucoup de ses pairs, il estimait peut-être que coucher avec elle valait bien de tels compromis.

Cristo fut forcé d'admettre que, vu sous cet angle, il n'était pas différent de la majorité de la gent masculine. Et qu'il pourrait bien retomber dans le piège, s'il en croyait la réaction enthousiaste de sa virilité à cette perspective. Il pourrait même *savourer* de telles retrouvailles…

Que faisait Erin avec un homme plus que mûr et aussi conventionnel ? se demanda-t-il en parcourant le dossier.

Il découvrit bientôt la réponse : Sam Morton était veuf. L'ambition de la jeune femme ne faisait pas l'ombre d'un doute : elle briguait de devenir la seconde Mme Morton.

Comment avait-il pu lui-même, à l'époque, se montrer naïf à ce point ? Certes, aucune des femmes qu'il avait connues avant elle n'était arrivée à la cheville d'Erin Turner, mais cela n'excusait pas son aveuglement. Pire, depuis leur séparation, il n'avait jamais réussi à l'oublier : son ancienne maîtresse le hantait en permanence, même lorsqu'il s'était cru libéré de son influence pernicieuse.

Il était temps qu'il se débarrasse de ce bagage encombrant une fois pour toutes, avant de passer enfin à autre chose.

Désormais, Cristo savait à quoi s'en tenir sur Erin. Il ne devait pas se fier à sa mémoire, car elle embellissait le souvenir de leur liaison. Mais à la lumière crue de la réalité, ses fantasmes s'évanouiraient vite. Il allait détruire le mythe : en revoyant Erin une dernière fois, il se débarrasserait d'elle. Pour toujours.

Un sourire dur se forma sur ses lèvres tandis qu'il imaginait le désarroi de la jeune femme lorsqu'elle le verrait resurgir dans sa vie à l'improviste.

Il balaya d'un battement de cils les possibles conséquences

de sa décision et, n'obéissant qu'au mélange d'excitation et de défi qui électrisait son corps, il souleva le téléphone.

Quelques secondes plus tard, Cristo informait son directeur financier qu'ils passaient à la phase suivante des négociations avec le propriétaire du Stanwick Hall Hotel Group.

— Qu'en pensez-vous ? demanda Sam. Vous aviez besoin d'une nouvelle voiture : eh bien, la voici !

Erin contempla avec stupéfaction le coupé BMW gris métallisé garé à quelques pas.

— Elle est belle, mais...

— Mais rien ! l'interrompit-il avec impatience.

A peine plus grand qu'elle, Sam était un homme raffiné, dont les épais cheveux blancs faisaient ressortir le teint hâlé et les yeux d'un bleu profond.

— Vous occupez un poste important chez Stanwick, Erin. Vous avez besoin d'une voiture à la hauteur de votre position sociale.

— Mais pas d'un modèle aussi luxueux, protesta-t-elle.

En réalité, Erin se sentait très mal à l'aise. Que diraient ses collègues en la voyant arriver au spa dans un tel véhicule ? Il devait coûter plusieurs années de son salaire !

— Sam, c'est trop...

— Pas pour la meilleure de mes employées. C'est vous qui m'avez appris l'importance de l'image, non ?

— Je ne peux pas accepter.

— Vous n'avez pas le choix, répliqua-t-il avec son habituelle bonne humeur.

Il lui glissa un trousseau de clés dans la main.

— De toute façon, votre vieille Fiesta a disparu. Vous n'avez plus qu'à me dire merci.

Erin contempla les clés en plissant le front.

— Merci, Sam. Mais c'est…

— Rien n'est trop bon pour vous, coupa-t-il avec un sourire en coin. Regardez l'évolution des chiffres du spa depuis que vous en avez repris la direction. Vous valez dix fois ce que cette voiture m'a coûté, alors n'en parlons plus, voulez-vous ?

— Sam…, soupira Erin tandis qu'il lui reprenait les clés des mains.

Après s'être dirigé vers la BMW, il tendit le bip électronique vers la serrure de la portière.

— Emmenez-moi faire un essai. Je n'ai rien de prévu jusqu'à mon grand rendez-vous de cet après-midi !

— Quel grand rendez-vous ? demanda Erin en s'installant au volant, sur un confortable siège en cuir bordeaux.

— Je persiste dans mon plan de retraite, confia-t-il d'un ton malicieux.

Quelques instants plus tard, la BMW franchissait le porche et s'engageait sur l'allée longeant les somptueux jardins.

Erin s'empêcha de lever les yeux au ciel. Sam parlait toujours de vendre ses trois manoirs-hôtels, mais il ne s'agissait que d'un *projet* et non d'un plan réel susceptible d'aboutir. A soixante-deux ans, son patron débordait encore d'une belle énergie. Veuf depuis plus de vingt ans et sans enfants, il avait consacré presque toute sa vie à son florissant groupe hôtelier.

Trente minutes plus tard, elle le déposait devant son club de golf, où il allait rejoindre des amis pour déjeuner. Sam l'avait invitée à se joindre à eux, mais Erin avait décliné son offre, préférant retourner travailler.

Une fois à Stanwick Hall, elle passa par le bureau de Janice, la secrétaire de Sam.

— As-tu vu ma voiture ? demanda-t-elle en entrant.

— Je suis allée la choisir avec lui au show-room. Tu es contente ?

— Et tu n'as pas essayé de le dissuader d'acheter un modèle aussi luxueux ?

— En ce moment, Sam traverse une phase où il a envie de claquer son argent, expliqua Janice. T'acheter une voiture lui a offert un bon prétexte. Pourquoi aurais-tu voulu que je perde mon temps à essayer de lui faire changer d'avis ? Quand Sam a une idée en tête… Considère son geste comme un bonus destiné à te récompenser : tu as fait venir beaucoup de nouveaux clients depuis que tu réorganisé les spas. De toute façon, tu as dû remarquer qu'en ce moment, Sam prend toutes sortes de décisions…

— Comment ça ? demanda Erin, intriguée.

— Il est imprévisible et ne tient pas en place, soupira Janice. Cette fois, je crois qu'il a vraiment l'intention de se retirer et de vendre.

Erin resta silencieuse. Depuis deux ans qu'elle travaillait à Stanwick Hall, plusieurs acheteurs potentiels s'étaient présentés, avant de repartir sans jamais donner de suite.

— Tu le penses vraiment ? Cela signifie que nous allons peut-être nous retrouver au chômage le mois prochain.

— Je peux te rassurer tout de suite : en cas de changement de propriétaire, le droit garantit le maintien de l'emploi au personnel. Je le sais parce que Sam l'a vérifié — c'est la première fois qu'il est allé aussi loin dans le processus.

A la fois soulagée et incrédule, Erin se laissa tomber sur une chaise.

— Je ne me doutais pas du tout qu'il envisageait sérieusement de vendre…

— Son soixantième anniversaire lui a porté un coup. Depuis, il répète de temps en temps qu'il se trouve à un tournant de sa vie. Il est en bonne santé, fortuné, alors il veut se réserver la possibilité d'en profiter, dit tranquillement Janice. Je le comprends : au plus loin que remontent mes souvenirs, il n'a vécu que pour ses hôtels.

— C'est vrai, approuva Erin. Mis à part ses parties de golf, il travaille tout le temps.

— Fais attention, Erin, murmura Janice en l'observant d'un air soudain grave. Sam t'aime beaucoup. J'avais toujours pensé qu'il te considérait comme la fille qu'il n'avait jamais eue mais, récemment, je me suis demandé si son intérêt pour toi n'était pas plus ambigu…

Déconcertée par la franchise de sa collègue, dont elle respectait l'opinion, Erin soutint son regard sérieux. Brusquement, elle ne put s'empêcher d'éclater de rire.

— J'ai vraiment du mal à imaginer Sam en train de se lancer dans une entreprise de séduction pour me conquérir !

— Ecoute-moi, insista Janice. Tu es une belle femme et les belles femmes inspirent rarement des sentiments purement platoniques aux hommes. Sam est seul, il t'apprécie et admire la façon dont tu as reconstruit ta vie. Qui sait s'il n'a pas développé un intérêt… personnel envers toi ?

— Mais… qu'est-ce qui te fait penser une chose pareille ? Je ne comprends pas !

— Eh bien, la façon dont il te regarde parfois. Tu n'as pas remarqué qu'il profite souvent du moindre prétexte pour aller te parler ? La dernière fois que tu étais en congé, il errait comme une âme en peine, je t'assure !

D'habitude, Erin accordait beaucoup de crédit aux avis

de Janice qui, à quarante-cinq ans, était de beaucoup son aînée. Sur ce sujet précis pourtant, elle était convaincue que la secrétaire de Sam se fourvoyait complètement.

Erin se targuait de bien connaître son patron ; s'il avait nourri des sentiments particuliers à son égard, elle l'aurait forcément remarqué. Jamais il n'avait flirté avec elle, ni montré qu'il s'intéressait à elle autrement que comme à une employée de valeur et de confiance.

— Je crois que tu te trompes, et j'espère que personne d'autre ne partage ton avis.

— Cette voiture va faire jaser, fit remarquer Janice avec une petite moue. Tu dois bien t'y attendre...

Soudain mal à l'aise, Erin ressentit le besoin de mettre un terme à cette conversation embarrassante. Elle estimait et appréciait beaucoup Sam, notamment pour ses principes solides et sa rectitude morale. Le simple fait de parler de lui comme d'un homme lambda, qui aurait pu avoir des vues sur elle, l'incommodait terriblement. Non seulement il lui avait accordé sa confiance en l'embauchant, mais, depuis qu'elle travaillait pour lui, il l'avait toujours soutenue, en toutes circonstances.

Que deviendrait-elle si Sam vendait le groupe à un étranger ? Le nouveau propriétaire se montrerait désireux d'embaucher son propre personnel, même s'il se voyait légalement forcé d'attendre avant de passer à l'acte. A la simple pensée de se retrouver sans emploi, une crainte horrible lui noua le ventre. Elle n'était pas seule, de lourdes responsabilités pesaient sur ses épaules...

— Je ferais mieux d'y aller, dit-elle en se dirigeant vers la porte. Owen doit faire passer un entretien à des thérapeutes cet après-midi. Je ne voudrais pas le faire attendre.

*
* *

Après avoir garé son nouveau véhicule sur le parking du Black's Inn, Erin resta quelques instants immobile, contemplant l'élégant hôtel de style géorgien entièrement rénové, récemment doté d'un spa. En cas de perte d'emploi, ses modestes économies ne suffiraient pas à couvrir ses dépenses bien longtemps, songea-t-elle avec anxiété.

Lorsqu'elle s'était retrouvée avec les deux jumeaux, Lorcan et Nuala, sa mère avait été horrifiée de voir le gâchis qu'était devenu l'avenir prometteur de sa fille.

En réalité, Erin avait fait le mauvais choix, tombant amoureuse d'un milliardaire et oubliant les dures leçons apprises durant son enfance et son adolescence.

Elle avait grandi dans un foyer pauvre, entendant son père répéter sans cesse qu'il allait faire fortune — fortune qui n'était jamais venue. Pire, il avait gaspillé à maintes reprises l'argent du ménage dans des projets insensés, plongeant toute la famille dans un gouffre de dettes. Lorsque, à dix ans, Erin avait vu sa pauvre mère sans diplômes s'échiner à faire des boulots minables pour maintenir le foyer à flot, elle avait compris que son père n'était qu'un rêveur, bouillonnant d'idées géniales mais totalement dépourvu de la rigueur qui lui aurait permis de les concrétiser.

Le pauvre… Il était mort dans un accident de train alors qu'elle venait d'avoir douze ans ; à partir de ce jour, la vie était devenue encore plus chaotique à la maison.

Erin avait ainsi appris très tôt qu'il valait mieux compter sur soi-même pour subvenir à ses besoins. Aussi avait-elle travaillé avec acharnement pour suivre un parcours scolaire exemplaire, sans écouter ceux qui la traitaient de ringarde, avant de poursuivre ses études à l'université. Pourtant, sa

mère s'était alors opposée à son désir, lui répétant qu'elle avait tort, qu'elle devrait plutôt chercher un emploi tout de suite et gagner sa vie.

Mais Erin avait tenu bon, sans même s'autoriser le moindre petit ami, afin de ne pas s'écarter de son objectif. Sa ténacité s'était vue récompensée car elle était sortie de l'université auréolée d'un diplôme de haut niveau en gestion des affaires. Pour financer ses études, elle avait donné des cours particuliers, développant ainsi une expérience pratique qui, pensait-elle alors, ne pourrait que l'aider dans le secteur des services.

Elle ouvrit la portière en soupirant. Tant de choses s'étaient passées depuis cette époque…

Quand elle revint du Black's Inn dans l'après-midi, la réceptionniste du Stanwick l'informa que Sam désirait la voir dès son arrivée. Se rendant compte qu'après la fin des entretiens, elle avait oublié de rallumer son portable, Erin alla frapper à la porte du bureau de Sam. Puis elle entra sans attendre, comme d'habitude.

— Ah, Erin, vous voici enfin ! Où étiez-vous donc passée ? dit Sam avec un brin d'impatience dans la voix. Je voudrais vous présenter à quelqu'un.

— Excusez-moi, j'avais oublié de vous rappeler que je devais aller faire passer des entretiens avec Owen au Black's, expliqua-t-elle en lui adressant un sourire d'excuse.

A cet instant, un mouvement attira son attention, du côté de la fenêtre. Tournant la tête, Erin vit une haute silhouette masculine se détacher de l'ombre. Elle se figea, comme si un rempart de glace s'était soudain dressé autour d'elle, la retenant prisonnière.

— Mademoiselle Turner ? J'étais impatient de faire

votre connaissance. Sam Morton ne tarit pas d'éloges à votre sujet.

Erin tressaillit violemment. Elle aurait reconnu cette voix grave nuancée d'un léger accent, à la fois mélodieuse et impérieuse, entre mille, n'importe où... Elle était aussi inoubliable que son propriétaire.

— Je vous présente...

— Cristophe Donakis, fit-il en coupant Sam.

Il tendit sa main fine et bronzée vers elle, comme s'il la rencontrait pour la première fois.

Elle contempla son beau visage d'ange ténébreux avec stupeur. Comment pouvait-il se trouver là, devant elle ? Elle le détailla : ses cheveux noirs bouclés coupés court, ses sourcils d'ébène surmontant de stupéfiants yeux sombres, qui pouvaient devenir aussi dorés que le soleil, ses hautes pommettes sculptées et cette bouche au dessin sensuel, qui était la tentation même...

Le passage des ans n'avait laissé aucune trace sur les traits virils de Cristo. Il avait gardé intacte sa somptueuse beauté. En l'espace d'une seconde, Erin eut l'impression de remonter le cours du temps Une chaleur délicieuse courut dans le creux de ses reins, telle qu'elle n'en avait pas ressenti depuis des années.

— Enchantée, monsieur Donakis, dit-elle d'une voix tendue en redressant le menton.

Puis elle retira sa main après avoir à peine effleuré la sienne. Ainsi, le *grand rendez-vous* de Sam, c'était Cristo ? Luttant pour dissimuler ses émotions, Erin sentit un tremblement irrépressible s'emparer de ses genoux, tandis que des images troublantes jaillissaient dans son esprit.

Tour à tour, elle revit Cristo souriant d'un air triomphal après l'avoir enfin battue dans la piscine, Cristo lui

apportant le petit déjeuner au lit et la nourrissant de grains de raisin un par un, ses longs doigts bruns lui caressant les lèvres chaque fois, Cristo lui faisant l'amour le jour et la nuit...

— Appelez-moi Cristo, je vous en prie, murmura-t-il avec un léger sourire.

Elle comprit qu'il avait su qu'elle travaillait pour Sam, aussi avait-il eu le temps de se préparer à cette rencontre. Tandis qu'elle...

Etait-il l'éventuel acquéreur du groupe hôtelier de Sam ? Comme il possédait déjà un hôtel international de luxe et un vaste empire de complexes de loisirs, il était tout à fait possible qu'il désire y ajouter les trois prestigieux établissements.

— Erin, j'aimerais que vous fassiez visiter le spa du Stanwick à Cristo, ainsi que les deux autres. C'est à ces installations qu'il s'intéresse en particulier. Vous pouvez lui donner les derniers chiffres.

Sam se tourna vers lui avant d'ajouter :

— Croyez-moi, le cerveau d'Erin est un vrai ordinateur !

Elle se sentit rougir.

— Belle *et* intelligente, je suis impressionné..., répliqua Cristo en la regardant droit dans les yeux.

Dans les siens, Erin vit briller une lueur presque menaçante. Aussitôt, le vide se fit dans son esprit tandis qu'un froid glacial la pénétrait jusqu'aux os.

— Je pensais que le groupe Donakis était spécialisé dans l'hôtellerie en milieu urbain, fit-elle remarquer d'une voix crispée.

— Notre clientèle apprécie aussi les échappées à la campagne, répliqua Cristo d'une voix suave. Et dans toute entreprise, il y a toujours la possibilité d'une expansion

dans une nouvelle direction. Je veux offrir un éventail de choix plus large à mes clients, afin qu'ils n'aient plus besoin de fréquenter mes rivaux.

— La clientèle de ce type d'établissement a beaucoup changé, rétorqua Erin. Ce qui était autrefois un luxe est maintenant considéré comme indispensable.

Sam lui adressa un sourire approbateur.

— Vous me surprenez, dit Cristo, légèrement ironique. Je n'ai jamais fréquenté un spa de ma vie.

— Pourtant, vos ongles sont impeccables.

Cette fois, Sam lui décocha un regard teinté d'un léger effroi.

— Vous êtes très observatrice, murmura Cristo avec un léger sourire.

— Je me dois de l'être : un tiers de nos hôtes sont des hommes, laissa-t-elle tomber d'un ton faussement détaché.

Chapitre 2

Erin conduisit Cristo à l'espace fitness communiquant avec le spa.

— Tu ne peux pas racheter le groupe de Sam, dit-elle entre ses dents. Je ne veux plus travailler pour toi.

— Ne t'inquiète pas : je ne désire pas que tu fasses de nouveau partie de mes employés, répliqua-t-il aussitôt.

Elle frissonna. S'il devenait le propriétaire des hôtels Stanwick Hall, elle se retrouverait sans emploi dès que Cristo pourrait se débarrasser légalement du personnel encombrant. Pourtant, si cette perspective la glaçait, elle fut envahie par une vague de chaleur soudaine.

Pourquoi réagissait-elle ainsi dès qu'elle se trouvait à proximité de Cristophe Donakis ?

Elle l'observa à la dérobée. Dans ce costume gris anthracite aux fines rayures blanches, qui mettait en valeur son corps mince et musclé, il dégageait un charisme et une sensualité à couper le souffle. Erin se força à réprimer son trouble et redressa le menton.

— Je ne m'attendais pas à trouver une salle de musculation ici, remarqua Cristo en contemplant les équipements.

Des pensionnaires s'exerçaient sur les différents appareils,

le corps luisant de sueur, tandis que derrière la séparation vitrée, deux hommes soulevaient des haltères.

Cristo se tourna vers Erin, à l'instant où elle passait le bout de sa langue rose sur ses lèvres. Celles-ci portaient une simple couche de gloss couleur pêche, qui renforçait la sensualité de sa bouche naturellement pulpeuse. Il imagina ces lèvres en train de glisser sur sa peau, avant de chasser aussitôt cette divagation déplacée de son esprit.

— La salle de musculation complète parfaitement le spa, dit-elle en s'avançant dans l'espace lumineux. Nos hôtes y viennent pour s'entraîner et suivre des cours, ou encore se faire masser. Ils peuvent également opter pour un soin de beauté, avant de repartir en pleine forme.

Tout en parlant, elle lui désignait les différents espaces.

— Nous nous efforçons de leur offrir le meilleur service au juste prix. Les résultats parlent d'eux-mêmes, comme tu as pu le constater tout à l'heure.

— Et combien prélèves-tu au passage, en récompense de tes brillantes idées ? demanda-t-il d'une voix douce.

Il nota que son front se plissait, tandis qu'un éclair traversait ses yeux violets.

— Je ne touche aucune commission en plus de mon salaire.

— Ce n'est pas à cela que je faisais allusion, tu le sais bien. Bon, j'ai assez vu les lieux : allons au Black's, maintenant. Puis nous passerons jeter un coup d'œil au dernier hôtel avant le dîner.

Quand il la vit se diriger vers une superbe BMW flambant neuve, Cristo se demanda comment Erin avait pu se l'offrir, sans toucher *aucune commission en plus de son salaire...*

— Je t'emmène, dit-il en s'avançant vers sa Bugatti.

— Je préfère te suivre dans ma voiture, comme ça je pourrai rentrer directement chez moi et tu n'auras pas besoin de faire de détour pour me déposer.

— Non, répliqua-t-il d'un ton sans appel. Je t'emmène : nous devons discuter affaires.

Erin ne désirait discuter de *rien* avec lui. Sans compter qu'elle ne souhaitait pas qu'il vienne traîner aux abords de la maison qu'elle partageait avec sa mère. Mais, en tant que bras droit de Sam, elle était obligée d'accepter la proposition de Cristophe Donakis. Aussi sortit-elle son portable de son sac pour prévenir Owen de leur visite. Puis elle monta dans la luxueuse voiture de sport, en dissimulant sa réticence sous un air faussement décontracté.

Du coin de l'œil, Cristo la regarda serrer les mains sur ses genoux. Elle se réfugiait dans le silence, adoptant une attitude calme et concentrée comme chaque fois qu'elle se sentait déstabilisée. Réprimant un sourire sarcastique, il appuya sur l'accélérateur après avoir quitté l'allée. Une impression de vulnérabilité émanait d'Erin, comme si elle avait besoin de protection masculine — alors qu'en réalité, elle savait très bien se débrouiller seule. Autrefois, il avait apprécié son désir d'indépendance et la façon dont elle le surprenait. Comme la plupart des hommes, il préférait les femmes audacieuses et autonomes aux crampons.

Cependant, il savait maintenant à quoi s'en tenir sur la prétendue indépendance d'Erin Turner. Quant aux surprises qu'elle lui avait réservées autrefois, il s'en serait volontiers passé !

— Tout à l'heure, tu as insinué que je pourrais avoir une attitude… peu scrupuleuse vis-à-vis de mon employeur. Je n'apprécie pas beaucoup…

— Je m'en doutais, fit-il d'une voix onctueuse.

Un frisson parcourut Erin.

— A quoi faisais-tu allusion ?

— Qu'en penses-tu ?

— Pas de ce petit jeu avec moi, répliqua-t-elle sèchement.

Les effluves de son eau de toilette raffinée lui titillaient les narines. Ils étaient si familiers. L'*odeur* de Cristo était si douloureusement familière, ressuscitant tant de souvenirs…

Au cours de leur liaison, lorsqu'il s'éloignait pour ses affaires, Erin dormait dans l'une de ses chemises pour avoir l'impression d'être contre sa peau. Elle s'était crue tellement heureuse, à l'époque. Pourtant, Cristo ne lui avait jamais fait aucune promesse, pas plus qu'il n'avait parlé d'amour ou d'avenir. Alors, comment avait-elle pu se sentir aussi heureuse ? s'était-elle maintes fois demandé avec le recul.

Cette année passée avec Cristo avait été la plus excitante, la plus riche de sa vie, bien que les moments de vrai bonheur aient toujours été fugaces. Souvent, Erin s'était questionnée avec inquiétude sur le futur, mais sans jamais l'exprimer devant son amant. Au contraire, elle s'était efforcée d'afficher un besoin d'indépendance farouche et avait feint de ne désirer aucune attache, pour ne pas l'indisposer.

Finalement, quand leur liaison avait pris fin, il s'en était tiré sans dommage alors qu'elle avait été totalement anéantie. Pour Cristo, elle n'avait représenté qu'une aventure passagère et non une compagne avec qui partager sa vie.

Au souvenir qu'il l'avait quittée pour épouser une autre femme, une douleur vive lui étreignit la poitrine.

— J'ai découvert les activités dissimulées auxquelles tu te livrais quand tu travaillais pour moi, au Mobila Spa, dit soudain Cristo.

— De quoi parles-tu ? répliqua-t-elle, incrédule.

Les doigts nonchalamment posés sur le volant recouvert de cuir fauve, il lui adressa un bref regard impénétrable.

— Tu as fait preuve d'une belle inventivité, mais mes experts comptables sont d'une efficacité redoutable : ils ont découvert tes escroqueries, Erin. Tu m'as dérobé des sommes colossales.

L'espace d'un instant, Erin resta muette sur son siège, abasourdie.

— C'est un mensonge ignoble et répugnant ! lança-t-elle d'une voix aiguë, dès qu'elle eut pleinement assimilé le sens des paroles de Cristo.

— Je détiens la preuve de ce que j'avance. Et j'ai des témoins.

— Tu ne peux pas avoir la preuve ni les témoins de quelque chose qui n'existe pas ! riposta-t-elle avec fureur. Je ne comprends pas que tu puisses m'accuser d'une pareille malhonnêteté : je n'ai jamais rien volé de ma vie !

— Tu m'as *volé*, affirma-t-il en lui décochant un regard dur. C'est une évidence, alors je ne vois pas comment tu oses le nier.

Erin tombait des nues. Non seulement Cristo l'accusait injustement, trois ans après leur séparation, mais il semblait convaincu *à cent pour cent* de sa culpabilité.

— Etant donné que je n'ai rien à me reprocher, affirma-t-elle avec force, je me fiche de ta soi-disant preuve ! Elle a été fabriquée de toutes pièces !

— Absolument pas. Regarde les faits en face : tu t'es montrée gourmande et tu t'es fait prendre, répliqua-t-il d'une voix glaciale. Si j'avais su où tu étais, j'aurais porté plainte contre toi ; mais lorsque j'ai tout découvert, tu étais partie depuis longtemps.

Tremblant de rage, Erin attendit avec impatience qu'il se gare devant le Black's Inn. Puis elle activa la poignée de la portière et se précipita hors du véhicule.

Immobile sur son siège, Cristo l'observa à travers le pare-brise. Elle était choquée d'avoir été percée à jour, songea-t-il en contemplant son expression décontenancée. Et elle semblait prête à tout pour le persuader de son innocence. Evidemment, elle devait craindre qu'il ne révèle ses méfaits à Morton. Cette fois, elle avait peut-être résisté à la tentation, mais une telle réputation ne plairait pas à son actuel employeur.

Sans se presser, il sortit à son tour de la voiture, qu'il verrouilla.

— Nous allons régler cette histoire ! lança-t-elle en redressant ses fines épaules.

— Ce n'est pas l'endroit idéal, laissa-t-il tomber d'un ton laconique.

— Nous nous installerons dans le bureau du directeur, dit-elle en s'avançant vers l'entrée de l'hôtel.

Lorsque Owen vint à leur rencontre en souriant, elle se dirigea rapidement vers lui.

— Owen, nous ferons le tour de l'établissement dans dix minutes. Mais d'abord, nous aurions besoin d'un endroit tranquille pour discuter. Pourrions-nous aller dans votre bureau ?

— Mais bien sûr, répondit-il en s'effaçant pour la laisser passer.

Cristo observa le conciliabule d'Erin et du jeune directeur séduisant sans entendre les propos qu'ils échangeaient. Quelle relation Erin entretenait-elle avec ce bellâtre ? A cet instant, il se rappela l'homme qu'il avait surpris dans le lit d'Erin : il avait à peine vingt ans… Cristo pinça

les lèvres, puis revit l'expression de Morton tandis qu'il regardait sa ravissante collaboratrice. Aux yeux de son patron, Erin représentait le soleil, la lune et les étoiles. Visiblement, Erin se souciait peu de l'âge de ses conquêtes, tant qu'elles étaient solvables !

Dès qu'ils furent tous les deux dans le bureau directorial, Erin referma la porte et pivota vers lui, les yeux étincelant de colère.

— Je ne suis pas une voleuse, alors je voudrais savoir ce qui te pousse à avancer de telles allégations.

Elle respirait vite, remarqua Cristo en plissant les yeux. Son haut de soie glissait sur ses adorables seins ronds. Il revit en pensée leurs tétons rose framboise, sentit leur goût délicieux dans sa bouche. Le désir l'embrasa, faisant durcir une partie sensible de son anatomie. Erin était petite et mince, mais son corps ravissant aux courbes fabuleuses recelait de délectables trésors féminins. Cristo avait adoré son corps. Lorsqu'il était loin d'elle, il avait même souffert d'un manque physique à peine supportable, qu'aucune autre femme n'aurait pu combler.

— Je ne suis pas idiot, dit-il froidement en refoulant les images qui se pressaient dans son esprit. Au Mobila Spa, tu as subtilisé des produits, faussé des factures et versé des salaires à des thérapeutes inexistants. Au total, ces actes frauduleux t'ont rapporté dans les vingt mille livres sterling, en un temps relativement court. Comment as-tu pu imaginer que personne ne s'en rendrait compte ?

— Je n'ai rien volé, répéta Erin avec obstination.

Cependant, dès que Cristo avait mentionné les vols de produits dans le magasin, une alarme s'était déclenchée dans sa tête. Elle-même avait surpris quelqu'un en train de placer un carton de produits dans sa voiture : Sally. Son

assistante administrative, en qui Erin avait entièrement confiance à l'époque, avait volé ces coûteux articles pour les revendre en ligne.

Malheureusement, n'ayant ni averti la police ni parlé de sa découverte à aucun membre du personnel, Erin ne détenait aucune preuve contre elle. Au contraire, elle avait amené Sally à lui parler. Ensuite, elles avaient dressé ensemble un inventaire des produits manquants, qu'Erin avait remplacés en payant de sa propre poche, parce qu'elle avait été émue par Sally, plus âgée qu'elle et luttant pour élever seule ses deux enfants autistes après avoir été abandonnée par son mari. Avait-elle alors sous-estimé la malhonnêteté de son assistante ? Celle-ci avait-elle eu recours à d'autres méthodes illicites pour gagner de l'argent ?

— J'en ai la preuve, répéta Cristo d'une voix sourde.

— Et des témoins, as-tu dit. L'un d'entre eux serait-il Sally Jennings ?

— Cette fois, tu ne t'en tireras pas par de belles paroles ou une opération de charme, Erin, l'avertit-il, les traits durcis par la colère.

— Je n'ai pas l'intention d'user de charme avec toi, fit-elle d'un ton sec. Je ne suis plus la même qu'autrefois, Cristo.

Elle le regarda droit dans les yeux. N'avait-il vraiment lu aucune des lettres qu'elle lui avait adressées ? Ses appels téléphoniques avaient tous échoué et l'assistante de Cristo avait fini par lui dire qu'elle perdait son temps, car il refusait de lui parler.

Désespérant de jamais le joindre, Erin s'était résolue à contacter sa famille en Grèce. La mère adoptive de Cristo lui avait alors annoncé avec fierté que son fils allait se marier, et qu'il ne voulait plus rien avoir affaire avec *une*

femme comme elle. Comme si elle n'était qu'une traînée, ramassée par Cristo dans la rue pour une nuit de sexe, et non la compagne avec qui il avait passé la plupart de son temps pendant un an.

Cristo ne l'avait jamais présentée à sa famille ; de son côté, Erin avait tenté de lui faire connaître sa mère. Mais chaque fois qu'elle avait essayé d'organiser une rencontre amicale et décontractée, il avait toujours eu un bon prétexte pour se dérober.

— Je crois que lorsque tu te rendras compte que tu es dos au mur, tu ne tiendras plus le même discours, dit-il alors d'un ton doux et menaçant à la fois. Maintenant, voyons un peu cet hôtel, mon emploi du temps est serré.

Le dos raide, Erin sortit du bureau devant lui. Il ne l'avait pas écoutée un seul instant. Sally Jennings avait-elle menti ? Son départ précipité de Mobila Spa avait-il servi son ancienne collègue, lorsque les experts comptables avaient découvert les irrégularités dans les comptes ?

L'esprit en proie à un véritable chaos, Erin essaya de se concentrer pour trouver un moyen de réfuter les accusations de Cristo. Si elle voulait élaborer sa défense et identifier le vrai coupable, elle devait voir la preuve qu'il avait mentionnée.

Et il fallait absolument qu'elle revoie Sally.

Avec patience et enthousiasme, Owen leur fit faire le tour du spa, décrivant les dernières acquisitions et les services particuliers offerts aux clients. Ensuite, il les invita à boire un café mais Cristo refusa, arguant qu'il n'avait pas le temps de s'attarder davantage. Puis il entraîna Erin vers sa voiture et démarra aussitôt.

*
* *

Le Brackens, un beau manoir victorien, était la propriété la plus cossue de Sam. Dissimulé dans une belle futaie, l'endroit était très prisé par les couples en quête de refuge romantique ; dans cet hôtel de grand standing, le spa était réservé exclusivement aux clients.

Erin observait Mia, l'élégante trentenaire aux cheveux auburn qui dirigeait l'établissement. Au premier sourire de Cristo, la jeune femme avait fondu ; à présent, il la laissait parler tandis qu'elle leur faisait visiter le luxueux établissement. Erin profitait de ce répit pour calmer le désordre qui régnait dans ses pensées.

Ainsi, pendant presque trois ans, Cristo avait nourri la certitude qu'elle était une voleuse ! Pourquoi ne l'avait-il pas contactée ? Pourquoi n'avait-il pas averti la police ? De ses employés et collaborateurs, il exigeait une loyauté totale, un travail acharné, en échange de quoi il leur offrait des primes généreuses et des possibilités d'avancement.

Mia flirtait maintenant clairement avec lui, remarqua Erin. Cela lui rappela ses propres réactions. Elle avait été encore plus impressionnable autrefois : il avait suffi d'un seul regard des beaux yeux d'obsidienne de Cristo pour qu'elle tombe amoureuse de lui.

A vingt et un ans, elle avait encore peu fréquenté les hommes, passant de longues heures à étudier pendant que ses camarades d'université sortaient faire la fête. Aussi avait-elle été plus vulnérable que la plupart des jeunes gens de son âge.

La fin de la visite l'obligea à refouler les souvenirs qui affluaient dans son esprit. Elle suivit Cristo vers sa Bugatti.

— Je peux rentrer chez moi, à présent ? demanda-t-elle, une fois installée dans le luxueux véhicule.

— Nous dînons ensemble à mon hôtel. Nous devons parler.

— Je n'ai rien à te dire, répliqua Erin d'un ton sec. Sam gère ses négociations tout seul.

— A en croire la rumeur, tu comptes *beaucoup* pour lui.

— Tu écoutes les rumeurs, maintenant ?

— Lorsque tu travaillais pour moi, nous ne faisions pas que travailler. Nous couchions ensemble, l'aurais-tu oublié ? persifla-t-il.

Erin serra les dents. Pour un peu, elle l'aurait giflé.

— C'était différent. Lorsque j'ai commencé à travailler au Mobila, nous entretenions déjà une liaison.

Cristo serra les doigts autour du volant. Lorsqu'il avait rencontré Erin, un désir plus puissant que ce qu'il avait jamais ressenti envers une femme l'avait électrisé. Par la suite, la candeur de la jeune femme, sa fraîcheur, sa pudeur surprenante avaient encore renforcé son attrait. Il l'avait crue *différente*.

Elle l'avait été, effectivement : le prenant pour un imbécile, elle l'avait escroqué durant toute leur liaison sans qu'il ne le soupçonne un seul instant.

— Sam et moi ne sommes que des amis…

— Comme vous l'étiez, Tom et toi ?

Erin fut parcourue d'un frisson. Durant les derniers mois de leur liaison, Cristo avait développé une attitude étrange, se rappela-t-elle en tressaillant : on aurait dit qu'il se méfiait de sa relation avec Tom.

— Non, ce n'est pas la même chose. Sam appartient à une autre génération.

C'était à l'université qu'elle avait rencontré Tom, et celui-ci était devenu presque un frère pour elle.

— Morton pourrait être ton grand-père…

— C'est bien pour cela qu'il n'y a rien entre nous, l'interrompit-elle. Je ne couche pas avec Sam.

— Je ne te crois pas : il est fou de toi, ça crève les yeux, affirma Cristo d'un ton péremptoire.

— C'est ton point de vue, fit Erin en prenant son portable pour appeler sa mère.

Deidre répondit tout de suite, mais Erin entendit Lorcan pleurer en arrière-fond. Il était fatigué, comprit-elle, le cœur serré.

— Je suis désolée mais je rentrerai tard ce soir, dit-elle simplement.

— Pourquoi ? demanda sa mère. Que fais-tu ?

— J'ai du travail à terminer avant de partir.

Après avoir mis rapidement un terme à la conversation, Erin rangea son portable dans son sac. Elle n'avait pas l'intention de révéler à Deidre que Cristo avait réapparu dans sa vie ; sinon, elle devrait supporter les habituels reproches sans fin. En effet, sa mère considérait qu'elle aurait mieux fait d'attendre d'être mariée avant de mettre deux enfants au monde.

Cependant, Erin ne lui en voulait pas de son attitude. Elevée dans une école privée par des religieuses, dévote, Deidre avait gardé des principes assez rigides. En même temps, elle s'était avérée une grand-mère affectueuse et dévouée, lui procurant un soutien inconditionnel — sans lequel Erin n'aurait pu élever ses enfants seule.

— Je ne comprends vraiment pas où tu veux en venir, dit-elle lorsque Cristo se gara devant le plus grand hôtel de la région. Je ne t'ai rien volé, mais comme tu ne me donnes pas plus d'informations, je ne peux pas me défendre.

— En examinant l'une des transactions frauduleuses, les experts sont remontés droit à ton compte bancaire.

Alors, ne perds pas ton temps à essayer de plaider ton innocence, répliqua-t-il sèchement.

— Je ne veux pas dîner avec toi ! protesta-t-elle.

Il sortit lestement de la voiture.

— Ou tu dînes avec moi et nous parlons, ou je vais voir directement Morton et je lui remets le dossier te concernant.

Durant quelques secondes, Erin resta interdite. Il s'exprimait d'une voix égale, dénuée de toute émotion... Avait-elle le choix ? Elle aurait pu lui dire d'aller se faire voir avec son fichu dossier supposé contenir sa prétendue preuve, pour le forcer à abattre son jeu. Hélas, elle connaissait Cristophe Donakis et elle savait de quoi il était capable.

Il n'abattait *jamais* ses cartes et il possédait une détermination farouche : il irait jusqu'au bout pour arriver à ses fins. En outre, sous son calme apparent se dissimulait un tempérament explosif. S'il croyait fermement à sa culpabilité, il ne la laisserait pas tranquille avant d'avoir obtenu réparation.

Pour la première fois depuis bien longtemps, Erin se sentit soudain en proie à un affreux sentiment d'impuissance. Il était hors de question que l'avenir de ses enfants se voie menacé. Elle avait tant travaillé pour assurer leur sécurité qu'il était impensable de revenir en arrière, à cette époque où sa situation avait été si difficile, si précaire...

Chapitre 3

Dans les toilettes raffinées et délicatement éclairées, Erin se passa les poignets sous l'eau froide, jusqu'à ce que les battements de son cœur aient repris un rythme à peu près normal. Contemplant son visage dans le miroir, elle s'ordonna de se ressaisir. Pourquoi Cristo réapparaîtrait-il dans sa vie dans le seul but de la détruire ? C'était absurde…

A moins qu'il soit en quête de vengeance.

D'une main encore un peu tremblante, elle se recoiffa. Cristo avait déjà réussi à ébranler tous ses mécanismes de défense, constata-t-elle avec irritation. Il fallait absolument qu'elle reste sur ses gardes.

Erin se força à respirer de façon régulière. Cristo ne connaissait pas l'existence des jumeaux, ce qui prouvait qu'il n'avait lu aucune de ses lettres. En effet, s'il avait su qu'elle avait des enfants, il l'aurait laissée en paix, elle en était certaine. Toutefois, Cristo ne ressemblait pas aux autres hommes…

Brusquement, elle revécut leur première rencontre. A l'époque, elle travaillait en tant que directrice adjointe d'un centre de loisirs municipal et elle sous-louait une pièce dans l'appartement d'Elaine, une ancienne compagne

d'université venant d'un milieu aisé. Loin de se plaindre de l'exiguïté de son studio, Erin était ravie de profiter de la présence amicale d'Elaine, d'autant que cette cohabitation lui donnait accès au superbe complexe sportif situé au rez-de-chaussée du bel immeuble.

Excellente nageuse, Erin avait participé à de nombreuses compétitions et remporté pas mal de trophées au cours de sa scolarité. Quand elle avait souhaité passer à un stade professionnel, sa mère avait manifesté une forte opposition. Finalement, en dépit des efforts de persuasion de son entraîneur, Deidre avait refusé de soutenir financièrement un entraînement plus sérieux. Toutefois, ce renoncement forcé n'avait amoindri en rien le goût d'Erin pour ce sport et elle nageait le plus souvent possible.

La première fois qu'elle avait vu Cristo, il faisait des longueurs de crawl avec une grâce de requin. Sa technique était faible, sa vitesse modérée, avait-elle remarqué, tandis qu'elle nageait avec sa vigueur habituelle dans le couloir voisin.

— Faisons la course ! avait-il lancé en arrivant à sa hauteur.

— Je vais vous battre, l'avait-elle prévenu en soutenant son regard étincelant. Vous êtes prêt à le supporter ?

Un éclat doré avait traversé ses yeux.

— Voyons cela…

Prête autant que lui à relever le défi, elle s'était élancée, et l'avait battu sans difficulté. Elle avait savouré l'air incrédule avec lequel il l'avait contemplée alors.

Quand elle était sortie du bassin, il l'avait suivie, puis s'était redressé de toute sa hauteur, l'eau ruisselant sur son corps parfait, superbe. Il l'avait alors toisée en laissant errer un regard stupéfait sur sa petite taille et son corps mince.

— Vous êtes minuscule ! Comment avez-vous pu me battre ?

— Je suis bonne nageuse.

— Il faut que nous recommencions, *koukla mou*.

Cela voulait dire *ma poupée*, avait-elle appris plus tard. A partir de ce jour-là, il l'avait presque toujours appelée ainsi.

— D'accord. Mercredi soir à la même heure. Mais je vous préviens : je m'entraîne tous les jours et votre technique laisse à désirer.

— *Laisse à désirer...*, avait-il répété, n'en croyant visiblement pas ses oreilles. Si je n'avais pas été fatigué, je vous aurais battue à plates coutures !

— Bien sûr ! avait-elle répliqué en éclatant de rire.

Il avait alors tendu sa longue main à la peau hâlée par le soleil méditerranéen.

— Cristo Donakis. A mercredi, et nous verrons qui est le plus fort.

Erin s'était contentée de sourire, sûre de sa victoire.

— Tu as rencontré Cristophe Donakis à la piscine de l'immeuble ? avait demandé Elaine en ouvrant de grands yeux. Que faisait-il là ? Il possède l'appartement avec terrasse et piscine privée du dernier étage !

— Eh bien, il avait peut-être envie de voir à quoi ressemblent les humbles mortels... Mais qui est-ce ?

— Un puissant magnat grec, un play-boy plein aux as qui change de maîtresse au minimum une fois par semaine. Il m'est arrivé de le croiser, en compagnie de somptueuses créatures. Ne t'approche pas de lui : il te dévorerait toute crue.

Erin avait décelé une inquiétude réelle au fond des yeux de son amie, mais cela ne l'avait pas empêchée de revoir

en rêve le corps superbe de Cristo. Au réveil, les sens en feu, elle s'était demandé comment cet homme avait eu le pouvoir de l'embraser ainsi. Son éducation stricte ne l'avait certes pas préparée à une telle réaction…

Le mercredi suivant, elle l'avait de nouveau battu, mais moins nettement cette fois.

— Je vous invite à boire un verre, avait-il dit.

Craignant de perdre tout contrôle d'elle-même et de se rendre ridicule, Erin avait décliné son invitation.

— Nous nous retrouverons ici, alors ? Car vous me donnez une troisième chance, n'est-ce pas ? avait-il lancé, une lueur amusée au fond des yeux.

— Mon amie m'a dit que vous possédiez votre propre piscine.

— Oui, mais elle est en travaux. La prochaine fois, le perdant offre le dîner, d'accord ? Donnez-moi votre numéro de téléphone pour que nous fixions une date à mon retour : je pars aux USA pour une semaine.

Admirant malgré elle sa persévérance, et incapable de résister au défi, Erin avait cédé. La troisième fois, il l'avait battue et lui avait adressé un sourire triomphal sans dissimuler sa joie.

Elle l'avait invité à dîner dans un restaurant tout simple situé au bas de la rue, en soupçonnant que ce n'était pas du tout le style auquel il était habitué. Mais il s'était montré parfaitement à l'aise et charmant, tandis qu'ils bavardaient avec animation et qu'il l'interrogeait sur son job et ses projets.

C'était à ce moment-là qu'elle était tombée amoureuse de Cristo, fascinée par le côté naturellement dramatique qu'il dissimulait sous sa tranquille assurance et par le

sourire éblouissant qui illuminait ses traits sombres, lui donnant un adorable air juvénile.

Après le dîner, il avait visiblement été persuadé qu'elle l'accompagnerait chez lui pour terminer la soirée, si bien que lorsqu'elle refusa, il afficha une vive surprise. De toute évidence, il n'avait pas l'habitude qu'une femme résiste à son charme… Après cette rebuffade, il ne s'était pas manifesté durant deux semaines.

— Il va te faire souffrir, avait prédit Elaine. Il est trop beau, trop riche, trop arrogant. Franchement, Erin, qu'as-tu en commun avec ce type ?

Rien, aurait-elle pu répondre à son amie. Mais, attirée comme un papillon vers la flamme qui va lui brûler les ailes, Erin avait refusé de regarder la réalité en face. Elle s'était effectivement approchée de plus en plus de cet homme somptueux, jusqu'à se consumer totalement.

Elle avant tant souffert que, depuis leur séparation, elle avait refusé tout contact intime avec un homme. Et puis vivre sous le même toit que sa mère était presque plus efficace que porter une ceinture de chasteté, songea-t-elle avec un sourire involontaire.

Lorsque Erin franchit la porte vitrée de l'élégant restaurant, Cristo se leva de sa chaise et la regarda se diriger vers lui. Elle ressemblait à un ange, fragile, pur, ses yeux d'améthyste brillant comme des joyaux dans son beau visage ovale. Aussitôt, il fut assailli par une vision de son corps nu, étendu sur des draps blancs. Comment pouvait-elle produire cet effet sur lui, alors qu'il savait quelles turpitudes se dissimulaient sous cet air angélique ?

Troublée par la chaleur émanant du regard de Cristo rivé sur elle, Erin s'imposa une discipline de fer et afficha

une expression polie. Dès qu'elle fut assise, elle prit le menu et le parcourut. Après avoir choisi un seul plat, elle dit à Cristo qu'elle ne désirait pas boire de vin et s'appuya à son dossier d'un air détaché.

— Eh bien, dis-moi ce que tu désires et terminons-en, lança-t-elle pour essayer de chasser sa nervosité.

— C'est toi que je désire, répliqua-t-il tranquillement.

— Comment cela ?

Aussitôt, il éclata de rire, ses yeux s'éclairant d'une nuance ambrée.

— Comme un homme normalement constitué désire une femme !

Erin plissa le front. Il mentait. Quelques semaines après l'avoir quittée, il avait épousé une superbe femme du monde prénommée Lisandra. Cependant, ce mariage n'avait pas duré longtemps. Peut-être s'était-il lassé de sa beauté grecque de la même façon qu'il s'était fatigué d'elle. Peut-être au fond ne souhaitait-il s'impliquer durablement avec *aucune* femme…

— C'est le prix de mon silence, reprit-il avec un lent sourire.

Quelle ignominie ! Il lui faisait du chantage ! Choquée, Erin serra les mâchoires à en avoir mal.

— Le silence relatif à ce délit dont je suis *supposée* être coupable…

— Dont tu es coupable, corrigea-t-il.

Pour l'instant, comprit-elle, cela ne servait à rien de chercher à le persuader de son innocence.

— Tu ne peux pas me désirer…

— Pourquoi dis-tu cela ? répliqua-t-il avec une nuance rauque dans la voix. Nous avons passé de fort bons moments au lit, tous les deux.

Assaillie par des souvenirs importuns, Erin ne put réprimer un frisson. Son corps réagit d'instinct : ses seins se gonflèrent, ses tétons se dressèrent sous la dentelle de son soutien-gorge et son souffle se bloqua dans sa gorge. Elle battit des paupières, puis baissa les yeux pour échapper au regard incandescent de Cristo fixé sur sa bouche.

L'avidité de son ex la déstabilisait complètement, constat qui la dépitait. Mais quoi d'étonnant après avoir vécu comme une nonne pendant presque trois ans ?

Soudain, le sens de ses paroles la frappa : « de forts bons moments au lit », avait-il dit. N'avait-elle représenté que cela pour lui ? A cette pensée, elle se renfrogna.

— Que proposes-tu ? demanda-t-elle d'un ton pourtant posé. De reprendre notre liaison d'autrefois ?

— Ne dis pas d'absurdité ! riposta-t-il d'un ton coupant, nuancé d'un léger mépris. Je parlais de partager du plaisir, le simple temps d'un week-end.

Erin sentit le dédain de Cristo l'atteindre au plus profond du cœur. Elle se jura qu'un jour, d'une façon ou d'une autre, elle lui ferait payer cette insulte.

A cet instant, le serveur s'approcha de leur table avec leurs plats et elle se concentra sur son assiette, rongée par un sentiment d'injustice et d'amertume. Comment Cristo osait-il la traiter comme une simple prostituée, dont il louerait les services pour quelques heures ?

— Un petit week-end de débauche, fit-elle du bout des lèvres. C'est tout à fait ton style.

Un éclair fusa dans son regard, puis il ferma à demi ses paupières ourlées de longs cils noirs.

— Un week-end en échange de mon silence et de vingt mille livres sterling, c'est donné, répliqua-t-il d'une voix glaciale.

Erin serra les poings en réprimant de nouveau le désir de le gifler. Avec Cristo, il fallait rester calme. Si elle perdait le contrôle, il gagnerait la partie et ferait d'elle ce qu'il voudrait.

— Cesse de jouer les intouchables. Ton attitude impressionne peut-être Morton, mais pas moi, poursuivit-il. Un week-end, c'est à prendre ou à laisser.

— Tout cela était-il prémédité ? En fait, tu n'as pas l'intention d'acheter le groupe de Sam, avança-t-elle d'une voix mal assurée.

— Mon équipe financière et moi en déciderons plus tard. Si l'investissement est bon, ta présence parmi le personnel n'aura aucune influence sur ma décision. Toutefois, je ferai faire un audit pour vérifier tes activités.

— Ils ne trouveront rien, rétorqua-t-elle en redressant le menton. Pour la bonne raison que je n'ai commis aucun acte malhonnête. Ni au sein de l'entreprise de Sam, ni de la tienne. Par ailleurs, je refuse de céder à ton chantage.

— Tu risques de regretter ces paroles, la prévint-il avec une douceur presque insupportable.

Puis il planta sa fourchette dans son steak.

— Avant de prendre ma décision, je veux voir la preuve de ce que tu avances, dit-elle plus fermement.

— Quand nous aurons dîné : elle se trouve dans ma suite.

La facilité avec laquelle il avait accepté redoubla l'anxiété d'Erin. Il semblait convaincu de l'irréfutabilité de la preuve qui se trouvait en sa possession. Même si elle avait la conscience tranquille, cela n'était pas fait pour la rassurer.

Après s'être forcée à manger un peu, Erin reposa sa fourchette. La sole était délicieuse, mais elle-même était trop nouée pour avaler une bouchée de plus.

— Je dois rentrer en Grèce pour une semaine, dit soudain Cristo. Mon père adoptif traverse une période difficile en ce moment, il a besoin de mes conseils. Tu es au courant de la crise économique dont souffre mon pays natal, n'est-ce pas ?

Erin hocha la tête.

— Et toi, tu n'en subis pas les conséquences ? demanda-t-elle.

— Mes affaires sont basées majoritairement ici et en Amérique du Nord. J'avais senti le vent tourner il y a quelques années déjà, mais Vasos est très têtu, et il a refusé de regarder la réalité en face. En plus, il est réfractaire à tout changement.

— Pourquoi me racontes-tu cela ?

— Pour te faire comprendre que tu ferais mieux d'accepter ma proposition de week-end. Ne fais pas comme Vasos : pense à tes intérêts…

Erin resta silencieuse, au comble de l'humiliation. Cristo était si sûr de sa victoire… L'espace d'une seconde, elle fut tentée de lui dire qu'elle avait deux jumeaux en bas âge, à qui elle consacrait tout son temps libre. Mais elle se ravisa aussitôt. Il était hors de question qu'elle lui confie que, depuis leur naissance, ses rares sorties se bornaient à aller au cinéma ou dîner avec quelques amis.

— Alors, où en es-tu avec Morton ? reprit-il tout à coup.

— Ma relation avec Sam ne te regarde pas.

— Je suis divorcé, répliqua-t-il d'un ton détaché.

Erin haussa les épaules avec une désinvolture feinte.

— Je l'ai appris par la presse. Ton mariage n'a pas duré très longtemps.

— *Assez* longtemps.

En voyant ses traits se durcir, Erin comprit que son

divorce le préoccupait encore. Mais, comme d'habitude, Cristo dissimulait ses émotions. Elle se rappela la façon dont il avait mis fin à leur liaison, sans manifester le moindre état d'âme. Tandis que, de son côté, elle s'était retrouvée totalement détruite, d'autant plus détruite qu'elle ne s'était pas du tout attendue à cette rupture.

Mais à présent qu'elle savait à qui elle avait affaire, elle était bien déterminée à se défendre et à se protéger.

Une fois dans l'ascenseur, Cristo regarda Erin en silence tandis qu'elle fixait résolument un point précis sur la paroi lisse et brillante. Une légère roseur marquait ses joues et il ne put s'empêcher de l'imaginer avec les cheveux détachés et flottant sur ses épaules, vêtue d'une robe de soirée au profond décolleté au lieu de ce tailleur élégant mais trop strict à son goût.

Des images brûlantes resurgirent du passé, le faisant frémir au creux de l'aine. Quand il l'aurait de nouveau dans son lit, il serait déçu, sans aucun doute ; ce ne serait pas aussi bon qu'autrefois. Mais tant mieux, car il voulait justement se débarrasser de ses trop idéalisés souvenirs érotiques avec Erin — en plus d'infliger un châtiment bien mérité à cette petite intrigante.

Ses yeux à la nuance si singulière ne révélaient plus la moindre émotion, remarqua-t-il. Erin avait acquis une maîtrise d'elle-même qu'elle ne possédait pas trois ans plus tôt.

Lorsqu'elle se retrouva dans la vaste suite silencieuse, Erin eut l'impression d'être coupée du reste du monde. Après avoir refusé le verre proposé par Cristo, elle resta immobile au centre du salon, indécise. Sans dire un mot, elle le regarda se diriger vers la chambre de sa démarche féline, pour aller y chercher sa fameuse *preuve*.

Son ex-femme était-elle responsable de son attitude vengeresse ? se demanda-t-elle soudain. Après l'échec de son mariage, Cristo avait-il des comptes à régler avec la gent féminine ? Dans ce cas, pourquoi la prenait-il pour cible *elle*, après presque trois ans de séparation ?

Elle n'eut pas le temps de réfléchir à ces questions plus avant : Cristo revenait, un dossier à la main.

— Tiens, jette un coup d'œil à cela, dit-il en le lui tendant.

Son assurance exacerba de nouveau l'anxiété d'Erin. Après avoir pris le dossier, elle alla s'asseoir sur un sofa en cuir grège, s'efforçant de ne pas paraître pressée ou terrifiée.

Les doigts légèrement tremblants, elle souleva la couverture noire du dossier, avant de découvrir les copies de nombreux documents portant sa propre signature, tous datés de la période où elle avait travaillé pour Cristo. Il s'agissait de factures et de règlements effectués à des fournisseurs et des thérapeutes, accompagnés d'autres documents indiquant des chiffres différents. Les conclusions étaient faciles à tirer…

Erin sentit son cœur sombrer dans sa poitrine. Un frisson incontrôlable la traversa de part en part. Elle s'obligea cependant à ne pas paniquer et à garder les idées claires.

— Je ne comprends pas…

— Qu'est-ce que tu ne comprends pas ? Comment mes experts ont pu rassembler ces preuves ?

Sans répondre, Erin arriva au dernier document : l'attestation d'un versement de mille livres sur un compte bancaire portant son nom. La nausée lui monta aux lèvres. Avait-elle bien fait fermer cet ancien compte ? Elle en avait eu l'intention, mais l'avait-elle *réellement*

fait ? Il n'y avait eu qu'un seul versement, mais il suffisait largement à l'accuser.

Elle tâcha de raisonner. Seule Sally Jennings pouvait être à la source de cette infâme supercherie. En effet, Erin avait signé avec une confiance aveugle tous les documents que son assistante déposait sur son bureau. Ce job avait été son premier poste important et elle s'était rapidement retrouvée avec une charge de travail colossale, entourée d'un personnel hostile qui rechignait à accepter l'autorité de la petite amie du patron. En outre, désireuse d'impressionner Cristo par son efficacité, elle ne s'était jamais plainte auprès de lui, préférant se reposer sur Sally. Travaillant au spa depuis son ouverture, dix ans plus tôt, son assistante connaissait par cœur l'entreprise et lui avait apporté une aide considérable. Hélas, apparemment, ce soutien n'avait pas été gratuit…

Erin se leva et laissa tomber le dossier sur la table basse.

— Très impressionnant. Mais ce n'est pas moi la coupable. Tu m'avais donné une opportunité formidable en me confiant ce poste, jamais je n'aurais trahi ta confiance.

Cristo l'observait, les paupières à moitié closes. Tout à coup, Erin eut du mal à respirer. Une sorte d'ivresse courait dans ses veines, tandis qu'une excitation malvenue se déployait au plus profond de sa féminité ; elle se répandit dans tout son corps.

— Tu me désires encore, *koukla mou*, murmura Cristo.

L'attirance qui vibrait entre eux le ravissait et le stupéfiait en même temps. Pour la première fois, il déchiffrait le regard d'Erin, et ce qu'il y découvrait était d'une clarté limpide.

— Non ! C'est complètement faux ! s'insurgea-t-elle.

Sans s'émouvoir, Cristo tendit la main et referma les

doigts autour de son poignet délicat. Le tremblement qui la parcourut fut si violent qu'il en ressentit les ondes dans tout son être.

— Non…, répéta Erin d'une voix étouffée.

Mais lorsqu'il l'attira vers lui, elle se laissa faire. Les bras puissants de Cristo se refermèrent autour d'elle, sa chaleur et sa force agissant comme un aphrodisiaque sur ses sens.

— Tout va bien, murmura-t-il. Moi aussi je te désire.

Erin eut l'impression de recevoir un coup de poing. Cristo l'avait abandonnée brutalement, avant d'épouser une autre femme peu de temps après. Il n'avait jamais voulu que du sexe avec elle. Comment pouvait-il réapparaître ainsi dans sa vie et lui dire qu'il la désirait, après l'avoir accusée de vol, de trahison ?

Toutefois, en dépit de l'indignation qui bouillait en elle, l'odeur de Cristo, virile et sophistiquée à la fois, lui montait au cerveau, entêtante, enivrante. Il portait toujours la même eau de toilette, dont elle n'avait jamais oublié les notes musquées et boisées.

En un battement de cils, Erin reprit ses esprits.

— Arrête, Cristo ! Je ne te suivrai plus sur ce chemin. Jamais plus, tu m'entends ?

— C'est ce que nous verrons…

Une expression farouche passa sur ses traits, puis sa belle bouche se rapprocha de la sienne.

Erin tenta de résister aux sensations délicieuses qui déferlaient en elle. Le goût des lèvres de Cristo était aussi enivrant qu'autrefois, constata-t-elle. Désespérée, elle posa les paumes sur son large torse pour le repousser, mais il la serra plus fort, sans cesser de l'embrasser avec fougue.

Sa langue s'enroulait à la sienne, faisant frissonner Erin tout entière, la rendant totalement vulnérable à l'assaut voluptueux auquel il se livrait.

Vaincue, elle se rendit compte qu'elle désirait ce baiser avec une férocité qui la terrifia. Elle y répondait même avec ardeur. Rien n'existait plus que ce corps puissant pressé contre le sien et la chaleur liquide qui se répandait au creux de ses cuisses. La bouche de Cristo avait pris possession de la sienne et elle l'acceptait. Rien n'avait jamais été aussi bon, songea-t-elle fugacement. Rien ne lui avait jamais semblé aussi nécessaire.

— Non ! s'écria-t-elle en s'écartant soudain.

Elle avait reculé si brutalement que Cristo perdit presque l'équilibre.

Clignant des paupières, il se laissa tomber sur une chaise. Décidément, Erin Turner recelait des ressources inattendues...

— Tu as raison, approuva-t-il lentement. Ce n'est pas le moment : j'ai un avion à prendre.

La poitrine d'Erin se soulevait à un rythme frénétique ; il refoula le désir de refermer les mains sur ses seins pour les faire frémir autrement.

— Mon refus était définitif, répliqua-t-elle d'une voix tremblante. Laisse-moi tranquille et cesse tes menaces !

— Je ne te lâcherai pas.

— Tu perds ton temps ! Sors de ma vie !

— Pas question, *koukla mou*, dit-il d'un ton moqueur. Craindrais-tu que je sabote ton bel avenir avec Morton ? En fait, je lui rendrais un service : tu es du pur poison.

Erin serra les poings en blêmissant de rage.

— Dans ce cas, tu devrais te méfier des effets toxiques et garder tes distances !

Cristo éclata de rire.

— Ne t'inquiète pas pour moi. Après t'avoir fréquentée de près pendant un an, je suis immunisé...

— Tu as toujours aimé te croire invincible, riposta-t-elle avec dédain. Je m'en vais. Je prendrai un taxi pour rentrer.

Lorsqu'elle se retrouva dans l'ascenseur, Erin crut qu'elle allait se sentir mal. Le sang lui battait les tempes tandis qu'une sueur glacée se répandait sur sa peau.

Ce baiser explosif l'avait bouleversée. Comment était-ce possible ? Comment cela avait-il pu arriver ? Elle n'aimait plus Cristo, elle croyait être guérie de cette folie.

Jusqu'au moment où elle l'avait revu.

Elle s'était alors sentie attirée vers lui avec une force échappant à tout contrôle...

Chapitre 4

Tôt le lendemain matin, Erin réfléchissait en berçant Lorcan dans ses bras. Un cauchemar avait réveillé son fils et il fallait toujours un moment pour le rassurer avant qu'il ne se rendorme.

— Maman..., murmura-t-il en battant des paupières.

Puis il sombra enfin dans le sommeil, tandis qu'Erin repoussait tendrement une mèche bouclée de son front. Rompue de fatigue, elle laissa échapper un long bâillement. La veille, quand elle était revenue au Stanwick pour récupérer sa voiture, Sam avait voulu faire le point sur la visite de Cristo ; finalement, leur petite réunion avait duré deux heures...

Sam était très enthousiaste à la pensée qu'un homme d'affaires de l'envergure de Cristo rachète ses hôtels. Une fois intégrés au sein de l'empire Donakis, ces établissements — fruit du labeur de toute sa vie — pourraient voir leur standing encore amélioré ; cette perspective l'enchantait.

Pour la première fois, Erin s'était sentie mal à l'aise avec Sam, car elle ne se montrait pas totalement franche avec lui. Il ignorait tout de sa relation passée avec Cristo Donakis et c'était très bien ainsi. S'il apprenait que Cristo

était le type qui l'avait plaquée, puis avait ignoré ses lettres et ses appels au moment où, enceinte de lui, elle avait eu le plus besoin de son aide, Sam renoncerait aussitôt à toute transaction avec lui. Or, Erin ne voulait pas que sa vie personnelle vienne s'interposer dans le projet de Sam.

Lorcan bougea légèrement, si bien qu'une boucle de ses cheveux chatouilla le menton d'Erin.

— Remets-le au lit, chuchota Deidre en entrant dans la chambre.

Elle se dirigea vers le lit de son fils et tapota rapidement son oreiller d'une main experte.

— Je suis désolée que Lorcan t'ait de nouveau réveillée, répliqua Erin avec un soupir.

— Ne dis pas de bêtises. Je ne me lève pas aussi tôt que toi, répliqua sa mère. Retourne te coucher, tu as une mine épouvantable. Sam va croire que tu fais la fête, alors que tu manques de sommeil à cause des jumeaux.

— Sam n'a jamais eu d'enfants, murmura Erin. Il ne peut pas comprendre.

Doucement, elle remonta le drap sur le corps endormi de son fils.

— Tu sais, reprit-elle, il est très excité à la perspective de vendre son groupe.

— C'est très bien pour lui. Mais s'il réussit à vendre, que va-t-il arriver aux membres du personnel ? demanda Deidre d'une voix inquiète. Nous ne pouvons pas vivre tous les quatre sur ma retraite.

Erin lui posa la main sur l'épaule.

— Nous survivrons, ne t'en fais pas. En cas de rachat, le nouveau propriétaire est obligé de garder les employés — un certain temps du moins. Mais, s'il le fallait, je trouverais un autre travail.

— Vu la crise économique, ce ne serait pas facile.

— Tout ira bien, insista Erin, avec une assurance qu'elle était loin d'éprouver.

Elle se sentait coupable de ne pas révéler à sa mère l'identité du repreneur potentiel. Si elle le faisait, Deidre réagirait violemment, et elle demanderait à sa fille pourquoi elle n'avait pas profité de cette rencontre pour lui annoncer qu'il était père de deux jumeaux.

Après avoir vérifié que Nuala dormait paisiblement, Erin regagna son propre lit. Néanmoins, l'esprit trop agité par une multitude d'interrogations, elle resta allongée dans l'obscurité sans pouvoir retrouver le sommeil.

Sam l'avait rassurée, lui rappelant que la législation actuelle garantissait la sécurité de l'emploi à tout le personnel ; cependant, elle ne pouvait s'empêcher de songer avec anxiété que le droit du travail évoluait sans cesse. D'autre part, elle avait bien compris que Cristo ne voulait pas qu'elle travaille pour lui. Par conséquent, il serait plus raisonnable de chercher tout de suite un autre emploi.

Cela lui prendrait sans doute des mois, mais c'était faisable. Elle devait rester positive, forte, prête à relever les défis qui l'attendaient.

Cristo ne représentait pas un *défi*. Il se dressait devant elle comme un obstacle massif, qu'elle ne savait comment contourner. Puisqu'il était persuadé de sa culpabilité, pourquoi ne l'avait-il pas fait poursuivre en justice à ce moment-là ? Pourquoi n'avait-il pas porté plainte contre elle ?

Pour la centième fois, Erin tourna et retourna ces questions dans sa tête. Lorsqu'il avait découvert son prétendu vol, Cristo devait déjà être marié. Avait-il craint de voir son ancienne liaison étalée dans la presse ? Pourtant, il

en fallait plus pour embarrasser cet homme arrogant. Mais cela aurait pu gêner ou agacer sa femme. Etait-il possible qu'il ait rencontré Lisandra alors qu'il entretenait toujours une liaison avec elle ? se demanda soudain Erin. Et qu'il ait craint que sa femme ne découvre sa duplicité ? Après tout, il s'était marié trois mois à peine après l'avoir laissée tomber...

En une seconde, comme si elle avait ouvert une vanne secrète, les souvenirs affluèrent. En particulier ceux de la première fois...

Quand Cristo lui avait téléphoné pour lui dire qu'il donnait une soirée chez lui et qu'il serait très heureux qu'elle vienne, Erin avait d'abord refusé. Mais lorsqu'il lui avait proposé de venir avec ses amis, elle avait cédé. Alors qu'elle avait toujours préféré la sécurité, elle avait pris le risque d'accepter l'invitation de Cristo, un risque limité toutefois puisque Elaine et Tom seraient également présents.

Elle avait passé une soirée *magique*. A la fin, Cristo l'avait embrassée pour la première fois. Ce seul baiser avait bouleversé Erin et réveillé ses rêves les plus fous... tout en la terrifiant !

D'instinct, elle avait compris que la fréquentation de Cristo Donakis représentait un risque immense, que cet homme menaçait de détruire totalement l'équilibre de sa vie.

— Je te trouve vraiment sympathique, lui avait-elle dit. Ne pouvons-nous rester amis ?

En réalité, elle tremblait encore de la passion qui avait éclos entre eux, même si elle essayait de le cacher du mieux qu'elle pouvait.

— *Amis* ? avait-il répété, comme s'il n'avait jamais entendu ce mot des lèvres d'une femme.

— Oui, je préférerais, avait-elle répliqué avec un grand sourire.

— Pas moi ! avait-il riposté d'un ton ironique.

Un an plus tard, leur histoire s'était terminée brutalement, alors qu'Erin ignorait qu'elle était enceinte.

A la pensée qu'elle avait failli lui révéler qu'il était le père de ses enfants, elle frémit d'horreur. Cristo ne voudrait jamais de ses enfants, il refuserait toute responsabilité. Au contraire, il serait furieux de se voir placé dans une telle position et en profiterait pour l'humilier, une fois de plus, en l'accablant de reproches.

Un jour, Cristo lui avait confié que la maîtresse de l'un de ses amis s'était fait avorter.

— C'est cela qui a provoqué leur rupture, avait-il commenté d'un ton neutre. Peu de couples survivent à ce genre de stress. Je ne pense pas que je veuille jamais avoir des enfants. Je préfère vivre sans attaches.

Erin avait compris le message. D'autant que, d'habitude, Cristo lui parlait très rarement de détails aussi intimes concernant ses relations, amicales ou professionnelles. Cette confidence était un avertissement : si elle tombait enceinte, il lui demanderait de se faire avorter et leur liaison serait terminée.

Et pourtant, la responsabilité de sa grossesse incombait entièrement à Cristo ! Cette certitude avait gardé le pouvoir d'irriter Erin au plus haut point, mais elle ne s'était jamais fait d'illusions. Lorsque, en proie à un désespoir terrible, elle avait tenté de le contacter pour lui demander son soutien financier, elle était certaine de sa réaction : quand il apprendrait sa paternité imminente, Cristo serait furieux.

Il menait sa vie avec un tel égoïsme, un tel contrôle,

qu'il ne pouvait tolérer la moindre surprise, dans aucun domaine. Dans ces conditions, et puisqu'il n'avait jamais répondu à ses lettres, à quoi bon lui révéler maintenant qu'il était père de deux enfants en bas âge ?

Restait un problème majeur : l'existence de ce dossier terriblement compromettant, même si Erin ne parvenait pas à comprendre l'origine de ces fausses preuves. Cristo l'avait menacée de le transmettre à Sam ; or, une telle éventualité menaçait la sécurité de toute sa petite famille. L'équilibre qu'elle avait eu tant de mal à créer, pour lequel elle avait travaillé si durement, pouvait s'effondrer du jour au lendemain.

En revanche, si elle ravalait suffisamment sa fierté pour rentrer dans le petit jeu cruel de Cristo, ce dossier disparaîtrait ensuite comme par enchantement. Et son job se verrait assuré pendant au moins un an, ce qui lui laisserait le temps de trouver un autre emploi.

Erin revit l'expression inquiète de sa mère quand elle avait appris que le groupe de Sam allait changer de propriétaire. Que pesait un week-end, face à la sécurité de sa famille ? La vie s'était montrée très dure avec Deidre Turner, aussi ne méritait-elle pas de se retrouver entraînée dans le maelström qui obscurcissait l'horizon de sa fille. Quant aux jumeaux, Erin était prête à se sacrifier pour leur éviter l'instabilité dont elle avait tant souffert enfant.

Cette situation épouvantable était sa faute, songea-t-elle soudain, assaillie par un regain de sa vieille culpabilité. Si elle n'avait pas commencé à fréquenter Cristo… Elaine l'avait pourtant prévenue, lui rappelant sa réputation de don Juan invétéré.

Elle avait recherché les ennuis et maintenant, ceux-ci refluaient en force : Cristo n'était pas revenu avec des

intentions charitables. Convaincu de la culpabilité de son ex-maîtresse, il avait mis deux ans à mûrir sa vengeance.

Installé sur la terrasse de sa villa, Cristo contempla les jardins baignés dans la lumière dorée des derniers rayons du soleil couchant. Loin de la pollution d'Athènes et de ses rues encombrées, il savourait le calme et la solitude de Thesos, l'île privée dont il avait hérité de son défunt père et dont il avait pu jouir à partir de son vingt et unième anniversaire.

Ses parents adoptifs, Vasos et Appollonia Denes, s'étaient toujours montrés très scrupuleux : jamais ils n'avaient profité de l'immense fortune du petit garçon confié à leurs soins. Leur façon manichéenne de voir l'existence ne facilitait pas les relations que Cristo entretenait avec eux. Il venait de passer trois jours épuisants, enfermé avec Vasos dans le bureau de celui-ci pour essayer de l'aider à éviter la faillite de son entreprise. Mais il n'avait même pas réussi à lui faire accepter un prêt au taux du marché. Vasos n'accepterait son argent sous aucune forme. Pourtant, il traversait une période si difficile que, épuisé par le stress, il avait piqué du nez dans son assiette au beau milieu du dîner. Quant à sa mère, elle vivait dans une inquiétude permanente, en dépit de ses affirmations. En réalité, Appollonia ne s'était jamais remise complètement de la dépression nerveuse dans laquelle elle avait sombré dix-huit mois plus tôt.

Les yeux perdus sur la ligne d'horizon, Cristo se dit que s'ils avaient soupçonné ce qu'il tramait contre Erin Turner, ses parents, qui croyaient être parvenus à lui inculquer leurs valeurs et principes respectables, auraient été horrifiés. Or, ayant compris dès son plus jeune âge

comment faire plaisir à Vasos et Appollonia, il avait appris à faire semblant, et à accepter qu'il n'était pas toujours en son pouvoir de chasser tous les maux du monde pour les en protéger…

Après avoir savouré une longue gorgée de whisky, Cristo repensa à Erin. Dans cette existence où il travaillait dix-huit heures par jour, harcelé par les exigences de l'empire Donakis, la jeune femme représentait un merveilleux divertissement. Si elle ne l'appelait pas dans les prochaines vingt-quatre heures, ils entreraient dans une phase plus dure, qui le verrait recourir à des moyens plus énergiques… Car non seulement le pardon n'était pas son fort, mais il n'était pas non plus porté sur l'autoanalyse.

De toute façon, les origines du désir qui le consumait étaient tellement obscures… Quelques heures plus tôt, il avait suffi d'un seul baiser pour enflammer sa libido. Il avait réagi comme un adolescent, constata-t-il en se moquant de lui-même.

Pourtant, la simple pensée qu'Erin puisse se trouver, en ce moment même, dans le lit de Sam Morton, le tourmentait au plus haut point. Il bouillait de colère, alors que cette éventualité aurait plutôt dû le dégoûter, éteindre le feu qui rugissait en lui.

Oui, en contemplant le ciel embrasé de somptueuses teintes de rose orangé et de pourpre, il ne pouvait songer qu'au week-end qu'il allait s'offrir avec son ancienne maîtresse… Ensuite, tout serait terminé et il serait enfin guéri, *pour toujours*. Il serait débarrassé du désir inopportun, inexplicable, qu'il éprouvait pour cette petite et dangereuse Vénus aux yeux ensorceleurs.

Erin souleva le combiné, parcourue d'un frisson glacé. Elle n'était plus la jeune femme naïve que Cristo avait connue autrefois, mais elle se trouvait prise au piège. Si elle voulait protéger les siens, elle n'avait pas le choix : elle devait se soumettre aux exigences de son ex.

— Oui, mademoiselle Turner, répondit une voix agréable et bien timbrée. M. Donakis attend votre appel, je vous le passe.

Il savait qu'elle capitulerait, songea Erin avec dépit. Alors que trois ans plus tôt, quand elle avait essayé à maintes reprises de lui téléphoner, elle s'était toujours heurtée à un refus brutal et systématique.

— Bonjour, Erin, dit-il d'un ton poli. Que puis-je faire pour toi ?

— Le week-end du 5 te conviendrait-il ? demanda-t-elle d'une voix neutre.

A partir de maintenant, elle perdait tout contrôle de la situation. Une petite voix se rebella dans son esprit, lui criant qu'elle ne pouvait pas capituler ainsi, mais Erin la fit taire sans pitié : le salut de sa mère et de ses enfants passait avant tout.

— Dans deux semaines ?

— Je ne suis pas libre avant, affirma-t-elle avec calme, comme s'il s'agissait d'un simple rendez-vous professionnel.

— D'accord. Quelqu'un prendra contact avec toi pour les détails. Munis-toi d'un passeport en cours de validité.

— Pourquoi ? A quoi penses-tu ?

— A un endroit discret, murmura-t-il. Au revoir, Erin ; nous nous reverrons le 5.

Elle comprit qu'il n'était pas seul et reposa le téléphone, la bouche sèche.

Soudain horrifiée par les conséquences de son acte,

elle se sentit submergée par un accès de rage impuissante. Qu'avait-elle bien pu faire à Cristo pour qu'il cherche ainsi à détruire sa vie ? Il la prenait pour une voleuse, très bien. Mais ne pouvait-il tourner la page et la laisser tranquille ? En outre, lorsqu'ils étaient ensemble, elle avait refusé tous les bijoux extravagants, tous les diamants, toutes les toilettes somptueuses qu'il voulait lui offrir : l'avait-il oublié ?

Aussitôt, un flot de souvenirs défila dans sa mémoire.

De façon étrange, c'était en adoptant une attitude romantique que Cristo avait réussi à vaincre ses réticences. Il lui avait envoyé des fleurs, des textos adorables et, le jour de la Saint-Valentin, il l'avait invitée de nouveau à dîner. Quelle femme n'aurait succombé aux tentatives de persuasion d'un mâle aussi somptueux ?

Quand elle avait fini par accepter de sortir avec lui, Erin s'était beaucoup amusée, et c'est ainsi que tout avait commencé. Les rendez-vous s'étaient succédé, au cours desquels ils n'avaient échangé que des baisers — elle avait toujours refusé d'aller plus loin.

Peu porté sur les relations platoniques, Cristo avait exigé des explications, jusqu'à ce qu'Erin avoue qu'il serait son premier amant. Déconcerté par son aveu, il l'avait surprise en acceptant d'attendre qu'elle soit prête. Son attitude compréhensive l'avait rendue encore plus folle de lui…

Finalement, Erin avait couché avec Cristo parce qu'elle ne pouvait plus résister à son propre désir. Dès leur première étreinte, fabuleuse, elle avait senti un lien merveilleux se tisser entre eux. Quatre mois plus tard, il lui avait offert de prendre la direction du spa de son prestigieux hôtel de Londres, le Mobila.

Avant d'accepter ce poste important, Erin avait long-

temps hésité. Mais finalement, elle s'était crue capable d'assumer ces responsabilités. La crainte que le fait de travailler pour Cristo n'affecte leur liaison l'avait préoccupée davantage. En revanche, elle n'avait pas du tout prévu que ses nouveaux collègues jalouseraient sa relation intime avec leur employeur.

Dès leurs premiers rapports sexuels, Erin avait voulu prendre la pilule ; toutefois, même après en avoir essayé plusieurs, elle était toujours sujette à des indispositions désagréables. En dernier recours, Cristo avait décidé que ce serait lui qui prendrait ses précautions. Peu après, il avait parlé incidemment de cet ami dont la maîtresse s'était fait avorter.

Six mois plus tard, Erin vivait quasiment à demeure chez lui quand il était à Londres, et il avait commencé à lui proposer de l'accompagner dans ses déplacements. Surprise, elle lui avait fait remarquer que si elle s'absentait ainsi de son travail, le personnel ne la prendrait jamais au sérieux. Cristo avait semblé le comprendre, mais il n'avait pas apprécié sa réaction. A peu près à la même période, il s'était mis à l'interroger sur sa relation avec Tom, son ancien compagnon d'université venu à son tour s'installer à Londres. Cristo lui demandait sans cesse si elle le voyait souvent pendant qu'il voyageait pour ses affaires.

Erin était devenue très proche de Tom. Pourtant, s'ils s'entendaient à merveille, jamais le désir n'avait frémi entre elle et lui.

Incapable de concevoir une amitié platonique entre un homme et une femme, Cristo avait dû être irrité par leur complicité, puis celle-ci avait dû éveiller ses soupçons. Huit mois après le début de leur liaison, une dispute épouvantable avait éclaté entre eux, à propos de Tom.

— Comment réagirais-tu, si j'avais une amie aussi proche ? avait-il demandé.

En vérité, cela ne lui aurait pas plu du tout ; mais comme elle aimait vraiment Tom comme un frère, Erin avait refusé de capituler.

— Tu es trop possessif, avait-elle répliqué, rendant Cristo encore plus fou de rage.

— Tu es une très belle femme, Tom en est forcément conscient. Et puis, les relations sans sous-entendus entre homme et femme, ça n'existe pas, avait-il répété. Il y en a toujours un des deux qui ressent quelque chose.

— Bon, résumons la situation : tu me fais confiance, ou pas ? avait-elle demandé pour essayer de calmer le jeu.

En réalité, elle avait dû faire un effort immense pour ne pas lui dire qu'il se conduisait comme un affreux jaloux.

Lorsqu'elle avait raconté la scène à Elaine, beaucoup plus expérimentée qu'elle, son amie l'avait regardée d'un air amusé.

— Cristo est amoureux de toi ! Je ne pensais pas que cela puisse arriver, mais vu sa réaction, c'est évident.

A ce moment-là, Tom avait rencontré une femme dont il était tombé follement épris et il envisageait de l'épouser, si bien qu'Erin le voyait moins souvent.

Folle d'espoir, elle avait attendu que Cristo affiche ses sentiments de manière plus franche, mais rien de tel ne s'était jamais produit. Ils avaient fêté Noël séparément, puis Cristo était rentré en Grèce au moment de son anniversaire, sans même lui proposer de l'accompagner. Toutefois, il n'avait jamais cessé ses étreintes passionnées, jusqu'à la dernière nuit qu'ils avaient passée ensemble — durant laquelle Erin était tombée enceinte, elle en était convaincue.

Une semaine plus tard, Cristo n'était pas venu à sa soirée

d'anniversaire ; puis il l'avait plaquée. Il n'avait pas pris de gants pour le lui annoncer : il avait fait irruption au spa et avait demandé à lui parler quelques instants en privé.

— Toi et moi, c'est fini, avait-il dit sèchement. Nous n'avons plus rien à faire ensemble et j'aimerais passer à autre chose.

Effectivement, il était passé à autre chose : au mariage…

Aujourd'hui, ce qu'Erin ne parvenait toujours pas à comprendre, c'était pourquoi, presque trois ans après cette rupture brutale, Cristo désirait faire ressusciter le passé. Certes, il voulait la punir pour ce vol supposé, mais comment un week-end consacré au sexe s'insérait-il dans son programme ? Car avec un homme aussi sensuel que Cristo, une étreinte ne pouvait en rien ressembler à un châtiment…

Chapitre 5

Erin sortit de la voiture qui était venue la chercher à l'aéroport et respira l'air parfumé de la Toscane en fermant les yeux.

Un peu plus tard, lorsqu'elle découvrit, au fond d'une vallée reculée, la superbe villa se dressant au milieu d'un paysage enchanteur, elle tressaillit devant tant de beauté.

Dans la lumière blonde de la fin d'après-midi, les vignes en terrasses, les hauts cyprès, les collines couvertes de forêts, les oliviers gris argentés, tout revêtait un charme singulier. Quant à la grande demeure au toit de tuiles en terre cuite et aux deux rangées de hautes fenêtres élégantes, elle dégageait un charme inouï.

Pour compléter ce tableau pastoral hors du temps, des moutons broutaient l'herbe grasse, les clochettes suspendues à leur cou ponctuant l'atmosphère de leur tintement mélodieux.

Pas un seul instant Erin n'aurait imaginé Cristo savourant la paix d'un cadre aussi bucolique…

Un serviteur souriant, au crâne lisse et brun comme du cuir, lui souhaita la bienvenue en anglais et se présenta comme étant Vincenzo. Puis, après s'être emparé de sa

valise, il l'invita à le suivre et pénétra dans un imposant hall au sol pavé de marbre, qui fit résonner le bruit de leurs pas.

Après avoir gravi les marches d'un majestueux escalier, en marbre lui aussi, il la conduisit dans une vaste chambre lumineuse.

Décorée en de sobres nuances d'ivoire et de vert, la pièce exsudait une atmosphère élégante et masculine. Quand Erin aperçut le large lit drapé de soie brodée d'or, elle sentit le rouge lui monter aux joues et détourna les yeux. Après avoir déposé sa valise sur un guéridon en acajou, Vincenzo ouvrit la porte de la salle de bains en lui faisant signe d'approcher.

Erin jeta un bref coup d'œil dans la pièce équipée d'installations ultra modernes et sourit au domestique pour lui montrer qu'elle était satisfaite.

Cet homme aimable connaissait-il les véritables raisons de sa présence dans cette chambre, ou la prenait-il pour l'une des innombrables maîtresses de Cristo ? se demanda-t-elle en continuant à sourire poliment.

Au fond, qu'il connaisse la vérité ou non n'avait aucune importance. Et puis le sexe n'était que du sexe, même avec Cristo, se dit-elle en redressant le menton. Elle avait fait le bon choix, dans le but d'assurer sa sécurité et celle de ceux qu'elle aimait.

Néanmoins, elle n'avait pas dit à Deidre qu'elle se rendait en Italie pour y rejoindre Cristo ; ce mensonge pesait lourd sur sa conscience. Elle avait raconté qu'elle allait en Ecosse pour passer le week-end chez Tom et sa femme, Melissa, qui venait d'accoucher d'une petite fille.

Comment aurait-elle pu avouer la vérité à sa mère ? La pauvre aurait reçu un tel choc qu'elle aurait pu faire un

infarctus. Pour se débarrasser du sentiment de culpabilité qui la taraudait, Erin se dit que, de temps en temps, le mensonge valait mieux que la franchise.

Après avoir ôté son léger imperméable, elle sortit de la chambre sur les pas de Vincenzo, qui venait de lui offrir de redescendre au rez-de-chaussée pour prendre un café.

Tout en le suivant, Erin repensa aux deux semaines écoulées. Les négociations avaient rapidement abouti entre Sam et Cristo, si bien que, qu'elle le veuille ou non, elle travaillerait bientôt de nouveau pour son ancien amant. A la condition toutefois que l'enquête de ses experts l'ait rassuré sur son honnêteté…

Tandis que Vincenzo servait le café sur une ravissante terrasse, dans l'atmosphère délicieusement tiède de ce début de soirée, Erin pensa à Lorcan et Nuala. Elle se trouvait si loin d'eux, privée d'un précieux week-end en leur compagnie… Alors qu'elle contemplait avec tristesse la vue splendide qui s'offrait à elle, son téléphone vibra dans sa poche.

« Laisse tes cheveux détachés », disait le texto.

Erin reposa sa tasse sur la table en fer forgé, désabusée. Cristo la réduisait à l'état de simple objet, offert à sa fantaisie. Brusquement, le café prit un goût amer dans sa bouche. Autrefois, elle avait aimé cet homme à la folie. Elle l'avait *adoré*. A présent, ces retrouvailles dénuées de toute émotion allaient détruire ses souvenirs les plus précieux.

Après avoir regagné sa chambre, elle se demanda si elle devait s'habiller pour dîner ou, au contraire, ôter ses vêtements et attendre Cristo dans ce lit immense. Les larmes lui montant soudain aux yeux, elle cligna farouchement des paupières et se dirigea vers la salle de bains.

Quand elle en ressortit vingt minutes plus tard, elle

prit une robe de soie bleue dans sa valise. Il était hors de question qu'elle attende son tourmenteur au lit !

Dès que l'hélicoptère se fut posé, Cristo sauta à terre et s'avança à grands pas vers la villa.

Combien de fois s'était-il répété qu'il avait tort de se conduire ainsi avec Erin ? Mais n'était-ce pas son tour d'oublier tout scrupule ? Deux ans et demi plus tôt, quand il avait découvert qu'elle avait profité de sa confiance, il s'était montré trop indulgent.

En s'offrant ce week-end avec elle, il faisait de nouveau preuve d'indulgence, mais cette rencontre lui servirait d'exorcisme. Quand le week-end serait terminé, il en aurait fini avec cette femme.

En proie à une nervosité inouïe, Erin passa devant la haute fenêtre mais s'interdit de regarder à l'extérieur. Elle avait entendu l'hélicoptère atterrir, si bien que Cristo allait apparaître d'un instant à l'autre.

Alors qu'elle arpentait la chambre, la porte s'ouvrit toute grande et il fut là, sur le seuil, les yeux étincelants comme des diamants noirs, sa haute silhouette projetant une ombre longiligne sur le plancher.

Cristo contempla Erin en silence. Vêtue d'une charmante robe bleue coupée dans une soie fluide qui effleurait ses courbes ravissantes, elle *l'attendait*, comme autrefois, ses cheveux aux reflets argentés ruisselant sur ses fines épaules.

Et lorsqu'une roseur adorable envahit ses pommettes, une bouffée d'excitation le prit par surprise.

— Bonjour, Cristo, dit-elle d'une voix un peu voilée.

— Bonjour, Erin.

Après avoir franchi la distance qui les séparait, il la prit dans ses bras en murmurant quelques mots en grec.

— Que dis-tu ? demanda Erin en levant les yeux vers les siens.

— Rien d'important, *koukla mou*, répliqua-t-il d'une voix rauque.

Erin ferma les paupières. Le souffle de Cristo lui caressait les lèvres et ses yeux brillaient d'un éclat étrange, ses beaux yeux entourés de longs cils noirs où frémissait la lueur dorée qu'elle aimait tant. Les effluves de son eau de toilette raffinée envahirent ses sens. C'était si bon d'être de nouveau dans ses bras…

Avec une douceur presque insupportable, il l'embrassa au coin des lèvres, en une caresse imperceptible qui la fit frissonner au plus profond de son être. Et lorsque sa bouche prit la sienne, son cerveau se déconnecta. Son corps se réveillait dans ses endroits les plus secrets, réclamant celui de Cristo avec une force qui la sidéra.

Le ballet auquel se livraient leurs lèvres, leurs langues, vibrait d'une telle sensualité qu'Erin renonça à toute résistance. Elle en voulait plus, tellement plus…

Sans quitter sa bouche un seul instant, Cristo ôta sa veste et la laissa tomber sur le sol ; puis il dénoua sa cravate d'un geste vif. Erin déboutonna alors son col de chemise et glissa les doigts sur sa peau en fermant de nouveau les yeux. Son cou était si puissant, sa peau si douce, si chaude…

Elle agissait d'instinct, poussée par une force incompréhensible, ivre de son propre désir et de celui de Cristo.

Soudain il referma les mains sur ses hanches et la serra contre lui. Quand elle sentit la puissance de son érection, Erin laissa échapper une plainte.

— Je brûle de désir pour toi, dit-il d'un ton presque accusateur.

En même temps, il fit glisser la fermeture Eclair de sa robe et la lui retira avec une habileté redoutable.

— Moi aussi, avoua-t-elle tandis que le tissu tombait autour de ses pieds en un doux bruissement.

Comment aurait-elle pu lui cacher son désir, puisque son corps tremblait tout entier ?

Cristo la souleva dans ses bras et la déposa sur le lit. C'était du sexe, rien que du sexe, se rappela-t-il. Mais l'excitation qui le ravageait était si intense qu'elle en devenait presque douloureuse.

Le regard plongé dans le sien, il glissa la main dans son dos pour dégrafer son soutien-gorge. A présent, le violet des yeux d'Erin tirait sur le bleu-gris, leur rendant la douceur qu'il avait tant aimée autrefois.

Cette femme était une voleuse, se répéta-t-il comme un mantra, et une traîtresse. Après s'être redressé, il se débarrassa rapidement de sa chemise en se demandant s'il pourrait dompter son désir jusqu'au moment de la pénétrer.

— Comment peux-tu encore me faire cet effet-là ? demanda-t-il d'une voix rauque.

Il baissa les yeux sur les seins qui s'offraient à lui, ces deux petits globes fermes à la peau laiteuse, sur laquelle ressortaient les larges aréoles rose foncé.

Sans plus attendre, il se pencha et prit un téton déjà dur entre ses lèvres. Il le suça avec délice avant de le titiller entre ses dents. Il n'avait pas oublié qu'elle adorait cela. Comme pour confirmer sa pensée, Erin arqua le dos et laissa échapper un murmure étouffé. Encore plus excité par cette réaction, Cristo dévora ses mamelons de plus en plus gonflés.

Le désir pulsait maintenant en lui avec une violence infernale, réclamant l'assouvissement. Interrompant son

délicieux festin à regret, il redressa la tête et quitta le lit pour achever de se déshabiller.

Les joues en feu, Erin s'assit et remonta les genoux contre sa poitrine. Elle refusait de prendre du plaisir à cette étreinte forcée. Elle voulait rester de marbre, insensible, détachée.

— Je n'avais pas l'intention de te sauter dessus comme un sauvage, dit alors Cristo d'une voix rauque. Je pensais que nous dînerions d'abord.

Elle détourna les yeux, refoulant les souvenirs de la passion qu'ils partageaient autrefois.

— Tu n'as jamais été très doué pour la patience. Entre nous, c'était toujours…

— Il n'y a plus de *nous*, l'interrompit-il.

Au contraire, répliqua-t-elle en son for intérieur. Lorcan et Nuala formaient une merveilleuse combinaison de leurs gènes et, pour l'instant, ils semblaient avoir hérité de la nature explosive de leur père. Lorcan était très volontaire et indépendant, Nuala changeante et brusque, et tous deux étaient sujets à de redoutables colères. Ni l'un ni l'autre n'avaient hérité du caractère plus calme et plus équilibré de leur mère.

— Que complotes-tu ? demanda Cristo d'un air accusateur.

Il la dominait, nu et excité, son regard doré dardé sur son visage. Horrifiée, Erin sentit son corps répondre à la passion qui étincelait dans ses yeux.

— Que pourrais-je comploter, franchement ?

— Je n'en sais rien, répondit-il en suivant le contour de sa bouche du bout du doigt. Mais je me demande à quoi tu penses…

Il referma les mains sur ses seins, doucement, en faisant

rouler ses tétons entre ses doigts, puis la repoussa sur l'oreiller sans détourner un instant son regard du sien. L'instant d'après, ses doigts s'immiscèrent sous sa culotte.

Quand il se mit à caresser son clitoris, le plaisir inonda Erin, tandis qu'un long tremblement se propageait dans son corps. Cristo reprit alors sa bouche avec fougue, tout en faisant descendre sa culotte sur ses jambes.

Lentement, il laissa glisser les lèvres sur son cou, sa gorge, les promena entre ses seins, puis s'attarda sur son ventre. Mais quand il aventura sa bouche experte entre ses jambes, Erin rouvrit les yeux ; ses hanches se soulevèrent instinctivement et elle laissa échapper un halètement.

Cristo se redressa et la regarda, les yeux brûlant de désir.

— J'aime te voir jouir, chuchota-t-il. Ce doit être le seul moment où tu oublies de te contrôler.

Tout à coup, Erin, choquée de s'être laissé séduire sans opposer de résistance, se sentit trop exposée, vulnérable.

— Je ne veux pas être ici, ni coucher avec toi, lança-t-elle soudain.

— Menteuse.

Cristo referma sa bouche sur la sienne et leus langues s'enroulèrent en une danse d'un érotisme torride, faisant gémir Erin contre les lèvres de son amant.

Il interrompit leur baiser pour enfiler un préservatif puis, d'un mouvement fluide, s'installa au-dessus d'elle. Le regard rivé au sien, il lui souleva les jambes et les posa sur ses épaules, avant de la pénétrer avec une telle vigueur qu'elle rejeta la tête en arrière en poussant un cri.

Erin se mordit la lèvre, partagée entre la rage et le plaisir. C'était bon, fantastique, stupéfiant de sentir Cristo en elle. Mais elle était furieuse contre elle-même de n'avoir

pas pu rester insensible à ses caresses ; elle le connaissait bien : si elle était restée de marbre, il n'aurait pas insisté.

Peu à peu, il instaura un va-et-vient de plus en plus rapide. Lorsqu'elle s'abandonna au plaisir en poussant un long cri, Erin eut l'impression que la lumière explosait en elle, que des étincelles de feu se dispersaient dans les moindres cellules de son corps. A cet instant, Cristo donna un vigoureux coup de reins et sombra à son tour dans la volupté en laissant échapper une plainte rauque.

Lorsqu'elle recouvra ses esprits, Erin constata que Cristo avait gardé un bras passé autour de sa taille ; son autre main reposait sur son ventre.

— Tu es extraordinaire, dit-il en effleurant de ses lèvres sa joue humide. Cela valait vraiment la peine d'attendre, *koukla mou*.

Il n'avait pas attendu si longtemps, songea Erin, qui se traita de femme facile. Pourtant, était-ce sa faute si elle se sentait tellement bien dans ses bras, s'ils avaient retrouvé si facilement leur merveilleuse intimité d'autrefois ? Les trois dernières années semblaient s'être évaporées, si bien qu'elle se trouva transportée à l'époque merveilleuse de sa liaison avec l'homme qu'elle aimait.

Lui, il ne l'avait jamais aimée. Et à présent, elle ne l'aimait plus. De plus, il l'avait soumise à un odieux chantage pour la faire revenir dans son lit.

Ce constat raviva son amertume. Lorsqu'elle voulut s'écarter, Cristo se redressa ; il quitta rapidement le lit avant de se diriger vers la salle de bains.

Erin écouta l'eau couler dans la douche. Comment allait-elle pouvoir le regarder en face après s'être donnée ainsi, sans même avoir essayé de résister ? Et dire qu'elle

allait devoir supporter cette honte durant *un week-end entier*... Elle ne pourrait plus jamais se regarder dans un miroir sans dégoût. Elle eut beau se répéter qu'elle avait cédé à Cristo pour protéger son avenir et celui de ses enfants, elle n'en restait pas moins horrifiée par sa propre conduite.

Au moment où Cristo réapparut, une serviette blanche nouée autour des hanches, quelqu'un frappa discrètement à la porte de la chambre.

— J'ai demandé à Vincenzo de nous monter le dîner, dit-il d'un ton détaché.

Sans réfléchir, Erin sauta aussitôt hors du lit et alla se réfugier dans la salle de bains. Elle prit une douche rapide et, après s'être essuyée, saisit le peignoir de soie noire suspendu à la porte. Elle en roula les manches trop longues sur ses avant-bras, puis noua fermement la ceinture autour de sa taille.

Quand elle regagna la chambre, Cristo avait passé un jean moulant anthracite et un T-shirt noir. Il était superbe, comme toujours. Détournant les yeux, elle aperçut un chariot installé à côté de la petite table de bois exotique aux pieds sculptés.

— Comment Vincenzo a-t-il pu monter tout cela ? demanda-t-elle d'une voix tendue.

— En utilisant l'ascenseur. Le propriétaire précédent était une vieille dame à mobilité réduite.

— Quand as-tu acheté cette villa ?

— Il y a environ un an. Je cherchais un endroit où je pourrais me reposer entre mes voyages d'affaires, répondit Cristo avec un calme impressionnant. Tu as faim ?

— Oui, un peu.

En réalité, son ventre criait famine, mais Erin n'avait pas

l'intention de le reconnaître. Elle contempla l'assortiment de mets appétissants, tout en essayant de faire abstraction de la proximité déstabilisante de Cristo. Après avoir hésité un instant, elle choisit des tortellinis à la viande et de la salade *panzanella*.

D'une main sûre, Cristo versa du vin doré dans deux verres en cristal, avant de s'asseoir nonchalamment dans l'un des fauteuils. Son assurance renforça la nervosité d'Erin. Au cours des deux dernières années, elle avait cru avoir mûri, être devenue une femme en parfait contrôle d'elle-même et de sa vie ; il venait de lui prouver qu'il n'en était rien.

— Cela ne te dérange pas de m'avoir fait venir dans ton lit par un odieux chantage ? demanda-t-elle soudain.

— Cela a commencé ainsi, en effet, répondit-il sans se troubler. Mais la situation a évolué autrement.

Cristo vit Erin tressaillir. Ses cheveux tombaient sur ses épaules, la soie noire du peignoir mettait en valeur son teint de porcelaine. Il ne put s'empêcher d'admirer la perfection de ses traits. Le temps n'avait en rien altéré sa beauté — elle était même encore plus belle qu'autrefois... A présent, une lumière nouvelle éclairait son visage ovale. Brusquement, il comprit qu'elle s'était épanouie. Avec Sam Morton ?...

Erin soutint le regard pourtant aigu de Cristo, dans lequel ne perçait pas la moindre lueur de remords.

— Je ne comprends pas pourquoi tu m'as fait venir ici, insista-t-elle. Après tout, quand nous nous sommes séparés, tu m'avais bien fait comprendre que tu en avais assez de moi.

Une lueur indéchiffrable passa dans ses yeux.

— Je n'ai jamais dit que j'en avais assez de toi.

— Pourquoi m'as-tu quittée, alors ? ne put-elle s'empêcher de lancer.

Elle s'était posé cette question pendant des jours, des mois, se demandant ce qu'elle avait fait pour mériter un tel traitement…

— Je ne pense pas que tu souhaites vraiment connaître la réponse, répondit-il, le visage impassible.

Erin piqua sa fourchette dans un quartier de tomate juteux.

— Cela s'est passé voilà longtemps, Cristo…

— Justement, riposta-t-il d'un ton ironique.

— J'aimerais tout de même comprendre pourquoi, insista-t-elle en plissant le front.

Il reposa son verre de vin blanc sur la table, les yeux brillant comme de la glace noire.

— Tu ne t'en doutes pas ?

— Absolument pas, non.

— Tu m'as trompé…

Erin crut que sa mâchoire inférieure allait se décrocher sous le coup de la stupéfaction. Elle resta de longues secondes bouche bée, tentant d'assimiler ce qu'elle venait d'entendre.

— Non, finit-elle par articuler. Non, c'est faux.

— J'ai surpris un type dans ton lit, dans ta chambre d'hôtel, la nuit suivant la fête organisée pour ton anniversaire, détailla-t-il d'un ton neutre. Tu m'as trompé.

— *Qui* as-tu vu dans ma chambre ? demanda-t-elle en l'observant avec attention, un poids sur la poitrine et la gorge serrée.

Il haussa les épaules avec désinvolture.

— Je n'ai pas la moindre idée de son nom, répondit-il d'un ton ironique. Je suis entré dans ta chambre dans

l'intention de te faire une surprise, et c'est *moi* qui me suis retrouvé surpris…

Complètement abasourdie, Erin le regarda en écarquillant les yeux. Seigneur…

— Mais je n'étais pas là ! Tu n'as pas pu me voir.

Cristo lui adressa un regard dédaigneux.

— J'ai vu le jeune homme, j'ai vu les vêtements épars sur le sol, les verres vides et la bouteille de vin. Et j'ai entendu l'eau couler dans la salle de bains. Je n'avais pas besoin de te *voir.*

Une telle tension étreignait Erin qu'elle pouvait à peine respirer. Elle se leva d'un mouvement brusque.

— Eh bien, tu en aurais eu besoin, au contraire, lança-t-elle avec colère. Parce que, dans la salle de bains, ce n'était pas moi ! Cette nuit-là, je n'étais même pas à Londres !

— C'était *ta* chambre, et ce type était dans *ton* lit…

La colère d'Erin se transforma en fureur.

— Et tu me racontes cela seulement maintenant, presque trois ans après ?

— Je ne voyais pas l'utilité de t'en parler. Ce que j'avais vu me suffisait, répliqua Cristo sans ciller.

Chapitre 6

Erin avait vraiment du mal à contenir son envie de gifler Cristo. En l'espace de quelques secondes, elle se rappela la souffrance éprouvée après leur séparation. A présent qu'elle commençait à comprendre les raisons de son rejet brutal — un malentendu lamentable —, une rage épouvantable bouillonnait en elle.

Elle prit une grande inspiration pour maîtriser ses nerfs.

— Ce que tu avais vu te suffisait ? lâcha-t-elle d'un ton cinglant. Un homme dans une chambre, des vêtements au sol, un bruit de douche : quelle preuve éclatante de ma trahison !

Il haussa un sourcil d'un air sarcastique.

— Quelle autre preuve aurait été nécessaire, d'après toi ?

— Une *vraie* preuve ! Parce que je n'ai pas passé la nuit dans cette chambre. Je te répète que je n'étais même pas à Londres ! J'ai reçu un appel de l'hôpital m'annonçant que ma mère avait été emmenée aux urgences après avoir fait un infarctus. Tom et son amie m'ont proposé de m'emmener là-bas. Dennis, le jeune frère de Tom, était présent ; il m'a demandé s'il pouvait occuper ma chambre d'hôtel en mon absence, avec sa petite amie. J'ai accepté.

Erin s'interrompit et foudroya Cristo du regard.

— Je ne pouvais pas savoir que tu allais venir me rejoindre ! Non seulement tu n'étais pas venu à ma soirée d'anniversaire, mais tu m'avais dit que tu ne pourrais sans doute pas revenir à Londres avant au moins vingt-quatre heures.

— Je ne crois pas à tes explications, laissa-t-il tomber d'un ton laconique.

A bout de patience, Erin saisit la bouteille de vin et, prise d'une impulsion subite, en versa le contenu sur la tête de Cristo. Totalement surpris par cette attaque, il bondit en poussant un juron grec et lui arracha la bouteille de la main. Elle regarda avec satisfaction le liquide dégouliner sur ses cheveux noirs et sur son visage courroucé.

— Tu as perdu l'esprit ? fit-il d'une voix gutturale, les yeux étincelant de rage, avant de s'essuyer le visage avec une serviette de table.

— Oui, peut-être : le jour où je me suis impliquée dans une relation avec toi, répondit-elle posément. Comment oses-tu me juger coupable d'un acte que je n'ai pas commis ? Après tout ce que nous avions partagé, je méritais un peu plus de respect de ta part. Bon sang, comment as-tu pu me condamner sans même me laisser me défendre ?

— Je refuse de poursuivre cette conversation, répliqua-t-il en tournant le dos. Je vais reprendre une douche.

Mais Erin, peu décidée à le laisser s'en tirer à si bon compte, le devança et lui bloqua le passage vers la salle de bains.

— Tu es tellement têtu… Puisque je te *jure* que je n'étais pas au Mobila cette nuit-là.

— Tu y étais ! riposta-t-il avec violence.

— Non ! Comment peux-tu seulement *penser* que j'aurais pu passer la nuit avec un autre homme que toi ?

— Pourquoi pas ? Tu savais que je ne pourrais pas venir à ta soirée d'anniversaire, et tu m'en voulais de…

— Pas au point de coucher avec quelqu'un d'autre ! le coupa-t-elle. Je n'arrive pas à croire que tu m'aies quittée sur une simple déduction.

Erin secoua la tête dépitée et malheureuse. Une lueur hostile au fond des yeux, Cristo restait silencieux, les traits tendus.

— Maintenant, je comprends tout, bien sûr, reprit-elle. Avec ton ego, ton orgueil, tu as choisi la solution la plus facile : la fuite…

— Ce n'est pas pour cela que je n'ai rien dit, fit-il d'un air de défi. J'avais des doutes envers toi depuis quelque temps. Certains… détails m'avaient rendu méfiant.

— Lesquels ?

— Je n'ai pas l'intention d'en discuter avec toi.

— Tu te conduis comme un goujat ! riposta-t-elle en tremblant de rage. En fait, tu es affreusement jaloux, possessif… Tu ne supportais même pas que je fréquente Tom !

A peine avait-elle prononcé ces mots qu'un éclair flamboyait dans le regard de Cristo. Il referma les mains sur la taille d'Erin, la souleva puis la reposa un peu plus loin, se libérant ainsi le passage.

— Je te le répète : cette conversation ne m'intéresse pas.

— Alors tant pis pour toi, décréta-t-elle en le suivant dans la salle de bains. Parce que si tu m'accuses d'infidélité, je n'ai pas l'intention de me laisser faire sans rien dire ! Tu m'as aussi prise pour une voleuse et à l'époque, tu ne

m'en as pas touché un seul mot non plus. Franchement, tu ne trouves pas tout cela un peu étrange ?

Cristo ôta son T-shirt trempé de vin. Un pli amer se forma sur sa bouche sensuelle.

— En quoi serait-ce *étrange* ? Je dirais plutôt que ton comportement frôle la paranoïa.

Il fit glisser son jean, mouillé lui aussi, sur ses hanches. Fascinée malgré elle, Erin contempla ses cuisses minces et musclées, couvertes d'une toison brune.

— Il n'y a rien de paranoïaque dans ma remarque, se défendit-elle.

— Tu m'as trompée et je l'ai découvert. Accepte-le, lança-t-il en entrant dans la douche. De toute façon, c'est de l'histoire ancienne.

Erin ne put s'empêcher d'admirer son corps musclé à la peau hâlée. Cristo se moquait d'exposer sa nudité ; il n'avait jamais été pudique.

— J'aurais dû te frapper avec cette bouteille, laissa-t-elle tomber, agacée par l'attitude désinvolte de Cristo.

Il ouvrit le robinet puis se retourna vers elle, le regard sombre et froid.

— Ne t'avise jamais de recommencer une chose pareille, ou je ne réponds pas de ma réaction.

Furieuse de sentir, malgré leur dispute, le désir palpiter au plus profond de sa féminité, Erin le réprima de toutes ses forces.

— Finalement, je regrette de ne pas t'avoir trompé ! Au moins, je serais accusée pour quelque chose.

Erin sortit de la salle de bains la tête haute. Les accusations de Cristo l'avaient terrassée ; de plus, elle se rendait compte qu'elle ne le connaissait pas aussi bien qu'elle l'avait

cru. Certes, il n'avait jamais exprimé ses émotions, gardant toujours sa réserve, mais Erin n'avait pas soupçonné une seconde qu'il puisse dissimuler de tels secrets.

Que lui cachait-il encore ? Et qu'avait-elle fait pour provoquer ainsi sa méfiance ? *Certains détails*, avait-il dit…

Après avoir pris l'un des oreillers et le dessus-de-lit, elle alla s'installer sur le sofa, à l'autre extrémité de la chambre.

Cristo réapparut quelques instants plus tard, toujours nu, et prit des vêtements dans la grande armoire ancienne.

— Nous avons passé un marché, dit-il sans même se retourner.

— Oui, mais j'ai l'intention d'y ajouter quelques conditions, répliqua-t-elle d'une voix mal assurée. Je respecterai notre marché si…

— Trop tard pour poser des conditions, l'interrompit-il. Le marché est conclu.

— Si tu restes inflexible, je dormirai sur le sofa.

— Triches-tu aussi quand tu joues aux cartes ?

— Etant donné que c'est toi qui m'as appris à jouer, tu devrais le savoir.

Cristo pouvait presque *voir* le silence lourd de menaces qui venait de se dresser entre eux deux. Lorsqu'il posa les yeux sur Erin, il ne put détacher le regard de sa bouche pulpeuse. Il regrettait de lui avoir révélé qu'il avait découvert son infidélité. Avant qu'elle ne fasse cette réflexion stupide, à propos de son chantage, tout s'était déroulé à merveille.

Exaspéré, il passa la main dans ses cheveux humides.

— Très bien. Quelles sont tes conditions ? demanda-t-il avec impatience.

— J'accepte de retourner dans ton lit si, et seulement si, tu acceptes de parler avec Tom. Il te confirmera que

j'ai remis la clé magnétique de la chambre à son frère, puis que lui-même m'a laissée devant l'hôpital où avait été transportée ma mère, à cent soixante kilomètres de ton fichu hôtel Mobila.

— C'est ridicule.

— Pas du tout. Et tu me dois au moins cela.

— Je ne te dois absolument rien.

Le torse nu, les hanches soulignées par la ceinture de son jean bleu délavé, il se tenait d'un air insolent devant elle. Erin sentit sa bouche s'assécher. Le simple fait de le regarder faisait battre son cœur à un rythme beaucoup trop élevé. Il était l'incarnation même de la beauté virile et — ce détail augmentait encore son trouble — sa bouche superbe lui rappelait celle de son fils.

— Je mérite que tu vérifies ma version des faits, insista-t-elle avec le plus de dignité possible. Tu ne m'en as pas laissé l'opportunité il y a trois ans, tu peux maintenant réparer ce... cet oubli.

— Si j'accepte, tu reviendras partager mon lit ?

— J'ai juste une dernière chose à ajouter.

La lueur dorée incendia le regard Cristo.

— Je t'écoute...

— Demande-toi pourquoi j'aurais trahi ta confiance et pris le risque de me retrouver en prison, alors que j'ai toujours refusé les bijoux d'une valeur inestimable que tu voulais m'offrir. Si j'en avais eu après ton argent, je les aurais acceptés, ne serait-ce que pour les revendre.

Il soutint son regard sans manifester la moindre émotion, puis laissa échapper un long soupir.

— Retourne au lit, dit-il dans un souffle.

Cristo ne put la quitter des yeux lorsque, une expression hautaine sur les traits, elle quitta le sofa et se dirigea

vers le lit. Elle dénoua la ceinture du peignoir, qui tomba bientôt sur le plancher, où il forma un petit tas de soie noire. Il avait conscience de la dévorer des yeux, fasciné et ravagé malgré lui par un désir insensé. Jamais il n'avait vu de femme à la peau si claire, au corps aussi parfait, aux courbes si délicieusement féminines…

Quand il s'allongea à côté d'elle, il fut envahi par une sensation étrange, comme si l'équilibre était revenu dans sa vie.

Les yeux mi-clos, Erin leva la main et caressa le contour de ses lèvres avec une douceur exquise.

— Dors, murmura-t-il en voyant la lassitude qui marquait ses traits. Tu es épuisée.

Aussitôt, Cristo pinça les lèvres, se reprochant ses égards. Qu'est-ce que ça pouvait bien lui faire qu'elle soit fatiguée ? Pourquoi l'avait-il seulement remarqué ? Ils partageaient un week-end de *plaisir*, où il n'y avait de place pour aucun sentiment.

Par ailleurs, il ne comptait pas du tout se perdre dans des discussions sans fin concernant leur relation passée. Il n'y avait rien à discuter.

Toutefois, Erin avait paru terriblement choquée lorsqu'il l'avait accusée d'infidélité. Peut-être parce qu'elle était secouée d'avoir été percée à jour — manifestement, son amant ne lui avait jamais parlé de l'apparition inopinée de Cristo dans leur chambre. Mais Cristo était bien placé pour savoir qu'elle avait toujours été très douée pour jouer les innocentes. Autrefois, sa naïveté l'avait charmé, puis dupé. Tandis qu'à présent…

Le lendemain, lorsque Erin se réveilla, Cristo était déjà habillé et rasé de près. Embarrassée d'avoir dormi aussi

tard, elle se doucha rapidement puis le rejoignit sur la terrasse, « où sera servi le petit déjeuner », lui avait-il dit avant de quitter la chambre.

Vêtu d'un polo noir et d'un pantalon en lin blanc, il faisait les cent pas, une tasse de café dans une main et le téléphone dans l'autre.

Après avoir étalé du miel onctueux sur une tranche de pain grillé, Erin mordit dedans avec appétit, tout en admirant le paysage pittoresque de douces collines couvertes de châtaigniers et de chênes qui l'entourait. Puis elle reporta son attention sur Cristo : plus somptueux que jamais, il semblait déborder d'énergie.

Il dut sentir l'impact de son regard car il se retourna. Erin rougit comme une adolescente prise en faute. Tout son corps tressaillait au souvenir de la passion qui les avait réunis la veille au soir.

Ce week-end de débauche qu'elle avait tant redouté s'avérait surprenant — et très instructif, songea-t-elle en repensant aux accusations de Cristo. Comment avait-il pu passer sous silence la découverte de sa soi-disant infidélité ? Mais au fond, elle comprenait les raisons de son attitude : il s'était tu par orgueil. Il avait donc accepté sa prétendue trahison sans même lui laisser la possibilité de s'expliquer. Cependant, il avait raison sur un point : tout cela appartenait désormais au passé, et mieux valait ne pas le remuer.

En fin de matinée, il l'emmena faire une balade dans une voiture de sport décapotable d'un bleu azur en harmonie avec la teinte du ciel.

Les cheveux flottant au vent, Erin pensa aux jumeaux. Elle céda à un assaut de culpabilité. Le samedi matin, elle avait l'habitude de les conduire au parc. Cette sortie

hebdomadaire allait leur manquer aujourd'hui, puisque leur grand-mère trouvait trop difficile de surveiller deux enfants dans un endroit public. Erin la comprenait : Lorcan adorait s'aventurer et disparaissait volontiers, souvent suivi par sa sœur. A deux reprises, Erin avait retrouvé son fils dans l'eau jusqu'aux genoux, près des barques amarrées au bord du lac...

— Comment en es-tu venue à travailler pour Sam Morton ? demanda soudain Cristo.

— Par un pur coup de chance. Je m'étais réinstallée à Oxford, où je travaillais comme conseil, à mon compte, et ma meilleure cliente était une amie de Sam. Quand il a cherché un directeur pour le spa, cette dame charmante lui a parlé de moi. Il m'a appelée et m'a proposé un entretien.

— Pourquoi étais-tu retournée t'installer à Oxford ?

Après lui avoir décoché un regard dur, Erin opta pour la franchise.

— Je ne pouvais plus me permettre de vivre à Londres sur mes maigres allocations. Je n'aurais jamais dû donner ma démission du Mobila ; ma décision a été totalement inconsidérée.

— J'ai été surpris que tu démissionnes, reconnut Cristo. Plus tard, j'ai supposé qu'après le vol, tu avais jugé plus prudent de t'éclipser.

Erin se raidit mais resta silencieuse. De toute façon, tant qu'elle n'aurait pas été confrontée à Sally Jennings, elle ne pourrait pas se défendre.

— Je suis partie parce que je ne voulais plus te voir, et j'ai pensé que tu ressentais la même chose. Mais j'aurais dû mieux me contrôler. Partir aussi rapidement d'un tel poste a fait tache sur mon CV. Je n'ai pas réussi à retrouver du travail aussi vite que je l'aurais voulu.

Surtout lorsqu'elle s'était rendu compte qu'elle était enceinte et qu'elle souffrait de nausées quotidiennes — précisions qu'elle se garda d'énoncer à voix haute.

Cristo fixait la route qui serpentait devant le véhicule tandis qu'un petit film muet se déroulait dans son esprit. Il vit Erin se cramponnant à son parapluie sous une violente averse, Erin dans son bureau, au spa du Mobila, en train de bavarder avec son assistante, Erin penchée sur ses dossiers, un jour où il n'avait pu résister au désir de pousser sa porte, juste pour le plaisir de la voir…

Quand il était à Londres, ils passaient quasiment tous leurs week-ends ensemble ; pourtant, à présent, il se demandait s'il avait jamais connu la vraie Erin.

La peau caressée par les chauds rayons du soleil, Erin se promena au côté de Cristo dans un charmant village, dont les maisons de pierre s'agrippaient à flanc de colline. Dans une vieille église minuscule, fraîche et tranquille, Erin alluma un cierge, tandis que Cristo l'attendait dehors.

Auprès de lui, elle n'arrivait pas à ordonner ses pensées ; l'intensité des émotions qui tournoyaient en elle commençait à l'effrayer. Alors qu'elle aurait dû le haïr, ce qu'elle ressentait ne ressemblait *en rien* à de la haine. Mais elle se refusait à analyser ses émotions. De toute façon, elle rentrerait chez elle dans vingt-quatre heures et ce bref épisode se refermerait. A quoi bon se tourmenter avec des regrets et des interrogations stupides ?

Ils déjeunèrent sur une petite place pavée circulaire, à la terrasse d'un restaurant simple, très convivial, où leur fut servie une nourriture excellente et copieuse. Cristo s'était installé en plein soleil, Erin préférant l'ombre du parasol rouge et blanc. Elle remarqua que la serveuse, une jeune

femme d'une vingtaine d'années, ne pouvait détacher son regard du visage de Cristo, surtout quand il souriait. Le cœur serré, Erin se rappela qu'elle aussi avait été conquise par ce sourire lumineux, presque enfantin…

Encore maintenant, elle adorait le voir sourire.

— Pardon ? fit-elle, se rendant compte que Cristo lui avait parlé.

— Tu ne m'écoutes pas ! protesta-t-il d'un air faussement vexé. Je te disais que tu es naturellement belle. Il ne t'a fallu que dix minutes pour te préparer à sortir.

— Les femmes que tu fréquentes d'habitude sont plus sophistiquées, c'est tout.

— Tu ne crois pas à la sincérité de mes compliments, n'est-ce pas ? murmura-t-il en fixant sa bouche.

Erin connaissait bien ce regard chargé de désir. Il la touchait au plus profond, au plus intime de sa chair. Ses tétons se dressèrent sous sa robe, tandis qu'une chaleur liquide irradiait entre ses jambes. Honteuse de son manque de contrôle, elle s'efforça d'étouffer ces réactions malvenues.

A cet instant, Cristo éclata de rire, une lueur sensuelle et malicieuse dans le regard — décidément, rien ne lui échappait de ses réactions intimes.

— Il est temps de nous en aller, *koukla mou*, dit-il d'une voix rauque en levant la main pour demander l'addition.

En recouvrant son sang-froid, Erin se rappela que le lendemain soir, elle ne serait plus soumise à cette proximité troublante. Mais elle travaillerait de nouveau pour Cristo ; après cette courte échappée, le retour à la réalité risquait d'être brutal.

Lorsqu'ils redescendirent la petite route en direction de l'endroit où était garée la voiture, elle resta à quelques pas derrière Cristo. Le soleil était maintenant haut dans

le ciel et il faisait terriblement chaud. Quand ils arrivèrent à la hauteur du véhicule, Cristo se retourna et lui prit la main. Puis il l'attira contre lui.

Le désir étincelait au fond de ses yeux quand il pencha la tête avant de prendre sa bouche avec ardeur. L'érotisme qui palpitait entre eux était sidérant, songea-t-elle confusément en laissant Cristo dévorer ses lèvres. Et lorsqu'il lui appuya les reins contre la voiture pour mieux se coller à elle, Erin s'abandonna à l'ivresse qu'il faisait naître en elle par les seules caresses de sa langue et de ses lèvres.

— Allons-y, dit-il après s'être écarté, le souffle court.

Les jambes tremblantes, Erin s'installa sur le siège recouvert de cuir gris perle. Le cœur battant la chamade, la tête en proie à un vertige, elle fut traversée par un assaut de culpabilité et de honte. Pas un seul instant elle n'avait envisagé de laisser tomber les barrières qui les séparaient l'un de l'autre. Mais trop près de Cristophe Donakis, elle n'avait plus aucune emprise sur elle-même…

Cristo alluma le contact et démarra aussitôt. Il sentait son *self control* s'effilocher, et ce constat lui déplaisait fortement. A quel moment le week-end purement érotique prévu s'était-il transformé en embrasement permanent de tous ses sens ? N'avait-il pas prévu de sortir exorcisé, libéré, de cette escapade avec Erin ? Au contraire, les prémices de la dépendance lui rongeaient les nerfs…

L'esprit en proie à toutes sortes de pensées contradictoires, il se concentra sur la conduite, pressé d'arriver à la villa.

Au moment où Erin posait le pied dans le hall, son mobile sonna dans son sac. Elle le sortit et fronça les sourcils en regardant l'écran.

— Maman ? fit-elle, intriguée. Calme-toi ! Qu'y a-t-il ?

Cristo la regarda arpenter le hall d'une démarche nerveuse.

— Quel genre d'accident ? demanda-t-elle d'une voix inquiète. Oh ! mon Dieu... C'est grave ?

Erin crut que son cœur s'arrêtait définitivement de battre. Elle posa la main sur ses lèvres pour retenir un cri. Nuala était tombée sur le terrain de jeu et s'était cassé le bras, venait de lui apprendre Deidre. Elle avait été transportée à l'hôpital, où le médecin avait constaté que la fracture nécessitait une opération.

Erin eut l'impression qu'elle allait se sentir mal. Après avoir promis à sa mère qu'elle arriverait à l'hôpital le plus rapidement possible, elle mit fin à la conversation.

— Une mauvaise nouvelle ? demanda Cristo.

— Oui. Je dois rentrer tout de suite. Excuse-moi, je... je suis désolée... Je vais préparer ma valise.

Jamais Erin ne s'était sentie aussi coupable de sa vie. Sa fille souffrait et elle n'était pas à côté d'elle pour la soutenir, la rassurer. Seigneur... Nuala était blessée, elle allait subir une intervention chirurgicale, et elle n'était pas là. Ces pensées tournaient en boucle dans son esprit tandis qu'elle entassait ses affaires dans sa valise.

Rien ne serait arrivé si elle n'était pas partie, se dit-elle, atterrée. Sa mère avait quand même décidé d'emmener les jumeaux au parc. N'écoutant pas sa grand-mère, Nuala avait grimpé jusqu'en haut de la cage à poules et s'y était suspendue, la tête en bas. Et elle était tombée...

Erin sentit une sueur froide lui glacer l'échine. Sa fille aurait pu se rompre le cou. Comment avait-elle pu négliger ainsi ses devoirs maternels ? Elle aurait dû dire à Cristo qu'elle ne pouvait pas l'accompagner parce qu'elle avait maintenant deux enfants à charge — des *responsabilités* !

— Que se passe-t-il ? demanda Cristo depuis le seuil de la chambre.

Penchée au-dessus de sa valise, Erin se redressa et tourna la tête vers lui.

— En combien de temps peux-tu me ramener chez moi ?

— Quelques heures. J'ai donné des ordres pour faire préparer le jet. Mais j'apprécierais quelques explications.

— Quelqu'un de ma famille a eu un accident, dit-elle en détournant les yeux. Je dois rentrer d'urgence.

— Pourquoi ces mystères ? répliqua-t-il avec impatience. Tu ne peux pas me donner plus de détails ?

— C'est trop compliqué, répondit-elle d'un ton incisif en fourrant une robe dans sa valise.

Quinze minutes plus tard, ils se dirigeaient vers l'aéroport. Le dos raide sur son siège, Erin regardait fixement devant elle sans dire un mot, malade d'inquiétude pour sa fille. Sans parler de la culpabilité qu'elle ressentait de savoir que sa mère assumait la situation toute seule. Tamsin, leur voisine, une jeune femme élevant ses enfants sans mari, était allée chercher Lorcan à l'hôpital pendant que Deidre attendait que Nuala sorte de la salle d'opération.

Sur le tarmac, presque au pied de la passerelle d'embarquement, Cristo lui saisit le poignet.

— Nous allons parler de tout ceci, dit-il d'un ton brusque.

— Tu ne m'as pas proposé ce week-end pour *parler*, répliqua-t-elle. Je comprends que tu sois furieux de ce changement de programme, mais je n'y peux rien.

— Ce n'est pas cela que je voulais dire, fit-il d'une voix glaciale. Je te raccompagnerai chez toi le plus vite possible, mais je veux savoir ce qui se passe.

— Une fois que nous serons montés à bord.

A entendre Cristo, cela paraissait si simple... Erin repensa à ses tentatives désespérées pour le contacter, alors que, enceinte, elle se débattait face à toutes sortes de difficultés. Seule. A ce moment-là, elle se fichait complètement de la façon dont il réagirait en apprenant sa grossesse ; à ce moment-là, ce genre de crainte aurait été du luxe.

A présent, elle était plus posée et n'ignorait pas qu'une fois que Cristo connaîtrait la vérité, toutes sortes de complications allaient surgir.

D'un autre côté, pourquoi n'aurait-il pas le droit de savoir qu'il était père ? Au fond, peu importait sa réaction : désormais, elle n'avait plus *besoin* de lui.

Une fois installée dans le fauteuil profond du luxueux jet, Erin s'efforça de se ressaisir, en dépit de l'inquiétude atroce qui la taraudait au sujet de Nuala et de sa mère. Dès que l'appareil se fut stabilisé à son altitude de croisière, Cristo déboucla sa ceinture de sécurité et se leva. Il la dominait de toute sa hauteur. Dans ce costume noir coupé sur mesure, il était encore plus impressionnant. Erin prit une longue inspiration et se lança :

— J'ai deux enfants. Des jumeaux d'un peu plus de deux ans. Un garçon et une fille.

Cristo la regarda d'un air abasourdi.

— Des enfants ? Comment pourrais-tu avoir des enfants ?

Chapitre 7

— Eh bien, je les ai eus de la façon la plus naturelle du monde, répondit Erin. Je suis tombée enceinte, avant de devenir mère huit mois plus tard.

— De jumeaux ? s'exclama Cristo avec un rire incrédule.

— Oui. Un garçon et une fille, qui sont nés un peu avant terme. Nuala a eu un accident ce matin, sur une aire de jeux. Elle s'est cassé le bras et a dû être opérée. C'est pour cela que je dois rentrer le plus vite possible.

— Et tu n'as pas jugé bon de mentionner leur existence plus tôt ?

Erin baissa les yeux et se concentra sur ses pieds.

— Je ne pensais pas que cela t'intéresserait.

— Ce qui m'intéresse surtout, c'est de connaître l'identité du père. Est-ce Morton ?

— Non. Mes enfants étaient déjà nés quand j'ai rencontré Sam.

— Seigneur, pourquoi faut-il t'arracher la vérité ? s'exclama-t-il avec irritation.

— Parce que tu refuses de la regarder en face, répliqua-t-elle en redressant le menton. Lorcan et Nuala sont tes enfants, Cristo. Et ne me reproche surtout pas de ne te

l'apprendre que maintenant ! C'est ta faute. J'ai essayé de te le dire, par tous les moyens, mais tu as repoussé chacune de mes tentatives.

Il la toisa en haussant les sourcils d'un air dédaigneux.

— *Mes* enfants... Ne sois pas ridicule. Comment pourraient-ils être de moi ?

— Peu avant notre séparation, tu es venu me rejoindre dans ma chambre, et tu m'as fait l'amour sans préservatif. Je suis sûre que c'est arrivé cette nuit-là.

Sous son teint hâlé, Cristo devint subitement d'une pâleur cadavérique.

— Tu veux dire que je t'ai mise enceinte ?

— Je n'ai couché avec aucun autre homme que toi, en dépit de tes ridicules accusations, répondit Erin en se levant. Tu peux faire faire un test ADN si tu veux.

Cristo fit quelques pas pour attraper une bouteille de whisky dans le bar. Il se versa un verre d'une main pas tout à fait ferme, puis il en but une longue gorgée.

— C'est inconcevable.

Se retournant, il scruta les traits fins d'Erin. Cette femme avait le pouvoir de susciter en lui un désir insatiable dès qu'il posait les yeux sur elle. Etait-il possible qu'il lui ait fait un enfant — *deux* enfants... — autrefois ?

Il émergeait à peine d'un cauchemar relatif à la paternité, un événement malheureux qui avait détruit son mariage et eu des répercussions regrettables sur sa famille. Et à présent, son ex-maîtresse lui annonçait qu'il avait des enfants, dont elle l'avait tenu à l'écart ! Jamais plus il ne laisserait une femme le priver de ses droits de père.

— Je voudrais un verre d'eau gazeuse, dit-elle soudain.

Cristo prépara sa boisson et lui tendit un verre couvert de buée.

— Tu as dit que tu avais essayé en vain de me contacter ?…

— Ton assistante a fini par m'avouer qu'elle avait reçu l'instruction de ne pas te passer mes appels et que je perdais mon temps.

— Je n'ai jamais donné une telle instruction ! s'exclama-t-il.

— Eh bien, elle l'a sans doute inventée…, répliqua Erin, une nuance ironique dans la voix. Je t'ai aussi envoyé deux lettres.

— Je ne les ai jamais reçues.

— Tu avais changé de numéro de portable, je ne pouvais pas te joindre au bureau, alors j'ai fini par téléphoner chez tes parents, à Athènes.

— Tu as contacté mes *parents* ? fit Cristo, l'air abasourdi.

— Oui. Et ta mère a refusé de te transmettre un message. Elle a dit que tu allais te marier et que tu ne voulais plus avoir affaire avec *une femme comme moi*, raconta Erin, tressaillant à ce souvenir.

— Je ne te crois pas. Ma mère est une femme aimable et douce. Elle ne t'aurait jamais parlé ainsi, surtout si tu étais enceinte…

— Oh ! je ne suis pas allée jusqu'à lui faire part de mon état. De toute façon, une fois qu'elle a compris qui j'étais, elle ne m'a pas laissé dire grand-chose.

— Je ne vois pas comment elle aurait pu savoir qui tu étais : je n'ai jamais parlé de toi à mes parents.

Erin s'efforça de rester impassible. Elle s'était souvent interrogée à ce sujet, et Cristo venait de confirmer ses soupçons : sa mère avait été au courant de leur relation, mais elle ne l'avait pas appris de la bouche de son fils.

— Comme je te le disais, je t'ai écrit au bureau. Les

lettres me sont revenues sans avoir été ouvertes. A ce moment-là, j'ai renoncé à essayer de te contacter.

Cristo vida son verre, le reposa, puis secoua légèrement la tête.

— Tu dis que je suis le père de tes enfants. Je ne peux pas le croire.

Erin n'avait jamais vu Cristo aussi ébranlé. Alors qu'il exerçait toujours un contrôle d'acier sur ses émotions, il semblait totalement anéanti par cette révélation. Au moins, il ne l'insultait pas, ni la traitait de menteuse. Du moins, pas encore…

— Je comprends que tu ne puisses pas le croire ; moi, je suis soulagée de te l'avoir enfin dit. Ce que tu ressens, le fait que tu me croies ou non, tout cela n'a plus aucune importance à mes yeux.

Il lui adressa un regard exaspéré, tandis qu'un tumulte d'émotions se lisait sur ses traits tourmentés.

— Comment peux-tu dire que cela n'a plus d'importance ?

— Quand j'ai découvert que j'étais enceinte, la vie a été très dure pour moi. J'avais besoin de ton aide et tu ne m'as pas tendu la main. Maintenant, grâce au soutien de ma mère, les enfants et moi vivons bien — à condition que je puisse compter sur un salaire décent.

Un silence tendu s'installa entre eux. Cristo se versa un deuxième whisky. Voyant les muscles de son cou saillir, Erin se souvint que, quelques heures plus tôt, elle s'était abandonnée au plaisir dans ses bras. Elle avait nié sa sexualité pendant trop longtemps. Résultat : cette abstinence s'était retournée contre elle.

— Si cette histoire est vraie, pourquoi ne m'as-tu pas

révélé l'existence des jumeaux dès que je suis réapparu dans ta vie ?

— Je ne voulais pas que quiconque au travail sache que nous nous étions connus autrefois. Encore moins que tu étais le père de mes enfants.

— Je ne te suis pas : si Morton avait connu la vérité, s'en serait-il servi contre toi ?

— Cesse de mêler Sam à tout ! Il n'a rien à voir là-dedans, répliqua-t-elle avec vivacité. Je lui dois beaucoup, il a pris un grand risque en me confiant ce poste ; grâce à lui, je m'en suis sortie financièrement. Et cela m'embarrasserait que d'autres soient au courant de notre… notre histoire passée.

Elle serait *embarrassée…*, se répéta mentalement Cristo, serrant les dents pour ne pas lui balancer une riposte cinglante. Pourquoi pas *honteuse*, tant qu'elle y était ?

Il s'efforça d'apaiser son orgueil blessé. Pourquoi Erin mentirait-elle ? Et puis s'il était bien le père de ses jumeaux, il aurait dû l'aider financièrement depuis leur naissance ; par conséquent, il était débiteur envers elle… Toutefois, il fallait qu'il vérifie ses dires. Avait-elle vraiment essayé de le contacter, comme elle l'affirmait ?

— Je t'accompagne jusque chez toi, dit-il d'un ton péremptoire.

L'air déconcerté, elle fronça les sourcils.

— Pourquoi ?

— Tu ne crois pas que je pourrais désirer voir ces enfants dont tu proclames que je suis le père ?

Ses cils clairs voilèrent son regard, tandis qu'une expression anxieuse empreignait ses traits.

— Tu devais bien t'y attendre, non ? reprit Cristo. Et je t'accompagne aussi à l'hôpital.

Erin se demanda s'il agissait par curiosité ou par sens du devoir. Mais comment avait-elle pu ne pas se douter qu'il réagirait ainsi une fois qu'elle lui aurait révélé la vérité ?

— Je n'attends pas de toi que tu t'impliques avec les jumeaux, dit-elle d'une voix mal assurée.

— Il s'agit plutôt de ce que j'attends de moi-même, répliqua-t-il avec une gravité inhabituelle.

Qu'avait-elle fait ? se demanda Erin avec crainte. Avait-elle commis une erreur en lui révélant la vérité ? Quelle attitude Cristo allait-il adopter par rapport à ses enfants ?

Lorsqu'ils parvinrent à l'hôpital, à 21 heures, ils trouvèrent Deidre assise à côté d'un petit lit blanc, où reposait le corps frêle de Nuala. Le visage blême de fatigue, les yeux rouges, la mère d'Erin se leva dès qu'elle l'aperçut.

— Erin, te voici enfin, Dieu merci ! Je craignais que tu ne puisses pas arriver ce soir et j'étais inquiète à la pensée de laisser Lorcan chez Tamsin.

Soudain, elle remarqua la présence de Cristo et se figea. Immobile sur le seuil de la pièce, il regardait fixement Nuala. Il semblait avoir perdu sa légendaire assurance à toute épreuve...

— Maman..., commença Erin d'un ton hésitant. Je te présente Cristo Donakis. Il a insisté pour venir avec moi.

Cristo contempla le petit visage pâle auréolé de boucles blondes. La fillette ressemblait à Erin, mais sa peau était plus mate que celle de sa mère. Lorsqu'il baissa les yeux sur son bras mince, partiellement recouvert d'un plâtre aux couleurs vives, une sensation inconnue lui noua la gorge. A cet instant, l'enfant souleva ses paupières

bordées de longs cils dorés et Cristo découvrit des yeux aussi sombres que les siens.

— Maman…, chuchota-t-elle d'une voix ensommeillée.

— Oui, je suis là, ma chérie, dit Erin.

Le cœur serré, elle prit la main menue de sa fille dans la sienne.

— Comment s'est passée l'opération ? reprit-elle en se tournant vers Deidre.

— Très bien. Le chirurgien est tout à fait satisfait. Nuala devrait recouvrer le plein usage de son bras.

— Quel soulagement ! fit Erin, qui se pencha vers sa fille. Comment te sens-tu, ma chérie ?

— J'ai mal au bras, se plaignit Nuala en faisant la grimace.

Puis, elle leva les yeux vers Cristo.

— Qui es-tu ?

— Je m'appelle Cristo, dit-il d'une voix pas tout à fait normale.

— C'est ton papa, intervint Deidre sans la moindre hésitation.

Erin reçut un tel choc qu'elle faillit s'étouffer. Sa mère arborait un sourire ravi qui éclairait son visage las.

— La franchise est la meilleure attitude à adopter, poursuivit-elle en tendant la main à Cristo. Je suis Deidre, la mère d'Erin.

— Mon papa ? répéta Nuala en ouvrant des yeux immenses. Tu es mon papa ?

Comme Cristo restait silencieux, Erin répondit à sa place.

— Oui, c'est ton papa, confirma-t-elle. Maman ? Puis-je te dire quelques mots en privé ?

Une infirmière entra alors dans la chambre pour voir

si Nuala allait bien. Après l'avoir informée que sa fille se plaignait du bras, Erin sortit avec Deidre dans le couloir.

— Tu dois te demander ce qui se passe..., commença-t-elle, gênée.

— Non, je ne me demande rien du tout, répliqua sa mère. Je constate seulement que tu as enfin dit à cet homme qu'il était père. Il était temps.

Erin inspira à fond.

— Excuse-moi, je t'ai menti. Je ne suis pas allée passer le week-end chez Tom et Melissa. J'étais avec Cristo.

— Et tu ne savais pas comment me le dire, je suppose. Avais-tu peur que je ne m'en mêle ? demanda Deidre avec une lueur malicieuse au fond des yeux. Tu dois régulariser ta situation et tu as fait le premier pas. Je suis fière de toi.

Surprise par la réaction de sa mère, Erin la serra dans ses bras avec émotion.

— Je regrette de ne pas m'être confiée à toi, maman. Bon, maintenant que je suis là, tu peux rentrer te reposer...

— Oui. Je vais aller chercher Lorcan pour le mettre au lit. Il était inquiet pour sa sœur. Veux-tu passer la nuit ici ou comptes-tu rentrer plus tard ?

— Ça dépendra de l'état de Nuala.

— Ne t'inquiète pas. Elle n'est pas bien grosse, mais elle est résistante. Quand elle est tombée, Lorcan a pleuré parce qu'il avait eu peur, et elle l'a traité de bébé !

Après avoir accompagné sa mère jusqu'aux ascenseurs, Erin regagna la chambre.

— Qu'est-ce que ça fait, un papa ? demandait Nuala d'une voix plaintive.

— Il s'occupe de ses enfants.

Ses paroles ne semblèrent nullement impressionner la petite fille.

— Maman et grand-mère s'occupent déjà de nous.

— Eh bien, maintenant, tu m'auras en plus, répliqua aussitôt Cristo.

— Tu peux guérir mon bras par magie ?

— Il n'a pas apporté sa baguette, répondit Erin en s'arrêtant au pied du lit.

— Tu as une baguette magique ? demanda Nuala à Cristo en écarquillant les yeux.

— Non, malheureusement.

— Tant pis, dit-elle en battant des paupières. J'ai mal au bras.

— L'infirmière t'a donné un médicament qui va bientôt commencer à faire effet, affirma Cristo d'un ton rassurant.

Deux minutes plus tard, Nuala dormait à poings fermés.

— Je suis désolée que maman soit intervenue de façon aussi brutale, s'excusa Erin, embarrassée.

— Elle semble convaincue que les jumeaux sont de moi. Si c'est vrai, elle a bien fait, répliqua-t-il avec un calme impressionnant. Il ne faut pas mentir aux enfants.

Erin se sentit soudain tellement fatiguée qu'elle n'eut pas le courage de répliquer quoi que ce soit. Elle s'assit sur une chaise au dossier inconfortable et, très vite, elle se sentit sombrer dans le sommeil à son tour.

Lorsque Erin se réveilla, une femme en blouse blanche donnait son petit déjeuner à Nuala. Cristo était resté, lui aussi. Avec ses cheveux noirs ébouriffés, sa cravate dénouée et sa chemise entrouverte à l'encolure, il était terriblement sexy. Et l'ombre couvrant sa mâchoire renforçait encore la sensualité de sa bouche.

Il darda son regard sur elle. Aussitôt, Erin rougit.

Détournant les yeux, elle se trouva mortifiée de ne pas mieux contrôler ses réactions.

— La cafétéria est ouverte, l'informa-t-il. Nous irons y prendre le petit déjeuner dès que Nuala aura terminé le sien.

La nuit avait été longue, aussi Cristo avait-il eu *beaucoup* de temps pour réfléchir… A présent, il avait du mal à tenir le coup : un café bien noir ne serait pas superflu !

Quand sa fille eut fini de manger, Erin l'emmena dans la salle de bains pour lui faire un brin de toilette. Après avoir passé la nuit sur sa chaise, elle avait mal partout ; elle eut du mal à se concentrer sur le bavardage innocent de Nuala. En outre, elle constata en voyant son reflet dans le miroir qu'elle avait une mine épouvantable. Elle s'aspergea le visage d'eau froide, mais sans grand résultat.

— Tu veux faire effectuer un test ADN, je suppose ? demanda-t-elle lorsque Cristo et elle furent installés à la cafétéria.

— Cela certifierait que les jumeaux sont mes héritiers légitimes, approuva-t-il en soulevant sa tasse. Mais sinon, je n'en vois pas la nécessité.

— Tu veux dire que tu me crois, à présent ? répliqua Erin, surprise.

Il finit son café avant de reposer sa tasse en hochant la tête.

Quand ils regagnèrent la chambre de Nuala, le médecin était passé. L'infirmière responsable du service leur annonça qu'ils pouvaient ramener la petite fille à la maison.

Lorcan, déjà prévenu par sa grand-mère qu'il allait faire la connaissance de son père, était dans un état d'excitation inouïe. Dès que Cristo franchit le seuil du salon, il bondit

comme un diable jaillissant de sa boîte et grimpa sur son tabouret pour mieux voir le nouvel arrivant. Mécontent de la différence de taille qui subsistait, il sauta de son piédestal et entreprit de monter sur la table.

— Descends tout de suite ! lança Erin d'un ton sévère.

Lorsque Cristo avait vu le petit garçon, il avait eu l'impression de recevoir un coup de poing en pleine poitrine. Avec ses boucles noires et ses yeux brun foncé, Lorcan était le sosie de l'enfant qu'il voyait sur les photos de lui-même à cet âge. Cette fois, il lui était impossible de nier l'évidence : il était bel et bien le père des jumeaux.

— Je compte jusqu'à cinq, Lorcan, l'avertit sa mère. Un… deux…

Maintenant en équilibre sur les mains, Lorcan adressa un sourire triomphant à Cristo.

— Tu sais faire ça, papa ?

Erin se tourna vers Cristo et le vit s'approcher de la table, puis soulever son fils, qui poussait des cris excités, avant de le remettre sur ses pieds.

— Bonjour, Lorcan, dit-il tranquillement. Maintenant, tu te calmes, d'accord ?

Hélas, son fils n'était pas d'humeur à se calmer. Dès que Cristo l'eut reposé sur le sol, il se mit à escalader tous les meubles de la pièce, comme pour montrer à son père ce qu'il savait faire. Et quand Nuala bondit pour imiter son frère, Erin réprima un gémissement.

Cristo saisit sa fille par la taille et lui dit en souriant :

— Tu as montré ton plâtre à ton frère ?

Nuala fit la moue.

— Ça fait très mal, fit-elle en tendant le bras vers Lorcan.

Celui-ci se rapprocha pour inspecter la chose de plus près.

— Nous devons faire très attention à ne pas bousculer Nuala, dit alors Erin à son fils.

Celui-ci toucha le plâtre d'un air envieux.

— J'en veux un !

— Vous devriez les emmener au parc pour qu'ils se dépensent un peu, proposa Deidre.

— Au parc ? répéta Erin en étouffant un bâillement. C'est une bonne idée. Je vais juste aller me changer.

Une fois dans sa chambre, à l'étage, elle se déshabilla rapidement, l'esprit en proie à une foule de questions. Que pensait Cristo de leur petite famille ? Comment se sentait-il, maintenant qu'il se savait père de deux jumeaux ?

Après avoir enfilé un jean et un pull bleu turquoise, elle se brossa les cheveux et les laissa tomber librement sur ses épaules. Puis elle se mit un peu de blush sur les pommettes avant de passer du mascara sur ses cils, dans l'espoir d'avoir l'air plus présentable.

Plus présentable pour qui ? Pour Cristo ? Se reprochant de se soucier de son avis, Erin sortit agacée de sa chambre. L'ex-femme de Cristo était une ravissante brune. Elle possédait une classe qu'elle-même n'avait jamais eue. Alors à quoi bon vouloir être *présentable* ?...

Quelques instants plus tard, ils se dirigeaient tous les quatre vers le parc. Lorcan avançait à grands pas, tout en se concentrant pour ne poser les pieds que sur les lignes séparant les pavés. Quant à Nuala, elle chantonnait et entreprit bientôt d'arracher à pleines mains les feuilles qui dépassaient des jardins. Cristo lui demanda d'arrêter. Aussitôt, elle se coucha sur le trottoir en hurlant.

— Tu n'aurais pas dû lui dire ça, murmura Erin, irritée. Elle est fatiguée et elle a mal au bras.

— On ne peut pas la laisser vandaliser les jardins, répliqua sèchement Cristo en se penchant vers Nuala.

Dès qu'il la souleva dans ses bras, elle se débattit à grands cris. Cristo prit quelques coups de poing dans la figure avant de mettre les choses au point.

— Non ! déclara-t-il d'une voix posée.

— Si ! hurla Nuala en gesticulant.

Horrifiée, Erin vit des visages apparaître aux fenêtres des maisons bordant la rue.

— Je veux faire du toboggan, dit alors Lorcan en tirant sur la manche de la veste de sa mère. Et de la balançoire.

— C'est formidable, la vie de parents, remarqua Cristo avec humour.

— Ils sont impossibles parfois… mais pas tout le temps, s'excusa Erin.

— Laisse-moi descendre, fit alors Nuala avec une petite moue boudeuse.

— S'il te plaît, ajouta Cristo.

— Non ! cria Nuala d'une voix suraiguë.

— Très bien. Dans ce cas, je te porterai jusqu'au parc comme un bébé.

A ces mots, Nuala perdit de nouveau tout contrôle et se remit à hurler, tandis que son frère chantait d'un ton moqueur :

— Nuala est un bébé ! Nuala est un bébé !

Ils ne se turent tous les deux que devant les grilles du parc. Cristo reposa alors sa fille sur ses pieds.

— Je te déteste ! s'écria-t-elle en se précipitant vers sa mère. Je ne veux pas de papa !

— Je t'en supplie, le pria Erin en se tournant vers lui. Ne dis rien…

Un peu plus tard, elle se laissa tomber sur un banc resté libre avec un profond soupir.

— La meilleure façon de s'y prendre, c'est d'opter pour la diversion et le compromis. Résister pied à pied ne sert qu'à les enrager.

— Merci du tuyau, je vais en avoir besoin. Je crois qu'à leur âge, j'étais réputé pour de terribles colères, avoua Cristo. A en croire Appollonia, je n'étais pas non plus un enfant facile…

— Pourquoi ne suis-je pas étonnée ? plaisanta Erin.

Elle se tourna vers Cristo. Le vent soulevait ses cheveux bruns, semblables à ceux de Lorcan, et lorsqu'elle croisa son regard, elle eut l'impression qu'une main invisible se refermait sur son cœur. A cet instant, Erin comprit qu'elle ne se libérerait jamais complètement de l'emprise que cet homme exerçait sur elle.

Pas seulement parce qu'elle avait donné naissance à ses enfants, mais parce qu'elle appréciait son caractère farouche, sa détermination et son obstination. Cristo possédait une arrogance folle, mais il était capable de s'adapter à toutes les situations.

— Je devrais te parler de mon mariage, dit-il soudain, d'un ton dépourvu de toute émotion.

Déconcertée par ce brusque changement de sujet, Erin se détourna et chercha Lorcan des yeux. Il était installé sur la balançoire, non loin de sa sœur qui jouait dans le bac à sable. Heureusement qu'elle avait protégé son bras plâtré avec du film plastique, songea Erin en voyant sa fille creuser à pleines mains.

Elle se tourna de nouveau vers Cristo et le regarda

avec curiosité. Cela lui ressemblait si peu de vouloir parler de lui...

— Nous étions à peine mariés que nous avons divorcé, poursuivit-il de la même voix neutre.

— Etes-vous restés amis ?

— Nous ne sommes pas ennemis, nuança-t-il après quelques instants de silence. Mais comme nous évoluons dans des milieux différents, nous nous voyons rarement.

— Tu la connaissais bien, avant de l'épouser ? demanda Erin, légèrement tendue.

— Je croyais la connaître. Je pensais aussi qu'il était temps que je me marie. Vasos et Appollonia me poussaient à me ranger depuis deux ans. Et comme c'était la première fois qu'ils essayaient d'intervenir dans ma vie depuis que j'étais adulte, j'ai voulu leur faire plaisir. J'avais fait la connaissance de Lisandra chez eux, au cours d'une soirée, et nous semblions tous les deux prêts à renoncer au célibat. Nous nous sommes mariés trois mois plus tard.

— Que s'est-il passé ensuite, pour que vous vous sépariez ? chuchota presque Erin.

Une ombre obscurcit les traits de Cristo.

— Au bout d'un an de mariage, Lisandra m'a annoncé qu'elle désirait avoir un enfant. J'ai accepté : cela me paraissait une étape naturelle.

Un pli amer marqua sa belle bouche sensuelle.

— Quand elle est tombée enceinte, elle était aux anges ; elle a organisé une soirée pour célébrer l'événement. Nos parents respectifs étaient fous de joie à la perspective d'avoir un petit-enfant.

— Et toi, que ressentais-tu ? demanda-t-elle d'un ton hésitant.

— J'étais content, heureux que Lisandra soit heureuse et qu'elle ait un but sur lequel se concentrer — elle s'ennuyait vite. Mais deux mois après avoir découvert sa grossesse, elle a pris peur.

— Peur ? répéta Erin en l'observant avec attention.

Même s'il avait parlé calmement, elle avait compris qu'il se trouvait en proie à une forte émotion.

— Ma femme m'a annoncé qu'en fin de compte, elle n'était pas prête à être mère. Qu'elle se sentait trop jeune pour assumer une telle responsabilité, pour rester *coincée* avec un enfant. Alors, elle a décidé que la meilleure solution était l'avortement.

— Mon Dieu..., souffla Erin.

— J'ai essayé de l'en dissuader, lui rappelant que nous avions suffisamment de domestiques pour qu'elle ne se sente jamais *coincée* avec un enfant.

Il inspira lentement ; un profond regret ombrait son regard fier.

— Je n'ai pas réussi à la convaincre. Elle s'est fait avorter pendant que j'étais en voyage d'affaires à l'étranger. A mon retour, j'ai été anéanti. Ensuite, il a fallu le dire à nos familles. Quand elle l'a appris, Appollonia, qui n'avait jamais pu avoir d'enfant, a fait une dépression nerveuse. Les parents de Lisandra ont été déçus, mais ils ont soutenu leur fille dans sa décision, parce qu'ils avaient toujours cédé à ses caprices.

Erin se mordilla la lèvre. Elle se sentait coupable de n'avoir jamais soupçonné que le divorce de Cristo pouvait avoir été douloureux.

— Et... et toi ? demanda-t-elle avec effort.

— Je suppose que je n'ai pas pu le supporter non plus, répondit-il avec un haussement d'épaule. Je ne sais

pas comment nous aurions pu élever un enfant dont la mère ne voulait pas, mais je n'arrivais pas à pardonner à Lisandra ce qu'elle avait fait.

Il laissa échapper un soupir las.

— J'ai essayé, elle aussi a fait des efforts pour que ça fonctionne entre nous, mais chaque fois que nous nous retrouvions ensemble, c'était comme si un fantôme se dressait entre nous. Face à moi, Lisandra se sentait coupable ; sa simple présence me mettait en colère. J'avais vu des aspects de sa personnalité qui me dérangeaient trop et je ne pensais pas qu'elle pourrait changer un jour, alors je lui ai proposé de divorcer.

— Je suis tellement désolée, Cristo..., murmura Erin en lui posant furtivement la main sur le bras. Cette expérience a dû être très éprouvante.

— Je t'en ai parlé uniquement pour que tu comprennes que je ne peux pas me détourner de Lorcan et Nuala. Si c'est ce que tu espères de moi, je crains que tu ne sois déçue.

A ces mots, Erin prit soudain peur. Que voulait-il dire par là, exactement ? Quelles dispositions envisageait-il de prendre concernant ses enfants ?...

Chapitre 8

Lorsqu'il sortit de son entrevue avec l'avocat le plus réputé dans le domaine des affaires familiales, Cristo était terrassé par une sensation d'impuissance totale.

Il venait d'apprendre qu'en vertu du droit anglais, il ne possédait, en tant que père non marié, quasiment aucun droit sur ses enfants. Et même s'il avait été marié, comme il n'avait accordé aucun soutien à son épouse, il aurait dû se battre pour voir ses enfants.

De plus, il n'avait aucun motif de se plaindre de la façon dont Erin les avait élevés. Avec l'aide de sa mère, elle avait réussi à leur procurer un foyer stable et sécurisant, si bien que les jumeaux n'avaient jamais manqué de rien.

— Il n'y a vraiment qu'une possibilité pour un homme dans votre position : épouser la mère de vos enfants, avait conclu l'avocat.

Cristo détestant qu'une situation échappe à son contrôle, cette solution était loin de lui plaire.

Le test ADN, effectué dix jours après sa première rencontre avec les jumeaux, n'avait fait que confirmer ce qu'il avait déjà admis. Et il ne pouvait concevoir de vivre loin de ses enfants, ni sans eux. De plus, même si Erin

avait fait de son mieux pour les élever jusqu'à présent, il avait constaté que les jumeaux auraient rapidement besoin d'une présence masculine — et de plus de fermeté.

Cela signifiait-il qu'il allait devoir fermer les yeux sur certains aspects déplaisants de la personnalité d'Erin ? A moins que... Pour la première fois, il reconnut que ses accusations manquaient de fondement. Comme elle le lui avait fait remarquer, si elle n'avait été qu'une créature bassement intéressée, pourquoi aurait-elle refusé les diamants qu'il avait voulu lui offrir ?

Quelque chose clochait dans cette histoire. Il fallait qu'il fasse réexaminer les irrégularités découvertes dans la comptabilité du Mobila Spa durant la période où Erin y avait travaillé.

Mais dans l'immédiat, il devait prendre des mesures pour empêcher que la presse people ne s'empare de l'affaire...

Erin regarda tristement Sam, assis face à elle. Il semblait si affecté par ce qu'elle venait de lui apprendre...

— Cristophe Donakis est le père des jumeaux ? répéta-t-il avec une lueur incrédule au fond de ses yeux bleus.

— J'aurais dû vous en parler, je le reconnais.

— Mais lorsque vous vous êtes retrouvés, ici même, vous avez feint tous les deux de ne vous être jamais rencontrés !

— Je n'avais pas revu Cristo depuis notre séparation et j'avais préféré ne jamais parler de notre histoire à personne.

— Même à moi ? demanda-t-il, blessé.

— Quand je suis entrée dans votre bureau ce jour-là et que j'ai vu Cristo, j'ai reçu un tel choc que j'ai été incapable de réfléchir, se justifia-t-elle. Je suis désolée, Sam. J'aurais dû tout vous expliquer ensuite, mais je n'ai pas su comment m'y prendre.

— Non, vous avez eu raison. Votre vie privée ne regarde que vous. Je suppose que c'est pour Donakis que vous travailliez à Londres ?

— Oui, dit-elle en hochant la tête. J'ai démissionné quand nous nous sommes séparés.

— J'aurais dû faire le lien en voyant les dates figurant sur votre CV. Mais il vous a laissée tomber de façon cruelle, alors que vous étiez enceinte, rappela Sam d'un ton sévère.

— Cristo ne savait pas que j'étais enceinte. Par la suite, nous n'avons plus eu aucun contact.

— Pourtant, vous avez essayé de le joindre, à de nombreuses reprises.

— Oui, c'est vrai. Il y a eu un malentendu entre nous.

— Ainsi, vous lui pardonnez de vous avoir fait traverser un véritable enfer ?

— Non, ce n'est pas cela. Maintenant que Cristo est au courant de l'existence des jumeaux, nous essayons de trouver une solution qui convienne à tout le monde.

— Comptez-vous vivre de nouveau avec lui ? Non, oubliez ma question ! reprit-il brusquement. Cela ne me regarde pas.

— Je ne sais pas… C'est tellement compliqué !

— J'espère que vous ne vous tromperez pas. Je détesterais vous voir de nouveau malheureuse, dit-il avec une émotion manifeste. Vous aviez donné une chance à Donakis. En mérite-t-il vraiment une seconde ?

Un quart d'heure plus tard, tout en consultant ses emails, Erin repensa à la question de Sam. Aux yeux de Deidre, Cristo était passé du statut du don Juan le plus nuisible d'Europe à celui de grand favori. En l'espace de dix jours !

Ses visites régulières, son intérêt envers les jumeaux,

ses bonnes manières, la façon dont il avait usé de tact pour demander conseil à Deidre à propos des enfants, son insistance pour qu'elle les accompagne tous les quatre lorsqu'ils sortaient dîner, tout cela avait porté ses fruits.

De son côté, Erin avait de plus en plus de mal à y voir clair et à s'adapter à cette nouvelle situation.

Cristo n'était plus son amant. Le week-end en Italie et cette unique nuit de passion lui semblaient maintenant avoir appartenu à un rêve. Lorsqu'il venait voir ses enfants, Cristo prenait une chambre dans l'un des hôtels dont il venait de faire l'acquisition. Il gardait ses distances avec Erin, et ce constat la blessait.

Ce nouveau Cristo ne ressemblait en rien à l'amant passionné d'autrefois, fougueux et démonstratif. Il était plus mûr et bien plus calme. Poli, voire attentionné, mais très réservé.

La décision de son ex-femme l'avait blessé au plus profond de lui-même, le faisant peut-être réfléchir sur la paternité. Et maintenant, il désirait faire tout son possible pour participer à la vie des jumeaux.

A chacune de ses visites, il jouait avec eux, les emmenait se promener, avec elle la plupart du temps ; il l'avait même aidée à leur donner le bain un soir, alors qu'elle s'était endormie sur le sofa après être rentrée exténuée du spa.

Il voulait lui démontrer qu'il était tout à fait capable d'être père, avait compris Erin. Elle était impressionnée par sa bonne volonté, mais également tres inquiète quant à ses véritables intentions.

Qu'attendait-il d'elle ? Qu'elle accepte qu'il fasse partie de leur vie ? Cela pouvait-il être aussi simple ? Cristo nourrissait-il des intentions plus sombres, plus perverses ?

Il n'agissait jamais à la légère et, malheureusement, Erin

ne parvenait pas à comprendre ce qu'il avait en tête. Par ailleurs, elle était certaine que Cristo la croyait toujours coupable de vol : il était grand temps qu'elle aille voir Sally Jennings. Celle-ci accepterait-elle de la rencontrer ? Peut-être serait-il plus judicieux d'aller la trouver sans la prévenir…

Le soir même, Erin décida de prendre sa journée du lendemain pour se rendre à Londres, sans trop savoir si elle avait raison d'entreprendre cette démarche.

A 6 heures du matin, le téléphone la tira du sommeil.

— C'est moi, Cristo.

— Pourquoi me réveilles-tu aussi tôt ?

— Un ami à moi, qui travaille dans la presse, vient de m'appeler pour me prévenir qu'un article particulièrement répugnant allait être publié sur nous deux et les jumeaux. Je ne crois pas que nos familles respectives apprécieront de le voir paraître.

— Mais en quoi notre histoire pourrait-elle intéresser les journaux ? répliqua-t-elle en se redressant sur son séant.

— Erin… soupira-t-il. Je suis un homme fortuné, j'ai divorcé récemment.

A cet instant, Lorcan entra dans la chambre, puis se glissa sous le duvet de sa mère avant de blottir ses petits pieds froids contre sa cuisse. Sa sœur le suivit de près. Lorsque Nuala les rejoignit sous la couette, Erin se retrouva poussée au bord du lit.

— Dans ce cas, si cet article est vraiment sur le point de paraître, je ne vois pas comment l'empêcher…

— Si, il y a un moyen, l'interrompit-il. Je peux vous emmener, toi et les enfants, dans un endroit où les paparazzi ne pourront pas vous approcher. Ensuite, j'annoncerai mon

nouveau statut de père dans un communiqué de presse et ils nous laisseront tranquilles.

Erin n'avait pas la moindre envie de voir débouler une meute de journalistes chez elle, mais elle avait l'impression que Cristo prenait la situation trop au sérieux.

— Je travaille. Je ne peux pas tout lâcher comme ça et disparaître.

— Mais si, ne t'inquiète pas : tu travailles pour moi, à présent. Fais tes bagages, je m'occupe de tout. Une voiture viendra vous chercher pour vous conduire à l'aéroport.

— Je n'ai pas encore accepté !

— Je ferai tout ce qu'il faudra pour vous protéger, tous les trois, affirma-t-il avec force. Je ne veux pas voir de saletés publiées dans la presse !

— Nous avons vécu ensemble et je suis tombée enceinte. Je ne vois pas ce qui…

— Crois-moi, l'interrompit-il. Tu seras accusée d'avoir été la maîtresse d'un homme marié ; les journalistes vont se déchaîner, je les connais !

A la perspective d'une telle humiliation, Erin sentit ses réticences céder.

— Bon. Si j'accepte, où comptes-tu nous emmener ?

— En Grèce. Sur mon île.

— Parce que tu possèdes une île, maintenant ? répliqua Erin en écarquillant les yeux.

— Thesos appartenait à mon père. J'en ai hérité à l'âge de vingt et un ans.

— Tu ne m'en avais jamais parlé…

Erin secoua lentement la tête. Combien de choses encore Cristo lui avait-il cachées ?

— Ecoute, poursuivit-elle, je vais réfléchir à ta proposition. Si tu penses que c'est vraiment né…

— C'est *absolument* nécessaire !

— Bien. Mais avant de partir, je voudrais aller voir Sally Jennings. Elle travaille toujours pour toi, n'est-ce pas ?

Un bref silence suivit sa question.

— Oui, en effet. C'est elle qui dirige le spa. Pourquoi veux-tu la voir ?

— Je suis sûre qu'elle est très efficace, répliqua Erin en évitant de répondre. Je ne veux pas qu'elle soit prévenue de ma venue. Je te laisserai les jumeaux à ton bureau en passant.

— Ce ne sera pas la peine. Je te rejoindrai dans le hall de l'hôtel. Mais je ne pense pas qu'aller voir Sally soit une bonne idée, Erin. Très peu de gens sont au courant des irrégularités relevées dans la comptabilité ; je me suis montré très discret. A quoi bon remuer tout cela, aussi longtemps après ?

— C'est la condition *sine qua non* si tu veux que je parte en Grèce, dit-elle avec calme. J'irai voir Sally avant de partir, ou je ne…

— Mais tu me fais du chantage !

— Tu es mal placé pour m'adresser ce genre de reproche, tu ne crois pas ? lança Erin d'un ton sarcastique.

— Très bien : je t'aide à rencontrer Sally et nous partons en Grèce avec les enfants.

— D'accord, dit-elle avant de raccrocher.

Après avoir fait sortir les jumeaux du lit, elle les emmena prendre leur petit déjeuner dans la cuisine. En mettant le lait à chauffer dans une casserole, elle repensa à l'attitude de Cristo. Il ne fallait pas qu'elle le laisse diriger sa vie. Cependant, elle était touchée de le voir se donner autant de mal pour les protéger des indiscrétions de la presse à scandale.

Et puis, ce voyage sur l'île de Cristo l'intriguait. Il allait lui faire découvrir son repaire…

Lorsque Deidre vint la rejoindre et qu'elle apprit que sa fille et les jumeaux allaient partir dans moins d'une heure, elle lui ordonna d'aller préparer leurs bagages.

Erin versa le lait dans les bols des enfants et acquiesça. Elle devait également appeler le spa pour les prévenir qu'elle s'absentait une semaine.

— Crois-tu que tu vas faire la connaissance des parents de Cristo ? demanda Deidre, les yeux brillant d'espoir.

— Tu sais, je n'y tiens pas tant que ça, répondit-elle avec une petite grimace.

En effet, vu que la mère adoptive de Cristo lui avait presque raccroché au nez, après lui avoir fait comprendre qu'elle n'était pas assez bonne pour son fils, elle n'était pas impatiente de faire sa connaissance…

Il lui avait raconté qu'il était né d'un couple de jeunes gens riches et beaux, appartenant à l'élite grecque. Après la mort de ses parents dans un accident de hors-bord quand il avait cinq ans, Vasos et Appollonia étaient devenus ses tuteurs.

Malgré ses réticences, elle pouvait comprendre la réaction d'Appollonia : elle avait agi ainsi pour protéger Cristo. Mais lorsque Vasos et sa femme apprendraient qu'Erin était la mère des enfants de leur fils adoré, qui sait comment ils réagiraient ?

Une fois installés confortablement dans leurs sièges à l'arrière de la limousine, les jumeaux s'endormirent en quelques minutes. Mais dès que le véhicule s'arrêta devant le Mobila, ils se réveillèrent, débordant d'énergie.

Quelques instants plus tard, ils montèrent les marches conduisant au hall en courant et en poussant des cris excités.

— Papa ! s'écria Lorcan en se précipitant à la rencontre de Cristo, qui venait d'apparaître à l'autre extrémité du hall.

— Kisto ! lança à son tour Nuala.

Car elle persistait à refuser d'appeler son père *papa*, en dépit de l'insistance de celui-ci.

Erin l'observa : il souriait, affichant sa paternité sans se soucier du regard discret, mais curieux, du personnel présent dans le luxueux hall du Mobila. Il souleva Lorcan dans ses bras, puis caressa la tête de Nuala, qui s'accrochait à la jambe de son pantalon.

Fascinée par la beauté de Cristo, et par le naturel avec lequel il s'occupait de ses enfants, Erin sentit une émotion puissante se déployer dans sa poitrine. En même temps, une douceur chaude se répandit dans son ventre, tandis que ses tétons durcissaient sous sa robe en lin. Tout son corps réclamait celui de Cristo, comprit-elle en s'efforçant de se ressaisir.

A cet instant, le directeur de l'hôtel, un homme élégant et souriant âgé d'une cinquantaine d'années, se dirigea vers elle.

— Bonjour, madame Turner. Vous avez de bien beaux enfants !

— J'ai demandé à Jenny de s'occuper des jumeaux à la crèche de l'hôtel, pour que tu sois plus libre, dit alors Cristo.

Une jeune femme apparut à son tour et, après avoir échangé quelques mots avec Erin, elle s'adressa gaiement aux enfants.

— Ainsi, vous avez maintenant une crèche, remarqua Erin avec intérêt.

— Oui, et ce système fonctionne très bien, expliqua le directeur avec enthousiasme. Nombre de nos clients ont des enfants en bas âge.

Cristo posa alors une main légère sur les reins d'Erin avant de l'entraîner vers le spa. Consternée, elle comprit qu'il avait l'intention de l'accompagner. Sa présence risquait de compromettre ses chances de s'expliquer avec Sally en toute franchise…

Se tournant vers les jumeaux, qui s'éloignaient avec Jenny, elle vit Lorcan souffler de tous ses poumons dans une trompette en plastique, tandis que Nuala s'efforçait d'arracher le jouet à son frère.

— Tu es certaine de vouloir parler à Sally ? demanda Cristo. Je désapprouve ton projet. Que peux-tu espérer d'une telle rencontre, sinon de l'embarras ?

— Sally est la seule personne à connaître la vérité. Je n'ai pas le choix, répondit-elle d'une voix crispée.

Ils arrivèrent devant la porte du bureau de Sally.

— Si tu fais cela pour moi, ce n'est vraiment pas la peine, *koukla mou*, dit soudain Cristo. Je m'en fiche, à présent. Beaucoup de choses se sont passées depuis cette époque. Tu étais jeune, tu as commis une erreur et je suis sûr que tu…

— Je t'interdis de me traiter comme une gamine ! protesta-t-elle avec irritation. Et ne te mêle pas de cela !

Puis, sans même lui accorder un regard, elle fit tourner la poignée de la porte.

Sally, une grande femme aux cheveux roux et aux yeux d'un bleu limpide, était debout à côté de son bureau, en train de parler au téléphone. Dès qu'elle vit Erin, elle se figea ; son visage perdit toute couleur.

— Erin..., murmura-t-elle en reposant en hâte le combiné sur son socle, après avoir brièvement pris congé de son interlocuteur.

— J'aimerais avoir l'assurance que rien de ce qui sera dit dans cette pièce n'en franchira les murs, dit tranquillement Cristo.

Visiblement troublée, Sally les regarda tour à tour, avant de leur adresser un sourire poli.

— Bien sûr, monsieur Donakis. Asseyez-vous, je vous en prie. Dites-moi en quoi je peux vous être utile.

— Tu dois savoir que l'audit effectué il y a deux ans et demi a révélé certaines anomalies dans la comptabilité du spa, commença Erin en croisant les mains sur ses genoux pour les empêcher de trembler.

Le visage déjà pâle de Sally devint livide et elle alla se réfugier dans son fauteuil, derrière son bureau.

Soudain, Erin fut envahie par une sensation d'impuissance atroce. Quelle folie l'avait poussée à venir trouver Sally ? Son ex-assistante n'allait certainement pas se confier devant son actuel employeur, surtout maintenant qu'elle était devenue directrice du spa !

— Tu pourrais peut-être nous laisser seules, Cristo ? demanda-t-elle en se tournant vers lui.

— Non. Et je voudrais vous annoncer, Sally, que je vais faire réexaminer les comptes correspondant à cette période.

— Mais, monsieur Donakis, répliqua Sally d'une voix tendue, n'aviez-vous pas dit que vous étiez satisfait de l'enquête ?

— J'ai changé d'avis. Et comme je me souviens que vous vous êtes montrée très coopérative durant le premier audit, je tenais à vous en informer avant que les experts

ne viennent sur place pour se pencher de nouveau sur les comptes.

Erin plissa les yeux, concentrée. Le teint de son ancienne assistante avait maintenant pris une teinte presque verdâtre.

— Vous êtes de nouveau ensemble, n'est-ce pas ? lui lança celle-ci d'un ton brusque. Et vous lui avez tout raconté ?

— Que m'aurait-elle raconté ? demanda Cristo.

Irritée de voir la façon dont tournait l'entrevue, Erin redressa les épaules en réprimant un soupir.

— Lorsque je travaillais ici, j'ai découvert que Sally avait subtilisé des produits dans la boutique du spa, pour les revendre sur internet, dit-elle, le plus calmement possible. Je sais que je t'avais promis de garder le secret, Sally, mais tu m'obliges à rompre cette promesse. Jusqu'ici, je n'avais rien dit à Cristo.

— Les affirmations d'Erin sont-elles vraies ? demanda-t-il d'une voix dure.

Des larmes jaillirent des yeux de Sally, mais elle les essuya d'un geste farouche avant de prendre un mouchoir en papier dans un tiroir de son bureau.

— Je promets que, quoi que vous disiez maintenant, je n'engagerai pas de poursuites contre vous, reprit-il en se levant. Je regrette que vous ne m'ayez pas avoué la vérité au moment de l'examen des comptes, mais j'espère que vous allez maintenant le faire.

— Vous ne porterez pas plainte ? demanda Sally d'une voix mal assurée.

— Non. Je ne désire qu'une chose : connaître la vérité.

— Un jour, un homme est venu me voir, commença Sally d'un ton neutre. Il s'est présenté comme un détective privé et m'a proposé une importante somme d'argent si

je lui fournissais des informations susceptibles de salir la réputation d'Erin.

— Quoi ? tonna Cristo, sans cacher sa stupeur.

— Il s'appelait Will Grimes et travaillait pour une agence basée à Camden. C'est tout ce que je sais de lui. D'abord, j'ai refusé, d'autant que je n'avais aucune information de la sorte à lui fournir. Tu avais toujours travaillé dur, Erin, avant de donner brusquement ta démission. Soudain, je me suis rendu compte que j'avais l'opportunité de me sortir des difficultés que je traversais à l'époque.

— *Will Grimes*, répéta Cristo d'une voix menaçante.

— Je faisais face à de graves ennuis financiers. Plus graves que ce que je t'avais dit quand tu m'as surprise en flagrant délit de vol, dit-elle en se tournant vers Erin. J'avais aussi falsifié quelques chiffres.

— Vous avez inventé des règlements à des thérapeutes qui n'existaient pas, intervint Cristo.

— Oui. Quand vous avez ensuite fait faire cet audit, j'ai commencé à paniquer, avoua Sally, les yeux de nouveau emplis de larmes. A ce moment-là, Erin avait déjà quitté le spa.

— Et tu as décidé de me laisser accuser à ta place.

Erin hocha lentement la tête. Tout était clair, à présent. Du moins presque. Car pourquoi un détective privé avait-il bien pu s'intéresser à elle ?

— Je voulais arrêter le processus, dit Sally avec désespoir. Je savais que c'était mal, mais j'ai pensé qu'en te laissant porter la responsabilité du vol et des fausses factures, je pourrais respirer, reprendre ma vie normale et garder mon poste. Et puis, je savais que M. Donakis n'intenterait rien contre toi…

— Vous avez eu raison sur ce point, remarqua Cristo avec une trace d'humour dans la voix.

— Allez-vous porter plainte contre moi ? demanda Sally, terrifiée.

— Non. Je vous ai donné ma parole.

Visiblement soulagée, elle se leva et redressa les épaules.

— Je vais prendre mes affaires et m'en aller…

— Non. Vous effectuerez votre préavis, comme prévu dans votre contrat, dit Cristo avec calme.

— Je suis désolée, Erin… Tu as été si gentille avec moi. Tu méritais un meilleur traitement de ma part.

Erin tenta de sourire, mais ses lèvres refusèrent de lui obéir. Ebranlée jusqu'au plus profond de son être, elle se rappela que Cristo l'avait crue coupable durant tout ce temps. D'autre part, elle était choquée par les aveux de Sally, qu'elle avait tant appréciée autrefois. Elle n'avait perdu contact avec son ex-assistante que parce qu'elle était tombée enceinte et avait traversé une période très difficile.

Elle regarda Cristo à la dérobée. Il était pâle, les traits tendus. Avant de quitter la pièce, il s'arrêta sur le seuil.

— Avez-vous obtenu l'argent que vous proposait ce détective, en lui fournissant la preuve de la malhonnêteté supposée d'Erin ?

Sally tressaillit, puis opina lentement du chef. Erin serra les dents, écœurée par tant d'égoïsme.

— Cela m'a permis de rembourser mes dettes et de repartir de zéro.

Cristo eut soudain l'impression que la carapace dont il s'était entouré tombait en pièces autour de lui. Ainsi, Erin avait eu raison de protester de son innocence ! Et un inconnu avait prémédité sa chute… De son côté, il s'était trompé. Il avait commis une effroyable erreur de jugement.

Il serra les poings : pour l'instant, le plus urgent était de découvrir l'identité de la personne qui était allée jusqu'à payer un détective pour discréditer Erin à ses yeux, de la façon la plus abjecte.

Chapitre 9

Installée à bord du luxueux jet de Cristo, Erin toucha à peine au déjeuner raffiné servi par un steward stylé.

— Nous devons parler, dit soudain Cristo d'un ton détaché.

— Toi, tu veux *parler* ? répliqua-t-elle avec ironie.

Durant leur liaison, chaque fois qu'elle avait cherché à discuter sérieusement avec lui, il avait toujours trouvé un prétexte pour se dérober.

Derrière la cloison, elle entendit Lorcan et Nuala éclater de rire. En fait, Jenny ne faisait pas partie du personnel de la crèche du Mobila : Cristo l'avait embauchée spécifiquement pour s'occuper des jumeaux durant leur séjour en Grèce, et la jeune femme s'entendait à merveille avec eux.

— C'est totalement superflu et ridicule, avait protesté Erin quand elle avait compris que Jenny les accompagnait.

— Tu ne peux pas t'occuper des enfants vingt-quatre heures sur vingt-quatre, avait affirmé Cristo d'un ton autoritaire.

— Pourquoi pas ?

— Et pourquoi ne ferais-tu pas une petite pause ? avait-il répliqué du tac au tac, sûr de lui.

Qu'il prenne une telle décision concernant les jumeaux sans même lui demander son avis l'avait particulièrement irritée.

Elle se tourna vers Cristo, qui n'avait pas réagi à sa petite pique.

— Eh bien, de quoi veux-tu parler ? reprit-elle.

Les traits soudain tendus, il se leva de son siège d'un mouvement brusque.

— Je suis sincèrement désolé de t'avoir soupçonnée de vol, *koukla mou.*

— Tu as fait davantage que me soupçonner, objecta-t-elle. Tu m'as *accusée*, en me refusant toute possibilité de me défendre.

— Mes agents de sécurité recherchent ce Will Grimes, déclara-t-il d'un air sombre. Je n'arrive pas à comprendre pourquoi un détective privé a pu s'intéresser à toi.

Après avoir mûrement réfléchi à la question, Cristo était parvenu à la conclusion que c'était une personne *de son propre entourage* qui avait eu recours aux services d'un enquêteur, dans le but de détruire la réputation d'Erin. Pour quel motif ? C'était absurde. Qui pouvait avoir cherché ainsi à nuire à la jeune femme et, à travers elle, à lui ?

Quand Erin redressa le menton et le fixa, la nuance de ses yeux lui rappela la teinte de la lavande en fleur.

— Il semble que je n'étais pas aussi paranoïaque que tu le croyais, en fin de compte !

— Si tu t'étais montrée plus franche envers moi, j'aurais réagi différemment.

L'air choquée et furieuse, elle se leva à son tour et lui fit face.

— Vraiment ? Que veux-tu dire par là, s'il te plaît ?

— Pour moi, Sally était une employée exemplaire.

Jamais je n'aurais suspecté une telle duplicité, répondit Cristo en soutenant son regard courroucé. Si j'avais su que tu l'avais surprise en train de voler dans la boutique du spa, je l'aurais fait surveiller.

— Sally était en plein divorce, et elle a deux enfants autistes. A l'époque, j'ai pensé qu'elle avait besoin de compassion, pas de punition.

Il laissa échapper un soupir agacé.

— De compassion ! Si j'avais su à ce moment-là que tu étais incapable de gérer une telle situation, je t'aurais renvoyée pour incompétence !

— Pour *incompétence* ? répéta-t-elle, les yeux étincelant de rage.

— Oui, tu as bien entendu : pour incompétence, confirma-t-il d'un ton cinglant. Comment aurais-je pu garder une directrice qui laisse une voleuse à un poste important, qui juge préférable de dissimuler les dangereux penchants de son assistante ?

— J'ai pris la décision que j'ai estimée la meilleure. Avec le recul, je me rends compte que je me suis montrée trop indulgente.

— Dis plutôt que tu as fait preuve d'une naïveté absurde ! Je ne t'avais pas embauchée pour jouer les assistantes sociales. Des tas de gens traversent des moments difficiles, mais peu d'entre eux franchissent le pas de la délinquance. Je t'avais confié un poste de haute responsabilité : la direction d'un établissement. Je ne te payais pas pour écouter les histoires déchirantes de ton assistante et fermer les yeux sur sa conduite intolérable !

Erin fit un effort énorme pour réprimer sa colère — ce qui l'énervait plus que tout, c'était que Cristo avait raison sur plusieurs points.

— Je n'agirais plus de la même façon aujourd'hui. Malheureusement, j'aimais beaucoup Sally et j'appréciais son travail. Elle était infatigable ! J'ai été naïve, je le reconnais, mais…

— Après l'avoir surprise en flagrant délit de vol, tu aurais pu au moins la faire changer de poste, coupa-t-il, péremptoire. Elle aurait dû ne plus avoir accès aux produits, ni à la comptabilité.

Erin redressa la tête.

— Tu as raison, mais j'ai pensé pouvoir gérer la situation toute seule. Je ne voulais pas que tu me croies incapable de faire face. Je travaillais énormément à l'époque, et j'étais soumise à un stress énorme. Quand tu m'as fait visiter le spa, tout à l'heure, j'ai remarqué que Sally avait un adjoint. Moi, je n'avais qu'elle sur qui me reposer.

— Eh bien, tu aurais dû m'en parler. J'aurais aussitôt embauché quelqu'un pour te seconder.

— Ma plus grande erreur a été d'accepter de travailler pour toi, alors que nous avions une liaison. J'étais trop fière, et je voulais à tout prix t'impressionner par mon travail. Je n'étais pas entourée d'un personnel assez expérimenté et ceux qui l'étaient gardaient leurs distances avec moi, parce que j'étais proche du patron. Tout cela m'a rendue trop dépendante de Sally. Je m'en rends parfaitement compte maintenant.

— En tout cas, tu vois ce que t'a coûté ton erreur de jugement.

— C'est vrai. Mais n'oublie pas que toi aussi, tu t'es laissé duper par Sally. Elle s'est montrée très convaincante, lui rappela-t-elle d'une voix crispée.

— En effet, approuva-t-il avec un bref hochement de

tête. A présent, la discussion est close : nous avons assez parlé du sujet.

— Parce que tu as dit ce que tu avais à dire, et que tu m'as rendue responsable de tout, c'est ça ? lança-t-elle d'un ton acerbe. Tu ne crois pas que j'étais en droit d'espérer qu'après m'avoir fréquentée pendant plus d'un an, tu *doutes*, au moins, de ma malhonnêteté ?

— J'ai nourri des soupçons à ton endroit, c'est vrai. Puis j'ai vu un homme dans ta chambre d'hôtel. Comprends que j'aie été prédisposé à penser le pire de toi. Mais je m'étais trompé, je le reconnais.

— Ah, je suis enfin reconnue non coupable d'infidélité ! répliqua-t-elle avec un mélange d'ironie et d'amertume.

— Mes soupçons avaient été éveillés par certains indices, dont je te parlerai une fois que nous serons arrivés à Thesos. Je regrette sincèrement de t'avoir mal jugée, et de ne pas m'être mieux renseigné sur le moment.

Erin se tut. Quels *indices* pouvait-il bien avoir inventés ? Elle repensa aux paroles précédentes de Cristo. Elle n'était pas allée le trouver après avoir pris Sally en flagrant délit de vol parce qu'elle avait deviné qu'il aurait appelé la police et pris des mesures radicales. Or, Erin devait reconnaître qu'elle s'était demandé comment elle pourrait continuer sans l'aide de Sally. Elle avait commis là une grave erreur, en effet, qu'elle avait payée *très* cher.

Mais l'heure n'était plus aux regrets, décida-t-elle en allant rejoindre les jumeaux à l'arrière de l'appareil.

Agacé, Cristo regarda Erin s'éloigner. Elle était furieuse, mais il ne regrettait pas de lui avoir dit la vérité. Auparavant, il ne lui parlait jamais de sujets importants ; mais cette

fois, il était résolu à changer d'attitude. L'époque des malentendus était révolue !

Ayant trouvé refuge auprès des enfants et de Jenny, Erin se remit peu à peu du choc causé par les révélations successives de Sally et de Cristo. Et lorsqu'ils descendirent du jet pour monter à bord de l'hélicoptère qui les attendait, elle se sentait beaucoup plus calme.

Bientôt, une vue fantastique s'offrit à ses yeux. L'île était plus grande qu'elle ne l'avait imaginé et son extrémité méridionale était couverte d'épaisses forêts de pins. Erin aperçut un ensemble de constructions basses longeant la côte opposée, puis un village pittoresque entourant un charmant petit port.

Lorsque l'hélicoptère atterrit sur une piste circulaire, Lorcan dormait si profondément que Cristo le prit des bras d'Erin avant de descendre de l'appareil. Ils se trouvaient à une centaine de mètres d'une magnifique villa à l'architecture contemporaine, dont les terrasses et les balcons donnaient sur l'intérieur de l'île ou sur la mer.

— Cette construction semble récente, remarqua Erin.

— J'ai fait démolir la maison de mes parents et engagé un architecte pour construire celle-ci il y a environ trois ans. J'ai jugé cela plus intéressant que de rénover l'ancienne, dit-il d'un ton détaché.

A ce moment-là, ils formaient encore un couple, songea Erin, et elle n'avait rien su de ce projet. Une fois de plus, elle constata que Cristo lui avait dissimulé tout un pan de sa vie. Apparemment, il ne lui avait jamais accordé assez d'importance pour l'inclure dans la part grecque de son existence…

La gouvernante leur montra, à Jenny et elle, la chambre des jumeaux. Erin découvrit avec stupéfaction que des

petits lits avaient été installés dans une vaste pièce, tapissée d'un adorable papier peint aux teintes pastel ; une quantité inouïe de jouets attendaient Lorcan et Nuala.

Laissant Jenny mettre les enfants au lit, Erin explora sa propre chambre, dont les portes ouvraient sur une terrasse. De là, la vue était splendide, donnant sur une petite plage au sable immaculé que venaient lécher les vagues turquoise ourlées de blanc.

— Ta chambre te plaît ?

Erin pivota et découvrit Cristo, nonchalamment appuyé au chambranle de la porte-fenêtre.

— Je serais vraiment difficile de ne pas l'aimer, répondit-elle avec embarras. Elle est très belle.

Cristo scruta son visage ovale en plissant le front.

— Je me suis montré très dur avec toi, dans le jet. J'étais en colère parce que tu as fermé les yeux sur les actes illicites commis par Sally Jennings. Ton attitude a engendré tant de malentendus…

— Mais, à présent, tu connais toute la vérité. La chambre des enfants est magnifique, dit-elle pour changer de sujet, s'efforçant de sourire. Tu l'as fait redécorer dès que tu as découvert leur existence ?

— Oui. Tu me connais : je suis rapide dans mes décisions.

Erin ne releva pas l'ironie de ses paroles et appuya les coudes sur le petit mur entourant la terrasse. Tout à coup, il lui semblait dérisoire de perdre son temps en joutes stériles…

— Tu ne m'avais jamais parlé de cet endroit.

— A quoi cela aurait-il servi puisque je ne comptais pas t'y emmener ? murmura-t-il. Il y a trois ans, je n'étais pas encore prêt à faire passer notre liaison à un stade plus

sérieux. Je profitais de ce que nous partagions au présent, sans me soucier du lendemain. Excuse-moi.

— Tu n'as pas à t'excuser, dit-elle d'un ton faussement dégagé.

En réalité, la franchise de Cristo venait de lui infliger une humiliation cuisante. Elle l'avait aimé et avait désiré partager toute sa vie avec lui, mais elle avait désormais la confirmation que son désir et ses sentiments n'étaient alors pas réciproques. Pourquoi cela lui causait-il un tel choc, une telle souffrance ? Cette époque était révolue : elle n'aimait plus Cristo. Elle le désirait seulement physiquement et savourait sa compagnie, de même qu'elle appréciait son intelligence et le brio avec lequel il dirigeait l'empire Donakis.

— A ce moment-là, poursuivit-il, j'étais plutôt coupé de mes sentiments.

— Je me demande si tu en avais…

— Tu te trompes tellement ! protesta-t-il en lui posant les mains sur les épaules.

Il la força à se retourner vers lui.

— Lorsque j'ai cru que tu avais couché avec un autre homme, j'ai été dévasté. Ma vie s'en est trouvée chamboulée de fond en comble.

— Et moi, je me suis retrouvée enceinte d'un homme que je ne pouvais même pas joindre au téléphone ! riposta Erin avec amertume.

La lueur ambrée illumina les yeux bruns de Cristo.

— Si j'avais connu la vérité, je n'aurais jamais agi ainsi. J'ai l'intention d'interroger mon ancienne assistante à mon prochain voyage à Athènes. C'est là qu'Amelia travaille maintenant.

— Je ne te le pardonnerai jamais.

Il la regarda droit dans les yeux.

— Cela a vraiment été si pénible ?

— Je n'oublierai jamais cette lutte au quotidien. J'habitais un logement social humide, au dixième étage d'un immeuble horrible. Lorsque ma mère est venue me voir et a vu dans quelles conditions je vivais, elle a été tellement atterrée qu'elle m'a proposé de m'installer avec elle. Mais elle est très vieux jeu, alors le fait que je sois enceinte sans être mariée la choquait profondément. Durant ma grossesse, nous nous sommes comportées comme des étrangères l'une envers l'autre.

— Tu ne bénéficiais d'aucun soutien ? demanda-t-il d'une voix sourde. Et ta colocataire, Elaine ? C'est elle qui t'a demandé de quitter son appartement ? Je croyais que vous étiez amies.

— C'est moi qui ai pris la décision de partir. Je ne pouvais plus payer ma part de loyer. Mais Tom et Melissa m'ont aidée de leur mieux.

— Melissa ?

— La femme de Tom. A l'époque, ils vivaient déjà ensemble et ils ont fait preuve d'un soutien sans faille à mon égard.

Cristo baissa à demi les paupières, ses longs cils noirs dissimulant son regard.

— Je leur témoignerai ma reconnaissance.

— Oui, tu peux, approuva-t-elle. Ils ne possédaient pas grand-chose, mais ils partageaient le peu qu'ils avaient.

Erin tressaillit lorsqu'il releva les paupières : toute colère avait disparu de son regard.

— Mais c'est envers toi que j'éprouve le plus de gratitude, continua-t-il. J'ai beaucoup de chance que tu aies choisi de garder nos enfants.

Il se tut un instant et s'éclaircit la gorge avant d'ajouter :

— Je suis tout à fait conscient de cette chance, et je l'apprécie vraiment.

Même si la voix de Cristo avait de douces intonations, qu'Erin ne lui avait jamais entendues, cela n'apaisait pas sa colère.

— Quand j'attendais les jumeaux, je pensais que si tu avais été au courant, tu aurais désiré que je me fasse avorter. Tu m'avais parlé un jour d'un ami à toi, dont la maîtresse était tombée enceinte et avait décidé de ne pas garder son enfant.

— Je n'avais pas dit que j'approuvais leur choix.

— Tu avais ajouté que tu ne te sentais pas prêt à être père et que, de toute façon, tu préférais vivre sans attaches.

— J'ai beaucoup mûri depuis, affirma-t-il d'un ton grave.

Probablement à cause de son mariage avec Lisandra, songea Erin. Elle était touchée que Cristo l'ait remerciée de ne pas avoir mis un terme à sa grossesse. Sa gratitude était sincère, elle le pressentait. D'ailleurs, il assumait sa paternité avec un enthousiasme indéniable.

Lorsqu'elle quitta la terrasse pour la chambre, Erin aperçut trois grandes enveloppes posées sur le secrétaire. Déjà ouvertes, elles portaient l'adresse des bureaux londoniens de Cristo.

— Qu'est-ce que c'est ?

Après avoir hésité un instant, il fronça les sourcils.

— La preuve que j'ai promis de te montrer. Jette un coup d'œil au contenu de ces enveloppes…

— De quoi s'agit-il ? insista Erin avec une appréhension subite.

— De photos qui m'ont été envoyées durant les derniers mois de notre liaison.

Erin s'approcha du secrétaire et prit la première enveloppe. Elle en sortit la photo un peu floue d'un couple. L'homme était Tom. Erin fronça les sourcils, interloquée : le visage de la femme était le sien. Comme elle n'avait jamais tenu Tom par la main une seule fois de sa vie, Erin examina la silhouette et l'habillement de la femme. Puis elle extirpa les autres photos d'une main fébrile et les étudia tour à tour. Il s'agissait toujours du même couple, s'embrassant, se promenant enlacés…

— Ce visage est le mien, mais le corps est celui de Melissa. Ces photos représentent toutes Tom et sa compagne, mais elles ont été trafiquées, pour faire croire que c'est moi et non Melissa !

— Trafiquées ? fit Cristo en se rapprochant d'elle. Comment cela ?

Erin disposa les photos sur la table basse et pointa l'index vers le visage de la femme.

— Regarde : mon visage a été numériquement greffé au corps de Melissa. Nous sommes toutes les deux blondes, mais c'est tout ce que nous avons en commun. Et je reconnaîtrais ce pull entre mille, Cristo ! En plus, Melissa est bien plus petite que moi. N'as-tu pas remarqué à quel point elle paraît minuscule, à côté de Tom, qui lui-même n'est pas très grand ?

Cristo se pencha sur les photos.

— Pourquoi n'ai-je pas distingué cela tout seul ? demanda-t-il avec stupeur. Ce n'est pas toi, sur aucune de ces photos !

— Ce qui m'étonne le plus, c'est que lorsque tu as reçu ces odieux clichés, tu ne m'aies rien dit. Je comprends maintenant que tu te sois méfié de mon amitié avec Tom !

Erin se souvint du brusque changement survenu dans

l'attitude de Cristo quand il était revenu d'un voyage d'affaires, et qu'elle lui avait raconté qu'elle avait souvent vu Tom en son absence.

Pourquoi ne lui avait-il jamais fait part de ses inquiétudes, de ses soupçons ? se demanda-t-elle avec un pincement au cœur. C'était tellement cruel… Elle avait traversé toutes ces épreuves douloureuses simplement parce qu'un infâme individu avait décidé de détruire la confiance que Cristo lui portait. Il l'avait quittée, pour épouser peu après une autre femme, infligeant à Erin une souffrance qui n'avait jamais totalement disparu.

— Pourquoi ne m'as-tu pas montré ces photos lorsque tu les as reçues ? insista-t-elle.

Le visage fermé, Cristo se mit à arpenter la pièce.

— Par excès de fierté, reconnut-il, la mâchoire crispée. Je n'arrivais pas à déterminer si tu me trompais ou si tu t'étais simplement rapprochée de Tom. Je ne savais que penser et j'ai fini par douter de ta loyauté…

— Si bien que lorsque tu as vu un homme dans mon lit, tu as cru tout de suite que je t'étais infidèle, enchaîna Erin avec ressentiment. Comment as-tu pu m'ôter toute chance de me justifier ?

— Je le regretterai toute ma vie, avoua Cristo d'une voix rauque.

Il rassembla toutes les photos et les fourra dans la même enveloppe.

— Nous avons tous deux souffert des conséquences de mon silence. J'ai manqué les premières années de la vie de mes enfants. Crois-moi : je n'aimerais pas être à la place de celui ou celle qui a délibérément décidé de détruire notre couple.

Après avoir laissé tomber l'enveloppe sur la table d'un

air de dégoût, il posa les mains sur la taille d'Erin et l'attira contre lui, la prenant complètement au dépourvu.

Puis il pencha la tête et effleura des siennes ses lèvres entrouvertes, en une caresse exquise qui la fit frissonner au plus profond de son être.

— Je veux repartir de zéro avec toi, murmura-t-il contre sa bouche. Oublions toutes ces vilenies, ne pensons qu'au présent.

Erin se sentait affreusement vulnérable et indécise. Les larmes se pressaient sous ses paupières. Il voulait *repartir de zéro avec elle*... Totalement déconcertée par ses paroles, elle ne savait quoi lui répondre.

— Nous ne pouvons rien changer au passé, poursuivit-il gravement. Mais nous pouvons recommencer.

Erin contempla son beau visage ténébreux.

— Le pouvons-nous vraiment ? chuchota-t-elle.

Une lueur incandescente au fond des yeux, il leva la main pour caresser sa joue.

— Oui, j'en suis sûr, dit-il en la serrant encore davantage contre lui.

Erin décida de le croire, de toutes ses forces. Il souhaitait qu'elle lui revienne. Il la désirait encore. Un soulagement immense l'envahit, suivi d'un flot d'allégresse. La sensation de sa chaleur se répandait en elle, son odeur envahissait ses sens. Ivre de Cristo, elle s'abandonna, savourant le renflement de sa virilité pressée contre son bas-ventre.

D'une main impatiente, Cristo déboutonna son chemisier, puis lui ôta son soutien-gorge avant de se pencher pour poser les lèvres entre ses seins.

— Tu es si belle, si parfaite...

— Non, je ne suis pas parfaite, protesta-t-elle tandis qu'il la soulevait dans ses bras.

— Si, parfaite pour moi, *koukla mou*, murmura-t-il en l'allongeant sur le lit. Tu l'as toujours été.

Lorsqu'il prit ses lèvres avec passion, avant de mêler leurs langues, Erin put presque entendre crépiter des étincelles à la surface de sa peau. Bientôt, elle se retrouva complètement nue ; Cristo se déshabilla à la hâte avant de s'étendre à côté d'elle.

Les doigts tremblants, elle caressa son membre durci. Après avoir laissé échapper une longue plainte rauque, Cristo se redressa et la repoussa doucement sur les oreillers, avant de se laisser glisser le long de son corps.

Avec une délicatesse infinie, il écarta ses moites replis, puis ses lèvres remplacèrent ses doigts. Erin poussa un cri. Chaque caresse de la bouche de Cristo, de sa langue l'atteignait au plus profond de son intimité, faisant palpiter sa chair. Un sanglot lui échappa tandis que son corps était parcouru d'ondes délicieuses, presque insupportables.

Soudain, Cristo releva la tête et tendit le bras vers la table de nuit pour prendre un préservatif. Le regard étincelant, il s'installa entre ses cuisses en lui murmurant qu'elle était la plus belle femme du monde.

Folle d'excitation, elle l'accueillit avec soulagement lorsqu'il s'enfonça en elle. Puis il se retira, avant de donner un coup de reins si vigoureux qu'elle se mit à haleter et ferma les yeux. Les vagues de volupté l'emportaient de plus en plus haut, si bien qu'elle parvint en un lieu éblouissant, où rien n'importait plus sinon Cristo et le plaisir divin qu'il lui offrait.

Au moment où elle sombrait dans la jouissance, il se joignit à elle en un accord parfait. Leur harmonie était

encore plus belle qu'autrefois, songea confusément Erin en redescendant lentement sur terre.

Sans dire un mot, Cristo resta abandonné entre ses bras.

— C'était… merveilleux, *koukla mou*, murmura-t-il enfin en la serrant possessivement contre lui. Je me demande comment j'ai pu vivre sans toi pendant aussi longtemps.

— Je n'aurais pas dû céder. Tu m'as forcée à aller en Italie, tu m'as fait du *chantage*.

— Tu me désirais autant que je te désirais, fit Cristo, avant de déposer un léger baiser sur ses lèvres. Et maintenant que je t'ai dans mes bras, je mentirais si je te disais que j'éprouve des remords…

— La fin justifie les moyens, c'est ça ?

— Nies-tu que tu me désires autant qu'avant ?

Erin n'aurait pas pu répondre par l'affirmative : une chaleur liquide irradiait de nouveau son bas-ventre, tandis que ses tétons se dressaient insolemment, réclamant les caresses de Cristo.

Comme s'il l'avait deviné, il se pencha vers son sein et en lécha le mamelon, avant de l'aspirer entre ses lèvres. Erin trembla violemment et creusa les reins pour mieux s'offrir à sa bouche, mais son amant se redressa et prit un autre préservatif. Ensuite, il la souleva pour l'installer sur lui.

Cristo observa la façon dont Erin baissait les paupières, son fin visage rayonnant de plaisir.

— Veux-tu m'épouser ? murmura-t-il.

Erin rouvrit brusquement les yeux et le dévisagea. Avait-elle rêvé ?

Cristo referma les mains sur ses hanches pour mieux la positionner sur son sexe dressé.

— Parles-tu sérieusement ? demanda-t-elle dans un souffle.

— Je veux que toi et les jumeaux fassiez partie de ma vie.

A cet instant, elle fit un mouvement subtil qui lui arracha un gémissement. Ses cheveux blonds ruisselaient sur ses épaules et sa poitrine, révélant à moitié ses adorables petits seins ronds. Ce spectacle était ravissant, troublant, follement excitant…

— C'est si bon, *koukla mou* ! J'adore faire l'amour avec toi.

En réponse à ses paroles, elle bascula dans l'extase en susurrant son prénom, entraînant Cristo dans un orgasme encore plus fabuleux que le premier.

Lovée contre le corps moite et chaud de Cristo, Erin savoura la plénitude de l'instant. Il voulait qu'elle fasse partie de sa vie. Il voulait élever leurs enfants. L'aimait-il ? Non, probablement pas plus qu'autrefois. Mais elle ferait mieux de se concentrer sur ce qu'il lui offrait, et non ce qu'il ne pouvait lui donner.

Ne venait-il pas d'exaucer son vœu le plus cher en lui demandant de devenir sa femme ? De toute façon, Cristo n'avait jamais eu la fibre romantique, et il ne changerait pas.

— Tu es sûr de ce que tu veux ? demanda-t-elle.

— Oui, totalement. Je veux me réveiller auprès de toi tous les matins — ou presque, corrigea-t-il d'un ton moqueur.

Erin réprima un sourire malicieux en songeant à ce qui attendait Cristo…

Le lendemain matin à l'aube, deux petits diables firent irruption dans la chambre en poussant des cris aigus, avant de sauter sur le lit.

Horrifié, Cristo se pencha pour attraper son boxer

resté sur le tapis. Après l'avoir enfilé en hâte, il contempla avec incrédulité les deux jumeaux blottis entre Erin et lui.

— Que fais-tu dans le lit de maman ? demanda Lorcan en le regardant avec curiosité.

— Ta maman et moi allons nous marier très bientôt, répondit-il aussitôt.

— Cristo, je n'ai pas dit *oui*..., protesta Erin d'un ton de reproche.

Il lui adressa un regard faussement choqué.

— Veux-tu dire que tu as profité de moi à plusieurs reprises cette nuit, sans avoir l'intention de passer à l'étape décente du processus ?

Erin rougit malgré elle en pensant aux étreintes passionnées qu'ils venaient de partager.

— Non, ce n'est pas ce que je voulais dire.

— Alors, puis-je lancer les préparatifs du mariage ?

— Tu ne crois pas que nous devrions faire un essai de vie commune avant ? demanda-t-elle, hésitante.

— Pas question : tu pourrais changer d'avis ! Je refuse d'être mis à l'essai. Plus sérieusement, il est temps que je parle de toi et des jumeaux à mes parents. Je ne veux pas qu'ils l'apprennent par quelqu'un d'autre. Je vais aller les voir après le petit déjeuner.

— Ils vivent ici, sur ton île ? s'étonna Erin.

— Ils y possèdent une résidence secondaire, où ils viennent le week-end et pendant les vacances. Ils sont là en ce moment.

— Comment vont-ils réagir, d'après toi ?

— Appollonia sera folle de joie, j'en suis sûr : elle adore les enfants.

— Mais elle ne sera peut-être pas ravie d'apprendre que

c'est moi la mère, répliqua Erin, tandis que les jumeaux descendaient du lit à quatre pattes.

— Après l'accueil qu'elle t'a jadis réservé au téléphone, je comprends ton appréhension. Mais c'était un malentendu : Appollonia n'a aucune raison de penser du mal de toi.

Erin se changea et enfila un maillot de bain, puis prépara un sac et emmena les enfants à la plage. Après qu'ils eurent pris leur petit déjeuner tous les quatre sur la terrasse, Cristo était parti rendre visite à ses parents.

Au fur et à mesure que la matinée s'écoulait, l'anxiété d'Erin s'accroissait. Quel accueil avait reçu Cristo de la part de ses parents adoptifs ? Dans le salon, elle avait contemplé la photo encadrée d'un superbe jeune couple installé sur le pont d'un yacht. Il devait s'agir de ses parents biologiques.

Quand elle regagna la villa, elle laissa Jenny s'occuper des jumeaux exténués et alla prendre une douche. Ensuite elle appela sa mère pour lui décrire l'île et la maison. Lorsqu'elle lui parla de leur projet de mariage, Deidre parut folle de joie à la perspective que sa fille mène enfin une vie normale.

Après avoir choisi un livre dans l'élégante bibliothèque jouxtant le salon, Erin s'installa dans une confortable chaise longue, à l'ombre des grands arbres du jardin, pour attendre l'heure du déjeuner.

Soudain, un léger bruit la fit sursauter. Lorsqu'elle se retourna en baissant ses lunettes de soleil sur son nez, elle aperçut Cristo. Immobile à quelques pas, il la contemplait en silence, le visage décomposé.

— Que se passe-t-il ? demanda-t-elle avec inquiétude en consultant sa montre.

Il était 14 heures.

Sans dire un mot, Cristo se laissa tomber lourdement sur une chaise longue, face à la sienne.

— Tu es ivre ? fit-elle en plissant le front.

— J'ai bu un verre ou deux avec Vasos en attendant l'arrivée du médecin, répondit-il d'une voix sourde. La matinée a été tellement horrible que je ne m'en souviens pas.

— Qui avait besoin d'un médecin ? s'écria Erin avec un frisson.

— Appollonia.

Il se passa la main sur le front d'un air las.

— C'est elle… C'est elle qui avait engagé un détective privé. Je n'arrive toujours pas à le croire. Vasos est sous le choc : il ne soupçonnait rien de ce qui se tramait…

Erin le regarda, incrédule.

— De quoi parles-tu ?

— Tu as bien compris : ma mère avait fait appel aux services de Will Grimes.

Prenant la pleine mesure de ce qu'elle venait d'entendre, Erin resta muette, horrifiée. Cette découverte ahurissante devait avoir bouleversé Cristo. Une telle détresse se lisait dans ses yeux qu'elle eut envie de le serrer contre elle — il était tellement attaché au couple qui l'avait élevé.

Soudain, la vérité fondit sur Erin, faisant s'écrouler toutes les barrières qu'elle avait érigées, toutes ses défenses.

Elle aimait encore Cristo.

Elle n'avait jamais cessé de l'aimer.

Chapitre 10

— Appollonia avait appris, par l'un de mes amis, que nous entretenions une liaison depuis presque un an, expliqua Cristo, le visage sombre. Elle était obsédée par l'idée que je devais m'installer et fonder une famille, et elle s'est persuadée que tu m'empêchais de me marier. En plus, elle désirait que j'épouse une Grecque et que je passe plus de temps dans mon pays.

Encore sous le choc, Erin l'écoutait avec un mélange d'incrédulité et de dégoût.

— Alors, elle a fait appel à un enquêteur privé pour qu'il fouille dans ta vie. Et elle lui a promis une prime considérable s'il réussissait à provoquer une rupture entre nous. Elle lui a donné carte blanche.

— C'est incroyable… chuchota Erin, qui n'en croyait pas ses oreilles. Tu étais adulte. Comment ta mère a-t-elle pu interférer ainsi dans ta vie ?

— Elle semble avoir sincèrement cru agir pour mon bien, *koukla mou*. Ce que je pourrais ressentir, les dégâts qu'elle pouvait causer, à toi comme à moi, rien de tout cela ne lui a traversé l'esprit. Elle ne l'a compris que lorsqu'il était trop tard.

— Comment as-tu découvert que c'était elle qui avait embauché ce détective ?

— Je lui parlais de toi et des jumeaux quand, soudain, elle a fait allusion aux vols dans le spa. Comme je ne lui en avais jamais parlé, sa remarque a aussitôt attiré mon attention : elle ne pouvait être au courant que par le détective. La conclusion était simple : c'était elle qui avait loué ses services.

Une tristesse profonde emplit ses yeux.

— Quand elle a réalisé que tu étais la mère de mes enfants, elle a reçu un choc terrible ; elle s'est sentie affreusement coupable. Incapable de dissimuler ses émotions, elle a tout avoué. Scandalisé, mon père lui a demandé si elle avait perdu l'esprit.

— As-tu dit à ta mère que je n'étais pas une voleuse ?

— Oui, bien sûr. Elle n'a pas demandé au détective quelles armes il avait employées pour provoquer notre rupture — en fait, elle ne voulait pas connaître les détails sordides. Puis, une fois son but atteint, elle a invité Lisandra à dîner, dans le seul dessein de provoquer notre rencontre.

Il se passa nerveusement la main dans les cheveux.

— Je lui ai raconté l'histoire des photos truquées et le rôle joué par Sally. Je lui ai aussi dit que c'était sa faute si Lorcan et Nuala avaient grandi sans moi, jusqu'à ce que je fasse leur connaissance il y a deux semaines. Elle se rappelait très bien ton appel téléphonique. Elle croyait vraiment que tu étais l'auteur de ces vols. C'est ainsi qu'elle a justifié ses actes : tu étais une sale intrigante et j'avais besoin d'aide pour me libérer de ton influence néfaste.

En proie à un véritable tumulte d'émotions, Erin l'écoutait en retenant son souffle.

— Quand elle a compris qu'en réalité, ses actes ne

reposaient sur aucun fondement, puisque tu n'étais pas la voleuse, elle a sombré dans une profonde détresse. D'autant que Vasos, hors de lui, l'accablait de violents reproches. Finalement, nous avons appelé le médecin pour qu'il administre un sédatif à Appollonia.

— Oh ! mon Dieu... Cela expliquerait pourquoi elle a fait une dépression nerveuse après l'échec de ton mariage...

— Oui. Elle se sentait terriblement coupable de m'avoir poussé à épouser Lisandra.

— Quelle histoire lamentable, murmura Erin. Pardonne-moi, mais je ne suis pas du tout impatiente de rencontrer ma future belle-mère !

— Je pense qu'il vaut mieux que la vérité ait enfin éclaté.

Erin comprit que Cristo préférait considérer la situation d'un point de vue positif.

— Le fait qu'Appollonia ait engagé ce détective devait peser très lourd sur sa conscience, poursuivit-il. C'est ce qui l'a empêchée de guérir complètement de sa dépression. Elle est restée fragile depuis.

— Penses-tu que ton assistante ait été soudoyée par ce détective, elle aussi ? Et que c'est pour cela que je n'ai jamais pu te joindre au téléphone et qu'aucune de mes lettres ne t'est parvenue ?

— Oui, hélas. Ma mère a raconté à Amelia que tu exerçais une emprise dangereuse sur moi et qu'elle devait l'aider à me protéger de toi. Notamment en renvoyant ton courrier et en refusant de me transmettre tes messages ; Amelia a probablement cru me rendre service.

— Bon sang ! s'écria Erin en se levant avec colère. Je comprends pourquoi je n'ai jamais réussi à entrer en contact avec toi !

Cristo hocha la tête en contemplant le corps mince aux

courbes ravissantes d'Erin, mis en valeur par un minuscule Bikini rouge cerise.

— Si cela peut te consoler, c'est Appollonia qui souffre le plus, à présent.

Troublée par le regard brûlant de Cristo dardé sur ses seins presque nus, Erin croisa les bras sur sa poitrine. Il était hors de question qu'elle laisse son corps réagir et la trahir, alors que son esprit était en proie à une rage folle.

— Et d'où tires-tu cette conclusion ?

— Tu as des jumeaux qu'elle n'a jamais vus. Si elle avait su que tu portais mes enfants, elle n'aurait jamais cherché à te nuire. Au contraire, elle t'aurait apporté son soutien, de toutes les façons possibles. Lorsque je lui ai raconté que tu avais traversé une période de solitude épouvantable, elle s'est sentie encore plus coupable.

— Très bien. Que faisons-nous, maintenant ?

— Nous allons au village voir le prêtre, pour lui demander de préparer notre mariage.

— Tu veux que notre mariage ait lieu ici, sur l'île ? demanda Erin, surprise.

— Je ferai venir ta mère et les amis que tu désires inviter. Nous avons été séparés trop longtemps, *koukla mou*, je ne veux plus attendre.

— Je ne me rendais pas compte que ce serait aussi rapide, dit Erin, incertaine. Quand j'ai accepté de venir ici, c'était pour échapper à la presse people.

Un léger sourire se forma sur la bouche au dessin parfait de Cristo.

— Tout a changé depuis, *koukla mou*.

Tout avait changé depuis qu'ils avaient fait l'amour, songea Erin. Elle avait succombé alors qu'elle aurait dû se refuser. Elle avait dit *oui* au lieu de dire *non*.

— Je me souviens à peine de mes parents biologiques, poursuivit-il d'une voix tendue. Durant les cinq premières années de ma vie, j'ai été élevé par des gouvernantes. On me répétait toujours de ne pas *déranger* mes parents parce qu'ils étaient très occupés. Ils n'avaient pas de temps à m'accorder, et je ne les intéressais pas beaucoup.

Il se tut et resta silencieux.

— Continue, dit doucement Erin.

— Je ne savais pas ce qu'était un foyer normal, ni des parents, jusqu'à ce que Vasos et Appollonia m'accueillent chez eux. Ils me consacraient du temps, de l'énergie, ils parlaient avec moi, s'intéressant à mes petites histoires, et ils m'ont entouré d'une profonde affection. Je leur dois tout ce que je suis devenu. Je veux offrir la même chose à Lorcan et Nuala.

Pas un seul instant Erin n'avait soupçonné que les premières années de Cristo aient pu être aussi tristes et solitaires. Cela expliquait tant de choses…

A présent, épouser Cristo prenait tout son sens, car elle aussi désirait que leurs enfants aient un père à plein temps et grandissent au sein d'une famille stable et heureuse.

Toutefois, sans les jumeaux, il n'aurait jamais songé à l'épouser, et ce constat la blessait profondément. Cristo ne l'aimait pas. Il désirait qu'elle partage sa vie parce qu'elle était la mère de ses enfants.

— Lorsque Deidre m'a appris que vous étiez en Grèce, j'ai été choqué, je l'avoue, dit Sam au bout du fil.

— Nous allons nous marier, Sam, expliqua Erin.

— Oui, elle me l'a dit aussi. Evidemment, si Donakis veut voir ses enfants, il n'a pas le choix. Il a consulté un avocat réputé pour savoir quelle était la meilleure stratégie

à adopter. Faites attention, Erin : en Grèce, il pourrait obtenir la garde des jumeaux, en toute légitimité.

Erin sentit le sang se figer dans ses veines.

— Essaieriez-vous de me faire peur, Sam ? Nous allons nous marier, pas divorcer.

— A présent, Donakis a tout intérêt à vous épouser ; mais il y a trois ans, cela ne l'intéressait guère. Ne l'oubliez pas...

Il avait raison, hélas, se dit Erin avec tristesse. Cristo avait-il vraiment consulté cet avocat ? Et comment Sam le savait-il ? Ils avaient sans doute des connaissances en commun... Devait-elle s'inquiéter ? Même si elle comprenait que Cristo ait éprouvé le besoin de se faire conseiller, les paroles de Sam avaient fait renaître l'inquiétude en elle.

Le soir même, ne sachant pas à quoi s'en tenir sur les vraies motivations de Cristo, Erin prit une décision radicale.

— Cela t'ennuierait-il si je dormais seule jusqu'à notre mariage ? demanda-t-elle à la fin du dîner.

— Non, répondit-il en fronçant les sourcils. Si c'est important pour toi, je n'y vois pas d'inconvénient.

— Maman arrivera quelques jours avant la cérémonie, alors je me sentirai plus à l'aise si nous faisons chambre à part, mentit-elle.

Quelques jours avant la date du mariage, Erin emmena Nuala dans une clinique d'Athènes pour faire ôter son plâtre. Heureusement, tout allait bien et il n'avait pas fallu le remplacer. Ensuite, Cristo la conduisit chez un styliste en vogue pour choisir sa robe de mariage.

Elle craqua pour sa dernière création : une robe bustier de soie ivoire qui moulait sa silhouette. Deidre trouva cette idée extravagante, vu que sa fille avait déjà deux enfants,

mais Erin tint bon : ce jour unique serait à la hauteur de ses rêves d'adolescente. Après tout, elle aimait Cristo et préférait demeurer optimiste quant à leur avenir, en dépit de l'avertissement de Sam.

Le lendemain, elle rencontra enfin Vasos Denes, le père de Cristo, venu faire la connaissance des jumeaux. Ayant surmonté la déception causée par l'attitude de sa femme, il se montra charmant et attentionné envers les enfants.

Dans le seul but de faire plaisir à Cristo et Vasos, Erin accepta de rendre visite à Appollonia. Lorsque la mère de Cristo vit les jumeaux, les larmes roulèrent lentement sur ses joues. D'une voix mal assurée, cassée par l'émotion, elle tenta maladroitement de s'excuser pour les actes qu'elle avait commis presque trois ans plus tôt.

Elle adorait Cristo, c'était évident, constata Erin en les voyant ensemble. Et la façon émerveillée dont Appollonia contemplait les jumeaux la touchait profondément. Erin savait qu'il lui faudrait du temps pour pardonner à la mère de Cristo, mais qu'elle y parviendrait.

En tout cas, elle était certaine d'avoir pris la bonne décision en acceptant d'épouser Cristo. Il passait tous ses après-midi avec ses enfants et Lorcan apprenait déjà que lorsque son père avait dit *non*, il n'était pas question d'essayer de le faire changer d'avis. Peu à peu, les colères de Nuala se faisaient moins fréquentes. La première fois qu'elle avait appelé Cristo « papa », il avait, selon ses propres termes, été envahi par une joie extraordinaire.

Deidre était venue à Thesos avec Tom et Melissa. Sam avait décliné son invitation, mais il avait envoyé un somptueux cadeau.

La veille du mariage, Cristo emmena tout le monde faire un tour sur son yacht. Toujours d'excellente humeur, il se

montrait un hôte merveilleux. Erin interpréta cela comme un bon signe : il était heureux de l'épouser.

Cependant, leur intimité lui manquait. Depuis qu'elle lui avait demandé de faire chambre à part, elle trouvait son futur mari trop disposé à lui laisser sa liberté. A plusieurs reprises, elle s'était réveillée au beau milieu de la nuit, le corps frémissant de désir et de frustration, sans toutefois trouver le courage d'aller rejoindre Cristo dans la superbe chambre qu'il occupait tout en haut de la villa.

Pourquoi se punissait-elle ainsi ? Pourquoi s'était-elle laissé influencer par les remarques de Sam ?

Ils se marièrent dans la petite église surplombant le port. La cérémonie religieuse fut menée par un prêtre orthodoxe à barbe grise, portant la longue robe noire traditionnelle. Dans l'église bondée d'invités et emplie de bouquets superbes, le parfum de l'encens se mêlait à celui de la couronne de fleurs d'oranger posée sur sa tête. Ces senteurs exquises, la main de Cristo dans la sienne, la lueur farouche luisant au fond de son regard et son assurance sans faille : tout enchanta Erin.

Pour la première fois, elle ressentit profondément qu'ils étaient faits l'un pour l'autre, et elle comprit que Cristo avait totalement oublié son précédent mariage.

Après avoir quitté l'église, tandis qu'ils regagnaient la villa en voiture, Cristo se tourna vers elle et effleura l'anneau de platine qu'elle portait au doigt.

— Désormais, tu m'appartiens.

— Tu te conduis comme un homme des cavernes, répliqua Erin avec un sourire moqueur.

— Je suppose que si je te prends dans mes bras pour t'emmener dans notre chambre avant de recevoir nos invités,

tu me trouveras encore plus primitif, fit-il en baissant son regard incandescent vers sa bouche.

Le désir embrasa aussitôt Erin.

— Tu en serais capable…, répliqua-t-elle dans un souffle.

— Je me suis comporté comme un rustre en te faisant du chantage pour t'emmener en Italie, reconnut Cristo avec un sourire espiègle. Quand je suis avec toi, je me conduis de façon extravagante. Cela ne m'était arrivé avec aucune autre femme ! Quand je pense que le voyage en Italie était supposé me servir d'exorcisme…

— D'exorcisme ?

— Oui. Je pensais à toi sans cesse et je ne désirais qu'une chose : te faire revenir dans mon lit. Cette obsession me rendait furieux. Alors je me suis dit qu'en te faisant de nouveau l'amour, je serais déçu et qu'ensuite, je serais guéri de toi. Ça a tellement bien fonctionné que nous venons de nous marier ! conclut-il en éclatant de rire.

— As-tu épousé Lisandra dans la même église ? ne put s'empêcher de demander Erin.

— Bien sûr que non ! Notre mariage a été très mondain, à Athènes. Lisandra aime beaucoup les grandes démonstrations publiques.

— Cette petite église et la cérémonie ont été parfaites, fit doucement Erin.

— Toi et Lisandra êtes aussi différentes que le jour et la nuit, répliqua-t-il avec un sourire étrange.

Avec une petite douleur dans la région du cœur, Erin se demanda s'il éprouvait des regrets. Pour l'avoir vue en photo dans des magazines, elle savait que Lisandra était une créature superbe et très sophistiquée.

— Lisandra ne serait jamais allée voir ma mère si elle s'était conduite avec elle comme elle l'a fait avec toi, précisa-

t-il d'une voix dure. Elle ne lui aurait jamais pardonné, et elle ne l'aurait jamais invitée à notre mariage !

— Je n'ai pas encore pardonné à Appollonia, lui fit remarquer Erin.

— Mais tu le veux. Je t'en suis très reconnaissant. Alors que tu avais l'opportunité de prendre ta revanche, tu as choisis la tolérance : c'est très généreux de ta part.

— Elle regrette sincèrement ses actes. Nous commettons tous des erreurs.

Cristo se tourna vers elle et prit son visage entre ses mains. Il l'embrassa, en un baiser qui fit vibrer la moindre cellule de son corps.

Lorsqu'il s'écarta, il sortit un mouchoir de sa poche et lui essuya délicatement le contour des lèvres.

— Voilà, murmura-t-il en reculant la tête pour mieux la regarder. Plus aucune trace de notre forfait...

Puis il s'essuya les lèvres à son tour pour en retirer toute trace de rouge.

— Nos invités nous attendent, reprit-il. Mais d'abord, j'ai un cadeau pour toi.

Il lui tendit un tout petit écrin, qu'Erin ouvrit d'une main légèrement tremblante. A l'intérieur, un anneau serti de diamants scintillait de mille feux, assorti à son alliance.

— Cristo, cette bague est magnifique ! Mais je n'ai rien pour toi...

— Mon cadeau, c'est que tu reviennes enfin partager mon lit, murmura-t-il doucement.

Lorsqu'ils sortirent de la limousine, Erin regarda les jumeaux se précipiter vers leur père. Cristo les souleva tous les deux dans ses bras, tandis que Lorcan et Nuala éclataient de rire.

— Il se débrouille vraiment bien avec eux, remarqua Deidre en se rapprochant de sa fille. J'espère que vous allez faire d'autres enfants.

— Pas tout de suite ! répliqua spontanément Erin. Je crois que nous devons d'abord nous habituer à vivre tous les quatre ensemble.

— Il y a bien longtemps que je n'avais vu Cristo aussi heureux et détendu, affirma Vasos en venant les rejoindre. Vous vous faites du bien l'un l'autre. Je n'ai qu'un regret : que l'attitude de ma femme vous ait séparés au moment où vous aviez le plus besoin de Cristo.

— Tout cela appartient au passé, répliqua Erin avec un sourire.

— Je me suis disputé avec mon fils quand il m'a dit qu'il ne pouvait partir en voyage de noces à cause des difficultés que traverse mon entreprise. Ne vous en faites pas : j'ai rapidement réussi à lui faire entendre raison. Vous l'aurez votre lune de miel !

Erin sourit au vieil homme. Cristo avait concentré tous ses efforts pour lui venir en aide, car il avait dramatiquement souffert de la situation économique dégradée de son pays. Mais elle connaissait la farouche obstination et le désir d'indépendance de Vasos, qui le poussaient à refuser toute aide de son fils.

— Cristo s'inquiète beaucoup pour vous.

— Ça lui passera, répliqua Vasos avec assurance.

— Non, je ne crois pas, insista-t-elle avec douceur. Si votre entreprise fait faillite, il aura l'impression d'avoir subi un échec personnel. Pourquoi ne le laissez-vous pas vous aider ?

— Je ne pourrais jamais accepter d'argent de sa part.

— Pourquoi ?

— Quand il a été placé chez nous, il venait d'une famille très fortunée, et j'ai juré de ne jamais en profiter.

— Les temps ont changé. Cristo est un adulte, ce n'est plus un enfant désarmé. Et surtout, il vous aime énormément, vous et Appollonia. Ne trouvez-vous pas égoïste de refuser son aide et de le forcer à assister à vos difficultés sans pouvoir rien y faire ? Si vous sombrez, il en sera anéanti.

Vasos plissa le front, l'air blessé.

— Je vous en prie, ne soyez pas choqué par mes paroles, supplia Erin. Je voulais juste que vous sachiez comment il vit la situation. Si c'était l'inverse, ne désireriez-vous pas l'aider, de toutes vos forces ?

— Je vais y réfléchir, répondit Vasos après un long silence. Vous pouvez vous montrer très directe, Erin... mais vous comprenez vraiment Cristo.

— Je l'espère, répliqua-t-elle en lui souriant avec chaleur.

Puis elle s'éloigna en direction d'un groupe d'invités, en se demandant si elle en avait trop dit au père de Cristo. Si son mari apprenait qu'elle avait osé aborder ce sujet délicat avec Vasos, il risquait d'être furieux. Mais elle avait agi sans préméditation — et au fond, elle ne le regrettait pas.

Plus tard dans l'après-midi, Cristo lui annonça qu'ils partaient.

— Où allons-nous ?

— C'est une surprise.

— Je n'ai même pas préparé ma valise...

— Inutile : une nouvelle garde-robe t'attend à l'arrivée. Tu n'as pas non plus à t'inquiéter pour les jumeaux : ta mère a accepté de rester à la villa jusqu'à notre retour. Allons-y !

— Tout de suite ? s'exclama Erin. Je dois aller me changer !

— Non. C'est moi et moi seul qui t'ôterai cette robe, décréta Cristo en laissant errer son regard sur son buste.

Après s'être rendus à l'aéroport de Thesos en hélicoptère, ils montèrent à bord du jet. Une fois installée dans le confortable appareil, Erin se sentit soudain envahie par une lassitude infinie. Ce n'était pas étonnant : elle s'était levée à l'aube, se rappela-t-elle en étouffant un bâillement.

Lorsqu'elle se réveilla, elle regarda par le hublot et reconnut l'aéroport avec stupeur.

— Tu m'as ramenée en Italie… Pourquoi ?

— C'est là que tout a recommencé, même si nous ne nous en sommes pas rendu compte à l'époque.

La limousine les conduisit à la villa en un temps record et s'arrêta bientôt au bout de l'allée bordée de cyprès.

— J'ai donné congé à la gouvernante pour le week-end, dit Cristo en lui prenant la main pour l'aider à sortir de la voiture.

Erin sourit, émue : elle ne s'était pas attendue à un geste aussi romantique de la part de son mari. Ils gravirent les escaliers côte à côte, tandis qu'une excitation folle la gagnait. Sur le seuil de la chambre, elle resta immobile, le cœur battant la chamade.

Dans de hauts vases en cristal, de somptueux arrangements floraux décoraient la vaste pièce, tandis que des dizaines de bougies étaient disposées çà et là, leurs flammes tremblotantes répandant leur chaude lumière dans l'atmosphère.

— C'est toi qui as organisé tout cela ? murmura-t-elle, émerveillée par la vision qui s'offrait à elle.

— Oui. Je voulais que tout soit parfait pour toi.

Erin sourit de nouveau et s'avança dans la pièce en se débarrassant de ses escarpins à talons aiguilles avec un soupir de soulagement.

— Tu as subitement rapetissé, la taquina Cristo en sortant la bouteille de champagne du seau à glace.

Après l'avoir débouchée avec adresse, il versa le liquide doré et pétillant dans une flûte, qu'il tendit à Erin.

— Avais-tu fait la même chose pour Lisandra ? demanda-t-elle après avoir avalé une gorgée de champagne.

— Pourquoi toutes ces questions concernant mon ex-femme ? répliqua Cristo en la regardant d'un air perplexe.

— Tu ne m'as pas répondu, insista-t-elle.

— Non, je n'avais rien organisé de tel. Je pensais que tu avais maintenant compris que j'avais épousé Lisandra par dépit. J'espérais me débarrasser de tout souvenir du naufrage de ma liaison avec toi, et j'ai commis une erreur monumentale.

Par *dépit* ? Cet aveu ravissait Erin. Il apaisait la blessure que lui avait causée le mariage de Cristo, quelques mois après leur séparation.

— Tu n'aimais pas ta femme ? demanda-t-elle dans un souffle.

— Je pensais avoir été clair sur ce sujet.

— Pourquoi l'as-tu épousée, alors ?

— Après avoir perdu toute confiance en toi, je n'avais pas le cœur à fréquenter d'autres femmes. Mon mariage faisait plaisir à mes parents, et il me donnait un but sur lequel me concentrer, pour t'oublier. Mais cette union s'est avérée catastrophique.

Il haussa ses larges épaules d'un air impuissant.

— C'est notre nuit de noces, *koukla mou*. Je ne veux plus parler de cela.

Un but sur lequel se concentrer, pour l'oublier... Erin comprit brusquement que lorsqu'ils s'étaient séparés, Cristo aussi avait souffert. Elle contempla le décor romantique qu'il avait fait préparer pour elle. Son cœur se gonfla d'amour et de pardon.

Il lui prit la flûte de champagne de la main et la posa sur la table en acajou.

— Je t'aime, dit-il d'une voix rauque.

Puis il l'enlaça en la regardant dans les yeux. Une telle émotion brillait dans les siens qu'Erin tressaillit au plus profond d'elle-même.

— Je t'aimais déjà quand nous nous sommes séparés, reprit-il, mais je l'ignorais. Depuis ton départ, je n'ai jamais cessé de penser à toi. Tu me manquais tellement... Alors quand j'ai vu cette photo de toi avec Sam, je n'ai plus désiré qu'une seule chose : te revoir et te séduire de nouveau. Je me mentais en me disant qu'il ne s'agissait que de sexe et que je voulais me débarrasser de tout souvenir de toi. Je t'aimais toujours. Je n'avais jamais cessé de t'aimer. Je l'ai compris en me réveillant auprès de toi durant ce week-end, dans cette chambre. Et j'ai eu la certitude que je ne pourrais jamais plus te laisser partir.

Des larmes plein les yeux, Erin le fixa avec adoration. Cristo l'aimait. Il l'avait toujours aimée. Cette révélation lui causait une telle joie, un tel bonheur qu'elle eut l'impression que son cœur allait exploser.

— Nous avons perdu beaucoup de temps, poursuivit-il. Mais nous allons nous rattraper, crois-moi.

Après l'avoir fait doucement pivoter devant lui, il trouva la fermeture Eclair de sa robe et la fit descendre jusqu'au

creux de ses reins. Frissonnant de la tête aux pieds, Erin sentit le tissu glisser sur sa peau comme une caresse avant de tomber sur le tapis.

Elle se retourna et aida Cristo à ôter sa veste, les mains tremblant d'impatience et de désir.

— Maintenant, tu es à moi, pour toujours, *agape mou*, chuchota-t-il en se débarrassant de son pantalon.

— J'aime t'entendre dire *pour toujours*, murmura Erin.

Cristo recula d'un pas pour contempler le ravissant spectacle que lui offrait sa femme, en soutien-gorge et string de soie couleur ivoire, une jarretière en dentelle mauve ornant l'une de ses cuisses fines moulée dans un bas irisé.

— J'aime tes dessous, dit-il d'une voix rauque. Mais je te préfère sans ; surtout après l'abstinence inhumaine que tu m'as imposée avant le mariage.

— Vraiment ? demanda-t-elle, tandis qu'une roseur adorable teintait ses pommettes.

Il la souleva dans ses bras en riant, puis la déposa sur le grand lit.

— J'ai oublié de te dire quelque chose, chuchota-t-elle. Moi aussi, je t'aime.

— Pour la peine, tu devras me le répéter au moins dix fois par jour, répliqua-t-il en penchant son visage vers le sien.

Lorsqu'il prit sa bouche, ce fut avec une telle tendresse qu'Erin sentit de nouveau les larmes lui monter aux yeux. Des larmes de joie pure.

— Tu m'as tellement manqué, répéta-t-il contre ses lèvres.

— C'est fini, murmura Erin. Maintenant, nous partageons quelque chose de bien plus beau qu'autrefois, de bien plus fort, et qui durera…

— ... jusqu'à notre dernier jour, *agape mou.*

Deux ans plus tard, Erin organisa l'inauguration du luxueux hôtel de Cristo, sur l'île de Thesos. Construit aux abords d'une baie superbe et entouré d'une forêt de pins odorants, le somptueux établissement avait déjà acquis une telle réputation qu'il fallait y réserver sa suite six mois à l'avance.

Comme Cristo avait été retenu à Athènes par ses affaires, Vasos et Appollonia étaient venus la seconder.

Un immense changement s'était opéré dans sa relation avec ses beaux-parents. Avec le temps, les mauvais souvenirs et le ressentiment s'étaient estompés, puis effacés. Appollonia avait retrouvé sa force et son équilibre. Quant à son affection pour les jumeaux, elle était maintenant largement récompensée par l'amour inconditionnel que Lorcan et Nuala vouaient à leur grand-mère.

De son côté, Vasos avait fini par accepter un prêt de Cristo, sauvant ainsi son entreprise de la faillite. Mais il avait exigé une condition : que son fils devienne copropriétaire du groupe Denes. A présent, toute gêne avait disparu de la relation entre père et fils. Et quand il avait appris le rôle joué par Erin, Cristo lui avait exprimé sa reconnaissance, au lieu de lui en vouloir comme elle l'avait craint.

Durant la première année de leur mariage, elle avait partagé son temps entre l'Angleterre et la Grèce ; Deidre venait souvent séjourner à Thesos. Au cours de l'année suivante, Erin avait supervisé la création, puis la construction du nouvel hôtel de Cristo. Non seulement cela avait entraîné de nouveaux emplois pour la population locale, mais aussi généré l'ouverture de plusieurs entreprises à vocation touristique dans le village.

Après avoir posé pour les photographes venus assister à l'inauguration, Erin adressa un signe de la main à Sam et Janice. Elle leur sourit avec chaleur, en se disant qu'elle avait vraiment été aveugle de ne pas remarquer que l'assistante de Sam était éprise de lui. Si elle s'en était rendu compte, elle aurait pu clarifier ses propres rapports avec Sam, et faciliter ainsi les visées amoureuses de Janice. A présent qu'ils étaient mariés et heureux, Erin était ravie.

— Vous êtes superbe, madame Donakis, murmura une voix bien-aimée, à son oreille tandis qu'une main chaude se refermait sur sa taille.

— Cristo ! s'exclama-t-elle en se retournant vivement. Quand es-tu rentré ?

— Il y a une demi-heure. J'ai pris une douche rapide et me suis changé en un temps record. Et maintenant, c'est fini : je ne repars plus en voyage avant au moins six semaines !

Erin dévora son mari des yeux : il était d'une beauté sublime dans ce nouveau costume, qui mettait en valeur son corps mince et puissant. A cet instant, Jenny se dirigea vers eux, accompagnée de Lorcan et de Nuala. Sa fille, adorable dans sa robe fantaisie en tulle rose, lâcha la main de Jenny avant de tourner sur elle-même devant son père, pour lui faire admirer sa nouvelle robe. Puis elle releva le tissu de sa jupe entre ses doigts, comme si elle allait faire la révérence.

A la demande de son père, Lorcan sortit les mains de ses poches, avant de se précipiter vers l'immense palmier qui se dressait au milieu du hall.

— Lorcan ! lança Cristo en le voyant commencer à grimper.

Il prit son fils dans ses bras et l'écarta du tronc, tandis

que le petit garçon gigotait en criant. Sans prêter attention à ses protestations, Cristo le mit sous son bras en lui parlant calmement, avant de le reposer sur ses pieds.

— Lorcan est impossible ! décréta Nuala en roulant des yeux d'un air supérieur.

Lorsque Deidre les rejoignit et tendit les bras vers ses petits-enfants, ceux-ci se pendirent à sa robe en la suppliant de les emmener à la plage.

— Je me demande comment sera le troisième, fit Cristo en baissant un instant les yeux sur le ventre encore plat d'Erin.

— Un mélange de nous deux : de ce que nous avons de pire et de meilleur.

— Je suis tellement impatient de voir notre bébé, murmura Cristo.

Une tendresse infinie envahit Erin ; s'ils ne s'étaient pas trouvés exposés à tant de regards, elle aurait refermé les bras autour de son cou avant de s'appuyer contre lui.

Au début, elle avait été un peu réticente devant le désir de son mari d'avoir un troisième enfant. Mais quand elle avait compris à quel point Cristo souffrait d'avoir manqué les deux premières années de la vie des jumeaux, elle avait accepté de cesser de prendre la pilule.

Erin ne l'avait jamais regretté. Après être tombée rapidement enceinte, elle savourait la présence, l'intérêt et le soutien inconditionnel de Cristo. Il tenait à partager la moindre évolution de sa grossesse, et jamais elle n'oublierait la vision du beau visage de son mari, ému aux larmes, quand il avait découvert l'image de son enfant sur l'écran, au cours de la première échographie.

La réception terminée, Jenny emmena les jumeaux au

lit. Cristo salua les derniers invités, soulagé de pouvoir retrouver un peu de calme. Puis ils regagnèrent la villa.

— Je déteste être éloigné de toi, avoua-t-il en la prenant dans ses bras pour l'aider à descendre de voiture.

— Je ne te reconnais plus, murmura Erin avec tendresse. Tu as tellement changé, mon chéri.

— Je peux effectuer beaucoup de travail à la maison.

Lorsqu'ils arrivèrent au bas de l'escalier, il la souleva dans ses bras.

— Je sais que tu as mal aux pieds, *agape mou.*

Erin sourit devant tant de perspicacité et se débarrassa de ses escarpins dès qu'il l'eut reposée sur le sol.

— Mais ces chaussures sont magnifiques, tu ne trouves pas ?

Cristo prit son visage entre ses mains.

— Tu n'as pas besoin de souffrir pour être *magnifique.*

— Il faut vraiment être un homme pour dire ça ! répliqua-t-elle en riant.

— Je voudrais te faire comprendre à quel point je suis fou de toi. Mais je crois que c'est quasi impossible.

— Non, pas du tout. Moi aussi je t'aime, tout entier, fit-elle avec une lueur malicieuse au fond des yeux. Et je...

Sans la laisser poursuivre, Cristo pencha la tête pour disposer un doux baiser sur ses lèvres. Erin ferma les yeux et s'abandonna contre lui.

Comme chaque fois qu'il l'embrassait ainsi, l'amour de son mari se répandit en elle, l'emplissant de joie pure.

SHARON KENDRICK

Le secret de Justina

HARLEQUIN

Chapitre 1

Dante D'Arezzo sut précisément à quel moment son ex-fiancée pénétra dans la cathédrale. Un brusque silence, bientôt remplacé par une sourde rumeur, parcourut l'assistance.

— Regarde, c'est Justina Perry.

— Oh ! waouh ! murmura-t-on de tous côtés.

Dante sentit son cœur cogner dans sa poitrine tandis qu'autour de lui chacun tournait la tête pour observer la nouvelle venue. Sans doute pour voir si elle avait changé. Il n'avait aucun mal à imaginer les questions que tout le monde se posait. Son visage était-il toujours aussi lisse ? Avait-elle eu recours à la chirurgie esthétique ? Avait-elle grossi ? Ou perdu du poids… Une fois que la célébrité vous avait livré en pâture à l'opinion publique, vous n'aviez plus d'existence propre. Vous appartenez à vos admirateurs.

Il ne le savait que trop. N'avait-il pas vécu assez longtemps dans les coulisses de la gloire pour en connaître les aspects les plus sombres ? La célébrité finissait par s'insinuer dans les moindres détails de la vie quotidienne pour vous ronger et vous intoxiquer.

Envahi par une tension extrême, il regarda son ex-fiancée

s'avancer dans l'allée centrale de la cathédrale de Norwich. Comme lui, elle était venue assister au mariage de Roxy. Ce qui n'avait rien d'étonnant : les deux jeunes femmes jouaient autrefois dans le même groupe de rock. Les cheveux ramassés sur la nuque en un chignon élaboré, elle portait une robe chinoise, en satin clair rebrodé de fleurs et de dragons. Au premier abord, sa tenue décevait par son allure trop sage, mais une fente sur le côté dévoilait ses longues jambes nues, interminables… et perchées sur de très hauts talons.

A cette vue, une vague de désir, importune, le submergea, vite remplacée par une violente colère. Ainsi, elle s'affichait toujours comme une vulgaire *puttana* ! Eprouvait-elle du plaisir à alimenter les fantasmes des hommes ? Aimait-elle sentir leurs regards sur son corps de pécheresse et son beau visage d'ange ?

En dépit de son irritation, il continua à la suivre des yeux, fasciné, jusqu'à ce qu'elle parvienne à sa place, dans les premiers rangs. Saluant son voisin d'un sourire, elle s'assit, et le satin de sa robe se tendit sur ses cuisses. Combien de temps s'était écoulé depuis leur dernière rencontre ? Au moins cinq ans ! Cinq longues années auraient dû l'immuniser contre le charme félin qui émanait d'elle… Incapable de détacher son regard de la silhouette tournée vers l'autel, il sentit le sang affluer à ses tempes.

Dans un effort pour refouler la vague de souvenirs qui l'assaillait, il s'efforça de reporter son attention sur la cérémonie qui commençait. Vainement. Cette célébration promettait d'être un véritable calvaire. Pour comble de malchance, le marié appartenait à la noblesse. Son titre de duc requérait les honneurs dus à son rang… Autrement dit : cela serait interminable ! Dante n'arrivait pas à se

concentrer. Malgré lui, son esprit s'égarait, assailli par un flot d'images.

Justina, nue, dans un grand lit aux draps blancs.

Justina, avec ses cheveux d'ébène, sa peau douce comme des pétales de magnolia et ses yeux magnifiques, à l'incroyable couleur d'ambre.

Oh ! il n'avait pas oublié son corps délectable, ni le goût de ses seins qu'il aimait caresser de la bouche. Troublé, il secoua la tête pour chasser ces souvenirs. Il n'avait aucune envie de se rappeler l'unique erreur de son existence. Car la rupture de ses fiançailles était bien le seul échec entachant une vie pleine de succès chèrement acquis. Certes, il descendait d'une fière lignée de nobles toscans, mais si ses ancêtres, distingués érudits, soldats et diplomates, lui avaient légué des terres, ils n'avaient que peu de fortune. C'était bien lui, lorsqu'il avait pris la direction des affaires familiales, qui en avait fait une entreprise florissante.

A présent les D'Arezzo, en plus de leurs vignobles des environs de Florence, possédaient des propriétés dans le monde entier. Et, quant à lui, il avait tout ce qu'un homme pouvait désirer. Alors pourquoi cette sensation de vide intérieur ?

Une volée triomphale proclama la fin de la cérémonie, le tirant de ses pensées. Roxy Carmichael, dans un nuage de tulle, de soie et de perles, s'accrocha au bras du duc pour descendre la travée. A la vue du couple improbable qu'ils formaient tous deux, Dante secoua la tête, incrédule. Qui aurait imaginé pareil événement ? La dernière fois qu'il avait vu Roxy, elle dansait sur une scène immense, dans une tenue pailletée très déshabillée...

Avec Justina et Lexi, elles formaient alors le groupe

féminin le plus en vogue de la planète, les Lollipops. Et il était l'un de leurs fans les plus fervents.

Tandis que l'assemblée suivait les mariés en une longue file, il resta en retrait, guettant le passage de Justina. Comment réagirait-elle en le voyant ? Lui arrivait-il de regretter les choix qu'elle avait faits, et qui l'avaient conduit à rompre avec elle ?

Depuis cinq ans, il s'interdisait de s'intéresser à ce que devenait la femme avec laquelle il avait envisagé de passer sa vie. Mais, la veille au soir, pour la première fois, il avait cédé à la tentation. Une recherche rapide sur internet lui avait appris qu'elle était toujours célibataire et sans enfants. Avec la trentaine qui approchait, elle devait commencer à s'inquiéter. Les médecins déconseillaient aux femmes de reculer l'âge de la maternité… Il esquissa un sourire cynique. Non, évidemment elle n'en avait cure. Qu'aurait-elle fait d'un enfant ? Sa carrière représentait tout pour elle. C'était sa vie, son seul objectif, elle avait toujours été très claire à ce sujet.

Quand elle passa devant lui, leurs regards se croisèrent et, l'espace d'un instant, elle sembla hésiter. Ses yeux d'or s'écarquillèrent et elle pâlit, comme sous le coup de l'incrédulité. Une lueur indéfinissable s'alluma au fond de ses prunelles. Une lueur qu'il n'aurait su interpréter. Non pas qu'il en eût vraiment envie, d'ailleurs… De toute façon, il n'y attachait aucune importance. Justina Perry n'avait-elle pas cessé de l'intéresser depuis de longues années ? Malgré tout, il nota avec satisfaction la crispation à la naissance du cou gracile de la jeune femme.

Il eut le temps de humer son parfum, un mélange de jasmin et de miel, avant qu'elle s'éloigne. Devant lui, une jolie blonde lui sourit. Elle tentait manifestement d'attirer

son attention. Avec raideur, il se contenta de hocher la tête. Il n'était vraiment pas venu dans l'idée de faire une rencontre. En fait, il ne savait pas lui-même pourquoi il avait accepté cette invitation qui l'avait pris au dépourvu. Pour conjurer un fantôme du passé ? Pour se convaincre qu'il ne ressentait plus rien envers la seule femme qui ait jamais percé les défenses qu'il avait érigées autour de son cœur ?

Dans la lumière éclatante de cette belle journée chargée de senteurs florales, il chercha l'endroit où se tenait Justina. Indifférente aux admirateurs qui se pressaient à ses côtés, elle semblait guetter le porche de la cathédrale, comme si elle l'attendait.

Saisi par une émotion inexplicable, Dante se dirigea vers elle, insensible à l'intérêt que les femmes manifestaient à son passage. Il n'avait que trop l'habitude de susciter la curiosité… A son approche, Justina se mordilla la lèvre inférieure, et ce geste, immédiatement, éveilla en lui des souvenirs d'un érotisme torride.

Quand il la rejoignit, le petit groupe autour de Justina se tut pour l'observer. Comme toujours, son physique intriguait apparemment beaucoup parmi ces Britanniques à la peau claire et dans ce décor typiquement anglais. Il devait les impressionner, car ils ne tardèrent pas à s'écarter pour les laisser seuls tous les deux.

— Justina ! dit-il simplement.

Aux accents de la voix de Dante, le cœur de Justina se mit à battre la chamade. Il lui semblait que ses sens se réveillaient comme au sortir d'un long sommeil. Instantanément, les pointes de ses seins se durcirent tandis qu'un désir fou courait dans ses veines. Pourvu qu'il ne se rende compte de rien…, songea-t-elle avec dépit. Comment garder une

expression froide et détachée quand ce visage, dont la beauté sauvage l'avait autrefois tant séduite, n'était qu'à quelques centimètres du sien ? Sous le regard scrutateur de Dante, elle se sentit envahie par une immense faiblesse comme si, brusquement, tout son sang refluait pour se changer en eau.

Vivement, elle se redressa. Elle devait être forte. Surtout ne pas se montrer vulnérable. Parce que ce n'était pas n'importe qui, c'était Dante D'Arezzo qui était devant elle. Dante, l'homme qui voulait toujours tout contrôler, même en amour. Celui qui l'avait quittée parce qu'elle refusait de devenir une marionnette entre ses mains. L'individu impitoyable qui avait froidement séduit une autre femme et... et...

L'image d'un lit aux draps froissés se présenta à son esprit, avec une chevelure blonde ébouriffée au-dessus du visage de Dante qui souriait avec un air d'extase.

Avec force, elle repoussa le souvenir de cette scène qui lui avait lacéré le cœur. Comme elle le faisait depuis cinq ans. Il ne fallait plus jamais y penser. C'était trop douloureux. Pour l'instant, mieux valait se concentrer sur ce qui importait vraiment : trouver le moyen de l'éloigner pour avoir la paix.

Elle figea un masque hostile sur ses traits et répondit sur un ton glacial.

— Merci de gâcher ce qui sans toi aurait été une belle journée. Qui t'a invité ?

Dante ne s'attendait pas à une telle agressivité. Pourtant, sans savoir pourquoi, il s'en réjouit. Une dispute lui permettrait sans doute de libérer la tension insupportable qu'il éprouvait. A vrai dire, s'il avait obéi à ses pulsions,

il aurait couché Justina sans ménagement sur le capot de la voiture la plus proche. Pour son seul plaisir.

Il se rapprocha encore un peu.

— La mariée, bien sûr. Qui d'autre ? Je n'ai pas l'habitude de m'incruster dans les réceptions.

Un frisson parcourut Justina de la tête aux pieds quand l'ombre de Dante, tel un mauvais augure, lui cacha le soleil.

— Vraiment ? lança-t-elle, furieuse de ne pas se dominer davantage.

Comme si elle sortait d'une profonde léthargie, elle avait l'impression qu'elle mourrait s'il ne la touchait pas. Il fallait absolument que les lèvres de Dante se posent sur les siennes pour lui redonner vie. Que de caresses cette bouche lui avait prodiguées ! Honteuse, elle réalisa que tout son corps frémissait. Comment pouvait-il lui inspirer encore un tel désir physique alors qu'elle le haïssait ? C'était inconcevable...

— J'ignorais que tu étais resté en contact avec Roxy, ajouta-t-elle, pour se donner le temps de reprendre contenance.

— En fait, nous nous étions perdus de vue depuis longtemps. Depuis l'époque de notre rupture. Mais ce beau mariage avec un duc l'a sans doute ramenée à des dispositions généreuses et elle a recherché ma trace.

Oh ! Justina n'avait aucun mal à deviner les motivations de Roxy. Un invité tel que Dante ne pourrait que la flatter tout en rajoutant une pointe de piment à sa réception. Toutes les femmes se presseraient à ses pieds ! Mais pourquoi ne l'avait-elle pas mise au courant ? Elles étaient amies, après tout ! Si elle avait su que Dante serait là, elle ne serait pas venue. Même pour assister au mariage de Roxy.

Pourtant, ses blessures auraient dû être cicatrisées depuis

longtemps. Elle n'avait pas revu Dante depuis cinq ans et avait beaucoup mûri depuis cette époque. Alors pourquoi son charme produisait-il toujours sur elle le même effet dévastateur ? Malgré elle, des picotements couraient au creux de ses reins, et une boule de chaleur se forma dans son ventre, affreusement embarrassante.

Affectant une désinvolture qu'elle était loin d'éprouver, elle s'obligea à considérer en toute objectivité l'aristocrate toscan qui se tenait devant elle. A l'instar de tous les hommes dans l'assistance, hormis ceux qui arboraient un uniforme, il portait un costume sombre. Mais il y avait chez lui quelque chose d'infiniment élégant, un raffinement particulier qui le distinguait de tous les autres. Sa carrure paraissait plus large, ses jambes plus longues… En même temps, sous son apparence sophistiquée, on devinait un être au caractère entier et bien trempé, sans demi-mesure. Oh oui, Dante D'Arezzo savait ce qu'il voulait et se servait ! Il aimait les femmes et les faisait pleurer de plaisir. Mais aussi, parfois, de douleur et de chagrin.

S'arrachant à ses pensées, Justina haussa les épaules, dans un mouvement qu'elle espérait décontracté.

— Roxy manquait peut-être tout simplement d'invités masculins. Et un aristocrate toscan est toujours bon à prendre.

Il sourit, manifestement insensible à l'insulte. Peut-être aussi se rendait-il compte que sa provocation n'était qu'une tentative désespérée pour se donner une contenance…

— Cela fait bien longtemps, Justina, murmura-t-il.

— Cinq ans, répliqua-t-elle d'une voix neutre. Le temps passe vite quand on s'amuse, ce qui n'était certes pas le cas quand nous étions fiancés !

Dante ne réagit pas. Il ne semblait même pas l'écouter,

trop occupé à la détailler des pieds à la tête, comme s'il avait encore le droit de la regarder ainsi, comme si elle était toujours à lui.

— Tu as maigri, observa-t-il.

Le cœur de Justina se contracta douloureusement. De colère ou de déception ? Elle n'aurait su dire. Cela ressemblait tellement à Dante, de tourner en dérision une chose dont elle était fière ! Elle avait dépensé beaucoup d'efforts et d'énergie pour arriver à ce résultat. Tous les matins, à l'aube, même sous la pluie, elle sortait faire son jogging dans les rues. En voyage, elle fréquentait assidûment les salles de sport des hôtels où elle logeait, parfois tard le soir. Et elle avait suivi un régime draconien.

Elle ne consommait jamais de glucides après 17 heures et ne buvait que rarement de l'alcool. Oui, elle s'imposait une discipline de vie très sévère pour conserver fraîcheur et énergie dans ce milieu où la jeunesse primait sur tout le reste. Elle avait consenti trop de sacrifices pour risquer de mettre sa carrière en danger.

— Tant mieux ! lança-t-elle en le dévisageant à son tour. L'extrême minceur est à la mode, Dante. Tu devrais essayer, toi aussi.

— Non merci. Je n'ai pas besoin de fréquenter les salles de sport pour rester en forme. Je préfère les exercices en chambre. C'est moins narcissique et infiniment plus agréable.

Malgré elle, Justina sentit ses joues s'empourprer violemment devant l'allusion sexuelle et recula d'un pas.

— Tu es répugnant.

— Ah bon ? Il fut un temps où tu ne tenais pas le même discours.

— C'était il y a très longtemps. Heureusement, mes

goûts ont évolué et gagné en raffinement. Je suis sortie de l'âge de Neandertal.

— Eh bien, dans ce cas, tu as beaucoup changé, en effet. Avant toi, je n'avais jamais connu de femme qui se soumette avec autant de plaisir à mes pulsions d'homme des cavernes.

Justina frissonna. Cette voix n'avait rien perdu de son pouvoir sur elle, elle ramenait à la surface de sa mémoire des souvenirs qu'elle croyait à jamais oubliés. Comme ses baisers ardents et passionnés... Que de plaisirs enfiévrés elle avait connus avec lui ! Mais presque aussitôt, une autre image, affreuse, s'imposa : Dante faisant l'amour avec une autre femme... Elle eut envie de crier, de s'en prendre violemment à lui pour lui demander des comptes. Pourquoi avait-il agi ainsi ? Cependant, il était inutile de ressusciter le passé. Cela n'effacerait rien et ne changerait pas le présent. Quant à l'avenir, Dante n'y aurait jamais aucune part.

Et elle devait absolument mettre de la distance entre elle et lui.

Le regard résolument posé sur un point imaginaire, derrière lui, elle se força à sourire, comme si elle reconnaissait quelqu'un. Puis, s'étant ressaisie, elle adopta une expression de souveraine indifférence.

— Je ne voudrais pas te monopoliser plus longtemps, Dante. Il y a certainement un tas de gens qui meurent d'envie de te parler. J'aperçois d'ailleurs une jolie blonde qui cherche désespérément à attirer ton attention. Dépêche-toi de lui faire ton numéro de charme, elle sera dans ton lit cette nuit, je n'en doute pas.

Puis elle lui tourna le dos et s'éloigna. Une part d'elle redoutait qu'il ne la retienne. Mais il n'en fit rien. Tout

en traversant le parvis et en se frayant un passage dans la foule, elle sentait la brûlure du regard de Dante dans son dos. Les mains tremblantes, le cœur battant, elle tenta de reprendre ses esprits. Devrait-elle quitter la réception ? Après tout, rien ne l'obligeait à rester. Il lui suffisait de retourner à son hôtel et de se changer, puis de repartir à Londres immédiatement. Oui, en se sauvant, elle pouvait facilement échapper à son ex-fiancé et aux souvenirs douloureux que lui imposaient ces retrouvailles inopinées.

Malgré tout, cela paraissait difficile. Elle n'avait renoué avec Roxy que depuis peu. Il y avait fort à parier que leur amitié supporterait mal une telle défection, en un jour aussi important. Détournant le visage pour échapper à l'appareil photo d'un paparazzo, elle poussa un soupir. Elle n'avait pas le choix : elle allait devoir se comporter en adulte et affronter la difficulté. Et puis, ce ne serait peut-être pas si compliqué d'éviter Dante, d'autant plus qu'il ne resterait pas seul bien longtemps…

Sa décision prise, elle se dirigea vers la file de bus rouges à impériale loués pour transporter les invités, trouva une place assise et sourit poliment à l'homme qui s'installa à côté d'elle. Immédiatement, il commença à se présenter, mais elle avait du mal à se concentrer sur ce qu'il lui disait. Vêtu d'un uniforme militaire, de nombreux galons aux épaules et la poitrine bardée de médailles, c'était probablement un héros valeureux ou un gradé important. Blond, la mâchoire carrée, il émanait de lui une beauté virile qui, cependant, la laissait froide.

Pourquoi n'était-elle jamais attirée par ce genre-là ? C'était certainement quelqu'un de responsable, solide et fiable. Si elle lui laissait sa chance, il lui vouerait sans nul doute une adoration absolue. Malheureusement, personne

ne l'avait jamais attirée comme Dante. Comment, alors, s'étonner de l'échec de sa vie sentimentale ? La vérité, c'était qu'elle approchait la trentaine sans aucune perspective de stabilité affective, et que ses chances d'avoir un bébé reculaient d'année en année.

Pourtant, elle n'en avait réellement pris conscience que la semaine précédente, au cours d'une interview. Mise au pied du mur par les questions embarrassantes d'un journaliste particulièrement insistant, elle s'en était sortie par une pirouette : certes, elle voulait des enfants, mais il lui fallait d'abord trouver le père ! Mais cela ne changeait rien à la réalité : elle avait bientôt trente ans et elle était seule.

Après avoir cahoté sur les pavés des rues étroites de Norwich, le bus à impériale emprunta une large avenue et franchit les immenses grilles du domaine ducal. Justina laissa son regard errer sur la longue allée de gravier qui menait à la demeure ancestrale du marié, une imposante bâtisse de pierres dorées que Roxy lui avait abondamment décrite.

Entouré d'un vaste parc boisé, Valeo Hall était gardé par deux lions de bronze, au bas d'un escalier monumental. La lourde porte de chêne était décorée par des guirlandes de fleurs blanches odorantes, les mêmes qu'à la cathédrale. En mettant pied à terre, Justina en huma le parfum délicat. Roxy avait de la chance de commencer une nouvelle vie, songea-t-elle, un peu envieuse.

Elle prit sa place dans la file des invités qui attendaient leur tour pour féliciter les jeunes mariés. Après avoir embrassé le duc, elle se retrouva enveloppée dans un nuage de tulle et de dentelle quand Roxy la serra affectueusement dans ses bras.

— Oh ! Jus ! Je suis si heureuse que tu sois là. Qu'as-tu pensé de la cérémonie ?

— C'était magnifique. Et tu es splendide, la plus jolie mariée que j'aie jamais vue !

Plus doucement, Justina ajouta :

— Mais tu ne m'avais pas dit que tu avais invité Dante.

— Je n'aurais pas dû ? demanda Roxy avec un sourire de conspiratrice. Même si vous n'êtes plus ensemble, j'avais envie qu'il soit là. Après tout, il a compté dans ma vie. Tu ne m'en veux pas, j'espère ?

Justina se força à répondre au sourire de Roxy. Elle ne pouvait pas lui dire la vérité. Et de toute manière, peu importaient sa souffrance et la blessure infligée à son orgueil en ce jour de fête. La joie de son amie comptait davantage que ses contrariétés.

— Pas du tout ! se récria-t-elle. Cette histoire me semble tellement loin, de toute façon !

Roxy porta la main à sa tiare de diamants pour la rajuster.

— Il n'y a plus rien entre vous, c'est sûr ?

— Tu plaisantes ! protesta Justina avec véhémence. C'est terminé depuis longtemps.

S'écartant pour céder la place à la personne suivante, elle prit une coupe de champagne sur un plateau que lui présentait une domestique. D'un geste nerveux, elle porta le verre à ses lèvres et le vida d'un trait pour se donner du courage. Puis, elle se dirigea résolument vers la salle de réception, prête à en découdre. Pourquoi se laisserait-elle intimider par Dante D'Arezzo ? Forte, indépendante, elle avait passé l'âge d'être impressionnée. Et si d'aventure elle le croisait, elle l'écraserait de sa froideur, comme tout à l'heure sur le parvis de la cathédrale.

Elle jeta un regard circulaire à la salle de réception. Les convives commençaient à se servir au buffet avant de s'installer à leur place, autour des petites tables sur lesquelles on avait dressé le couvert. Les lustres brillaient de tous leurs feux dans la grande salle blanche et or, faisant étinceler les cristaux et l'argenterie. Avec les colonnes habillées de lierre et de fleurs, l'endroit ressemblait à une clairière enchantée, à un décor de conte de fées dans lequel tout pouvait arriver.

Justina chercha son nom sur le plan de table et fut ravie de découvrir qu'elle était assise entre un général de brigade, probablement très âgé, et un certain lord Aston, dont elle n'avait jamais entendu parler. Dieu merci, Roxy avait été assez diplomate pour placer Dante à l'autre bout de la pièce.

Traversant l'immense salle de banquet pour gagner sa table, elle dut faire appel à toute sa concentration pour ne pas glisser sur le parquet car ses talons démesurés et sa robe chinoise rendaient sa démarche quelque peu malaisée. Ce fut seulement quand une main à la peau mate lui tira galamment sa chaise qu'une alarme retentit en son for intérieur.

Instantanément, elle se figea. Comme paralysée. Avec un terrible sentiment d'inéluctabilité, elle croisa le regard noir et brillant de l'homme qu'elle s'était autrefois destinée à épouser et qui lui tenait maintenant sa chaise.

Chapitre 2

Une fureur sourde s'empara de Justina, mêlée à un trouble diffus qu'elle préféra ne pas analyser. Elle fusilla Dante du regard, sans réussir toutefois à effacer le sourire hautain qui flottait sur ses lèvres.

— Que fais-tu ici ? Fiche-moi la paix ! lança-t-elle sèchement.

De l'autre côté de la table, une jolie rousse couverte d'émeraudes redressa vivement la tête.

— Parle moins fort, je te prie, dit Dante sur un ton de réprimande. On ne tolère pas les éclats de voix, chez un duc.

Comment osait-il ? Elle l'aurait volontiers giflé. Mais il avait raison. Elle ne pouvait se disputer en public au mariage d'une de ses meilleures amies. Réprimant son envie de taper du pied, elle capitula et s'assit de mauvaise grâce sur la chaise qu'il lui tenait galamment.

Elle se raidit en sentant Dante effleurer ses épaules du bout des doigts avant de prendre place à côté d'elle. Etouffant une exclamation, elle se tourna vers lui.

— Je ne pensais pas que le verbe « tolérer » faisait partie de ton vocabulaire, observa-t-elle froidement. Et

je me demande comment tu as pu arriver ici avant moi parce que je suis montée dans le premier bus.

— J'ai pris ma voiture.

Justina hocha la tête. Evidemment. Un homme qui voulait toujours tout régenter n'allait pas se plier à un mode de transport collectif...

Elle inspira profondément.

— Pourquoi te retrouves-tu assis ici ?

— Pour exactement la même raison que toi, j'imagine. Fêter dignement le mariage de Roxy et porter un toast à son bonheur.

— Ne joue pas sur les mots, Dante. Tu sais très bien ce que je veux dire.

Elle fixa sévèrement son visage aux traits rudes, adouci seulement par la sensualité de sa bouche. Même rasées de près, ses joues étaient toujours ombrées par une barbe drue.

Pourquoi était-il aussi... sexy ? Et, surtout, pourquoi son corps réagissait-il aussi traîtreusement à son parfum ?

— Sur le plan de table, j'ai constaté avec soulagement que nous n'étions pas à côté, précisa-t-elle. Que s'est-il passé ?

— C'est très simple. J'ai interverti mon nom et celui de ton voisin, déclara-t-il sans aucun remords.

Justina le foudroya du regard. Comment avait elle pu oublier son insupportable désinvolture ? Cette manie d'agir à sa guise en toutes circonstances, disposant de tout et de chacun comme si le monde entier était un conseil d'administration soumis à sa toute-puissance.

— Tu n'as pas le droit de faire cela ! protesta-t-elle.

— Bien sûr que si, répliqua-t-il avec un sourire nonchalant. D'ailleurs, cela n'a posé de problème à personne. Et maintenant, je te suggère de participer aux réjouissances.

— Pour moi, si tu restes ici les réjouissances sont terminées, déclara-t-elle en se penchant pour poser son sac.

Elle devait absolument lui dissimuler le tremblement de ses mains…

Cette réplique mordante faillit arracher un sourire à Dante. Comment avait-il pu oublier sa vivacité, cette promptitude à s'emporter et se rebeller ? Justina était la seule femme qui lui ait jamais résisté. Déterminée à faire entendre sa voix, elle n'avait jamais cédé devant lui, clamant haut et fort que sa carrière était tout aussi importante que la sienne.

Pendant quelque temps, il avait pris plaisir à ces affrontements. Et que dire des réconciliations passionnées qui leur succédaient immanquablement ? Mais, peu à peu, il s'était rendu compte qu'elle était sérieuse. Ce n'était pas un jeu destiné à exciter son intérêt. Non, Justina n'avait pas du tout l'intention de renoncer à son style de vie après leur mariage. Elle répétait qu'elle avait attendu trop longtemps les occasions de se produire sur scène pour les refuser. Elle avait même eu le culot de le traiter de dinosaure parce qu'il ne respectait pas sa carrière. Bien sûr, elle plaisantait, mais il avait malgré tout compris qu'elle ne laisserait rien, et personne, la détourner de son but. Tout d'abord furieux, et même blessé, il avait néanmoins fini par se féliciter d'avoir découvert à temps sa vraie nature. Oui, cela lui avait permis de rompre avant qu'il ne soit trop tard.

Rejetant ces pensées, il revint au moment présent. Justina avait vraiment des yeux magnifiques, couleur d'ambre et frangés de longs cils. Un sommelier passa pour remplir les verres et quand elle porta le sien à ses lèvres Dante fixa avec insistance l'annulaire de sa main gauche.

— Tu n'as toujours pas d'alliance. Tu n'as pas eu la chance, comme ton amie, de tirer le gros lot ?

Justina faillit s'étrangler.

— Quelle façon de parler !

— C'est pourtant un point de vue largement partagé parmi les femmes. Une sorte de course au mariage pendant qu'avance implacablement l'horloge biologique. Non ? Quel âge as-tu maintenant, Justina ? Trente et un ans ? Trente-deux ?

— Je n'ai même pas trente ans ! protesta-t-elle.

A la minute même où elle prononçait ces mots, Justina se rendit compte qu'elle tombait dans le piège. Dante la manipulait. En se défendant aussi vivement, elle lui donnait raison.

Hors de question de lui laisser autant de pouvoir sur elle ! Elle lui lança un regard hostile.

— Tu n'es peut-être pas au courant, Dante, mais notre époque assiste à l'émergence de femmes nouvelles. Des femmes qui n'ont pas besoin d'un homme pour exister et se définir.

— Tes couplets féministes n'ont rien perdu de leur agressivité.

— Ton ego de mâle se sent menacé ?

— Ce que je ressens est infiniment plus élémentaire, Justina, répondit-il avec un sourire insistant.

Les joues en feu, Justina sentit un curieux mélange de colère et de désir l'envahir. Elle planta sa fourchette dans une asperge. Que lui arrivait-il ? Il la provoquait et elle réagissait comme une collégienne.

C'était sans doute à cause de sa longue abstinence. Oui, même si ses sentiments étaient morts, son désir pour Dante, qu'elle avait cru disparu à jamais, se réveillait

perfidement. Mais Dante était la dernière personne avec qui assouvir ces besoins ! Toutes ces années, elle avait eu l'impression d'errer sans but, privée d'amour et de plaisir. Et brusquement, voilà qu'il réapparaissait, comme pour lui rappeler tout ce qui lui avait cruellement manqué.

— Pourquoi t'es-tu donné la peine de changer de place si c'est uniquement pour te montrer désagréable ? demanda-t-elle.

— Allons, Justina, tu sais très bien pourquoi j'ai changé de place. Il est normal que j'aie envie de parler un peu avec toi. Ma curiosité est bien légitime, non ? Après tout, nous projetions de nous marier…

— Jusqu'à ce que tu couches avec cette… cette…

Le mot prostituée ne franchit pas ses lèvres.

— Cette femme, conclut-elle après avoir avalé une gorgée de vin.

— Arrête de réécrire l'histoire, ordonna-t-il. Nous avions déjà rompu quand cela s'est passé, tu le sais très bien.

Elle ouvrit la bouche pour émettre une objection, puis la referma sans rien dire. A quoi bon ? Avec l'arrogance qui le caractérisait, il avait obstinément refusé de reconnaître ses torts. Rien ne le ferait changer d'avis. Il valait mieux ne pas réagir à ses provocations. C'était tout ce qu'il attendait.

Quelle épreuve, tout de même, de supporter sa présence… De devoir feindre de ne rien ressentir, alors que son cœur battait à tout rompre dans sa poitrine.

Elle joua un peu avec la nourriture dans son assiette avant de s'obliger à le regarder de nouveau.

— Bon, d'accord. Bavardons gentiment, puisque je ne peux pas faire autrement. Que deviens-tu ? Tu habites toujours à Rome, je présume ?

— Non, plus maintenant. J'ai un appartement à New York.

— Ah bon ?

— Tu as l'air surprise.

— Non, cela ne m'intéresse pas vraiment.

Elle grignota distraitement un morceau de viande.

— Simplement, tu paraissais si convaincu que le paradis sur Terre se trouvait en Italie, quelque part entre l'Ombrie et l'Emilie-Romagne...

— J'aime toujours autant mon pays natal, répliqua-t-il d'une voix doucereuse. Et j'y retourne le plus souvent possible, même si les occasions se font rares en ce moment.

— Les affaires vont bien ? s'enquit-elle sur un ton neutre, comme par pure politesse.

Il haussa les épaules.

— A merveille. Nous nous sommes implantés en Amérique du Nord. J'adore la vie trépidante de New York. Même si la Toscane me manque toujours un peu...

Justina mastiqua nerveusement une bouchée de pain, pour se donner une contenance et repousser les images qu'avaient réveillées en elle les propos de Dante. Elle ne voulait surtout pas penser à la Toscane, ni au *palazzo* qu'occupaient les D'Arezzo depuis plusieurs siècles. Cette région était d'une beauté à couper le souffle et elle en conservait un souvenir ébloui, même si sa visite ne s'était pas très bien passée. Pas très bien passée... un doux euphémisme ! La famille aristocratique de Dante l'avait tout de suite considérée d'un très mauvais œil. Bien sûr, ils ne rêvaient pas d'une pop star anglaise pour leur fils... Il fallait dire que leur visite avait coïncidé avec la sortie du clip promotionnel de son dernier album. Elle y dansait dans une tenue très dénudée, sans soutien-gorge,

et elle-même avait été choquée par les images lascives de la vidéo. Mais naturellement, le producteur ne lui avait pas demandé son avis avant de la diffuser…

Oui, le clan D'Arezzo l'avait condamnée avant même de la rencontrer. Elle n'appartenait pas à leur monde, et personne n'avait caché sa crainte qu'elle soit un mauvais exemple pour la petite sœur de Dante ! En réalité ils l'avaient presque chassée, car leur séjour avait été brutalement abrégé. Blessée par la sévérité de ce verdict, elle n'avait pas eu d'autre choix que de l'accepter. Mais elle en avait gardé une blessure qui avait considérablement contribué à la détérioration de ses relations avec Dante.

— Tu ne peux donc pas tout avoir, toi non plus ? remarqua-t-elle, sarcastique. Toi qui te targuais de tout mener de front sans jamais rien éliminer ! Tu serais finalement comme tout le monde ?

— Tu sembles bien acerbe, Justina, murmura-t-il. Ce n'est pas l'envie ou la jalousie qui te pousse, j'espère ? Ta carrière ne serait pas en chute libre ?

Comme elle avait envie de l'envoyer au diable ! Mais son amour-propre la retint. Oh ! elle allait lui montrer qu'elle s'était taillé une belle réussite. Ses sacrifices avaient porté leurs fruits. Elle était indépendante et fière de l'être. Jamais elle ne serait comme sa mère.

— Bien au contraire, je vis à Londres et j'écris toujours des chansons. Mais pour les autres, maintenant.

— Tu as du succès ?

— Oh ! je m'en sors pas mal, assura-t-elle, laconique.

Sa dernière création arrivait en tête du Top 50 et on l'avait récemment pressentie pour écrire une comédie musicale… Mais inutile de détailler. Dante n'approuvait

pas l'ambition chez les femmes, il n'aurait probablement pas été impressionné.

Dante étudia rêveusement le visage de Justina. Elle était toujours aussi incroyablement belle. Elle serrait ses lèvres roses et pulpeuses comme pour s'empêcher de dire quelque chose et ce geste, brusquement, l'emplit de désir. Un feu brûlant se mit à couler dans ses veines tandis qu'il s'imaginait en train de l'embrasser.

A cet instant précis, il sut qu'il la posséderait une dernière fois. Sinon, cette fièvre ne le quitterait pas. C'était comme une maladie restée en sommeil pendant toutes ces années et qui se réveillait à sa vue.

Il se pencha vers elle.

— Et les hommes ? demanda-t-il doucement.

— Pardon ?

Il continua à l'observer fixement, mais sa voix trahit un léger tremblement.

— Personne n'a assez d'importance dans ta vie pour t'accompagner ici ?

Justina frissonna. Que voulait-il au juste ? Bien déterminée à lui cacher la vérité, elle soutint son regard incandescent. Il aurait été trop content d'apprendre que, après lui, elle avait été incapable d'accorder sa confiance à un homme, quelle que fût l'attirance qu'elle éprouvait.

Il valait mieux jouer la comédie. Oui, par pur orgueil, elle ferait semblant d'avoir une vie sentimentale épanouie. Car Dante avait des conceptions traditionnelles et très démodées. Pour lui, un statut de femme célibataire cachait forcément un échec.

Elle but une nouvelle gorgée de vin.

— Oh ! tout va bien de ce côté-là, prétendit-elle avec une fausse assurance.

En le voyant se rembrunir brusquement, un sentiment d'aise l'envahit. S'il était jaloux, même un tout petit peu, cela la vengerait de l'humiliation ressentie en le surprenant au lit avec une autre. Elle n'oublierait jamais ce jour dont la seule évocation lui donnait encore une impression de nausée. Elle haussa les sourcils, comme pour décourager sa curiosité.

— Mais pas de relation privilégiée ? insista-t-il.

— Non, répondit-elle comme s'il s'agissait d'un choix raisonné et non d'une situation subie.

Comment aurait-elle imaginé qu'il serait si difficile de tomber amoureuse une deuxième fois ? Invariablement, elle comparait les hommes qu'elle rencontrait au beau Toscan qui l'avait fascinée, et, aussitôt, ils perdaient tout intérêt.

— Je ne tiens pas à m'engager, ajouta-t-elle. Et maintenant, Dante, si cela ne t'ennuie pas, je pense que nous avons épuisé tous les sujets de conversation possibles.

A ces mots, ostensiblement, elle se tourna vers le général de brigade assis à sa gauche. Il lui fallut un petit moment pour recouvrer ses esprits, mais il s'avéra un compagnon fort divertissant qui savait absolument tout sur la demeure et les ancêtres du marié. Une fois lancé, son voisin était intarissable, mais ses paroles agissaient comme un baume bienfaisant. Elles lui changeaient les idées et il lui apprit une foule de choses intéressantes.

Elle avait toujours regretté de ne pas avoir eu la chance de bénéficier d'une éducation de qualité. Le style de vie nomade et marginal de sa mère l'avait obligée à changer souvent d'école. A dix-sept ans, avec une expérience infiniment plus riche que la plupart des jeunes filles de son âge, elle n'avait que peu de connaissances académiques.

Mais elle savait beaucoup de choses sur toutes sortes de sujets comme, par exemple, les techniques d'orpaillage...

Malgré tout, elle savait poser les bonnes questions, et son voisin de table y répondait avec empressement. Il lui raconta tout sur les batailles qui s'étaient livrées dans cette vénérable seigneurie du Norfolk et lui décrivit en détail les trésors artistiques du manoir, en particulier un tableau de Titien.

Malheureusement, elle ne pouvait pas s'empêcher d'entendre quelques échos des conversations que Dante entretenait de son côté. Cette rousse aux émeraudes avait un rire particulièrement strident ! Et que dire de cette conscience aiguë de la présence de Dante ? La chaleur de son corps la troublait, ainsi que les effluves de son parfum musqué. Un parfum si particulier qu'elle l'aurait reconnu entre mille.

Au moment du dessert, quelqu'un réclama le silence en agitant une clochette. Pendant que le père de la mariée entamait son discours, Dante se pencha vers elle.

— Tu as osé me tourner le dos ! Personne ne me fait jamais cela...

— Chut. Même si tu adores parler de toi, ce n'est pas le moment. Tais-toi.

S'appuyant contre son dossier, elle fixa son attention sur l'orateur. Puis, ce fut au tour du vieux duc de prendre la parole. Il divertit l'assistance avec des anecdotes savoureuses qui déclenchèrent l'hilarité. Mais Justina ne parvenait pas à se joindre à la bonne humeur générale. Comme si sa place n'était pas vraiment là, au milieu de cette assemblée joyeuse. Comme souvent, une horrible sensation de vide intérieur la rongeait. Une sensation qui venait de très loin.

Combien de fois avait-elle déjà eu cette impression d'être exclue, de ne pas être comme tout le monde…

Naturellement, elle n'en laissa rien paraître. A la fin des discours, elle se contenta de prendre son sac en satin et de se lever. Dante était occupé à parler avec la rousse et le général de brigade ne s'apercevrait peut-être même pas de son absence. Le mieux était de faire comme si elle allait aux toilettes et de partir discrètement. Au moins, cela lui permettrait de se coucher de bonne heure pour rattraper son sommeil en retard, à cause du décalage horaire. Et demain matin, elle aurait complètement oublié Dante.

Elle réussit à atteindre le hall sans attirer l'attention. Mais juste comme elle cherchait son téléphone portable dans son sac pour appeler un taxi, une voix à l'accent familier la fit sursauter.

— Tu t'en vas déjà ?

Un frisson irrépressible la parcourut. Levant les yeux, elle aperçut un sourire sardonique sur les lèvres de Dante.

— Oui, si tu veux bien t'écarter de mon passage.

— Mais le bal va commencer.

— Je sais, mais je n'ai pas envie de rester. J'en ai assez.

Sous-entendu : « de toi ». Mais elle n'avait pas besoin de le dire tout haut pour se faire comprendre.

Dante fronça les sourcils.

— Tu rentres à Londres ?

— Non, pas ce soir. J'ai réservé une chambre d'hôtel, à Burnham Market.

Comme il haussait un sourcil interrogateur, elle ajouta avec un soupir :

— C'est la ville la plus proche.

Il hocha la tête en cherchant ses clés de voiture dans la poche de son pantalon.

— Je t'emmène.

— Merci, mais je préfère prendre un taxi.

— Ne sois pas ridicule, Justina. De quoi as-tu peur ?

Comment réagirait-il si elle lui disait la vérité ? Elle avait peur de son désir, peur d'avoir envie de l'embrasser, en dépit de tout. Après ce qui s'était passé entre eux, elle ne savait pas elle-même ce que cela signifiait.

— Cela m'ennuierait de t'obliger à partir.

— Je me suis proposé bien volontiers. De toute façon, j'avais l'intention de m'en aller assez vite pour regagner Londres dès ce soir. J'ai un avion tôt demain matin pour les Etats-Unis.

Puisqu'il présentait les choses ainsi, elle ne pouvait plus guère refuser. D'ailleurs, en avait-elle la force ?

A regret, elle l'accompagna sur le perron, où il donna ses clés à un voiturier.

— Qu'est devenue Lexi ? demanda-t-il en attendant sa voiture.

Surprise, elle se tourna vers lui. Cela faisait bien longtemps que personne n'avait mentionné Alexi Gibson, la troisième partenaire des Lollipops, que la presse avait surnommée « Sexy Lexi ».

— Elle a voulu faire cavalier seul, être chanteuse à part entière. C'est ce qui a conduit le groupe à se séparer.

— Je l'ignorais.

Jusqu'au jour où il avait reçu l'invitation au mariage de Roxy, il avait délibérément gommé toute référence aux Lollipops, comme un chirurgien qui prend soin de couper largement les tissus malades autour d'une blessure.

— Elle est là ? s'enquit-il.

— Non. Personne ne l'a revue depuis qu'elle a épousé l'un des plus grands musiciens de Hollywood.

Etait-elle heureuse ? se demanda Justina tout à coup. Puis, pour la première fois depuis longtemps, elle se posa la même question. Et elle ? Etait-elle heureuse ? La réponse lui fit l'effet d'une décharge électrique. Non. Même si elle menait une vie agréable et couronnée de succès, elle était loin du bonheur qu'elle avait connu autrefois, quand elle était avec Dante.

Quand le coupé sport s'immobilisa devant eux, Justina se glissa à la place du passager et sa robe fendue découvrit ses longues jambes fuselées.

— Quel est le nom de ton hôtel ? demanda Dante d'une voix neutre.

— Le Smithsonian.

Il pianota sur le clavier de son GPS et démarra aussitôt. Un lourd silence s'installa entre eux. Tout au long du trajet, Justina eut la sensation d'étouffer.

Dès qu'ils arrivèrent devant l'immeuble de style XVIIIe, elle détacha d'une main tremblante sa ceinture de sécurité. Son soulagement se teintait d'un regret étrange à l'idée de s'en aller ainsi, aussi simplement. Au fur et à mesure qu'elle avançait en âge, le moment des adieux prenait plus d'importance. A vingt-cinq ans, en rompant avec Dante, elle ne s'était pas demandé si elle le reverrait un jour. A présent, elle avait conscience que leurs chemins ne se croiseraient sans doute plus jamais. Contre toute attente, cette perspective lui pinça le cœur.

— Justina ?

La gravité de sa voix la troubla, ainsi que l'impression d'intimité dans le petit espace confiné de la voiture.

— Qu'y a-t-il ? souffla-t-elle, la gorge serrée.

Il marqua une pause.

— J'ai toujours autant envie de toi.

Il était toujours aussi direct… Il n'y avait que Dante D'Arezzo pour aller ainsi droit au but, avec cette franchise brutale qui le caractérisait.

— Malheureusement pour toi, ce n'est pas réciproque.

— Oh ! allons. Tu me déshabilles des yeux depuis que tu es passée devant moi à la cathédrale.

— Tu te trompes. Je ne m'intéresse pas aux hommes volages.

Après une légère hésitation, il protesta vigoureusement.

— Je t'en prie ! Tout était déjà fini entre nous ! Combien de fois devrai-je encore te le répéter ?

Justina baissa la tête. Evidemment, en ce qui le concernait, il n'avait pas tort. Elle s'était montrée si déterminée à partir en tournée avec les Lollipops que Dante avait rompu leurs fiançailles. Mais elle était rentrée à Londres précipitamment, à l'improviste, parce qu'il lui manquait atrocement. Elle voulait lui demander de lui accorder une seconde chance. Elle avait la certitude, profondément enfouie en elle, que leur amour était assez fort pour leur permettre de surmonter leurs différences. Mais quand elle était passée le voir à son hôtel, le monde s'était écroulé une deuxième fois.

Elle l'avait surpris au lit avec une femme. Les paupières closes, il se laissait aller au plaisir que lui donnait cette blonde aux formes voluptueuses. Avec un cri, elle avait tourné les talons pour se sauver comme une voleuse. Malgré la douleur qui la ravageait, elle avait réussi à se maîtriser suffisamment pour reprendre l'ascenseur et héler un taxi.

A partir de ce moment-là, elle avait coupé toute communication avec Dante et fait son possible pour l'oublier. Elle avait détruit toutes ses photos, revendu les bijoux

qu'il lui avait offerts et reversé l'argent à des associations caritatives.

Consciente de son regard posé sur elle, elle se jura qu'il ne saurait jamais à quel point il lui avait brisé le cœur.

— Tu es passé à une nouvelle conquête avec une facilité insultante ! s'écria-t-elle.

— J'aurais dû attendre combien de temps, de ton point de vue ? rétorqua-t-il impatiemment. Tu m'avais poussé à bout, pendant cette tournée mondiale interminable ! Ensuite, la télévision et les journaux avaient pris le relais pour t'accaparer. Tu savais parfaitement quel homme j'étais, Justina. J'étais jeune, plein d'appétits, j'avais envie d'avoir la femme que j'aimais à mes côtés. Je ne supportais plus l'existence que tu m'imposais, avec ces séparations continuelles.

— Ne revenons pas là-dessus, déclara-t-elle platement.

La femme que j'aimais...

L'imparfait résumait toute la situation.

— Le passé est mort, Dante. En fin de compte, c'était mieux ainsi, pour tout le monde. Cela nous a permis de tirer un trait.

Devant son expression, Dante éprouva une pointe de regret, mêlé à une culpabilité à laquelle il n'était pas préparé.

— Tu n'aurais jamais dû surprendre cette scène. C'est un malencontreux concours de circonstances, dit-il. Je suis désolé si je t'ai fait de la peine.

Justina hocha la tête. Et dire que pendant longtemps, elle aurait donné n'importe quoi pour lui extorquer ces paroles qui semblaient maintenant terriblement fausses et condescendantes.

Soupçonnait-il à quel point elle avait eu du mal à aller de l'avant, après un tel choc ? Une part d'elle-même s'était

refermée sur sa douleur, refusant de vivre de nouvelles histoires par peur de connaître d'autres souffrances.

Peut-être, inconsciemment, avait-elle trop idéalisé le merveilleux amant qu'il était. Oui, en le plaçant sur un piédestal, elle empêchait les autres hommes de se mesurer à lui. Etait-ce la raison qui lui avait fait ériger ces hautes barrières défensives que personne n'avait réussi à pénétrer ?

Son orgueil et sa longue habitude de la scène l'aidèrent à formuler une réponse convaincante.

— Cela m'a aidée à mûrir et à devenir adulte, Dante. Tu auras été un jalon important, et nécessaire, de mon éducation sexuelle.

Il ne répondit pas immédiatement. Quand il se décida, une colère sourde perçait dans sa voix.

— Personne ne m'a jamais décrit en ces termes. Et... as-tu été une bonne élève, si j'ai joué un rôle de professeur ?

A ces mots, elle sentit ses joues la brûler. Elle aurait dû se hâter de descendre de voiture pendant qu'il était encore temps. Mais elle était comme paralysée.

— Je... Je ne me rappelle pas, bredouilla-t-elle.

— Vraiment ? Quel dommage. Je devrais peut-être te rafraîchir la mémoire.

Elle soutint le feu de son regard tandis qu'il entrouvrait les lèvres. Interpréta-t-il son attitude comme un acquiescement ? En tout cas, il s'approcha et elle se retrouva brusquement happée par un de ces longs baisers passionnés dont elle avait oublié jusqu'à l'existence. Quand il la prit par la taille, elle l'enlaça aux épaules. L'instant d'après, il caressait avidement ses seins tandis qu'elle gémissait de plaisir.

Il détacha sa ceinture de sécurité pour la serrer tout

contre lui. Mais ils manquaient de place et sa robe près du corps, très ajustée, restreignait sa liberté de mouvement. Incapable de penser de façon cohérente, Justina ne songea même pas qu'ils se trouvaient juste devant l'entrée de son hôtel… Jusqu'au moment où Dante s'écarta, une expression de frustration intense au fond des yeux.

— Ne restons pas là, dit-il en secouant la tête. Emmène-moi, Justina.

Il promena ses lèvres caressantes sur les siennes avant d'ajouter :

— Emmène-moi dans ta chambre, pour m'accueillir en toi avant que mon corps explose.

Chapitre 3

Dante laissa son regard errer sur la chambre d'hôtel de Justina. Comme toujours, elle était méticuleusement rangée. A l'époque des Lollipops, c'était une qualité qu'il avait tout de suite remarquée chez elle. Alors que les deux autres membres du groupe vivaient dans un véritable chaos, au milieu de plateaux-repas et de bouteilles à moitié vides, Justina réussissait miraculeusement à préserver son propre espace, où elle se retirait pour écrire ses chansons. C'était sa façon à elle de réagir à l'éducation catastrophique qu'elle avait reçue, une espèce d'antidote au désordre et à l'instabilité.

Mais ce n'était pas le moment de s'attarder sur ses souvenirs. A peine la porte refermée, il reprit Justina dans ses bras pour écraser ses lèvres d'un baiser avide. Il la sentait partagée. Son corps était prêt à se donner, mais toutes sortes d'objections se présentaient à son esprit. Il le percevait par un sixième sens mystérieux.

Avec une lenteur érotique délibérée, il frôla sa bouche dans un murmure.

— J'ai follement envie de toi. Je n'ai jamais désiré une femme comme toi en ce moment.

Justina ferma les paupières lorsque les lèvres de Dante glissèrent le long de sa gorge et ses doigts se crispèrent dans les cheveux de sa nuque.

— Dante..., chuchota-t-elle.

« Non, il ne faut pas ! » poursuivit-elle intérieurement. Mais comment aurait-elle pu prononcer ces mots à voix haute alors que les caresses de Dante sur ses seins l'emportaient déjà ailleurs ?

— Je ne comprends pas comment s'ouvre cette robe, maugréa-t-il en cherchant la fermeture Eclair.

— C'est un cheongsam que j'ai rapporté de Singapour. Je...

— Peu importe, la coupa-t-il impatiemment. Je veux simplement te l'enlever.

— Elle est boutonnée sur le côté, souffla-t-elle.

— *Sono mille !* s'exclama-t-il en cherchant les boutons de ses doigts tremblants. Combien y en a-t-il ?

En sentant l'air frais sur sa peau nue, Justina sursauta. Il fallait absolument arrêter ce coup de folie ! Mais elle s'en sentait incapable. Son désir était bien trop fort. Comment aurait-elle résisté alors qu'elle avait rêvé de cet instant pendant cinq longues années ? Elle s'était si souvent demandé si son corps connaîtrait encore d'aussi délicieuses et voluptueuses sensations... Il n'était pas question de battre en retraite. Au contraire, elle avait envie de sortir de sa passivité. Si elle devait vivre son chant du cygne, cette fois-ci elle serait l'égale de Dante et non plus la jeune fille vierge qu'il avait initiée à l'amour. C'était le moment ou jamais de se souvenir de tout ce qu'il lui avait appris en matière de sexe et qui lui avait donné tant de plaisir.

Elle envoya valser à travers la pièce ses chaussures à hauts talons.

— Tu es impatiente ? chuchota-t-il avec un sourire.

Autrefois, elle les aurait enlevées tranquillement et aurait pris le temps de les ranger.

— Pas toi ? répliqua-t-elle en tirant sur sa cravate.

Puis elle lui ôta sa chemise, révélant un torse puissamment musclé, et se pencha pour goûter du bout de la langue, avec gourmandise, sa peau bronzée.

— *Dio.*

Secoué par un frisson, il arracha un autre bouton de sa robe, qu'il jeta à terre. Puis il dégrafa son soutien-gorge et déchira sans ménagement la dentelle de sa petite culotte. Au contact de ses doigts, elle poussa un petit cri ravi.

— Tu as toujours aimé un peu de rudesse, n'est-ce pas, *tesoro* ? lança-t-il tout en achevant de se déshabiller.

Quand elle le poussa sur le lit, il fut un instant décontenancé par son comportement. Fébrile, avec une expression qu'il ne lui avait jamais vue auparavant, elle s'installa sur lui à califourchon. Ses yeux étaient comme deux lacs, impénétrables, et elle se mordait les lèvres, comme pour maîtriser leur tremblement.

— Viens, commanda-t-il.

Mais Justina secoua la tête. Pas ce soir. Ce soir, elle mènerait la danse. Ce serait sa thérapie pour atteindre la guérison dont elle avait tant besoin. Elle se repaîtrait de ce corps d'homme jusqu'à la satiété. La lumière crue de la réalité éclairerait d'un jour nouveau le demi-dieu de son imagination, et au matin, il serait devenu un homme comme les autres. Il s'agissait seulement et uniquement de sexe, se dit-elle farouchement. Elle ne commettrait plus l'erreur de confondre cela avec l'amour.

— Quand je serai prête. Pas avant, déclara-t-elle.

Dante gémit quand elle imprima à ses hanches un

mouvement circulaire, juste au-dessus de lui. Il aurait presque pu plonger en elle, mais elle lui infligeait un véritable supplice de Tantale. Désarmé, il rejeta la tête en arrière sur l'oreiller. Ce n'était pas ainsi qu'il s'était représenté les choses. Pas avec Justina. Avec elle, il aimait prendre les choses en main, jouer le rôle dominant. Là, c'était elle qui dirigeait tout.

Mais cela lui plaisait. Beaucoup.

— *Per favore*, murmura-t-il. S'il te plaît.

Justina se redressa. Ce ton suppliant faisait céder quelque chose en elle. En dépit de la satisfaction intense que lui procurait le sentiment de sa toute-puissance, elle ne pouvait plus attendre. Elle se positionna lentement en savourant la sensation voluptueuse de le sentir enfin en elle. Surprise par les sons rauques qui sortaient de la gorge de Dante, elle s'immobilisa. Dans un élan, elle faillit s'abattre sur lui pour le serrer dans ses bras, très fort, pour ne plus jamais le laisser partir. Elle lui dirait le bonheur qu'elle avait à le retrouver enfin, après avoir si longtemps rêvé de lui…

Mais presque aussitôt, elle se ressaisit. Elle ne voulait montrer aucune faiblesse. Bien au contraire, puisque le sort lui offrait ces retrouvailles, elle garderait l'avantage.

Pourquoi alors, dans son for intérieur, une petite voix continuait-elle à s'élever contre ce qui était en train de se produire ? Elle la refoula avec détermination et commença à bouger doucement. Leurs corps se reconnaissaient comme s'ils ne s'étaient jamais quittés. Elle poussa une plainte quand il tendit la main vers ses seins, puis vers son sexe. Elle avait envie de prolonger cet instant indéfiniment. Mais naturellement c'était impossible, ils étaient l'un et l'autre tout au bord du

précipice vertigineux qui n'allait pas tarder à les aspirer. Elle retarda cet instant le plus possible, mais bientôt les vagues de son plaisir, trop puissantes, la submergèrent. Elle s'agrippa de toutes ses forces aux épaules de Dante, en projetant ses hanches en avant, avec une violence qui la surprit elle-même.

— Justina ! cria-t-il.

— Dante ! lança-t-elle en même temps, tandis qu'une pluie d'étoiles dansait sous ses paupières closes.

Tout étourdie, elle eut à peine conscience que Dante la retournait sur le dos pour se lancer à l'assaut du plaisir. Quand le premier spasme explosa, elle poussa de nouveau un cri et Dante, lui aussi, s'effondra, le visage au creux de son épaule.

Justina garda les yeux clos pendant que leurs corps s'apaisaient graduellement. Une onde de mélancolie s'insinua en elle mais elle s'interdit de la laisser paraître. Il était inutile de s'appesantir sur des regrets stériles ou de vains espoirs. Le passé était loin derrière eux. Rien ne pourrait le ressusciter, jamais. On ne pouvait pas retourner en arrière, elle le savait.

D'ailleurs, même si cela avait été possible, elle ne l'aurait pas voulu. Pas avec Dante. L'urgence physique ne devait pas lui faire oublier combien elle avait souffert à cause de lui. Il ne fallait pas se voiler la face : Dante avait encore le pouvoir de la rendre malheureuse. Cela aurait forcément fini par arriver. Ce n'était qu'une question de temps. Oh ! elle devinait sans peine ses motivations pour l'avoir suivie dans sa chambre d'hôtel. Ne l'avait-elle pas humilié dans son orgueil de mâle à la réception ? Il avait tout simplement cherché à prendre une revanche en la séduisant physiquement.

Elle remua légèrement. Dante semblait dormir, l'ombre de ses longs cils bruns se dessinait sur ses joues. Autrefois, elle aurait contemplé avec amour son beau visage sculptural. Aujourd'hui, il ne subsistait en elle qu'un mélange de colère et de regret. Comment avait-elle pu se laisser aller ainsi avec lui ?

Elle l'avait entraîné dans sa chambre d'hôtel pour faire l'amour, avec passion, sans aucuns préliminaires. Pourquoi les autres hommes ne lui inspiraient-ils aucun désir ? Pourquoi fallait-il que le seul qui ait eu accès à son intimité soit celui-là même qui l'avait rendue malheureuse ? Celui qui avait détruit sa confiance à tout jamais…

En le sentant bouger en elle, Justina ferma les yeux. Elle se rappela avec délice quel amant insatiable il avait été. Autrefois, il aurait recommencé à l'embrasser pour la conduire vers de nouveaux plaisirs. Mais elle n'avait pas l'intention de céder. « Seigneur, donnez-moi la force de résister ! » pria-t-elle silencieusement.

Contre toute attente, Dante la devança et s'écarta. Il n'avait pas prononcé un seul mot et le silence devenait de plus en plus pesant. S'appuyant sur un coude, il la considéra sans la moindre trace d'émotion, avec une froideur presque distante.

— C'était très agréable, commenta-t-il.

Elle soutint son regard sans ciller, résolue à adopter la même attitude désinvolte. « Ne lui montre pas ce que tu ressens. Cache tes blessures, ta colère et ta honte. Tâche de ressembler aux femmes qu'il a l'habitude de fréquenter. Emancipées, sans attaches. »

Elle réussit même à afficher un sourire satisfait.

— Cela t'a plu ?

Le visage de Dante s'assombrit.

— Tu n'as sûrement pas besoin que je me répande en compliments.

Il marqua une pause, avant d'ajouter :

— J'avais oublié à quel point c'était bon.

Dante tenta de prendre une voix détachée. Il n'avait rien oublié, mais il ne l'avait jamais connue ainsi, totalement affranchie, libérée. Lui-même avait bien sûr mené une existence débridée depuis leur séparation, mais il détestait l'idée qu'elle avait, elle aussi, multiplié les expériences. Pourtant, c'était une bonne chose pour elle, tenta-t-il de se raisonner. Mais le pensait-il vraiment ?

— Tu as dû beaucoup enrichir ton expérience sexuelle, en cinq ans, remarqua-t-il.

Justina haussa les épaules.

— Je mets un point d'honneur à ne jamais parler de mes amants lorsque je suis au lit avec un homme. Ce sont de mauvaises manières, que je réprouve.

Il se redressa en pinçant les lèvres et se leva pour se diriger vers la salle de bains. Puis il revint dans la chambre et, sans un mot, commença à se rhabiller.

— Tu t'en vas ? demanda-t-elle, toujours sur le même ton indifférent.

S'immobilisant un instant, il lui lança un regard mi-lascif, mi-blasé.

— J'ai un vol pour les Etats-Unis demain matin, je te l'ai dit tout à l'heure.

— Oui, bien sûr.

Elle se leva à son tour et enfila un peignoir de soie posé sur une chaise.

— Tu veux boire quelque chose avant de partir ? Je

peux appeler le service d'étage pour commander un café. La route est longue, jusqu'à Londres.

Une pointe de jalousie le transperça. Etait-elle toujours aussi à l'aise dans ce genre de circonstances ?

— Non, merci.

Justina retira les épingles à cheveux de son chignon et secoua la tête nonchalamment.

— Tu as des obligations urgentes à New York ? reprit-elle.

Il enroula sa cravate et la glissa dans sa poche.

— Une réception que je ne voudrais pas manquer.

— Oh ? Pour fêter un événement particulier ?

Elle se brossait les cheveux, qu'elle avait toujours magnifiques, noirs comme du jais. Elle ressemblait à un ange, songea-t-il en luttant contre le désir de s'approcher pour l'embrasser de nouveau, sauvagement. Au prix d'un gros effort sur lui-même, il parvint à se maîtriser. Il ne voulait pas renouveler ce coup de folie. C'était déjà une erreur d'avoir cédé une fois… Trop de différences les séparaient. Depuis toujours.

Il haussa les épaules.

— J'ai promis d'y être, c'est tout.

Malgré elle, Justina insista :

— A qui ?

Son instinct lui commandait pourtant d'en rester là, mais c'était plus fort qu'elle.

— Une amie.

Brusquement, son cœur se serra. Ainsi, il avait recommencé. Mais cette fois-ci, les rôles étaient inversés. Il fréquentait une autre femme qu'il avait trompée en couchant avec elle… Cette fois, c'était elle, la maîtresse. Le cœur glacé, elle parvint néanmoins à sourire comme si de rien

n'était, comme s'ils avaient juste bu le thé ensemble au lieu de se perdre dans des ébats érotiques. Non, elle ne s'effondrerait pas.

— Sois prudent sur la route, recommanda-t-elle. Je te souhaite un bon voyage de retour en Amérique.

Dante esquissa un rictus amer. Quelle désinvolture ! Les moments qu'ils venaient de partager n'avaient donc aucune importance ? Pourtant, elle avait raison. Cela ne signifiait rien et ils le savaient tous les deux.

En esprit, il revécut la scène, du début à la fin, jusqu'à l'explosion du plaisir. Aussitôt, un désir fou se réveilla en lui, presque douloureux dans son intensité, et il se méprisa d'avoir cédé à l'appel de la chair.

Curieusement, cela ne l'empêcha pas de prendre Justina dans ses bras pour déposer un baiser sur sa bouche. Elle essaya de résister, mais capitula rapidement, entrouvrant les lèvres pour l'accueillir et emmêlant les doigts dans les cheveux de sa nuque, dans un geste familier. S'il avait voulu, il l'aurait faite sienne encore une fois, sur-le-champ. Elle était à lui et il était très tenté de le lui prouver.

Il hésita. L'était-il vraiment ?

Justina ne lui laissa pas le temps de se poser la question. Elle s'arracha à son étreinte en le repoussant de ses poings serrés contre son torse. Des éclairs luisaient au fond de ses yeux. Le souffle court, elle recula.

— Sors d'ici, maintenant que tu as eu ce que tu voulais ! lança-t-elle avec une agressivité qu'elle ne contrôlait pas.

Brusquement, elle avait l'impression d'avoir été utilisée et ne le supportait pas.

— Retourne à New York et ne t'avise plus de reparaître à ma vue.

Pendant quelques secondes, ils continuèrent à se toiser

avec un mélange de rage et de désir. Puis Dante ramassa sa veste.

— Au revoir, Justina, dit-il avec un sourire plein d'amertume. Merci pour le petit souvenir.

Chapitre 4

Le cauchemar était à son comble.

Cela ne pouvait pas être pire.

Quand de grosses gouttes de pluie tiède commencèrent à s'écraser dans les rues bondées de Singapour, Justina se dépêcha de se réfugier dans une boutique. Mais, alourdie par son ventre rond, elle se mouvait avec difficulté, surtout avec la chaleur qui régnait dans l'immense ville asiatique. Trempée jusqu'aux os, elle se mit à frissonner sous les ventilateurs qui brassaient l'air conditionné.

Tout en s'efforçant de se cacher derrière un présentoir de créations de mode, elle scruta les alentours. Derrière les vitrines ruisselantes, les passants ouvraient en hâte leurs parapluies. D'autres se pressaient sous les Abribus pour s'abriter de l'orage tropical. Personne ne semblait regarder dans sa direction. Apparemment.

La gorge sèche, elle avala sa salive. Etait-elle en train de devenir folle ? Elle aurait pourtant juré que quelqu'un la suivait. Un autre photographe prêt à bondir. Pourquoi était-elle poursuivie par la presse ? Les grossesses hors mariage n'avaient plus rien d'extraordinaire au XXIe siècle.

Bien sûr, les paparazzi avaient toujours de bonnes

raisons de s'intéresser à elle. Le Best Of des Lollipops, sorti juste avant le mariage de Roxy, faisait un tabac dans le monde entier, et elle restait une célébrité très en vue, elle le savait. Les magazines people faisaient fréquemment leur une sur ses amours malheureuses et se demandaient pourquoi elle était toujours célibataire.

Justina réprima un soupir agacé. Maintenant, il y avait du nouveau.

ENCEINTE ET TOUJOURS PAS MARIÉE !
QUI EST LE MYSTÉRIEUX PAPA, JUSTINA ?

Les gros titres avaient attisé la curiosité des lecteurs...

Justina ferma les yeux. Elle était passée par tous les stades du déni et du désarroi avant de se rendre à l'évidence : oui, elle était bien enceinte. Alors, elle avait tenté de dissimuler sa grossesse le plus longtemps possible et, quand c'était devenu trop visible, elle avait fui le devant de la scène. Mais les journalistes avides de scandale, tels des chiens affamés, l'avaient suivie à la trace. Ces derniers temps, tous s'interrogeaient sur l'identité du père de son enfant. Dieu merci, pour le moment, personne n'avait mentionné son départ en compagnie de Dante D'Arezzo au mariage de Roxy. Mais si quelqu'un publiait ce scoop, la rumeur ne tarderait pas à faire le lien avec le milliardaire italien. Un lien qu'il lui serait difficile de démentir.

— Voulez-vous vous asseoir, madame ?

Manifestement, la vendeuse s'inquiétait. Elle devait vraiment avoir les traits tirés. A vrai dire, elle était épuisée, elle ferait mieux de rentrer.

— Non, merci. Je vais prendre un taxi pour rentrer à mon hôtel. La pluie a l'air de s'arrêter.

— Vous êtes sûre, madame ?

— Absolument, répondit-elle en s'obligeant à sourire.

Installée dans le taxi, elle inspira profondément. En vain. Elle était incapable de réprimer l'affolement qui la minait de plus en plus au fur et à mesure que sa grossesse avançait. Au point qu'elle se demandait parfois si elle n'était pas en train de devenir folle. La vérité tournait inlassablement dans sa tête : elle portait l'enfant de Dante et l'idée qu'il découvre la vérité la terrifiait.

Perdue, elle se massa les tempes. A vrai dire, elle ne pouvait même pas lui en vouloir. Elle était aussi coupable que lui. En dépit de la sombre histoire qui les avait unis par le passé, c'était elle qui l'avait conduit jusqu'à sa chambre, elle qui s'était sauvagement jetée sur lui…

Son cœur se serra, plus de colère que de douleur. Comme elle s'était montrée stupide et irresponsable, en cédant au désir de l'instant sans se soucier des conséquences possibles ! Mais en aucun cas il ne pouvait être question de lui annoncer la nouvelle. Il avait trop clairement exprimé son intention de ne jamais la revoir.

Et puis, si elle restait discrète, la presse finirait par se lasser. Dans le milieu où elle évoluait, il était parfaitement acceptable d'assumer le statut de mère célibataire sans divulguer le nom du géniteur. Les gens pour lesquels elle écrivait des chansons s'en moquaient royalement. A part son médecin londonien, personne, d'ailleurs, ne se souciait de cette grossesse, même pas sa mère.

Au souvenir de sa réaction, pourtant prévisible, lorsqu'elle lui avait annoncé la nouvelle, le cœur de Justina se serra.

— Je ne suis pas du tout prête à être grand-mère ! avait protesté Elaine Perry.

Justina s'était sentie pâlir en considérant cette femme

qui refusait de vieillir et qui avait entretenu avec elle des relations compliquées.

— Mais, maman…

— Ne m'appelle pas comme cela, s'il te plaît, tu as passé l'âge ! Si tu t'imagines que je vais me mettre à tricoter de la layette, tu te trompes ! Et je n'aurai pas le temps non plus de jouer à la baby-sitter.

Portant une main à ses cheveux qui se raréfiaient d'année en année, elle avait ajouté :

— J'ai encore une vie sociale très active, tu sais.

Envahie par un sentiment nauséeux, Justina n'avait rien répondu. Quelle compassion aurait-elle pu attendre d'une femme qui avait passé sa vie à soutirer de l'argent à ses riches amants ? Une femme qui en était maintenant réduite à vivre aux crochets d'un vieillard lubrique dans le centre de Paris.

Quand le taxi se gara devant son hôtel, Justina se sentait encore faible sur ses jambes. Dans un effort, elle s'approcha de la réception pour demander sa clé. L'atmosphère surannée du grand hall, avec ses plantes vertes et ses fauteuils recouverts de brocart, produisait toujours sur elle un effet apaisant. Mais ce jour-là, la magie n'opéra pas. Elle avait l'impression d'être sur un radeau fragile, au milieu d'un océan démonté, loin de tout point d'ancrage.

Cela irait peut-être mieux après un bain chaud et une bonne tasse de thé…

— Justina.

Elle sursauta au son de cette voix reconnaissable entre toutes. Une voix qui hantait sans répit ses nuits et ses jours depuis sept mois et demi. Elle secoua la tête pour chasser ce qui ne pouvait être qu'une hallucination.

Puis, lentement, le cœur battant à tout rompre, elle se tourna vers la silhouette sombre et imposante de Dante D'Arezzo. Non, elle ne se trompait pas. C'était bien lui, en chair et en os. Vêtu d'un costume de lin clair, il la dévisageait d'un air furieux.

L'ombre de ses pommettes hautes creusait ses joues et il pinçait les lèvres avec une expression sévère, redoutable. Elle ne l'avait jamais vu aussi tendu. Seul un petit muscle, sous la tempe, palpitait, trahissant sa nervosité. Sous le choc, elle vacilla sur ses jambes. Aussitôt, il tendit la main et l'agrippa par le bras pour la soutenir. La chaleur de ses doigts sur sa peau glacée la bouleversa. Pourtant, elle ne se trompait pas, ce geste ne recelait aucune tendresse.

— Que... Que fais-tu ici ? s'écria-t-elle, médusée.

Dante blêmit de colère. Comment osait-elle lui poser une question aussi ridicule ? Que croyait-elle donc ? Qu'il la rencontrait par hasard au cours d'un voyage d'agrément en Extrême-Orient ? Qu'il allait l'inviter au bar à goûter un de ces fameux cocktails qui faisaient la réputation de l'établissement ?

— Nous avons besoin de parler, tous les deux, déclara-t-il sèchement.

Justina se mordit la lèvre. Elle aurait tout donné pour éviter cette confrontation. Et si elle appelait au secours en expliquant au personnel que cet homme la harcelait ? On le jetterait dehors immédiatement. Elle en serait débarrassée.

En fait, rien n'était moins sûr. Dante était capable de se tirer des pires situations. Il réussirait sans nul doute à convaincre les vigiles qu'elle était victime d'un dérèglement hormonal ou Dieu sait quoi. D'ailleurs, c'était justement ce dérèglement hormonal qui était la cause de sa présence, songea-t-elle, au bord de l'hystérie. Il n'était pas là parce

qu'elle lui manquait ou parce qu'il voulait coucher avec elle. Il voulait lui parler de son état et elle ne pouvait pas se soustraire à une explication. Elle lui devait au moins cela.

— Pas ici, articula-t-elle, la bouche sèche. Installons-nous pour boire un café...

— Non, la coupa-t-il d'un ton impérieux. Pas dans un espace public où tu vas jouer la comédie. Emmène-moi dans ta chambre, Justina.

En croisant son regard, il ajouta, avec une ironie glaçante :

— Oh ! n'aie crainte, je n'ai pas l'intention de te séduire. C'est la dernière chose qui me viendrait à l'esprit. Même si je me retrouvais seul avec toi sur une île déserte, je préférerais rester célibataire plutôt que de m'approcher d'une garce manipulatrice comme toi.

Horrifiée, Justina porta la main à sa bouche. La haïssait-il à ce point ? Et même si c'était le cas, il n'avait de toute manière aucun droit de lui parler ainsi ! Même s'il espérait ne pas en être le père, elle portait un bébé dans son ventre. Il fallait protéger cette vie fragile dont elle était responsable.

« Alors, arrête de te laisser intimider. Accorde-lui simplement cet entretien que tu ne peux pas lui refuser. »

N'était-ce pas ce qu'elle attendait depuis des mois tout en le redoutant ? Depuis le jour où elle avait appris sa grossesse, elle n'arrêtait pas de courir le monde, voyageant sans répit, changeant sans cesse d'endroit comme une fugitive. Mais l'inévitable l'avait rattrapée. Elle ne pouvait plus se sauver.

Elle haussa les épaules.

— Je suis d'accord pour discuter. Mais ne me traite pas avec brusquerie. Tu n'as pas à me malmener.

Ostensiblement, elle baissa les yeux sur les doigts

de Dante, toujours refermés sur son bras. A sa grande honte, elle réalisa qu'elle aimait ce contact et n'avait pas vraiment envie qu'il la lâche... Bien sûr, il l'avait blessée par la cruauté de ses paroles et elle avait peur de la suite, mais quand il libéra son bras, elle éprouva, malgré elle, plus de regret que de soulagement.

D'un pas décidé, elle se dirigea vers l'ascenseur, consciente des regards posés sur eux. Ils formaient sans doute un couple étrange. Elle, avec son gros ventre et encore toute dégoulinante à cause de l'averse, et lui dans son costume clair, impeccable, impressionnant de charme et de séduction.

En entrant dans sa chambre, elle fut assaillie par l'odeur forte de bois mouillé sous la véranda, mêlée au parfum entêtant des fleurs tropicales. Une brusque nausée, accentuée par son anxiété, l'envahit.

Pourtant, elle devait à tout prix surmonter sa nervosité. Si elle se laissait aller à un accès de faiblesse, Dante profiterait de sa vulnérabilité, elle le savait. Il fallait absolument se ressaisir.

— J'ai besoin d'aller dans la salle de bains, dit-elle en invoquant le premier prétexte qui lui vint à l'esprit.

A l'abri du regard de Dante, elle s'obligea à respirer profondément pour recouvrer son calme. Puis, poussée par l'aiguillon de l'amour-propre, elle se brossa les cheveux et appliqua une touche de rose sur ses lèvres exsangues. Dire qu'elle avait davantage le trac qu'avant de monter sur scène ! Au moins, avant un spectacle, elle avait appris à dompter sa peur qui, à force de professionnalisme, s'évanouissait dès les premiers accords de guitare. Mais là, elle ignorait totalement comment elle allait réagir à l'épreuve qui l'attendait. Elle n'avait jamais rien vécu de

semblable et l'expression de Dante, sévère, impénétrable, n'augurait rien de bon…

Debout devant les baies vitrées qui donnaient sur la véranda, le visage dur comme du granit, Dante considéra froidement la silhouette métamorphosée de Justina.

— Tu ferais mieux de t'asseoir, dit-il platement.

Elle secoua la tête.

— Je préfère rester debout, répondit-elle.

Cette remarque irrita Dante. Quelle femme stupidement obstinée ! Tellement têtue et indépendante qu'elle refusait de se conduire raisonnablement si elle en avait décidé autrement. Blanche comme un linge, elle n'obéirait pas à sa suggestion, pour le seul plaisir de le contredire.

— Comme tu voudras.

— Exactement. Comment m'as-tu retrouvée, Dante ?

— Cela n'a pas été bien difficile. Ton nom apparaît régulièrement dans la presse à scandale, qui a révélé ton… état. D'après mes calculs, ton bébé pourrait être de moi. Je me suis convaincu que tu me contacterais si c'était le cas.

Il marqua une pause en la scrutant intensément.

— J'ai donc attendu un signe de toi. Jusqu'au moment où je me suis impatienté…

Il se tut. En fait, il ne supportait plus de rester dans l'incertitude. Partagé entre la fureur qu'elle ne l'ait pas prévenu si l'enfant était de lui et la jalousie intolérable qui le rongeait à l'idée de n'avoir été qu'un amant parmi tant d'autres. Malgré tout, une étrange conviction l'habitait, dont il ne parvenait pas à se défaire. Pour en avoir le cœur net, il avait donc affrété son jet privé jusqu'à Singapour, où les autorités lui avaient indiqué l'adresse de l'hôtel où logeait Justina.

Pendant qu'il guettait anxieusement la réaction de la jeune

femme, il sentit les battements de son pouls s'accélérer. Il avait une envie folle de s'approcher pour poser la paume sur son ventre et s'assurer de la réalité de la situation. En même temps, s'il obéissait à cette pulsion, il n'était pas sûr de maîtriser le désir insensé qu'il éprouvait invariablement en sa présence. Comment pouvait-elle encore lui inspirer une passion aussi insatiable ?

— Tu as quelque chose à me dire ?

Justina hocha la tête en s'efforçant de dominer l'intensité de son émotion. « Ne sois ni honteuse, ni timide, se dit-elle. Contente-toi d'exposer les faits. » Mais c'était loin d'être facile. Tout en affrontant le regard accusateur de Dante, elle eut la sensation d'un vide affreux qui se creusait à l'intérieur d'elle-même, comme un regret immense que les choses se soient passées ainsi entre eux. Si seulement tout avait été différent ! Pourquoi n'étaient-ils pas encore les amoureux qu'ils avaient été, projetant de passer ensemble le reste de leurs jours ?

Malheureusement, il n'en était rien. Il était vain de déplorer l'inéluctable. « Fais comme si tu accordais une interview télévisuelle, s'exhorta-t-elle. Comporte-toi avec calme. Dédramatise la situation, bannis toute émotion et surtout évite le conflit. »

Sa voix résonna presque avec douceur à ses propres oreilles.

— Est-ce une façon détournée de me demander si tu es le père, Dante ?

Chapitre 5

— Le suis-je ? demanda-t-il avec un regard qui n'avait jamais été aussi froid. Est-ce moi le père de ton bébé, Justina ?

Tentée de répondre par la négative, elle hésita un instant. Tout serait tellement plus simple… Il retournerait à sa vie new-yorkaise et elle ne serait plus jamais obligée de le revoir. Plus jamais. Financièrement — et qui sait, peut-être aussi émotionnellement ? — elle était parfaitement capable de se débrouiller en tant que mère célibataire. De très nombreuses femmes y arrivaient, de nos jours.

Mais qu'en était-il de l'enfant qu'elle portait, qui commençait à se manifester de plus en plus souvent en donnant des coups de pied ? Avait-elle le droit de le priver d'un père sous prétexte que celui-ci n'avait pas de sentiments pour elle ? Ne serait-ce pas d'autant plus égoïste qu'elle-même avait terriblement souffert de ne pas connaître le sien ? Oui, elle était bien placée pour savoir que ce genre de handicap laissait un vide que rien ne pourrait jamais combler. Et l'instinct protecteur qu'elle éprouvait envers ce petit être qui grandissait lui interdisait toute forme d'égocentrisme. Même si, pour sa sérénité, elle

aurait préféré éloigner Dante, ce ne serait pas la meilleure solution pour le bébé.

— Oui, avoua-t-elle dans un souffle.

Puis, pour s'empêcher tout retour en arrière, elle répéta plus fort :

— Oui, c'est toi.

Pendant un moment, Dante ne dit rien. Le tic-tac de l'horloge résonna à ses oreilles pendant qu'une montée d'adrénaline l'assaillait. Devait-il prendre ses jambes à son cou ou exploser de colère ? Incapable de croiser le regard de cette femme qui n'avait même pas daigné l'avertir, il fixa obstinément une coupe de fruits posée élégamment sur la table. L'espace d'une seconde, il faillit écraser son poing sur les pommes et les oranges, pour le simple plaisir de les pulvériser. Il s'en fallut d'un cheveu. Mais, au prix d'un violent effort sur lui-même, il réussit à se maîtriser. Faisant appel à sa volonté, il s'obligea à affronter les faits et à recouvrer le contrôle habituel qu'il exerçait sur ses réactions et qui l'avait momentanément déserté.

« N'oublie pas que cette femme est dotée d'une obstination inouïe, songea-t-il en fixant ses grands yeux couleur d'ambre. Elle est prête à n'importe quoi pour parvenir à ses fins. » Dès le début de leur relation, il avait été témoin de son ambition inflexible. Il avait vu la priorité absolue qu'elle accordait à sa carrière, qui passait toujours avant lui. N'était-ce pas, d'ailleurs, la principale raison qui l'avait conduit à annuler leur mariage ? Donc, avant tout, il convenait de mettre au jour la vérité, dans tous ses aspects, et pas seulement ceux qu'elle avait choisi de lui révéler.

— Comment peux-tu en être sûre ?

La défiance qui perçait dans la voix de Dante blessa profondément Justina. Aucun doute, cette défiance était

sincère. Dante ne cherchait pas à l'insulter mais à connaître la vérité. Pensait-il vraiment qu'elle pouvait se comporter ainsi ? Jeter son dévolu sur un homme au cours d'une réception pour le ramener sans plus de façons à son hôtel ? Que seul le hasard avait fait que ce soit lui plutôt qu'un autre ce soir-là ? Comment réagirait-il si elle lui avouait la vérité ? Qu'il était le seul qu'elle ait connu intimement. Que c'était la raison pour laquelle elle était certaine de sa paternité… Mais il refuserait sans doute de la croire. Ou alors, il se moquerait d'elle ouvertement. Il la plaindrait pour ces cinq longues années d'abstinence.

— Je le sais, c'est tout, déclara-t-elle platement.

Dante secoua la tête.

— Il me faut des raisons plus convaincantes.

— Que veux-tu dire ?

Un rictus déforma ses lèvres.

— Si je me souviens bien, tu m'as assuré que tout allait bien du côté de ta vie sentimentale.

Il se rappelait la jalousie intolérable qui avait fondu sur lui à ce moment-là. Sa douleur. Il ne supportait pas l'idée qu'elle puisse appartenir à d'autres que lui.

— J'ai parfaitement compris que je n'étais pas le seul à bénéficier de tes faveurs. D'ailleurs, si j'avais eu besoin de preuves, la manière dont tu t'es jetée sur moi m'en a appris suffisamment sur ton expérience. Tu as une sexualité tout à fait épanouie.

Quelle cruauté, dans cette remarque… Justina espéra seulement que son expression ne trahissait pas l'humiliation qu'elle ressentait. Il la traitait de dévergondée, ni plus ni moins.

— Es-tu venu jusqu'ici uniquement pour me dire ce genre de choses ? demanda-t-elle froidement. Et pourquoi

toute cette mise en scène ? Quel besoin avais-tu de me tendre une embuscade dans le hall de mon hôtel ? Nous ne sommes pas au cinéma !

— Je suis ici parce que je veux savoir la vérité.

— Il suffisait de me téléphoner. Avec tes multiples occupations, cela aurait été beaucoup plus simple pour toi.

Il la fixa sévèrement.

— Tu aurais répondu si je t'avais appelée ?

Justina haussa les épaules pour se donner une contenance. Elle avait envie de lui faire mal, pour se venger de la façon dont il l'avait meurtrie. Son instinct lui souffla la conduite à adopter. Si elle se montrait assez désinvolte, il serait tellement vexé qu'il se déciderait peut-être à repartir et à la laisser tranquille. Oui, il fallait lui prouver qu'elle était responsable et n'avait aucun besoin de lui. Ainsi, il serait libre de s'en aller sans se sentir obligé de se soumettre à ses devoirs.

— Probablement pas, répondit-elle enfin.

Avec un hochement de tête, il se tourna vers la fenêtre. Pendant quelques secondes, il contempla les frangipaniers en fleur, comme pour ne plus voir le ventre rond de Justina. Ce répit de courte durée lui suffit pour recouvrer sa fermeté. Quand il la regarda de nouveau, sa voix avait retrouvé toute son assurance.

— C'est donc vrai, lança-t-il sur un ton venimeux. J'ai souvent été taxé de cynisme, mais je n'arrivais pourtant pas à croire qu'une femme pouvait être aussi manipulatrice que toi. Eh bien, je me trompais…

Il la dévisagea longuement. Pourquoi la trouvait-il toujours aussi désirable ? Pendant que les mots se formaient dans son esprit, il ne put empêcher le désir de se manifester traîtreusement dans son corps.

— En fait, tu voulais juste un étalon, n'est-ce pas, Justina ?

— Pardon ? s'exclama-t-elle. Qu'est-ce que tu racontes ?

Il eut un sourire mauvais.

— Je fais allusion à l'interview que tu as donnée juste avant le mariage de Roxy. Celle où tu confiais ton regret de ne pas encore avoir d'enfant.

Justina se sentit affreusement vulnérable. Ainsi, il la condamnait sans appel. Oui, elle avait dit cela, mais on prononçait parfois des demi-vérités pour toutes sortes de raisons, surtout lorsqu'un journaliste vous mettait au pied du mur. Dante n'en avait-il pas conscience ?

— Le journaliste m'a poussée dans mes retranchements, déclara-t-elle. Comment aurais-je pu prétendre le contraire ? On considère comme des monstres les femmes qui ne veulent pas d'enfants.

— Mais toi, tu n'en voulais pas ! s'écria-t-il en haussant les sourcils. Tu ne peux pas prétendre le contraire quand ta carrière prend le pas sur tout le reste ! Autrefois, tu criais d'ailleurs haut et fort que tu n'avais pas de temps à consacrer à des enfants. Les circonstances n'ont pas changé, que je sache.

Une frustration intense s'empara d'elle. Comme Dante manquait de clairvoyance ! C'était la peur, autant que l'ambition, qui l'avait poussée à prononcer ces mots. Sa réussite professionnelle lui importait beaucoup, à l'époque, parce qu'elle symbolisait le couronnement d'efforts incessants. Elle était encore dans une phase d'ascension et Dante lui en demandait trop. Il lui demandait d'abandonner tout ce pour quoi elle s'était battue. Il voulait des enfants dès qu'ils seraient mariés. Comment n'aurait-elle pas été effrayée ? Elle était si jeune ! Elle s'était pourtant confiée

à lui. La mauvaise expérience de sa mère et leurs relations difficiles lui commandaient plutôt la patience... Mais Dante, intransigeant, s'était raccroché à ses conceptions traditionnelles du mariage et de la famille.

— Tu ne comprends pas, Dante, reprit-elle.

Il éclata d'un rire cynique.

— Oh si, Justina ! Je te comprends trop bien, au contraire. Tu as couché avec moi en me revoyant après cinq ans d'absence. La plupart des femmes m'auraient giflé si je leur avais fait des avances. Mais pas toi. Oh non. Je l'ai lu dans tes yeux à la minute même où tu m'as aperçu dans la cathédrale, aussi clairement que si tu l'avais exprimé à voix haute.

— Si tu préfères les saintes nitouches, je suis désolée de ne pas être à la hauteur, lâcha-t-elle, cinglante.

— Nous n'avons même pas mis de protection !

— Les responsabilités sont partagées.

— J'étais persuadé que tu prenais la pilule, maugréa-t-il.

En fait, Dante savait qu'il n'avait pas pris la peine de s'en assurer. Tout lui était indifférent à ce moment-là, sauf de retrouver le corps de Justina et sa moiteur satinée, dont il avait rêvé en vain pendant si longtemps. Et quel bonheur, de se sentir enfin au paradis ! Sa gorge se contracta tandis qu'il refoulait avec difficulté ses souvenirs érotiques qui le hantaient jour et nuit depuis leurs retrouvailles.

— Pourquoi aurais-tu couru un risque avec un homme que tu n'étais vraisemblablement pas appelée à revoir ?

Le regard dans le vide, Justina considéra sa question en silence. Parce qu'elle avait perdu tout sens commun, tout simplement... La passion l'avait aveuglée au point d'annihiler toute pensée cohérente. Oh ! pourquoi fallait-il que cela se produise justement avec lui ? Pourquoi conti-

nuait-il, en ce moment même, à lui inspirer des désirs aussi insensés ? S'il s'était approché pour l'embrasser, elle ne savait même pas comme elle aurait réagi.

— Tu dois avoir une petite idée, non ? lança-t-elle d'une voix sans timbre.

— En effet.

Il se tut un instant, comme un détective sur le point de dévoiler la clé d'une énigme.

— Je vais te dire le fond de ma pensée, Justina. Peut-être voulais-tu un bébé, oui. Si tel était le cas, tu avais atteint un stade de ton existence où il te fallait précipiter un peu les choses. Ou alors, tu avais envie d'être mère, mais sans t'embarrasser d'un homme à tes côtés. N'est-ce pas une idée à la mode, pour une femme ambitieuse comme toi ? Un bébé sur mesure dans une existence soigneusement planifiée.

Justina cilla. La croyait-il véritablement capable de raisonner avec pareil sang-froid ?

— C'est la chose la plus absurde que j'aie jamais entendue.

— Et quel meilleur candidat que moi pour être le père de ton enfant ? poursuivit-il comme si elle ne l'avait pas interrompu.

— Toi ?

— Oui, moi, affirma-t-il fièrement en redressant les épaules. Fort et viril. Le meilleur d'entre tous. Toutes les femmes rêvent de faire un enfant avec moi. Elles nourrissent toutes ce fol espoir quand elles se jettent à mes pieds.

Il l'accusait de l'avoir utilisé à son insu comme donneur de sperme ! Elle faillit objecter que c'était lui l'instigateur de cette nuit de folie, mais ce n'était pas le moment de faire de l'humour.

— Je refuse de continuer plus longtemps cette conver-

sation ridicule, déclara-t-elle en se massant les tempes du bout des doigts. Va réfléchir ailleurs à ton invraisemblable théorie du complot. Je suis fatiguée et je dois préparer mes bagages.

— Tu rentres chez toi ?

— Oui, Dante. Légalement, mon état ne me permet guère d'attendre plus longtemps, si tu veux savoir.

— Alors pourquoi prends-tu l'avion ? Pourquoi ne restes-tu pas tranquillement chez toi à te reposer comme toutes les femmes enceintes au lieu de courir aux quatre coins du monde ?

— Je travaille.

— Ah oui, bien sûr. J'aurais dû m'en douter.

— Je sais que tu ne partages pas mon point de vue sur la question, mais c'est comme ça. Et maintenant, si cela ne te dérange pas, j'aimerais être un peu tranquille.

— Justement, cela me dérange. Beaucoup, ajouta-t-il en remarquant pour la première fois les cernes mauves sous les yeux de la jeune femme. Tu as réservé un vol sur une compagnie régulière, je présume ?

— Evidemment. Quelle question !

Il émit un sifflement irrité.

— Eh bien, cela ne me convient pas. Tu voyageras avec moi, dans le jet D'Arezzo.

Elle hésita très légèrement.

— Tu as un jet privé ?

— Oui, acquiesça-t-il sèchement. Comme je te l'ai dit au mariage de Roxy, mes affaires sont florissantes. Mais tu n'as sans doute pas fait attention. Tu ne t'es jamais intéressée à ma carrière. Tu as toujours été beaucoup trop centrée sur toi-même, n'est-ce pas, Justina ?

Justina le foudroya du regard. A son habitude, il la

provoquait pour reprendre l'avantage et mieux contrôler la situation. Il s'était toujours comporté ainsi... Même si elle s'était parfois sentie un peu seule au cours de cette grossesse inattendue, elle mesurait à présent les avantages que cela présentait. Il serait infiniment pire de supporter l'autorité intransigeante de Dante.

— Je rentrerai par mes propres moyens, déclara-t-elle calmement. Si cela peut apaiser tes craintes, j'ai un billet en classe affaires, avec tout le confort possible. Je n'ai que faire de ton argent. Je subviens parfaitement à mes besoins. C'est la raison pour laquelle je me suis toujours battue pour ma carrière et mon indépendance. Ta fortune ne m'impressionne pas le moins du monde, Dante !

A ces mots, Dante sentit une colère froide l'envahir. Oh oui, Justina lui avait toujours clairement signifié qu'elle n'avait pas besoin de lui.

— Je ne cherche pas du tout à t'impressionner, répondit-il calmement. Au contraire, je voudrais seulement t'ouvrir les yeux et te ramener à la raison. Parce qu'il ne s'agit plus uniquement de toi, désormais, même si ton égoïsme t'empêche d'en prendre conscience. Tu sembles oublier que tu portes mon enfant et que j'ai une part de responsabilité envers lui.

Justina sentit son cœur se contracter.

— Mais tu ne...

— De deux choses l'une, la coupa-t-il sans ménagement. Tu peux me contraindre à t'emmener de force. Tu auras beau hurler et te débattre, je te traînerai s'il le faut à travers l'hôtel devant tout le personnel, malgré le scandale que cela provoquera immanquablement et même si cela doit nuire à la société D'Arezzo. N'aie aucune illusion là-dessus.

Tout en dardant sur elle un regard ardent, il poursuivit :

— Il existe une autre solution. Tu fais sagement tes bagages et tu rentres avec moi en Angleterre. Il te suffit de te reposer sur moi, ce qui est infiniment préférable. Pour toi et pour le bébé. Ce n'est pourtant pas compliqué à comprendre ?

Justina pinça les lèvres le plus fort possible pour s'empêcher de fondre en larmes. Comment Dante pouvait-il encore se comporter ainsi ? Il faisait irruption dans sa vie et recommençait à tout régenter, avec cette arrogance absolument insupportable ! En même temps, elle était acculée, car il n'avait pas complètement tort. Elle n'était plus seule concernée et ce serait effectivement mieux pour le bébé.

Et puis, pour être tout à fait franche, malgré sa sévérité, l'inquiétude manifeste de Dante lui procurait un certain réconfort. Comme si un poids disparaissait de ses épaules. Malgré elle, la solitude lui avait pesé, au cours des derniers mois. Bien sûr, elle avait tenté de se convaincre du contraire. Elle avait continué à travailler comme si de rien n'était pendant que son ventre s'alourdissait, fière d'être un modèle de femme indépendante. Mais parfois, l'angoisse la réveillait en pleine nuit.

Et une grande fatigue la rattrapait. En ce moment même, devant Dante qui incarnait l'énergie et la vitalité, elle se sentait gagnée par l'épuisement. Certes, il était dangereux de capituler devant lui. Il n'offrait jamais rien sans contrepartie…

— De toute façon, tu parviens toujours à tes fins, murmura-t-elle.

Dante émit un petit rire. Comme cette phrase était ironique prononcée par Justina. Justina, la seule femme

à s'être dressée en travers de son chemin pour lui refuser ce qu'il voulait…

— Alors souviens-t'en, à l'avenir, lui dit-il. Cela t'évitera peut-être de te rebeller inutilement contre moi.

Chapitre 6

— C'est ici que tu habites ?

Justina refréna un mouvement de lassitude tandis que Dante considérait son appartement d'un œil critique. En dépit des conditions luxueuses dans lesquelles elle avait voyagé à bord du jet de Dante, elle se sentait épuisée. Et les embouteillages épouvantables pour venir de l'aéroport jusqu'à chez elle, dans l'East London, n'avaient rien arrangé. Alors, maintenant, supporter l'invasion de son espace par la personnalité écrasante de Dante, c'était trop ! Nerveusement, elle était à bout. N'allait-il donc jamais s'en aller et la laisser tranquille ? Malheureusement, elle le connaissait trop bien pour se faire la moindre illusion…

Car aucune décision n'avait été prise au sujet du bébé. Durant le vol, Dante s'était absorbé dans son travail. Accaparé par ses dossiers, il l'avait ignorée la plupart du temps. Sur le moment, elle lui avait été reconnaissante de ce répit. A vrai dire, elle s'était sentie soulagée de ne pas aborder ce sujet épineux en présence de la superbe hôtesse qui veillait à leur confort. Pour se donner une contenance, elle-même avait sorti son notebook. Mais elle était bien trop énervée pour se concentrer.

Malgré ses efforts pour maîtriser ses émotions, il lui était impossible de demeurer calme et indifférente devant cet homme. Mais le pire, c'était ce désir envahissant qui ne lui laissait aucun répit, même dans son état, et qu'elle ne savait comment juguler. En tout cas, elle ne pourrait pas se débarrasser de Dante avant d'avoir envisagé avec lui des solutions pour l'avenir. Inutile de reculer indéfiniment la discussion.

— Oui, je vis ici, soupira-t-elle en déposant une pile de courrier sur la table. Tu vois quelque chose à y redire ?

Dante jeta un regard circulaire sans chercher à cacher sa désapprobation. Ce grand appartement décloisonné était parfait pour une femme active et ambitieuse, tournée vers sa carrière, mais tout à fait inadapté pour un bébé. Tous ses angles aigus, ses surfaces vitrées, étaient bien trop dangereux. Et le mobilier de bois clair, bien trop fragile. De toute façon, ce genre d'endroit à la mode l'avait toujours laissé complètement froid. En Toscane, il possédait un *palazzo* vieux de plusieurs siècles et sa maison de New York, un mélange de pierres et de briques, était remplie d'antiquités et d'objets d'art. Contrairement à Justina, il n'aimait pas le moderne. Encore une différence qui les opposait… L'ancien ne plaisait pas à Justina, sans doute à cause de sa propre histoire décousue, alors que lui trouvait ses racines dans le passé.

Il se dirigea vers la fenêtre pour contempler le dôme imposant de Saint-Paul, avec les gratte-ciel scintillants à l'arrière-plan.

— Ce n'est pas un endroit pour un bébé, déclara-t-il brutalement.

— Vraiment ? répliqua Justina sur un ton sarcastique. Un bébé ne peut sans doute être heureux que dans une jolie

petite maison au toit d'ardoise avec des rideaux à fleurs et un rosier grimpant devant la porte ! Ou peut-être un *palazzo* grandiose dans les collines toscanes ?

— Ne sois pas naïve, Justina. Combien de femmes dans cet immeuble ont des enfants ?

Elle fronça les sourcils.

— Je ne vois pas le rapport.

— Tu ne connais sans doute même pas tes voisins ! L'isolement social est une malédiction de l'habitat contemporain.

— Pour un nouveau-né ?

— Pour toi aussi ! Les jeunes mamans ont besoin de gens autour d'elles, pour toutes sortes de raisons. Et ton ascenseur est minuscule !

— Eh bien ?

— Un landau n'y entrera jamais !

Il s'interrompit brusquement, fouillant la pièce des yeux.

— Tu n'en as pas encore acheté ? Et le couffin ? Les jouets ? Où sont-ils ? Tu t'es occupée du trousseau de notre enfant, j'espère ?

Troublée par son usage spontané de l'adjectif possessif « notre », Justina sursauta. Elle n'était pas du tout préparée à la vague de culpabilité qui la submergea.

— Non, avoua-t-elle d'une toute petite voix. Je n'ai encore rien acheté.

Dante resta silencieux pendant un long moment, comme s'il avait besoin de temps pour assimiler sa réponse.

— Pourquoi ? lança-t-il enfin. Qu'est-ce que tu attends ?

Justina recula d'un pas. Comment se défendre contre ses accusations ? Vulnérable et sans défense, elle se voyait mal expliquer qu'elle avait été happée par un tourbillon d'activités au cours des trente dernières semaines. En fait,

depuis qu'elle avait découvert le résultat du test de grossesse, elle n'avait pas osé refuser de nouveaux contrats. Passé le premier moment d'hébétude, elle avait eu peur du qu'en-dira-t-on. Que se passerait-il si les gens commençaient à s'imaginer qu'elle allait se mettre en congé ou lever le pied parce qu'elle était enceinte ? De toute façon, elle avait plus que jamais besoin de travailler ! C'était le seul moyen de canaliser ce sentiment d'insécurité qui ne la quittait plus depuis quelque temps.

Oui, il était infiniment plus facile de se débattre au milieu d'innombrables engagements professionnels que de réfléchir à un avenir qu'elle n'avait jamais envisagé et qui lui semblait encore improbable. Mais, comme toujours, Dante mettait son comportement sur le compte de l'égoïsme foncier qu'il n'avait jamais cessé de lui reprocher. Selon lui, elle était incapable de penser aux autres en premier... En réalité, ce qu'il lui reprochait, c'était de ne pas le faire passer, lui, avant toute autre considération.

— J'ai continuellement repoussé le moment de m'en occuper, dit-elle. C'était sans doute une façon de nier la réalité. Mais j'ai suivi toutes les séances de préparation à l'accouchement..., ajouta-t-elle, désireuse de lui prouver qu'elle n'avait pas négligé le bien-être du bébé.

D'ailleurs, quel abominable supplice que ces séances de préparation ! Côtoyer tous ces couples nageant dans le bonheur lui brisait le cœur. Les hommes étaient tellement fiers d'accompagner leurs femmes et de les aider dans les exercices de respiration ! Elle s'était sentie horriblement mal à l'aise au milieu d'eux, et très seule... Oh ! bien sûr, elle se consolait en se répétant qu'elle n'aurait pour rien au monde voulu de leurs petites vies ordinaires et étriquées.

— Cela me semblait tellement irréel, poursuivit-elle

lentement. J'avais parfois l'impression d'être dans un mauvais rêve dont je finirais par m'éveiller un beau matin.

Elle ferma les yeux, prête à endurer la vague de récriminations qu'il ne manquerait pas de lui adresser pour sa négligence. Contre toute attente, il resta silencieux, et elle releva la tête pour croiser son regard. Ce qu'elle y lut lui serra le cœur. Oui, elle aurait préféré sa colère que cette expression à la fois désespérée et pleine de commisération. Il n'avait jamais été aussi distant. Néanmoins, quelque chose, dans son regard, l'attirait inéluctablement. Comme s'il concentrait sur lui toute la lumière qui rentrait à flots par les grandes fenêtres de l'appartement.

— Que fais-tu pour te détendre ? lui demanda-t-il tout à coup.

Prise au dépourvu, incapable d'inventer une réponse convaincante, elle haussa les épaules.

— Je n'ai pas beaucoup de temps pour me détendre.

— C'est évident. Tu as l'air épuisée, observa-t-il d'une voix douce. Pourquoi, pour une fois, ne reléguerais-tu pas au second plan ton irrépressible désir de dominer la scène musicale pour penser au bébé ? Fais-toi couler un bon bain chaud avec de la mousse et des huiles essentielles, par exemple.

— Tu as peut-être raison.

Alors, qu'il parte et la laisse tranquille ! Mais elle n'eut pas le temps de formuler sa réponse, car le portable de Dante sonna à ce moment-là et il lui fit signe de se taire.

Comment osait-il ? Elle était chez elle ! Il aurait pu sortir pour prendre son appel ! Vexée, elle se rendit dans la salle de bains, ferma la porte à clé et ouvrit les robinets de la baignoire, non sans y verser une dose généreuse de sels

à la mandarine. Puis elle mit de la musique et se plongea dans l'eau chaude.

Lors de son emménagement dans l'appartement, elle avait fait installer un système stéréo sophistiqué avec des haut-parleurs dans toutes les pièces. D'ordinaire, elle se contentait d'appuyer au hasard sur un bouton, mais ce jour-là, elle choisit Metamorphosis, l'un des plus grands succès des Lollipops. Un succès qu'elle avait chèrement payé…

Elle avait écrit le texte des chansons au moment de sa rupture avec Dante et ne les avait plus réécoutées depuis longtemps. Mais, après les événements de la journée, elle ressentait le besoin, presque vital, de se replonger dans l'atmosphère sombre de cette époque. Oui, elle avait besoin de se remémorer le chagrin et le désespoir qui avaient menacé de l'engloutir. Le sentiment de solitude qu'elle pouvait encore éprouver de temps à autre n'était rien en comparaison. Elle ne pouvait tout simplement pas laisser Dante D'Arezzo revenir dans sa vie.

La tête appuyée contre le rebord de la baignoire, elle ferma les paupières.

C'était infiniment plus douloureux qu'elle n'aurait cru. Les paroles d'une chanson, en particulier, réveillèrent une blessure encore béante, comme si on jetait du sel sur une plaie. Les souvenirs affluèrent. Ce morceau était resté très longtemps en tête du hit-parade. Les femmes l'avaient acheté en masse. Un metteur en scène avait même demandé les droits pour l'utiliser dans la bande-son d'un film. Mais elle avait refusé. L'idée que cette musique, symbole de l'événement le plus noir de son existence, soit associée à une comédie légère et romantique lui était insupportable.

Elle l'avait composée juste après avoir découvert Dante

au lit avec sa maîtresse. Sur le moment, la honte l'avait empêchée de raconter la scène à ses amis, alors elle y avait déversé toutes les émotions qu'elle ne pouvait pas exprimer autrement… Intitulée *Elle*, cette chanson lui était encore presque insupportable à entendre.

Connaît-elle tous les mots doux
Que tu m'as chuchotés dans mon lit ?
Ces mots d'amour,
Souillés, trop répétés…

Justina refréna une envie de hurler. Elle voulait éteindre cette musique insoutenable, mais se sentait incapable de bouger à cause de ce gros ventre qui l'empêchait de se mouvoir. Résignée, elle attendit simplement la fin.

L'eau était presque froide quand elle se décida à sortir. Pourvu que Dante ait compris le message et soit parti !

Mais non. Debout devant la fenêtre, il était toujours au téléphone, en train de parler en italien. Exaspérée, elle se dirigea sur la pointe des pieds vers la cuisine. Cependant, elle dut faire un peu de bruit, même pieds nus, car il se tourna vers elle. A sa vue, il fronça les sourcils.

Aurait-elle dû enfiler un jean et un sweat-shirt, au lieu d'un peignoir de soie ? Non ! Pourquoi se serait-elle souciée de changer ses habitudes pour cet intrus qui envahissait son espace ? Elle avait l'intention d'aller se coucher. Cela avait au moins le mérite d'être clair.

Dante mit fin à sa conversation, raccrocha et glissa son portable dans la poche de sa veste.

— Tu es encore là ? lui lança-t-elle avec humeur en s'asseyant sur le canapé.

— J'écoutais la musique. L'acoustique, chez toi, est excellente.

Il s'interrompit un instant avant de reprendre, avec un petit sourire :

— Dis-moi, tu écoutes toujours tes chansons quand tu prends un bain ?

Si elle répondait « jamais », en tirerait-il des conclusions sur le trouble qu'il suscitait en elle ? De toute manière, elle n'avait pas à se justifier.

— Cela ne te regarde pas. Je fais ce qui me plaît chez moi. Franchement, je m'étonne que tu ne sois pas encore parti. Les paroles du dernier morceau auraient dû te mettre mal à l'aise. Mais peut-être pas…

Elle le dévisagea avec une bravade feinte.

— Qui sait si cela ne flatte pas ton ego, d'inspirer des paroles de chanson ?

— Pas celle-ci, non, répondit-il songeusement. C'est impardonnable de ta part d'avoir porté notre dispute sur le devant de la scène en faisant étalage de notre intimité.

— Si tu n'avais pas eu un comportement aussi sordide, j'aurais peut-être été mieux inspirée.

— Sordide ? répéta-t-il en plissant les yeux d'un air furieux. C'est vraiment ce que tu penses de moi, Justina ?

Menaçant, il s'approcha pour la dominer de toute sa hauteur. Un frisson la parcourut, mais pas uniquement dicté par la peur. Malgré elle, une excitation incontrôlable s'éveilla au plus profond d'elle-même. Elle aurait dû se lever, s'éloigner pendant qu'il en était encore temps, mais son corps las refusait d'obéir. Et elle n'était d'ailleurs même pas sûre de le vouloir vraiment.

— Peu importe ce que je pense de toi, déclara-t-elle.

— Ah bon ?

— Non. Tu ne représentes plus rien du tout, Dante.

L'espace de quelques secondes, leurs regards restèrent

rivés l'un à l'autre. Puis Justina retint son souffle tandis que Dante contournait le canapé pour venir se placer juste derrière elle. Instantanément, l'atmosphère, entre eux, se fit plus lourde, plus tendue, si cela était possible…

— Moi, je crois que c'est très important, au contraire.

Il se tut et elle le sentit effleurer sa nuque du bout du doigt.

— Tu ne m'aimes pas beaucoup, n'est-ce pas ? reprit-il.

Elle secoua la tête.

— Non.

— Brutale, mais franche, commenta-t-il en lui caressant le cou.

Elle tenta de réprimer le plaisir qu'elle éprouvait à son contact.

— Que fais-tu ? protesta-t-elle quand il commença à la masser doucement.

— J'essaie d'assouplir la tension de tes muscles, mais tu es beaucoup trop crispée, *tesoro*. Terriblement tendue…

Justina déglutit avec difficulté. Dieu ! Elle devait se ressaisir, lui ordonner d'arrêter. Mais c'était si bon… Elle sentait les nœuds de ses épaules se dénouer, comme par enchantement, sous les mouvements circulaires des pouces de Dante. Bien sûr, elle savait qu'il était dangereux de se laisser aller au délicieux bien-être qui l'envahissait, mais elle n'était pas assez forte pour lutter. Cela faisait si longtemps qu'un homme ne l'avait pas touchée… Depuis cette nuit où leur bébé avait été conçu, dans le Norfolk.

Elle ferma les yeux.

— Dante…

— Chut.

Il poursuivit ses gestes réguliers.

— Ne dis rien.

— Tu ne devrais pas faire cela.

— Je voudrais seulement t'aider à te détendre un peu.

Mais il ne s'agissait pas uniquement de cela, il le savait sûrement. Au fur et à mesure que sa tension se dissipait, quelque chose d'autre la remplaçait, d'une nature différente, qu'elle ne reconnaissait que trop bien. L'air se chargea d'une électricité presque palpable, comme avant l'orage. Une chaleur intense l'envahit en haut des cuisses tandis que ses seins gonflaient et durcissaient. N'était-ce pas effrayant de ressentir un tel désir pour cet homme ? D'autant plus qu'elle était enceinte, avec la date de l'accouchement qui approchait ?

Alors, arrête-le !

La gorge sèche, parcheminée, elle articula faiblement :

— Je ne pense pas...

— Très bien. Contente-toi de sentir les choses.

Oh ! grands dieux... Ce serait tellement facile de suivre ce conseil ! Une pointe de culpabilité s'empara d'elle, tandis que Dante faisait descendre ses pouces le long de sa colonne vertébrale, ses paumes enserrant sa cage thoracique. Malgré elle, son cœur s'emballa furieusement. N'était-ce qu'une impression, ou lui avait-il effleuré les seins ? Oui, de nouveau, la même sensation voluptueuse la terrassa.

— Dante...

— Juste une fois dans ta vie, tais-toi, commanda-t-il en se faisant plus insistant.

Sous la caresse des doigts de Dante, elle sentit les pointes de ses seins se dresser et elle s'agita nerveusement. Pourquoi ne faisait-il pas le tour du canapé pour la prendre dans ses bras ? Elle avait tellement envie de se perdre dans ses baisers et de faire l'amour. Mais il restait là, derrière elle, sans cesser ses délicieux tourments...

Elle poussa un gémissement quand il se pencha pour poser les lèvres sur ses cheveux. Le bruit de leurs deux souffles mêlés lui emplissait les oreilles et elle respirait le parfum musqué de son eau de toilette. D'une main, il écarta les pans de son peignoir et ses doigts s'insinuèrent dans son intimité de femme tandis qu'elle écartait les cuisses, comme par réflexe. Elle avait l'impression de se comporter comme une marionnette dont il tirait les fils. Inondée de plaisir, elle s'abandonna au rythme qui l'emportait de plus en plus loin, en poussant des gémissements plaintifs. Elle ne redoutait plus qu'une chose, à présent : qu'il s'arrête...

Mais il n'en fit rien. Au contraire, il continua sans se lasser, implacablement, jusqu'à ce qu'elle franchisse le point de non-retour. Victime consentante, elle cria son nom comme une trahison.

Tout arriva très vite, dans une sorte d'urgence précipitée. Le plaisir explosa en elle alors qu'elle craignait encore de ne pas connaître l'assouvissement. Pourtant, elle savait que Dante accordait toujours ce qu'il promettait. Chaque fois. Même si cela ne s'était encore jamais passé de cette façon. Pas tout à fait, en tout cas. Sans aucune honte, elle succomba aux spasmes violents qui la traversaient.

Le temps sembla se suspendre, puis recommença à s'écouler lentement tandis qu'elle sortait peu à peu de son hébétude bienheureuse. Incapable du moindre mouvement, elle eut simplement conscience que Dante refermait son peignoir. Puis, comme mû par une arrière-pensée, il déposa un baiser sur ses cheveux.

Il revint ensuite se placer devant elle, avec une expression impénétrable, qu'elle n'aurait pu analyser même si elle en avait eu l'énergie. Les joues en feu, la bouche sèche, elle

avait du mal à parler. Néanmoins, elle se força et releva fièrement le menton.

— Pourquoi... as-tu fait cela ?

Il émit un rire bref.

— Cela ne t'a pas plu ? Tu n'auras tout de même pas l'audace de prétendre le contraire ?

Si seulement la rougeur de son front avait pu disparaître...

— Là n'est pas la question.

Et pourquoi sa voix sonnait-elle aussi rauque ?

— Mais si, justement, rétorqua-t-il en haussant les épaules avec un sourire satisfait. Mon massage te plaisait manifestement beaucoup et... je n'ai fait que répondre à tes désirs.

Pendant un instant, elle le considéra avec incrédulité. Puis, comme il ne montrait aucun signe de repentir, elle explosa de colère.

— Mufle !

— Je plaide coupable, répliqua-t-il cyniquement. En tout cas, Justina, même si tu me détestes, ne sois pas assez hypocrite pour nier le désir que tu éprouves encore pour moi. Tu as été assez éloquente.

Un désir réciproque, songea Dante. En cet instant même, alors que, écarlate, elle le foudroyait du regard, il était aux prises avec une tentation presque irrésistible. Serait-ce la fin du monde s'il s'asseyait à côté d'elle sur ce grand canapé confortable et s'il se mettait à l'embrasser ? Un désir lancinant le taraudait et il imaginait déjà les caresses de Justina, la tiédeur de son sexe...

Mais non, elle était enceinte ! Enceinte de son enfant. Il fallait absolument que la raison reprenne ses droits. Il n'aurait peut-être pas dû la toucher ? Pourtant, ne s'était-elle pas offerte à lui ?

Au prix d'un ultime effort, il détourna les yeux pour regarder l'heure à sa montre.

— Au risque de te décevoir, je dois m'en aller. Mon avion m'attend pour me ramener aux Etats-Unis.

Justina resserra les pans de son peignoir.

— Enfin une bonne nouvelle !

— Tant mieux. Mais ne t'inquiète pas, je serai là pour la naissance.

— Tu n'es pas obligé.

— Oh si. Tu n'as peut-être pas besoin de moi, mais ce n'est pas le cas du bébé.

Il sortit une carte de visite de son portefeuille et la déposa sur la table basse.

— Tu as toutes mes coordonnées, y compris le numéro de ma ligne privée.

— Quel honneur ! Je ne suis sans doute pas la seule femme à jouir de ce privilège, j'imagine ?

— Tu as aussi celui de mon assistante de direction, poursuivit-il comme si elle ne l'avait pas interrompu. Je lui ai laissé des consignes précises à ton sujet. Si tu as besoin d'aide pour quoi que ce soit, Tiffany sera là pour toi. Elle est très efficace. Puisque apparemment tu n'arrives pas à aménager la chambre d'enfant, elle peut très bien s'en charger depuis New York.

La léthargie de Justina se mua brusquement en rage sourde. Qui était cette Tiffany ? Il n'était pas question qu'une étrangère se mêle de sa vie privée !

Elle se redressa avec effort.

— Quel rôle joue cette Tiffany auprès de toi ? questionna-t-elle avec hauteur. Est-elle également chargée de divertir son patron ?

— J'essaie toujours de ne pas mélanger les genres,

répondit-il froidement. Et tu ne devrais pas t'énerver ainsi. C'est mauvais pour toi. Essaie plutôt de te reposer.

— Oh ! va-t'en, maintenant, murmura-t-elle en fermant les yeux pour ne plus le voir.

Elle ne les rouvrit qu'après son départ, en poussant un profond soupir. Comment pourrait-elle jamais oublier la scène qui venait de se dérouler ?

Chapitre 7

— Dante veut savoir si vous avez reçu la brochure, miss Perry ?

Justina crispa les doigts sur le combiné en entendant la voix de Tiffany Jones. Pourquoi avait-elle décroché ? Elle était déjà assez fatiguée sans avoir à endurer une autre de ces conversations trop polies avec la jeune secrétaire. D'autant qu'elle ne pouvait guère lui poser la question qui lui brûlait les lèvres : « Est-ce que vous couchez avec le père de mon enfant ? »

La situation exigeait un minimum de savoir-vivre.

— Oui, merci, répondit-elle.

Le luxueux catalogue était bien arrivé à son adresse électronique, en effet.

— L'avez-vous trouvé à votre goût ? reprit Tiffany avec empressement. Voulez-vous que nous nous occupions de commander le berceau et la poussette ?

Nous ? De quel droit cette femme utilisait-elle ce mot ? De toute façon, elle n'avait certainement pas besoin d'une Tiffany Jones pour préparer la venue de son enfant !

Elle pénétra dans la petite chambre, à présent décorée et aménagée pour accueillir son bébé. Les murs jaune paille

s'ornaient d'une jungle remplie d'animaux de dessins animés et un mobile de tigres et de lions pendait du plafond. Oui, ce serait parfait, elle se débrouillait très bien toute seule.

— Pouvez-vous dire à Dante que j'ai tout ce qu'il faut ? dit-elle sèchement.

— Certainement, mais il préférerait vous parler lui-même, miss Perry.

Dante voulait lui parler ? Dans ce cas, pourquoi n'avait-il pas composé lui-même son numéro ?

— Malheureusement, je n'ai pas le temps de…

— Justina ?

En entendant la voix de velours de Dante, elle faillit pousser un hurlement de frustration. Pourquoi refusaient-ils de comprendre ce qu'elle disait ?

— Qu'est-ce que tu veux ? lança-t-elle, le plus sèchement possible.

— Prendre de tes nouvelles. Comment te sens-tu ?

— Franchement ? Mal. Je suis grosse comme une baleine et j'en ai assez de tes questions qui m'importunent sans arrêt…

— Tu as réfléchi ? la coupa-t-il tranquillement.

— Oui, et je n'ai pas changé d'avis. Je ne veux personne avec moi pour l'accouchement, surtout pas toi. Ta présence n'est absolument pas obligatoire.

— Je le sais. Néanmoins, c'est préférable. Tu ne peux pas faire tout toute seule, Justina.

— Détrompe-toi. C'est bien mon intention.

Un tiraillement dans son ventre lui coupa la respiration.

— Je ne vois pas la nécessité de t'avoir près de moi. Ce n'est pas comme si nous avions une vraie relation, n'est-ce pas ?

Elle n'avait pas oublié leur dernière entrevue, quand un

massage innocent s'était brusquement transformé en une scène sensuelle qui la faisait encore rougir d'embarras. C'était le moment de lui prouver qu'elle n'était pas une simple marionnette entre ses mains.

— Je suis une femme indépendante, pour le cas où tu ne le saurais pas encore, déclara-t-elle avec fermeté.

— Je ne risque pas de l'oublier, tu ne perds pas une occasion de me le rappeler !

— Alors pourquoi ne m'écoutes-tu pas au lieu de chercher constamment à m'imposer ta volonté ? Je…

Le reste de sa phrase s'étrangla dans sa gorge quand une douleur atroce la transperça.

— Justina ? Tu es toujours là ?

Surprise par l'intensité de la contraction, elle posa la main sur le combiné pour dissimuler sa respiration essoufflée. Puis elle reprit, d'une voix anormalement désinvolte :

— Excuse-moi, j'ai cru entendre quelqu'un à la porte.

— Tu es sûre que tout va bien ?

— Oui, Dante.

— Tu as consulté ton médecin, récemment ?

— La semaine dernière, comme prévu. Et maintenant, cesse de t'inquiéter inutilement. Je suis très attentive et parfaitement capable de mener ma grossesse à terme sans en faire toute une histoire. A présent, je dois te laisser, Dante. Je suis en train de composer. Il faut absolument que je transcrive les mots que j'ai dans la tête. Ne te tracasse pas. Je te préviendrai dès qu'il se passera quelque chose.

Raccrochant sans rien ajouter, elle se dirigea vers la fenêtre en s'efforçant de calmer sa nervosité. Dante possédait toujours sur elle un étrange pouvoir et le trouble qu'il suscitait n'était bon ni pour elle ni pour le bébé. Brusquement, sa respiration s'essouffla, comme si elle

manquait d'air. Dehors, la pluie tombait sans discontinuer depuis plus d'une semaine. Même si elle n'était pas sortie de la journée, ce n'était guère le moment de mettre le nez dehors.

Elle pourrait regarder un film, ou lire le livre qu'elle venait d'acheter et dont tout le monde parlait. Au dernier stade de la grossesse, il était primordial de se détendre. Elle le savait mais s'en sentait incapable. Dès qu'elle restait inactive, la culpabilité la rattrapait.

Pour éviter de penser, le mieux était encore de regarder ce qui passait à la télévision. Elle s'arrêta sur une scène de ménage. Une femme hurlait des insultes inarticulées. Petit à petit, alors qu'elle comprenait les raisons de la dispute, un accès de compassion s'empara d'elle. L'héroïne souffrait de ne pas être aimée…

« Je ne serai jamais comme elle, se promit Justina tandis qu'une nouvelle douleur la transperçait. Je ne dépendrai jamais d'un homme incapable de sentiments. Je ne veux pas être malheureuse. » Oui, mieux valait être libre et ne pas souffrir.

Au même moment, une souffrance, très physique, la transperça au point qu'elle dut s'accrocher au dossier d'une chaise. Il lui fallut bientôt se rendre à l'évidence. Aucun doute : elle allait accoucher.

Elle devait absolument rester calme et se remémorer les consignes. Mesurer l'intervalle entre les contractions et appeler l'hôpital.

— Venez tout de suite, lui dit la sage-femme. Quelqu'un est avec vous ?

— J'arrive, répondit Justina en éludant la question.

Mais une infirmière lui en posa une autre quand on l'installa dans le service.

— Le père va arriver, miss Perry ?

— Non. Il est à New York.

— Il est prévenu ?

Justina réfléchit rapidement à la situation. Elle n'avait pas envie que Dante la voie dans cet état. De toute façon, seul un destin capricieux les avait réunis. En outre, elle lui avait clairement signifié son intention de se passer de sa présence.

Elle secoua la tête.

— Non, il n'est pas au courant.

— On peut l'appeler…

— Je ne veux pas.

Elle perçut un froncement de sourcils réprobateur chez l'infirmière, mais très vite de nouvelles sensations réclamèrent son attention, reléguant au second plan toute autre préoccupation.

Bientôt, elle n'eut plus aucune notion du temps qui s'était écoulé. Complètement désorientée, elle tâchait de se concentrer sur sa respiration pour mettre en pratique ce qu'elle avait appris au cours des séances de préparation à l'accouchement. Malheureusement, les heures se succédaient et les douleurs revenaient, de plus en plus vives. Après avoir fait les cent pas, elle s'accroupit par terre, le souffle court, le front en sueur. La sage-femme lui annonça alors qu'elle était au deuxième stade du travail.

— Je m'en moque ! cria Justina. Je veux juste en finir et mettre mon bébé au monde.

Malgré son hébétude, elle entendit du bruit sur le seuil et reconnut un accent italien caractéristique.

— Dites-le-lui quand même. S'il vous plaît.

Une jeune infirmière s'approcha en rougissant.

— Un certain Dante D'Arezzo demande la permission d'entrer. Il dit être le père de votre enfant.

Malgré la douleur, Justina esquissa un sourire ironique. C'était sans doute la première fois de sa vie que Dante réclamait une autorisation. Il n'était d'ailleurs pas certain de l'obtenir. Pouvait-elle réellement l'exclure ? Sa haute silhouette se découpait dans l'embrasure, sombre et déterminée, et dégageait une impression de force, rassurante.

— Laissez-le entrer, gémit-elle.

En un instant, il fut auprès d'elle. Le visage plus impénétrable que jamais, il s'abstint de tout commentaire et avança la main vers elle pour repousser, avec une douceur extrême, une mèche de cheveux mouillée de transpiration.

— Je suis là maintenant, déclara-t-il simplement.

— C'est censé me réconforter ?

— En tout cas, je l'espère.

Le ton inquiet de sa voix donna quelques remords à Justina.

— Dante, je ne voulais pas…

— Chut, cela n'a plus d'importance. Je suis là, répéta-t-il. C'est le principal.

Elle déglutit.

— Je… J'ai mal.

— Alors accroche-toi à moi. Vas-y, serre mes doigts de toutes tes forces pour me donner ta douleur. Tu te sentiras mieux.

Cela semblait ridicule de se cramponner à un homme qu'elle avait rejeté aussi violemment. Mais toutes ses inhibitions étaient tombées et son corps réclamait de l'aide. Elle s'agrippa à lui comme un noyé à une branche d'arbre.

— J'ai chaud, ajouta-t-elle.

— Enlève cette chemise de nuit. De toute façon, elle est horrible.

Elle réussit à esquisser un sourire pendant qu'il l'aidait à enlever la blouse d'hôpital. La fraîcheur de l'air sur sa peau nue lui redonna un peu de vigueur. Cependant, après une nouvelle contraction, elle reprit assez de souffle pour exprimer les terribles craintes qui la tourmentaient :

— J'ai tellement peur que quelque chose se passe mal…

Tout en l'enveloppant d'un regard rassurant, Dante porta sa main à ses lèvres pour l'embrasser.

— Les chances sont infimes. Tu es dans les meilleures mains possible, Jus, tu le sais. Tu me l'as répété assez souvent. Comme tu dis si bien, « il s'agit d'une banalité que les femmes accomplissent depuis la nuit des temps ».

Avait-elle réellement prononcé ces mots ? Il lui paraissait impossible d'avoir débité ce genre de généralités insipides maintenant qu'elle était en proie à l'affolement.

Elle enfonça ses ongles plus profondément dans la paume de Dante.

— Je veux pousser !

Il échangea un regard avec la sage-femme, qui hocha la tête.

— Eh bien, pousse, *tesoro*. De toutes tes forces et de toute ton énergie.

Elle s'exécuta avec un cri d'angoisse. Devant sa douleur, un horrible sentiment d'impuissance submergea Dante. Envahi par une frustration telle qu'il n'en avait encore jamais ressenti, il fit son possible pour se rendre utile. Quand la tête de Justina roula sur l'oreiller, il tamponna ses tempes avec des compresses d'eau froide, puis lissa en arrière ses cheveux mouillés. Un soupir de gratitude

s'échappa de la gorge de la jeune femme, comme une plainte. Mais le répit fut de courte durée.

Très vite, la tension reprit et les gémissements de Justina augmentèrent d'intensité, avant de se transformer en véritables hurlements. Les gestes de la sage-femme se firent plus vifs et plus précis. Puis, tout à coup, elle se redressa.

— Voulez-vous assister à la naissance de votre bébé, monsieur D'Arezzo ?

Il chercha le regard de Justina, qui acquiesça. Sur le point de dire quelque chose, elle sembla se raviser et ferma les yeux en fronçant les sourcils pour se concentrer.

Soudain, tout se précipita. Des ordres brefs résonnèrent au-dessus des cris et des halètements. Bouleversé, Dante retint son souffle en apercevant un crâne couvert de cheveux noirs, puis la tête et le corps d'un petit être. Son cœur se serra convulsivement quand le nourrisson ouvrit la bouche pour pousser son premier cri.

— C'est un garçon ! lança la sage-femme.

Après avoir coupé le cordon, elle le lui tendit. Emu aux larmes, il réalisa qu'il tenait son fils dans ses bras... Si fragile et minuscule... Une infirmière le reprit ensuite pour le donner à Justina et le bébé resta blotti, le visage levé vers elle comme s'il la connaissait depuis toujours. En silence, il observa la jeune maman effleurer d'une caresse la joue du nouveau-né, le visage illuminé par un sourire d'attendrissement.

Le désir qu'il éprouva pour elle à ce moment-là n'avait jamais été aussi fort.

Chapitre 8

Justina observait Dante. La tête penchée au-dessus du bébé, il s'acquittait de sa tâche avec une dextérité incroyable et aussi un soin extrême, comme si Nico était une porcelaine fragile prête à se casser au moindre choc. De temps à autre, son expression de concentration intense s'adoucissait un peu et il souriait en murmurant quelque chose en italien. Devant tant de tendresse, elle faillit se laisser aller à la nostalgie.

S'obligeant à se ressaisir, elle aiguilla prudemment ses pensées vers des considérations plus pragmatiques.

— Je ne t'aurais jamais cru capable de changer des couches, dit-elle.

Dante déposa un baiser sonore sur le petit ventre de Nico avant de se tourner vers Justina, tranquillement assise à le regarder. Tout juste un mois s'était écoulé depuis l'accouchement et pourtant elle avait retrouvé une silhouette de jeune fille, à peine marquée par quelques rondeurs plus affirmées. Elle avait une allure totalement décontractée, avec ses cheveux tressés sur le côté et un visage naturel, sans maquillage. Pourtant, elle ne lui avait jamais paru aussi désirable. Le teint clair, les

yeux brillants, elle était l'image même de la maternité heureuse.

— Ce n'est pas très difficile, répondit-il en reposant Nico dans son berceau.

Justina haussa un sourcil ironique. Elle ne devait surtout pas s'illusionner sur son comportement... raisonnable. Dante ne faisait jamais rien gratuitement, sans avoir un but précis en tête, elle était bien placée pour le savoir.

— Certes, mais pour un macho comme toi...

Il esquissa un sourire contraint.

— Je ne mérite pas pour autant une médaille. Les hommes ont beaucoup changé depuis la génération précédente. Mon père, par exemple, n'a probablement jamais changé une couche de sa vie.

Son père... A cette évocation Justina redressa la tête. Il était temps d'aborder un sujet qu'ils avaient jusqu'alors réussi à éviter.

— Tu ne m'as encore rien dit des réactions de ta famille. Tu leur as annoncé la nouvelle, j'imagine ?

— Bien sûr. J'ai téléphoné le soir même. Ma mère est folle de joie. C'est son premier petit-fils. Elle est très impatiente de le connaître. Toute la famille, d'ailleurs.

Justina hocha la tête. Elle ne pourrait pas repousser indéfiniment la rencontre. Depuis la naissance de Nico, elle avait l'impression de vivre dans une bulle. Un sentiment renforcé par le soutien inattendu de Dante. Avait-il craint qu'elle n'arrive pas à tout assumer seule ? Ou qu'elle sombre dans une dépression post-natale ? En tout cas, il avait momentanément quitté New York pour s'installer au Vinoly Hotel, tout près de son appartement. Et force était de constater qu'il était très présent pour son fils.

Au retour de l'hôpital, elle avait reçu une énorme gerbe

de fleurs, un mélange de roses, de lis et de gardénias au parfum enivrant, accompagnée d'un bref mot de remerciement qui lui avait mis les larmes aux yeux. Bien sûr, il n'était pas question de pleurer. Maintenant moins que jamais. C'était au contraire le moment de mobiliser toutes ses forces.

— Pourquoi m'as-tu envoyé ce bouquet ? avait-elle demandé sur un ton de reproche, comme s'il s'agissait d'une bombe à retardement.

— C'est généralement ce qu'un père fait dans ce genre de situation.

Elle avait secoué la tête. Généralement, peut-être… mais la norme ne s'appliquait pas à eux. Dans leur cas, cela ne voulait rien dire. Leur bébé était né alors qu'ils n'étaient plus ensemble. Ils n'avaient plus rien en commun. Et Dante était un homme auquel on ne pouvait absolument pas faire confiance. Elle ne devait jamais oublier cela. S'il lui prodiguait en ce moment toutes sortes de gentillesses, c'était probablement avec des intentions bien précises.

Comme de l'entraîner en Italie par exemple… Elle inspira profondément et croisa le regard de Dante.

— Ta mère va venir à Londres ?

— Non. Elle a horreur de voyager. Mais nous pourrions lui amener Nico en Toscane. Il est temps de lui faire connaître ses racines italiennes.

A un mois, il ne s'en souciait guère ! Mais il était inutile d'argumenter ; ses protestations tomberaient dans l'oreille d'un sourd. L'attachement de Dante à sa terre natale confinait à la passion et il ne changerait jamais sur ce point. Son impatience d'y emmener son fils expliquait probablement ses manifestations d'attention, totalement inhabituelles.

Néanmoins, en dépit de la sensation désagréable d'être manipulée, elle n'avait pas du tout l'intention de s'opposer à ce projet de voyage. Certes, il ne serait pas facile de renouer avec les parents de Dante, mais Nico avait besoin d'être entouré et, de son côté, elle devait bien avouer que les liens familiaux manquaient cruellement.

— Ils me détestent toujours autant ? demanda-t-elle d'une voix qu'elle espérait détachée.

— Prends du recul, Justina, au lieu de prendre les choses trop à cœur.

— Quel drôle de conseil, pour quelqu'un qui se plaignait justement de ma nature trop froide, dénuée d'émotion.

C'était le reproche qu'il lui lançait autrefois à la figure à la veille de ses départs en tournée, si bien qu'ils se séparaient toujours dans une atmosphère survoltée.

— Tu m'accusais d'être sans cœur, quand je signais des contrats pour chanter à l'étranger, loin de toi.

Dante soutint un instant l'éclat de ses beaux yeux d'ambre. C'était vrai. Il n'avait jamais compris comment elle pouvait supporter de le quitter si elle était vraiment amoureuse. Au début, il avait imaginé que sa carrière perdrait peu à peu de son attrait, mais cela ne s'était pas du tout passé ainsi. Justina avait refusé de modérer son ambition et lui s'était lassé de ses absences trop fréquentes. Leur relation s'était détériorée, peu à peu. En réalité, ils passaient le plus clair de leurs retrouvailles à regagner le terrain perdu, si bien qu'il avait souvent la sensation de reculer au lieu d'avancer. Inévitablement, il avait fini par lui lancer cet ultimatum furieux qui avait précipité leur rupture.

— Ma famille ne te déteste pas, articula-t-il lentement.

Elle sembla hésiter un peu.

— Ils ne m'ont pas très bien accueillie, chuchota-t-elle presque timidement.

— Ils ont fait de leur mieux, déclara Dante en se penchant au-dessus du berceau pour caresser la joue de Nico. Mais ma mère appartient à une autre époque. Avec ses conceptions démodées, elle ne peut guère approuver le choix de ta carrière et tout ce qui va avec.

— Telle mère, tel fils ! lança Justina, sarcastique.

Mais elle savait qu'il ne s'agissait pas uniquement de la mère de Dante. Son frère, Luigi, et tous ses cousins partageaient manifestement ses réticences.

Elle repensa avec amertume à la réception donnée en son honneur lors de sa première et unique visite chez les D'Arezzo. Si seulement la sœur de Dante n'avait pas insisté pour passer le dernier DVD des Lollipops ! Toute la famille réunie avait regardé avec une expression horrifiée ses déhanchements sur scène. A vrai dire, ils l'avaient ensuite davantage considérée comme une strip-teaseuse que comme une artiste.

— A leurs yeux, je n'étais pas un parti convenable, ajouta-t-elle. Je n'étais pas assez bien pour toi. Le fait d'être anglaise n'a rien arrangé.

— Toutes les mères italiennes veulent que leur fils épouse une Italienne, remarqua Dante avec un haussement d'épaules.

— Et surtout pas une bâtarde dont la mère est connue pour ses frasques scandaleuses.

— Elle se demandait surtout comment notre couple pourrait tenir si tu continuais à voyager autant.

Après une pause, Dante ajouta :

— Sur ce point, elle n'avait pas tort…

Baissant les yeux sur son bébé, Justina essaya d'ima-

giner Dante à cet âge, tout petit et sans défense. C'était complètement impossible.

— Comment ta mère a-t-elle réagi quand tu lui as annoncé qui était la mère de ton enfant ?

Dante hésita avant de répondre. Pour être honnête, il s'était attendu à de la colère, ou même de la rage, et s'était préparé à subir une tirade sur cette Anglaise dévergondée qui se produisait sur scène à moitié nue. Mais, assez étonnamment, sa mère ne s'était pas répandue en invectives contre l'intrigante qui avait manœuvré pour tomber enceinte de son fils.

En vérité, les années passant, elle semblait s'adoucir et le désir la tenaillait de voir ses enfants assurer la descendance. Elle était veuve depuis longtemps, il savait qu'il lui semblait normal que lui, son fils aîné, lui donne en premier les petits-enfants qu'elle rêvait d'avoir. Cette perspective avait dû reléguer au second plan ses préoccupations morales.

« Naturellement, il faudra te marier avec elle, Dante. Si ce bébé est un D'Arezzo, tu dois le légitimer. »

Pour sa mère, cette logique ne faisait aucun doute. D'ailleurs, des centaines de candidates auraient sauté de joie à l'idée de l'épouser. Mais lui savait que rien ne serait facile avec Justina. Elle était trop orgueilleuse et indépendante pour se plier de bonne grâce à pareille proposition, d'autant plus qu'ils avaient déjà rompu une fois. Malgré tout, c'était inéluctable. Sa fierté familiale lui interdisait un enfant hors mariage, et donc illégitime.

— Dante ?

Il leva les yeux.

— Oui ?

— Je t'ai demandé comment ta mère avait réagi en apprenant la nouvelle ?

— Comme n'importe quel grand-parent, j'imagine. Avec un mélange de joie et d'excitation. Ta mère aussi, sans doute ?

Justina tira nerveusement sur sa tresse.

— Tu plaisantes ? Elle pense qu'elle est trop jeune pour jouer ce rôle !

— C'est incroyable !

Malgré le ton désinvolte de Justina, il lut dans son regard combien elle avait dû souffrir. Une sourde colère s'empara de lui contre cette femme. N'aurait-elle pu se comporter normalement, pour une fois, et être là quand sa fille avait besoin d'elle ?

— A-t-elle au moins envoyé un cadeau pour Nico ?

Justina se mit à rire.

— Un rond de serviette en argent dont il ne se servira jamais.

— Nous devons lui faire faire un passeport rapidement, dit-il tout à coup. Si nous l'emmenons en Toscane.

Le projet de voyage se concrétisait brusquement, songea Justina amèrement. Que ce soit par la ruse ou par la force, le résultat était toujours le même. Invariablement, Dante parvenait à ses fins.

Dans la perspective de ses prochaines vacances toscanes, Justina entreprit de renouveler entièrement sa garde-robe. Après avoir été engoncée dans des vêtements de grossesse pendant des mois, elle avait envie de tenues plus flatteuses. D'autant plus que, lors de son dernier séjour dans le *palazzo* D'Arezzo, six ans plus tôt, elle était au faîte de la gloire et s'habillait comme une pop star, tout en strass

et en paillettes. Depuis, ses goûts avaient évolué. Elle avait perdu en ostentation et gagné en raffinement. Ses nouvelles tenues aideraient peut-être la famille de Dante à changer l'opinion qu'elle avait d'elle...

Après avoir jeté son dévolu sur des toilettes de soie et de cachemire, elle se laissa tenter par des sous-vêtements en satin et dentelle. Elle sentit le rouge lui monter aux joues lorsqu'elle imagina Dante en train de glisser les doigts dessous pour les lui enlever.

Chargés de lourds bagages avec toutes les affaires de bébé, ils se dirigèrent vers un petit aéroport au nord de Londres où le jet privé de Dante les attendait. Après avoir quitté l'Angleterre par un jour de crachin, ils atterrirent en Toscane sous un ciel presque pur, où flottaient seulement quelques petits nuages blancs. Eblouie, Justina respira à pleins poumons. Elle ne se souvenait même plus à quand remontaient ses dernières vacances.

A Pise, où ils passèrent les contrôles douaniers, elle remarqua une fois de plus tous les égards avec lesquels on les traitait. Les égards dus au nom respectable des D'Arezzo. Elle n'ignorait pas que cette vieille famille de la noblesse avait régné pendant des siècles sur la région et qu'on la révérait encore. A vrai dire, la fierté aristocratique de Dante n'était jamais ressortie autant que lorsqu'on le complimentait sur le bébé.

Cependant, tandis que douaniers et policiers se confondaient en sourires déférents, elle ne put s'empêcher d'éprouver une pointe de mélancolie. Comment ignorer ces regards en coin, souvent posés sur l'annulaire de sa main gauche, dépourvu d'alliance ou de bague de fiançailles ?

Peut-être tous ces gens la prenaient-ils pour la nurse ! Quelle humiliation ! Pour se rassurer, elle passa la main

sur sa veste de soie, achetée avec ses propres deniers. Oui, elle était fière de pouvoir s'offrir des articles de luxe sans dépendre d'un homme.

— Tout va bien ? demanda Dante après avoir installé Nico dans un couffin sur la banquette arrière.

— Oui, répondit-elle en refoulant son appréhension.

— Tu es magnifique ! murmura-t-il en démarrant.

Agréablement surprise par ce compliment, elle glissa un coup d'œil dans sa direction.

— Vraiment ?

— Oui. On ne croirait jamais que tu viens d'avoir un bébé.

Un frisson de plaisir la parcourut. Pourtant, instinctivement, elle n'en laissa rien paraître. Dante n'avait pas son pareil pour flatter les femmes. C'était un séducteur-né, mais cela ne signifiait pas forcément qu'il était sincère. N'avait-il pas couché avec une autre femme à peine une semaine après leur rupture ? S'il l'avait vraiment aimée, ainsi qu'il le prétendait alors, en aurait-il été capable ?

A la pensée de tous les non-dits qui les séparaient, elle sentit son cœur se serrer. Quelle étrange intimité ils avaient partagée pendant l'accouchement… Dante s'était montré incroyablement fort et protecteur avec elle, d'une manière qu'elle n'aurait jamais cru possible. Ces moments d'une rare intensité les avaient rapprochés. Alors qu'elle était persuadée de ne pas avoir envie qu'il assiste à l'accouchement, un sentiment de réconfort intense l'avait envahie dès son arrivée.

Mais tant d'autres choses restaient dans l'ombre ! Ils n'avaient jamais reparlé de la scène érotique, sur le canapé… Ce jour-là, il l'avait quittée comme s'il ne s'était rien passé d'extraordinaire. D'ailleurs, depuis, il n'avait

pas reposé la main sur elle, même maintenant que son corps avait repris son allure normale. Il ne faisait pas du tout attention à elle.

Sans doute cela valait-il mieux, après tout. L'intimité physique donnait lieu à toutes sortes d'idées fausses, elle ne le savait que trop. Il était facile d'échafauder des rêves quand on faisait l'amour avec un homme… Alors pourquoi ne parvenait-elle pas à s'empêcher d'éprouver du désir pour lui ? C'était comme si elle était programmée pour réagir à sa présence.

Détournant le regard, elle s'absorba dans la contemplation du paysage toscan, avec les vertes collines qui défilaient derrière la vitre. Il fallait se contenter d'être une bonne mère et ne pas trop se poser de questions.

Quand ils quittèrent l'autoroute pour s'enfoncer dans la campagne, des souvenirs presque familiers surgirent à son esprit. C'était impossible, elle n'était venue qu'une fois ! Pourtant, il lui semblait reconnaître chaque virage de la route. Abritée au fond d'un parc immense, la demeure des D'Arezzo n'était pas visible de la route. Une longue allée bordée de cyprès y menait. A l'arrière s'étendaient les vignobles, les vergers et l'oliveraie qui faisaient la renommée du domaine.

Le *palazzo* se rapprocha, avec ses murs de pierre dorée et ses fenêtres à persiennes. Une haute tour dominait l'ensemble. Comment ne pas être impressionné par cette demeure imposante qui symbolisait des siècles de stabilité prospère ? La gorge de Justina se serra. Ce sentiment de continuité qui lui avait toujours manqué, Nico le connaîtrait grâce à l'héritage de Dante. Par les liens du sang, il avait sa place ici et elle n'avait pas le droit de lui refuser les bénéfices de cette hérédité prestigieuse.

Lorsque la voiture s'arrêta dans la cour, elle fut surprise de voir la mère de Dante sortir sur le perron pour les accueillir. La dernière fois, c'était la gouvernante qui les attendait. Beatrix D'Arezzo n'était apparue qu'au moment de l'apéritif.

Tandis que Dante approchait avec le bébé, elle préféra rester un peu en retrait. Beatrix se pencha avec empressement sur le couffin pour caresser la joue de son petit-fils.

— *Caspita, e uguale a suo padre !*

Puis Beatrix s'avança à sa rencontre et Justina fit de son mieux pour lui sourire. Ses rudiments d'italien lui permettaient au moins d'acquiescer à cette exclamation. Oui, Nico était tout le portrait de son père !

— Justina ! s'écria la *signora* D'Arezzo aimablement. Je vous souhaite la bienvenue chez nous. Et je vous félicite pour la naissance de ce bel enfant.

Ces mots paraissaient sincères et Justina hocha la tête, consciente du regard de Dante posé sur elle.

— *Mille grazie, signora D'Arezzo.* Il est magnifique, n'est-ce pas ?

— Absolument. Et tout à fait son père au même âge. Mais vous avez l'air fatiguée, Justina. Les voyages sont toujours éprouvants, de toute façon, et vous êtes à peine remise. Voulez-vous voir vos appartements pour vous installer ?

— Avec plaisir, merci.

— Dante ?

La *signora* D'Arezzo dit quelques mots en italien à son fils avant de s'adresser de nouveau à Justina.

— Nous n'avons pas eu de bébé dans la maison depuis très longtemps, mais nous ferons pour le mieux.

Touchée par la gentillesse de Beatrix, Justina la dévisagea

longuement. Sa propre mère ne lui avait jamais témoigné une attention aussi maternelle. A vrai dire, sa mère n'avait jamais été très tendre, en tout cas pas avec elle, elle l'avait toujours traitée plus comme un objet de décoration que comme une personne. Et elle en avait tellement souffert qu'elle faisait très attention d'entourer et de câliner Nico le plus possible.

Sans un mot, elle suivit Dante, qui portait le couffin, à travers un lacis de longs couloirs, jusqu'à deux énormes portes de bois sculpté. Elles ouvraient sur une immense pièce avec une grande cheminée et un plafond haut, voûté. L'un des murs était couvert de livres anciens, tandis que les trois autres, percés de larges baies vitrées, donnaient sur les douces ondulations de la campagne toscane.

— Cela te plaît ? demanda Dante.

— Je serais bien difficile autrement, répondit-elle, admirative devant les tableaux de maîtres, les tapis de soie et le mobilier massif. C'est un endroit de rêve.

Il pointa le doigt en direction d'une porte ouverte sur une chambre d'enfants, avec un berceau à l'ancienne sur lequel était posé un vieil ours en peluche.

— Nico dormira là, dit-il. Veux-tu voir où nous serons installés ?

Joignant le geste à la parole, il la mena jusqu'à une autre pièce où trônait un grand lit à baldaquin. Le cœur battant, elle laissa échapper un petit rire gêné.

— Nous allons partager le même lit ? Tu es sérieux ?

— Absolument. Ma mère fait des efforts pour être moderne. Elle nous a mis ensemble parce qu'elle croit que nous vivons en couple.

— Tu ne lui as pas expliqué la situation ?

— Elle ignore que ce bébé est un accident, si c'est ce que tu veux dire.

La brutalité de ses paroles — délibérée ? — la blessa.

— Quelle ironie, observa-t-elle, la gorge serrée. La dernière fois que nous sommes venus dans cette maison, nous étions logés à des bouts opposés. Tu me rejoignais à pas de loup au milieu de la nuit.

— Et cela t'excitait beaucoup, *tesoro*, si je me souviens bien.

Comment pouvait-il croire cela ? La situation n'avait rien à voir là-dedans ! C'était Dante, et lui seul, qui lui plaisait et produisait cet effet sur ses sens. A l'époque, il lui suffisait de la regarder et, aussitôt, elle fondait de désir. Comme elle tentait de s'arracher à ces dangereuses pensées, elle surprit une lueur moqueuse dans les yeux de Dante et un frémissement la parcourut. En fait, rien n'avait changé, depuis cette époque. Il possédait toujours ce pouvoir sur elle. La proximité physique qu'on leur imposait ne serait-elle pas très dangereuse ? Bien sûr, elle mourait d'envie de renouer leur relation sexuelle, mais ce serait pure folie, elle le savait.

Nico commença à s'agiter et elle le prit dans ses bras, heureuse de cette diversion.

— Il a faim, dit-elle en pressant sa joue brûlante contre le fin duvet du crâne de son fils.

Dante hocha la tête. La confusion qui avait assombri les yeux d'ambre de Justina ne lui avait pas échappé. Résisterait-elle longtemps ? Elle se battait contre lui, mais aussi contre elle-même, il n'en doutait plus à présent.

— Installe-toi là, suggéra-t-il en lui indiquant un rocking-chair devant une fenêtre. Je vais défaire les valises pendant ce temps.

Justina s'exécuta en fredonnant, avant de déboutonner son chemisier de soie pour donner le sein à son bébé. Le rythme doux et régulier du balancement l'apaisa. Quand elle allaitait son fils, elle se sentait en sécurité, et un peu hors du temps. Rêveusement, elle caressa le crâne de Nico pendant qu'il tétait et que Dante ouvrait et refermait armoires et tiroirs pour ranger leurs affaires.

Il la rejoignit ensuite et se tint debout devant elle. Parfaitement immobile, il la contempla avec une telle intensité qu'elle en fut brusquement intimidée. Mais comment pouvait-elle être timide après tout ce qui s'était passé entre eux ? C'était ridicule !

Pour dominer son embarras, elle réagit vivement.

— Que regardes-tu avec autant d'insistance ?

— Toi. Tu es splendide. On croirait une madone en jean.

— Arrête, s'il te plaît, répliqua-t-elle, les joues en feu. Laisse-moi nourrir ton fils.

— Tu le fais merveilleusement.

— C'est un acte purement biologique, observa-t-elle platement. Toutes les femmes font cela.

Non, toutes les femmes ne le faisaient pas. Dante le savait très bien. D'ailleurs, une fois de plus, Justina l'avait surpris. Loin de se hâter de sevrer Nico pour le confier aux soins d'une nourrice et retourner à sa chère musique, ainsi qu'il s'y était attendu, elle avait accueilli avec enthousiasme sa maternité. Jamais il n'aurait imaginé assister un jour à la scène quasi miraculeuse qu'il avait sous les yeux. Tranquillement assise dans le *palazzo* D'Arezzo, Justina donnait le sein à leur bébé. Elle semblait à des années-lumière de la rockeuse échevelée et outrageusement maquillée qui se démenait sur scène comme une diablesse devant les hurlements de ses fans.

Incapable de détacher son regard, il la regarda reposer Nico dans son berceau. Lorsqu'elle se redressa, elle paraissait un peu tendue, comme désemparée. Dante serra les poings. Il ne fallait surtout pas qu'un malaise s'installe. Comme dans les rêves qui le poursuivaient depuis si longtemps, il la voulait docile et consentante lorsqu'elle le rejoindrait.

— La salle de bains est par là, indiqua-t-il. Tu as peut-être besoin de te rafraîchir un peu.

Soulagée d'échapper un instant à la vigilance troublante de Dante, Justina se réfugia sous une douche brûlante en s'efforçant de le chasser de son esprit. Mais le désir qui s'était insinué en elle la tenaillait sourdement, refusant de lâcher prise. Combien de temps pourrait-elle encore le cacher ?

Enveloppée dans une grande serviette, elle retourna dans la chambre. Dante n'avait pas bougé, à son entrée, il leva vers elle ses yeux noirs, indéchiffrables.

— Nico va bien ? demanda-t-elle vivement, pour se donner une contenance.

Visiblement aussi tendu qu'elle, Dante ne répondit pas immédiatement.

— Il dort profondément, dit-il enfin. Tu veux le voir ?

Elle se contenta d'un hochement de tête avant de le suivre dans la pièce voisine, où leur fils était couché dans la blancheur immaculée de draps finement brodés. Incapable de prononcer le moindre mot, elle le contempla longuement en silence, écoutant sa respiration régulière, les battements de son cœur si minuscule. Comment ce petit être avait-il pu miraculeusement surgir d'un moment de passion entre Dante et elle ?

Mais qu'adviendrait-il de la vie de cet enfant ? Souffrirait-il autant qu'elle parce qu'un homme et une femme s'étaient

unis sans songer aux conséquences de leur acte ? Elle-même avait tellement souffert d'être une enfant illégitime, le produit d'un pur hasard, née d'un égarement passager, sans lendemain. Comment pouvait-elle imposer cette vie à son enfant ? Comme si la leçon n'avait pas été assez douloureuse…

Etouffant un soupir, elle se réfugia dans la grande chambre. La main de Dante sur son épaule la tira de ses pensées.

— Qu'y a-t-il, Justina ?

Désorientée, elle secoua la tête. Comment formuler les choses clairement, avec cette sensation de brûlure sur sa peau à l'endroit où Dante la touchait ?

— Cela ne va pas du tout ! s'écria-t-elle, au désespoir. Quelle farce de venir ici avec notre bébé comme si nous formions une heureuse petite famille ! Nous n'avons pas le droit de faire cela !

— Arrête ! lança-t-il d'une voix forte et autoritaire.

Avant même qu'elle puisse réagir, il l'enlaça, et pencha son beau visage vers le sien, si près qu'elle sentit son souffle sur son front.

— Comment peux-tu dire une chose pareille ? Comment ferions-nous fausse route alors que nous ressentons si fort tous les deux ce désir qui nous pousse l'un vers l'autre ?

— Dante…

— Embrasse-moi, gronda-t-il. Et répète ce que tu viens de dire. Si tu y arrives, je te promets de ne plus jamais poser la main sur toi.

Elle entrouvrit les lèvres pour protester. Mais comment résister quand tout, en elle, se tendait vers lui ? Elle était incapable de mentir plus longtemps. Oui, dans son for intérieur, elle savait qu'il avait raison. D'ailleurs, elle rêvait

constamment de lui et de ses baisers bouleversants… Avidement, elle pressa sa bouche sur celle de Dante. Il tira sur la serviette qui glissa par terre et, en un instant, elle fut complètement nue devant lui.

Il recula légèrement pour la contempler. Sous son regard ardent, elle se sentit fondre littéralement. Désemparée, complètement perdue, elle demeura immobile, comme paralysée, incapable de bouger.

— Dante, souffla-t-elle enfin. C'est…

— Inévitable, la coupa-t-il en défaisant la boucle de sa ceinture. Depuis trop longtemps. Parce que tu es belle. La plus belle femme que j'aie jamais vue. Et je suis fou de toi, *tesoro*.

Parfaitement immobile, Justina se sentait incapable de détourner son regard de Dante. Pourtant, c'était de la folie ! Dante parlait avec une émotion qu'elle n'avait pas entendue dans sa voix depuis longtemps. Et il se déshabillait avec une efficacité redoutable, pendant qu'elle restait là, sans rien faire, à le regarder… Quand il ôta son caleçon, elle se mordit la lèvre. Malgré la petite voix de sa conscience qui continuait à protester, le doute n'était plus permis. Oui, elle savait qu'elle allait capituler.

— Dante, chuchota-t-elle. Nous ne pouvons pas faire cela.

— Tu paries ?

— Mais… ta famille ! lança-t-elle, désespérée.

— Il reste beaucoup de temps avant le dîner.

— Mais…

— Plus de mais, Justina. Surtout que tu n'en penses pas un mot, nous le savons tous les deux. De toute façon, c'est l'heure de la sieste et nous sommes en Italie.

Avec douceur, il posa les mains sur ses hanches et la

poussa sur le lit. Puis il effleura sa gorge d'un baiser et elle ferma les paupières en rejetant la tête sur l'oreiller.

— Oh ! articula-t-elle faiblement.

— Je veux embrasser et caresser chaque centimètre de ton corps de déesse, le sais-tu ?

Il promena le bout du doigt sur sa poitrine, avec une lenteur exquise.

— Je... Oh..., bredouilla-t-elle indistinctement.

— Tes seins se sont arrondis.

— Et... cela te plaît ?

Il sourit tout contre sa bouche.

— Mmm. Complètement.

Quand la main de Dante descendit vers sa taille, elle rentra le ventre.

— Dante !

— Détends-toi. Pourquoi retiens-tu ton souffle ?

— J'ai pris du poids. Je suis grosse.

Il raffermit la pression de sa main.

— Tu es parfaite.

— Non.

— Vas-tu te taire, à la fin ?

Il prit ses lèvres dans un baiser passionné et elle se perdit dans ses sensations voluptueuses. Avec un plaisir infini, elle se répétait ses paroles. Parfaite. Il la trouvait parfaite... Elle s'agrippa à ses épaules quand il frôla du bout des doigts l'intérieur de ses cuisses, avant de remonter doucement, chaque fois un peu plus haut, vers le cœur de son intimité. Toute tremblante, elle poussa un gémissement sourd, tandis que le plaisir montait en elle. Brusquement, elle eut besoin d'autre chose, de plus fort, de plus impérieux. Oui, elle voulait le sentir en elle, au plus profond d'elle.

— Dante…, chuchota-t-elle.
— Oui ?
— S'il te plaît.
— Tu ne peux plus attendre ?
— N-non.
— Moi non plus, *tesoro*. Moi non plus.

Le souffle court, elle le sentit se positionner au-dessus d'elle et le monde sembla s'immobiliser lorsqu'il la pénétra. Les yeux fermés, elle se concentra sur la sensation de chaleur bienfaisante qui l'envahissait tout entière, comme si la vie reprenait. Dante s'empara de nouveau de ses lèvres et elle devina son sourire contre sa bouche. Alors seulement, elle s'autorisa à se laisser aller totalement. C'était comme si, tout à coup, tout devenait simple, facile. Elle oublia ce qui les avait conduits jusqu'ici pour se concentrer sur le plaisir que Dante lui donnait.

Elle laissa échapper un soupir étouffé. Aussitôt, Dante s'immobilisa, une crainte s'insinuant furtivement dans son esprit embrumé par le plaisir.

— Je te fais mal ?
— Oh non. Pas du tout. Au contraire, c'est… merveilleux.
— Pour moi aussi.

Les paupières fermées, il se perdit totalement dans le rythme de leurs mouvements conjugués. C'était si bon de retrouver le goût si particulier du sexe avec Justina. Rien ne pouvait égaler ce délice. Seulement… Une plainte sourde, venue du plus profond de son être, lui échappa tandis qu'il cherchait à préciser ce qu'il ressentait. Oui, c'était beaucoup plus fort qu'un plaisir purement physique. Une communion. Le corps de femme de Justina l'émouvait. Tout avait-il changé parce qu'elle avait donné naissance à

un enfant ? Parce qu'une part de lui-même s'y était abritée pour participer au miracle de la vie ?

Justina referma les jambes autour de ses reins, le tirant de ses pensées. Les ongles enfoncés dans la chair de ses épaules, elle s'accrochait à lui avec passion, tandis qu'il sentait son corps pris de tremblements. Il se retint le plus longtemps possible, tandis que les vagues de l'orgasme emportaient la jeune femme. Puis, quand elle se fut complètement abandonnée, il capitula et laissa son plaisir exploser à son tour, longuement, comme s'il ne devait jamais finir.

Pendant ce qui lui sembla une éternité la chambre resta plongée dans le silence, troublé seulement par leurs respirations haletantes. Lorsque leurs souffles se calmèrent, ils se perdirent dans un baiser plein de ferveur. Un baiser dans lequel ils mirent toute leur âme.

— C'était merveilleux, déclara Justina en caressant du bout du doigt la mâchoire râpeuse de Dante.

— Je l'espère, murmura-t-il d'une voix ensommeillée.

Un sourire étira les lèvres de Justina. A l'abri dans le refuge de ces bras d'homme, elle éprouvait un immense sentiment de sécurité. Un instant, elle faillit lui avouer que personne d'autre ne lui avait jamais rien inspiré de tel. Comme elle avait envie de lui confier tous les petits secrets qu'elle cachait jalousement depuis tant d'années !

Mais Dante l'avait fait souffrir… Cruellement. Pourquoi aurait-elle risqué de revivre pareille épreuve ? Se mettre en danger en cédant à l'émotion serait une erreur. Une erreur qu'elle ne pouvait se permettre. Pour elle, mais aussi pour Nico, elle devait se protéger. Si son cœur se brisait une deuxième fois, elle ne le supporterait pas. Et

une mère malheureuse faisait une très mauvaise mère. Elle était bien placée pour le savoir.

« Dors, se dit-elle. Repose-toi, tu en as besoin. Tu es fatiguée et il te faudra toutes tes forces pour affronter le dîner de famille qui t'attend ce soir. »

Quand Justina se pelotonna contre lui pour sombrer dans le sommeil, Dante la dévisagea avec émotion, détaillant ses cheveux d'ébène étalés sur l'oreiller et l'ombre de ses cils sur ses joues. Elle se serrait si près qu'il entendait les battements de son cœur résonner en lui. Peu à peu, une certitude s'empara de lui.

Il songea au bébé qui dormait dans la pièce voisine. Puis il repensa à la conversation qu'il avait eue avec son notaire, en toute honnêteté. Oui, il voulait fonder une famille. Il voulait les garder tous les deux avec lui. Nico et elle.

Et il faudrait bien convaincre Justina d'envisager la situation de son point de vue...

Chapitre 9

Justina s'éveilla seule d'un sommeil agité où des images de vertes collines se mêlaient à la sensation des caresses d'un homme sur sa peau. Un silence inhabituel régnait dans la pièce. D'ordinaire, c'étaient les pleurs de Nico qui la tiraient du lit. Déconcertée, elle se redressa en sursaut.

Nico !

Pourquoi ne l'entendait-elle pas ?

Momentanément désorientée, elle jeta un regard circulaire autour d'elle pour retrouver ses repères. Aussi incroyable que cela puisse paraître, elle était dans la demeure familiale des D'Arezzo, et dans le lit de Dante. Mais il n'était pas à côté d'elle. Où… ?

Sautant à bas du lit, elle s'enroula dans un drap pour cacher sa nudité et se précipita dans la chambre de Nico. Son berceau était vide.

Une plainte étranglée jaillit de sa gorge tandis qu'elle réprimait un accès de panique. Où était son bébé ? A la hâte, elle enfila un jean et un sweater et s'élança à la recherche de son fils.

Mais le *palazzo* était vaste. Elle eut beau crier les noms de Dante et de Nico, seul le silence répondit en écho.

De plus en plus inquiète, elle sortit dans le parc pour scruter les alentours. Les rayons du soleil jetaient un éclat doré sur les oliviers. Et, tout à coup, derrière des rangs de vigne, elle aperçut la silhouette imposante de Dante qui poussait le landau. Son cœur bondit de soulagement, mais l'angoisse lui enserrait toujours la gorge et elle se dépêcha de les rejoindre.

— Dante !

Il s'arrêta et se pencha, comme pour parler à l'enfant. Puis il se redressa et attendit, immobile, qu'elle arrive à leur hauteur. Dieu merci, ils étaient là. A bout de souffle, elle se précipita vers le landau.

— Mais qu'est-ce que tu fais ? s'écria-t-elle, d'une voix dont elle ne parvenait pas à calmer le tremblement.

Du regard, elle fouilla l'intérieur du landau. A la vue de l'enfant qui dormait paisiblement, son anxiété se calma un peu. Manifestement vexé par son ton accusateur, Dante s'était raidi.

— A ton avis ? rétorqua-t-il. J'ai emmené Nico prendre l'air. Cela ne se voit pas ?

Bien sûr, une promenade, quoi d'autre ? Justina esquissa un sourire presque timide tandis que ses dernières inquiétudes se dissipaient.

— J'ai cru…

— Quoi donc, Justina ? demanda-t-il, acerbe. Que j'avais kidnappé notre fils ?

Justina recula d'un pas. Evidemment, dans la somptueuse beauté de cet après-midi toscan, son inquiétude semblait soudain ridicule.

— J'étais toute seule quand je me suis réveillée.

— Je t'ai laissée dormir parce que tu en avais besoin.

— Je…

La froideur de Dante la bouleversa. Elle devait absolument s'expliquer, lui faire comprendre ce qu'elle ressentait. Avec hésitation, elle chercha ses mots.

— Tout est encore très nouveau pour moi. Je n'ai pas encore vraiment l'habitude… C'est la première fois depuis sa naissance que je ne vois pas Nico à mon réveil.

Dante hocha lentement la tête. Bien sûr, il comprenait sa réaction, mais il était convaincu qu'il y avait d'autres raisons à son anxiété maternelle. Il dévisagea longuement les traits tirés de Justina. D'ordinaire, il ne se souciait guère de ce que ressentaient ses maîtresses. Pourtant une question s'imposa à lui :

— Tu ne me fais pas confiance, Justina ?

Justina le regarda fixement. Bien sûr, elle savait qu'elle devait le rassurer. Ainsi, l'incident serait réglé. Il lui sourirait et ils s'embrasseraient. De l'extérieur, ils auraient de nouveau l'air d'un couple uni, d'une petite famille heureuse. Mais elle n'avait pas envie de jouer la comédie. Non, c'était de sa vraie vie dont il s'agissait, pas d'une vulgaire pièce de théâtre. Certes, faire l'amour avec lui l'avait profondément troublée, mais pas au point de se voiler la face sur leur futur. Que gagnerait-elle à dissimuler une vérité douloureuse. ? A part un peu de temps ? Non, Dante méritait une réponse sincère.

— Franchement, non.

Il se figea.

— Ma présence à l'accouchement et dans les semaines qui ont suivi ne compte pas ?

Faisant appel à toute sa volonté, elle soutint son regard.

— Tu espérais gagner des points par tes bonnes actions ?

— Pas du tout ! s'exclama-t-il violemment.

Il semblait submergé par l'indignation. Son regard

brûlant la transperçait. Malgré son envie de fuir, Justina se força à demeurer immobile. Brusquement, comme poussé par un désir plus fort que lui, il tendit la main vers elle et lui caressa la joue.

— Te rends-tu compte que je n'ai pas posé les yeux sur une femme depuis le mariage de Roxy ?

— Comment le saurais-je ? Je ne lis pas dans tes pensées.

— Laisse-moi te dire ce que j'ai ressenti en te revoyant après toutes ces années, déclara-t-il lentement. J'ai été subjugué, comme la première fois. Ensuite, ta pensée ne m'a plus quitté. Je n'arrivais pas à te chasser de mon esprit. Je me répétais sans arrêt qu'il fallait garder mes distances, que rien de bon n'adviendrait entre nous. Mais la tentation de te retrouver me rongeait de l'intérieur.

Justina frissonna. Ainsi, il n'était pas question d'affection entre eux, juste d'une sorte d'addiction. En fait, c'était le danger émotionnel qui les guettait qui semblait le fasciner. Mais n'était-ce pas aussi son cas ? Pour quelle autre raison aurait-elle pris tous ces risques en le laissant revenir dans sa vie ?

— Ensuite, en apprenant ta grossesse, mon désir s'est transformé en colère. Tu ne daignais même pas me prévenir ! Tu avais l'intention de me laisser délibérément dans l'ignorance…

— Tu comprends certainement mes raisons ?

— Non, pas vraiment. Pourquoi voulais-tu garder le secret ? Pour conserver du pouvoir sur moi ? Pour tout contrôler ?

Furieuse, elle le dévisagea. Avec sa haute silhouette qui se découpait dans la lueur orangée du couchant, Dante ne lui avait jamais paru aussi invincible. Mais son arrogance était insupportable !

— Comment peux-tu parler ainsi alors qu'il s'agissait d'une rencontre d'une nuit, sans lendemain possible ? Tu avais été très clair là-dessus et je ne me voyais vraiment pas t'importuner avec les conséquences inattendues d'un instant d'égarement. Avoir un enfant d'une femme qu'on méprise…

Quand il ouvrit la bouche pour parler, elle leva la main pour lui imposer le silence.

— Non, je t'en prie. Laisse-moi finir, parce que c'est important. J'étais convaincue qu'un bébé était la pire chose qui puisse t'arriver. C'est pour cela que je ne t'ai rien dit. Même si je me suis trompée, j'ai essayé de conserver mon indépendance.

— Naturellement.

Ignorant sa remarque sardonique, elle ajouta :

— J'aurais dû te laisser le choix, au lieu de décider à ta place.

— Ou alors tu t'es simplement laissé guider par tes préférences, Justina ? suggéra-t-il d'une voix doucereuse. Pour toi, il valait mieux que je n'aie aucun contact avec notre enfant.

Elle affronta son regard. Bien sûr, il serait plus facile de mentir que de lui dire la vérité… Mais ils ne cherchaient plus à s'épargner l'un l'autre. Ils avaient dépassé ce cap.

— Oui, c'est ce que je voulais, évidemment, déclara-t-elle. Je n'avais pas du tout envie que tu reviennes dans ma vie. Tu m'apportes trop de complications, Dante.

La froide détermination qui perçait dans sa voix blessa Dante plus qu'il n'aurait cru. Néanmoins, il lui sut gré de son honnêteté. Maintenant au moins, il savait exactement ce qu'il devait faire.

— Cela clôt le sujet de la paternité. Nous avons tout

dit là-dessus, observa-t-il. A présent, nous pourrions peut-être nous conduire en êtres civilisés et rentrer pour boire un café.

Elle acquiesça.

— C'est exactement ce qu'il me faut !

Nico choisit ce moment-là pour se manifester et Justina sentit son cœur se gonfler d'un amour farouche.

— Bonjour, mon chéri. Tu as faim ?

Ils retournèrent vers le *palazzo*, où elle s'occupa de nourrir et changer son bébé. Peu après, la mère de Dante frappa à la porte car elle voulait présenter son petit-fils aux domestiques.

— Non, je n'ai pas besoin de toi ! lança-t-elle fermement à Dante, en riant.

Un silence tomba après le départ de la *signora* D'Arezzo. Mal à l'aise, Justina se dirigea vers la fenêtre, mais Dante la saisit par la main et porta ses doigts à ses lèvres.

— Café ? demanda-t-il.

Elle frissonna. Ce simple geste, comme par magie, avait dissipé toute tension.

— Si tu veux.

— Ou lit ?

Il était plus sage de s'en tenir au café… Alors pourquoi acquiesça-t-elle avec un sourire timide d'ingénue tandis qu'il la conduisait par la main ? Elle se pencha pour tirer le drap froissé, mais Dante l'arrêta.

— Ce n'est pas la peine.

Elle se tourna vers lui et il la renversa en arrière en commençant à l'embrasser.

La tendresse avait disparu, cédant la place à l'urgence. Il lui arracha ses vêtements impatiemment et elle fit de même. Leurs corps nus se pressèrent l'un contre l'autre,

leurs peaux se frottèrent et Justina ressentit instantanément l'appel de la chair, cette sensation autrefois familière qu'elle avait oubliée pendant trop longtemps. Quand elle le caressa, Dante se mit à gémir.

— Non...

— Tu es sûr ? demanda-t-elle malicieusement.

Une lueur de braise au fond des yeux, il l'écarta fermement et, encerclant ses poignets entre ses doigts serrés, lui maintint les bras au-dessus de la tête. Ainsi, elle était sa prisonnière, ravie et consentante. Quel plaisir de se soumettre à la volonté d'un homme fort et viril ! D'une certaine façon, cela la rassurait de perdre le contrôle de la situation. Au moins, elle n'était plus obligée de se poser des questions sur ce qu'il convenait ou non de faire.

Très vite, comme guidé par l'urgence de leur désir, il la conduisit au-delà d'elle-même, et elle sombra dans l'oubli, dans un demi-sommeil dont la tira l'horloge qui sonnait 7 heures. Le corps fourbu, elle se leva alors pour prendre une douche. Quand elle revint dans la chambre, enveloppée dans une grande serviette, Dante était en train de mettre des boutons de manchettes en or à sa chemise. Il lui adressa un sourire renversant.

— J'ai comme une impression de déjà-vu, remarqua-t-il. Si tu continues à te promener devant moi dans cette tenue, je ne réponds pas de mes réactions !

Avec une moue de coquetterie mutine, elle s'assit devant la coiffeuse et déboucha un tube de mascara. Dante se pencha vers elle et souleva sa chevelure pour déposer un baiser sur sa nuque.

— Comme tu sens bon !

Elle ferma les yeux.

— Dante...

— Mmm ?

— Nous… Nous n'avons pas assez de temps avant le dîner.

— Je sais, *tesoro*. Mais je suis fou de toi. Et nous avons beaucoup de temps à rattraper.

Il passa les mains sur ses seins, à travers la serviette.

— Laisse-moi, supplia-t-elle dans un chuchotement.

— D'accord… Mais pendant tout le repas je ne cesserai de penser à la douceur de ta peau et au plaisir de ton corps contre le mien.

Elle sentit comme un déchirement quand il s'éloigna. Toute tremblante, elle se maquilla avant de mettre ses sous-vêtements. La présence de Dante l'intimidait plus que des milliers de spectateurs dans une salle de concerts. Devant lui, elle se sentait terriblement exposée. Car ses défenses soigneusement érigées au cours des dernières années ne suffisaient plus à la protéger, elle le savait. Il suffisait à Dante d'un simple regard pour les anéantir.

Elle enfila un fourreau de soie couleur café, et des chaussures assorties. Ses longs cheveux relevés en un chignon élaboré, elle mit pour tout bijou des boucles d'oreilles en diamants avec une perle fine.

— Qui te les as offertes ? demanda Dante d'une voix blanche.

Elle acheva d'appliquer son rouge à lèvres avant de se tourner vers lui. Avec cette question brutale, l'atmosphère s'était tendue.

— Pourquoi les bijoux d'une femme devraient-ils nécessairement être achetés par quelqu'un d'autre qu'elle ?

— Ce sont généralement des cadeaux, quand ils sont aussi luxueux.

Il y eut une pause.

— Eh bien, tu te trompes. Je les ai achetés moi-même.

— Evidemment ! lança-t-il avec un rire dur, ironique. Justina Perry est indépendante et n'a besoin de personne.

— Exactement, acquiesça-t-elle avec une fausse légèreté.

Malgré elle, les propos blessants de Dante l'avaient touchée. Finalement, rien n'avait changé entre eux, et elle devait rester sur ses gardes. C'était peut-être une chance que la réalité la rattrape avant qu'elle s'autorise à l'aimer de nouveau... Pour l'empêcher de succomber à la séduction. Le sexe les rapprochait, mais Dante était toujours le même, insupportablement autoritaire.

— Et les bijoux que je t'ai offerts. Qu'en as-tu fait ? reprit-il.

— J'ai essayé de te les rendre.

— Je t'ai dit de les garder. A part la bague, bien sûr, qui me vient de ma famille.

Il se tut un instant.

— Eh bien, où sont-ils ?

Justina s'agita nerveusement. Pourquoi insistait-il ?

— Je les ai vendus.

Il fronça les sourcils.

— Tous ?

— Inutile de me foudroyer ainsi du regard, Dante. J'ai donné l'argent à une œuvre caritative.

— Je t'avais dit de les garder, répéta-t-il.

Comment avait-elle osé les vendre à une autre femme ? Il se souvenait en particulier d'un bracelet qu'il avait fait faire sur commande, avec des diamants jaunes. Ce jaune si particulier des yeux de Justina. En le mettant à son poignet, elle avait rêveusement évoqué le jour où elle l'offrirait à leur fille... Quel serment imprudent !

— Je les avais choisis pour toi et pour toi seule. Je ne supporte pas l'idée qu'une autre femme les porte.

— Oh ! je t'en prie, Dante !

Justina se détourna pour échapper au regard noir de Dante. Fallait-il lui expliquer combien leur vue lui serrait le cœur ? Symboles d'un échec douloureux, ces bijoux représentaient l'homme qu'elle aimait et qu'elle avait perdu à jamais. Comment les aurait-elle conservés ?

— Aucune femme ne porte les cadeaux d'un ex-fiancé.

La cloche sonna pour le dîner, mettant fin à la discussion. Dante fut le premier à reprendre la parole.

— Allez, viens, dit-il abruptement.

Justina glissa un bras sous le sien et tenta de dissiper sa mauvaise humeur.

— Qui dîne avec nous ? A part ta mère.

— Mon frère. Tu te souviens de Luigi ?

— Bien sûr.

— Et ma sœur est venue spécialement de Rome pour l'occasion. Mes cousins ont aussi très envie de te revoir, mais j'ai pensé que ce serait un peu trop pour le premier soir. Ce sera pour demain.

Elle lui lâcha le bras juste avant de pénétrer dans le salon, où Luigi était en train de remettre une grosse bûche dans la cheminée.

— Bonjour, Luigi, dit-elle d'une voix qu'elle espérait assurée.

Il se redressa. Aussi grand et bien bâti que son frère, Luigi avait le teint bronzé de quelqu'un qui passait beaucoup de temps dehors. Il gérait le domaine depuis la mort de leur père et était devenu un expert mondialement reconnu en œnologie.

— Justina. Quel plaisir inattendu, dit-il avec une certaine distance.

Elle lui adressa un sourire.

— Je suis contente de te revoir.

— Moi aussi. Félicitations pour l'heureux événement.

— Merci.

— Je te sers quelque chose ?

Elle avait terriblement envie d'un verre de prosecco, mais comme elle allaitait, il n'était évidemment pas question de boire une goutte d'alcool.

— De l'eau gazeuse, s'il te plaît.

Elle n'eut pas le temps de récupérer son verre que déjà une jeune femme superbe, les bras tendus en signe de bienvenue, se précipitait vers elle. Giulia D'Arezzo, infiniment plus démonstrative que ses deux frères…

— Oh ! Jus ! Si tu savais comme je suis contente de te revoir ! J'arrive de Rome seulement maintenant. Il y a une circulation épouvantable sur les routes. Est-il trop tard pour embrasser Nico ? J'espère que non.

— Malheureusement, on vient de le mettre au lit. A cet âge, les bébés passent le plus clair de leur temps à dormir. Mais nous irons le voir tout à l'heure sur la pointe des pieds. Tu es magnifique !

— *Grazie*. Toi aussi. Mais tu as changé de style. Tes robes ont rallongé ! Pourquoi rougis-tu ainsi ? Tu fais toujours de la musique ? Et pourquoi as-tu arrêté de m'envoyer tes albums ?

Sensible à l'accueil chaleureux de Giulia, Justina se détendit au fur et à mesure qu'elles bavardaient. Elle éluda ses questions délicates sur le sujet de leurs liens amicaux. Comment serait-elle restée en contact avec des membres de la famille de Dante après la rupture ? C'était impossible.

Quand il fut l'heure de passer à table, elle mourait de faim, et se dirigea presque joyeusement vers sa place. Cependant, la présence de Luigi à côté d'elle n'augurait rien de bon pour le dîner. Comme elle s'y attendait, il lui posa une foule de questions, en commençant par la sortie de son dernier disque qui faisait, d'après la presse, un tabac en Australie. Curieusement, dans la bouche de Luigi, cela semblait plutôt un sujet de honte qu'un succès dont elle pouvait se réjouir.

Après l'entrée, il se servit du vin, acquiesçant d'un air approbateur lorsqu'elle refusa.

— Tu as l'intention de te remettre à travailler, j'imagine ? reprit-il.

— J'ai besoin de gagner ma vie, répondit-elle tranquillement.

— N'as-tu pas amassé assez d'argent pour te reposer sur tes lauriers ?

Justina soupira. Comme la plupart des gens, il surestimait largement ses gains. En outre, elle avait vu trop de situations dramatiques, dans le monde du spectacle, pour courir des risques inutiles. De toute façon, l'exemple de sa mère lui avait servi de leçon. C'était horrible de devoir dépendre d'un homme pour sa subsistance…

— J'ai des principes solidement établis, déclara-t-elle. Le travail est pour moi non seulement une valeur, mais une nécessité.

— Je n'en doute pas, observa Luigi en buvant une gorgée de vin. Mais que fera Nico pendant que tu seras occupée à composer tes chansons ? Toi-même, arriveras-tu à te concentrer ? L'entendras-tu seulement crier maman s'il t'appelle ?

— Luigi, intervint Dante en guise d'avertissement.

Justina reposa son verre d'une main peu assurée.

— Probablement pas, railla-t-elle. Il apprendra à se débrouiller tout seul. Je ferai peut-être installer un système de chatière pour bébé et je poserai un bol de lait par terre, avec des biscottes. Il se servira quand il aura faim.

Luigi repoussa son assiette et se mit à parler à son frère en italien, avec un débit beaucoup trop rapide pour qu'elle puisse comprendre ce qu'ils se disaient. Elle s'efforça néanmoins d'enregistrer quelques-uns des mots prononcés. Elle vit les traits de Dante se durcir tandis qu'il assenait une réponse furieuse à Luigi.

Après s'être forcée à goûter des plats qui ne lui faisaient plus aucune envie, elle vit arriver la fin du repas avec soulagement. Le moment était venu de tenir sa promesse et elle emmena Giulia dans la chambre de Nico.

La sœur de Dante demeura de longues minutes à contempler le petit enfant emmailloté.

— Oh ! il est magnifique, Justina, murmura-t-elle enfin.

— Oui, acquiesça Justina, la gorge nouée.

Malheureusement, sa fierté maternelle était assombrie par le terrible sentiment que rien n'était comme elle l'aurait voulu. Il y avait trop de complications, de toutes sortes…

Elle réussit malgré tout à esquisser un sourire.

— Demain, tu le tiendras dans tes bras et je t'autoriserai même à changer sa couche si tu es sage !

Giulia riait encore lorsqu'elles regagnèrent le salon, où le café était servi. Justina profita de l'occasion pour s'éclipser.

En peignoir devant la fenêtre, elle était en train d'admirer le ciel étoilé quand Dante la rejoignit. Sans se retourner, elle demanda d'une voix plate, dénuée d'émotion :

— Que t'a dit Luigi, au dîner ?

Dante hésita un moment avant de répondre.

— Nous avons abordé divers sujets.

N'y tenant plus, elle se retourna pour lui faire face. Il était en train d'ôter sa cravate et de déboutonner sa chemise. Touchée par ce geste si intime et familier, elle résista néanmoins à l'émotion qui la gagnait. Ce n'était pas le moment de fléchir. Il lui devait une explication.

— Il m'a insultée en me traitant de mauvaise mère. J'ai au moins compris cela.

— Et je l'ai remis à sa place, en lui disant que tu étais très maternelle, au contraire.

— Vraiment ?

— Absolument. Tu es merveilleuse de tendresse et de dévouement.

Bouche bée, elle le dévisagea. Elle ne s'attendait pas du tout à un compliment de la part de Dante. Encore moins dans ce domaine… Mais cela ne suffisait pas. Elle voulait, non, elle avait *besoin* de savoir précisément ce que Luigi avait dit.

— J'aimerais des précisions sur les propos que vous avez échangés.

— Je ne m'en souviens pas.

— Ah bon ? Tu as pourtant une excellente mémoire, d'habitude ! Je vais te mettre sur la piste. J'ai retenu les mots *matrimonio*, qui veut dire mariage, et *avoccato*, qui n'est pas non plus très difficile à comprendre.

Dante garda le silence pendant quelques secondes avant de répondre.

— Bravo, *tesoro.* Tu as déjà un très bon niveau en italien.

— Ne sois pas si condescendant, je te prie. Dis-moi simplement de quoi vous discutiez.

Avec une lenteur délibérée, Dante reposa ses boutons de manchettes sur la commode avec lenteur. Certes, il

avait eu l'intention de parler à Justina, mais pas de cette manière. Pas dans des circonstances aussi défavorables. Il aurait l'air de se défendre contre des accusations qu'elle portait contre lui. Il aurait préféré choisir un moment plus propice, quand elle serait plus réceptive. Après l'amour, par exemple, car c'était l'une des rares occasions où il la sentait proche, et non pas retranchée derrière ses murailles défensives. Mais il ne pouvait pas se permettre de lui mentir.

Il plongea les yeux dans les siens.

— J'ai l'intention de te demander en mariage.

Chapitre 10

Justina cilla. Comme ces mots sonnaient faux dans la bouche de Dante... Quelle effroyable demande en mariage, comme une parodie de la première fois, quand ses yeux débordaient d'un amour authentique. Elle avait l'impression de repasser un vieux disque couvert de poussière, et dont le son était complètement distordu.

— Bien, dit-elle posément, sans trahir son émotion. Mais ce n'est pas tout.

Dante fronça les sourcils. Justina frissonna. Ainsi, elle avait raison, il ne lui avait pas tout dit...

— J'ai consulté un juriste. Evidemment.

— Evidemment, répéta-t-elle d'un ton sarcastique. Et alors ? Qu'en est-il ressorti ?

— Mon avocate m'a conforté dans mon opinion. Selon elle, dans les circonstances présentes, le mariage est la meilleure des solutions.

— Elle ?

Pourquoi s'en étonner ? Naturellement, Dante avait choisi une femme comme avocate...

— Une solution à quoi ? Il y a un problème ?

— Bien sûr qu'il y a un problème, et tu en as forcément

conscience. Nous avons un enfant ensemble alors que nous menons des vies séparées. Tant que nous ne sommes pas mariés, je n'ai aucun droit de paternité.

Dante se rappelait encore les mots précis de l'avocate.

« Le mariage facilite tout, Dante. Parce que même s'il ne dure pas, la loi vous soutiendra dans vos démarches. Sinon, vous dépendrez du bon vouloir de la mère pour voir votre enfant, et cette femme n'est pas nécessairement bien disposée à votre égard. »

Elle lui avait aussi dit :

« Les femmes indépendantes sont les pires adversaires quand il s'agit de se battre pour la garde d'un enfant. Celles qui ont besoin d'argent sont beaucoup plus souples. »

Non, il n'avait pas le choix, il allait devoir se battre pour son enfant.

Il contempla Justina, dont la chevelure se teintait de reflets d'argent au clair de lune. Elle était si majestueuse, dans son peignoir de soie qui mettait en valeur les courbes parfaites de son corps. Cette femme avait un corps magnifique et un immense talent. Et que dire de la tendresse dont elle entourait leur bébé ?

— Epouse-moi, Justina.

Un long silence suivit, pendant lequel Justina s'efforça de toutes ses forces de ne pas se laisser happer par le magnétisme des yeux noirs de Dante. Elle savait qu'elle ne devait pas écouter son cœur, ni les accents charmeurs de l'homme qui lui avait brisé le cœur. Il essayait encore une fois de la manipuler. Elle devait écouter la voix de la raison et rien d'autre. L'avenir de son fils en dépendait.

— Quels bénéfices en retirerais-je ?

— La sécurité. Le sentiment d'avoir une famille.

Justina lui rendit son sourire. Oh ! Dante était habile, et très intelligent ! Ne venait-il pas de citer les deux choses dont il savait pertinemment qu'elles lui avaient toujours manqué dans sa vie ? Malgré tout, comment se satisferait-elle d'une illusion ? Que lui resterait-il lorsque le mirage se serait dissipé ?

Résignée, elle secoua la tête. Elle avait trop à perdre pour céder à la tentation.

— Ce n'est pas suffisant.

— Pourquoi ?

— Parce que…

Brusquement, les mots qu'elle avait profondément enfouis se déversèrent en un torrent tumultueux.

— Parce que je ne peux pas me marier avec un homme en qui je n'ai aucune confiance. Un homme capable de coucher avec la première femme venue alors qu'il devait en épouser une autre.

Dante se raidit.

— Ne reviens pas toujours à cette histoire, maugréa-t-il avec lassitude. C'est du passé, Justina. C'est fini.

— Mais cette ombre continue à planer au-dessus de moi comme une menace, Dante. Tu ne le comprends donc pas ?

— Non ! Nous avions rompu ! tonna-t-il avec une colère proche du désespoir. Tu le sais parfaitement. Tu n'étais pas supposée nous surprendre. Je ne t'attendais pas.

— Là n'est pas la question.

Prise d'une soudaine nausée, elle porta brusquement la main à sa bouche avant de laisser ses doigts glisser le long de son cou.

— J'étais tellement convaincue que notre relation était unique… Comment as-tu pu me remplacer aussi vite ?

— Elle ne te remplaçait pas ! Personne ne l'aurait pu.

C'était une bêtise que je regrette sincèrement. Mais je souffrais trop… Tu me manquais terriblement.

— Quelle curieuse façon de le montrer !

— Et j'étais furieux, admit-il. Plus que je ne l'avais jamais été, ce qui a grandement influencé mon comportement. Je t'en voulais de ne pas avoir annulé ta tournée pour moi, de placer ta carrière avant notre amour. J'ai rejeté tous les torts sur toi et je me suis conduit comme n'importe quel autre homme dans la même situation. Je suis entré dans un bar, j'ai un peu trop bu et elle…

— Je ne veux pas entendre la suite !

— Eh bien, tu devrais, pour en finir une bonne fois et te débarrasser de ce malentendu. Cette femme m'a dragué d'une manière éhontée, ce qui m'arrive d'ailleurs très fréquemment. Sauf que normalement je n'y prête aucune attention. Mais cette fois-là, c'était différent. J'avais besoin de… consolation.

— Arrête ! souffla-t-elle, excédée. Tu avais envie de coucher avec elle, c'est tout ! Mais tu n'as pas eu de chance puisque je vous ai surpris ensemble.

— C'était une bêtise, répéta-t-il en grinçant des dents. J'avais tellement envie de te chasser de mon esprit que j'ai saisi la première occasion qui se présentait. Mais je n'ai jamais réussi à t'oublier. Et de toute façon, c'était beaucoup trop tôt…

— C'est facile à dire maintenant.

— Facile ? Tu crois ? Si je pouvais remonter le temps, j'effacerais cet épisode. Malheureusement, c'est impossible. Personne ne possède ce pouvoir.

Une lueur implorante au fond de ses yeux noirs, il tendit les mains dans un geste suppliant.

— Je te demande de me pardonner, Jus, de te réconcilier

avec moi et de m'épouser. Si tu acceptes, je te promets de passer le reste de mon existence à essayer de te rendre heureuse.

Le cœur de Justina se contracta avec une douleur presque intolérable. La tentation était grande de rendre les armes… Elle avait tellement envie de se réfugier dans son étreinte rassurante et de se perdre dans ses baisers passionnés… Hélas ! Le rêve qu'il lui proposait ne se réaliserait jamais. Sans confiance, ils ne formeraient jamais un vrai couple, une famille unie.

Ne lui avait-il pas déjà tenu le même discours, par le passé ? Qui sait s'il ne la trahirait pas de nouveau dès la première difficulté ? Il y avait tellement de femmes prêtes à bondir sur lui dans un instant de faiblesse. Elle le savait bien, elle dont la mère avait fait partie de ces cohortes de figurantes attendant leur tour dans les coulisses pour jeter leur dévolu sur un homme riche. Et tant pis s'il était marié. Le statut de maîtresse entretenue leur suffisait.

D'ailleurs, un mot manquait cruellement dans la déclaration inattendue de Dante. Il n'avait pas une seule fois parlé d'amour. Peut-être devrait-elle lui être reconnaissante de ne pas mentir en déguisant ses sentiments, mais un mariage sans amour était voué à l'échec. D'autant plus que, pour sa part, elle était en train de retomber follement amoureuse de lui. Elle était assez honnête pour s'en rendre compte… Néanmoins, cela ne suffisait pas à garantir son bonheur, ni à la protéger de blondes rivales potentielles.

Malgré les cris de protestation de son cœur qui saignait, elle se força à formuler clairement sa réponse.

— Je ne peux pas. Je n'arrive pas à oublier la trahison dont j'ai été témoin. Une fois détruite, la confiance est presque impossible à restaurer.

— Justina…

— Non. Je t'en prie, Dante, n'insiste pas. Je promets de ne jamais t'empêcher de voir ton fils, mais je ne peux rien t'accorder de plus. Et même si je ne veux pas me marier avec toi, nous ferons de notre mieux pour être de bons parents.

Au prix d'un violent effort, elle réussit à sourire avant d'ajouter :

— D'ailleurs, rien ne s'oppose à la poursuite de nos relations amicales.

Un lourd silence suivit, si long qu'elle se demanda si Dante l'avait écoutée. Les traits de son visage, impénétrables et immobiles, semblaient gravés dans le marbre. En proie à une anxiété intense, elle guetta sa réponse dans le silence pesant qui s'était installé. Brusquement, il s'approcha pour la prendre dans ses bras. Malgré elle, elle sentit aussitôt l'aiguillon du désir la transpercer. En même temps, un immense soulagement la submergea. Il se rendait à ses raisons. Il comprenait ses réserves et les acceptait !

Pendant quelques secondes interminables, il la regarda fixement. Puis il caressa doucement ses cheveux et posa la main sur son sein.

— Et ces « relations amicales », dont tu parles avec tant de facilité, ne te poseront aucun problème ? murmura-t-il.

— Je ne pense pas, répondit-elle avec plus d'assurance qu'elle n'en ressentait.

— En as-tu imaginé les modalités ?

— Nous… Nous les envisagerons au fur et à mesure.

— Vraiment ? lança-t-il froidement. Tu serais d'accord pour poursuivre nos relations sur le plan sexuel ?

— Oui, chuchota-t-elle en fermant les yeux pendant qu'il commençait à la caresser. Oui.

— Donc, tout en nous efforçant de nous comporter en bons parents, nous pourrions entretenir une liaison ?

— Oui, absolument, approuva-t-elle sans vraiment écouter ce qu'il lui disait, bercée par le doux murmure de sa voix.

— En ce moment, tu as envie de faire l'amour ?

Chancelante, elle acquiesça.

— Tu le sais bien, gémit-elle.

Brutalement, il la repoussa et elle rouvrit les yeux. Il était furieux.

— Crois-tu réellement que je tolérerais un arrangement de ce genre ? explosa-t-il sauvagement. Je ne suis pas un sex-toy dont tu peux disposer à ta guise, Justina !

A ces mots, sans rien ajouter, il s'éloigna à grandes enjambées et partit en claquant la porte.

Interdite, elle resta un long moment sans réagir, le regard dans le vide. Puis, toute frissonnante, elle se mit au lit en attendant le retour de Dante. Mais elle le guetta en vain pendant d'interminables heures d'insomnie. Il ne revint qu'à l'aube, juste comme elle recouchait Nico après s'être occupée de lui.

Vêtu comme la veille, il était pieds nus, avec les cheveux en bataille.

— Où es-tu allé ? demanda-t-elle d'une voix fatiguée.

Il la dévisagea d'un air furieux.

— A ton avis ? Nous sommes en pleine campagne, je n'avais pas vraiment le choix ! J'ai dormi dans une autre chambre. Cela ne manque pas dans la maison.

Justina s'exhorta au calme. A quoi bon provoquer une nouvelle dispute ?

— Pourquoi t'es-tu fâché ?

— Pourquoi ? répéta-t-il avec une expression incrédule. As-tu vraiment besoin de poser la question ? Je te propose le mariage et tu me fais l'affront de refuser tout en espérant me garder comme amant ! Si je ne suis pas assez bien pour toi comme mari, ne compte pas disposer de moi selon ton bon vouloir. Je ne suis pas à tes ordres.

Bouleversée, Justina sentit sa résolution faiblir. Peut-être devrait-elle lui avouer la vérité ? Lui dire qu'elle ne voulait tout simplement pas d'un mariage sans amour, qu'elle avait trop peur d'avoir de nouveau le cœur brisé... Non, cela ressemblerait à un chantage sentimental. Dante se sentirait obligé de mentir pour apaiser ses craintes. Et s'il y avait bien une chose qu'elle ne supporterait plus entre eux, c'était le mensonge !

Repoussant une mèche de cheveux derrière son oreille, elle le considéra avec un sang-froid qu'elle était bien loin de ressentir.

— Et donc, qu'allons-nous faire ?

Il enleva sa chemise et la posa sur le dossier d'une chaise.

— Ce que nous avions prévu, tout simplement, c'est-à-dire présenter Nico au reste de la famille D'Arezzo, et profiter un peu de la délicieuse hospitalité toscane avant de retourner en Angleterre.

Et voilà. Apparemment, le sujet était clos.

Comme si de rien n'était, Dante continua à se déshabiller. Quand il fut complètement nu, il lui adressa un regard moqueur.

— C'est frustrant, non, *tesoro* ? Interdiction de toucher.

— Je n'en ai pas envie.

— Menteuse.

Piquée au vif, elle dut subir la suite de sa tirade :

— Et que ce soit bien clair pour qu'il n'y ait pas de malentendu. Il n'y aura plus aucun contact physique entre nous. C'était tout ou rien. Tu as choisi, tant pis pour toi.

Justina inspira profondément. Quelle façon déprimante de commencer la journée... Malgré tout, elle devait sauver les apparences pour ne pas gâcher complètement leur voyage. Ils devaient rencontrer ses cousins et, même si elle ne comptait pas forcément gagner leur sympathie, elle souhaitait malgré tout avoir leur approbation en tant que mère.

Pourtant, ce n'était pas gagné ! Les cousins de Dante semblaient un peu distants et sur leurs gardes... Mais comment s'en étonner ? Lors de leur première rencontre, n'était-ce pas elle qui avait été peu disponible et lointaine ? Son imprésario avait passé la journée à lui téléphoner, au grand désespoir de Dante, et un photographe avait même réussi à s'introduire dans la propriété, déclenchant la colère noire de Luigi qui l'avait renvoyé en menaçant d'appeler la police.

Justina poussa un long soupir. Rétrospectivement, cet aspect de la célébrité ne lui manquait vraiment pas. Assez ironiquement, elle ferait sans doute une bien meilleure épouse maintenant que lorsqu'elle était au faîte de la gloire. Mais ce n'était pas pour autant une raison d'accepter un mariage vide de sens...

Malgré tout, l'après-midi se déroula sans heurts. Sans doute parce que l'atmosphère était à la liesse. Tout le monde s'extasiait et se répandait en compliments sur Nico, le plus beau bébé du monde, et surtout le premier d'une nouvelle génération de D'Arezzo.

Quant à Beatrix D'Arezzo, elle semblait réellement bouleversée par l'arrivée de ce petit-fils. Quand sonna

l'heure du départ, la mère de Dante la serra tendrement dans ses bras, avec une affection qui paraissait sincère. Assaillie par une émotion inattendue, Justina sentit les larmes lui monter aux yeux. C'est la gorge étonnamment serrée qu'elle monta dans la voiture pour aller à l'aéroport.

Le vol du retour se révéla au contraire une véritable torture. Par comparaison avec la journée qu'ils venaient de passer, la froideur de Dante la blessait plus que jamais. Manifestement, il ne se souciait plus de conserver l'apparence d'une famille unie et il avait abandonné la sollicitude polie dont il l'entourait en présence d'autrui. Cela augurait mal de l'avenir… Comment pouvait-il se comporter ainsi alors que, pour le bien de Nico, il leur fallait absolument conserver de bonnes relations ?

Assise en face de lui, Justina l'observa un instant. Il était absorbé dans ses dossiers. Une mèche de cheveux noirs retombait sur son front. Une mèche qu'elle mourait d'envie de repousser en arrière.

— La visite s'est bien passée, se risqua-t-elle à commenter.

Il leva les yeux comme s'il avait totalement oublié sa présence. C'était si facile pour lui… Elle aurait préféré un éclat de colère à cette indifférence, horriblement humiliante.

— Oui, sur de nombreux plans, je suis d'accord, répondit-il.

— Tu… Tu vas retourner à New York, j'imagine ?

Repoussant alors sa tablette, il la considéra avec un étrange sourire.

— C'est ce que tu aimerais, Justina, n'est-ce pas ?

Elle haussa les épaules. Elle souhaitait surtout qu'il arrête de bouder et que leurs relations reprennent comme avant sa stupide demande en mariage.

— Peu importe mon avis. C'est simplement ce qui me paraît le plus vraisemblable.

— Tu ne sais donc pas encore que je suis un homme imprévisible ? lança-t-il d'une voix doucereuse. Justement, non, je ne rentre pas à New York.

— Ah bon ? répliqua-t-elle avec une fausse désinvolture. Pourquoi ?

— Parce que je m'installe à Londres.

Surprise, elle le considéra un instant en silence.

— Mais tu travailles à New York !

— Je peux diriger mes affaires depuis n'importe où dans le monde. C'est le miracle des communications modernes.

— Tu n'as pas d'appartement ! As-tu l'intention de vivre au Vinoly ?

— Une suite à l'hôtel n'est vraiment pas l'idéal pour accueillir un bébé. Non, je compte acheter une maison.

— Comment ?

— Avec un jardin, poursuivit-il. Où Nico pourra jouer quand j'exercerai mon droit de garde.

— Ton droit de garde ? souffla-t-elle, de plus en plus interloquée.

— Bien sûr. Tu ne croyais tout de même pas que je me contenterais d'un droit de visite sur ton territoire et à ta seule convenance ? Si ?

Il la gratifia d'un sourire dédaigneux en étendant nonchalamment les jambes devant lui.

— Pour quelqu'un qui m'a si souvent accusé de chercher à tout contrôler, tu manques singulièrement de souplesse, Justina.

Cette remarque lui fit froid dans le dos. Même si elle avait évoqué son droit de visite, c'était encore purement

hypothétique, et d'ailleurs presque impossible à mettre en œuvre. Mais là…

Dante emménageait à Londres et il achetait une maison !

Malgré elle, elle fut submergée par une vague de panique. Dante saurait sans doute mieux qu'elle créer un foyer chaleureux et accueillant, tout simplement parce qu'il avait grandi dans cet environnement. Et si Nico déclarait un jour qu'il préférait aller chez papa, au lieu…

— Miss Perry ?

Perdue dans ses pensées, Justina sursauta en apercevant l'hôtesse dans l'allée. Dante s'était levé et se dirigeait vers la cabine de pilotage.

— Le *signor* D'Arezzo va prendre les commandes pour l'atterrissage. Voulez-vous attacher votre ceinture, s'il vous plaît ?

Boudeuse, elle s'exécuta. Depuis quand Dante avait-il son brevet de pilote ? Combien de choses ignorait-elle encore à son sujet ?

Elle le foudroya du regard quand il la rejoignit un peu plus tard.

— Tu sais probablement aussi marcher sur l'eau ! commenta-t-elle sur un ton acide.

— Tu devrais plutôt me féliciter et te réjouir que Nico ait un papa talentueux, la gronda-t-il moqueusement.

Envahie par une frustration grandissante, elle préféra ne pas répondre. Rien ne se passait comme elle l'avait imaginé ! Peut-être n'avait-elle pas vraiment réfléchi à la situation avant, en fait ? A quoi s'attendait-elle ? Dante n'allait pas accepter de s'évanouir pour se contenter d'apparaître à Noël et aux anniversaires avec un sourire et un cadeau.

Dans la voiture qui les ramenait de l'aéroport, elle se décida à lui poser la question qui lui brûlait les lèvres.

— Quand vas-tu t'installer à Londres ?

— Tout de suite, l'informa-t-il avec un haussement d'épaules nonchalant. Ce n'est pas la peine d'attendre. Mon assistante m'a trouvé une maison à Spitalfields, pas très loin de chez toi. Une belle demeure, sur une jolie place plantée d'arbres. Tu veux voir des photos ?

— Non merci, murmura-t-elle avec un haut-le-cœur.

Après la splendeur du *palazzo*, son appartement lui parut terne et sans âme, lorsqu'ils y pénétrèrent. Désemparée, elle resta debout au milieu du salon pendant que Dante déposait sa valise. Plus séduisant que jamais dans son costume sombre, il lui semblait malheureusement aussi inaccessible qu'une montagne enneigée, environnée de glaciers infranchissables.

Nerveusement, elle tripota un bouton de sa veste.

— Dante ?

Penché au-dessus du berceau de son fils, Dante ne l'écoutait plus. Il déposa un dernier baiser sur le front de Nico et le douloureux pincement au cœur qu'il ressentit en se redressant le surprit par son intensité. Et lorsqu'il croisa le regard de Justina, ce fut un nouveau déchirement. Ses grands yeux ambrés posés sur lui, elle semblait perdue. Se rendait-elle compte de l'état de tension dans lequel lui-même se trouvait ? Il était sur le point de craquer…

— Oui, Justina ? répliqua-t-il en s'efforçant de maintenir une apparence de neutralité.

— Pouvons-nous… ?

Elle hésita un instant avant de poursuivre :

— Pouvons-nous au moins rester bons amis ?

A ces mots, il eut envie de franchir l'espace qui les séparait pour la secouer et la ramener à la raison. Pourquoi s'obstinait-elle dans cette attitude complètement ridicule ? Etait-elle incapable de déchiffrer son expression qui devait pourtant crever les yeux ?

Au prix d'un immense effort, il maîtrisa la rage sourde qui le rongeait.

— Dans les circonstances actuelles, cela me semble impossible, répondit-il. Néanmoins, j'espère que nous serons au moins capables de conserver des relations courtoises.

Justina parvint à peine à réprimer sa déception. Pourquoi s'était-elle abaissée à exprimer pareille demande ? C'était ridicule.

Car un sombre pressentiment l'avertissait que, de toute façon, elle avait eu tort de nourrir de vains espoirs. Rien ne serait jamais simple avec Dante...

Chapitre 11

Depuis que Justina avait remis le pied en Angleterre, c'était comme si les éléments se liguaient pour lui rendre la vie impossible. D'abord, ce fut l'ascenseur de l'immeuble qui tomba en panne. Pendant quarante-huit heures, elle fut obligée de monter et descendre sept étages plusieurs fois par jour avec courses et couffin. Tout aurait été tellement plus simple si elle avait ravalé son orgueil pour appeler Dante au secours… Mais cela n'arriverait pas ! Elle lui montrerait qu'elle pouvait très bien se passer de son aide… Même si, finalement, il n'avait pas complètement tort : son appartement était loin d'être idéal pour élever un bébé.

Et la situation empira encore lorsque son lait se tarit. En dépit des propos rassurants du pédiatre, elle ne pouvait s'empêcher de culpabiliser. Bien sûr, il lui avait répété que c'était fréquent et imputable au stress de la vie moderne, mais comment ne pas y voir une preuve de plus qu'elle était une mauvaise mère ?

Pourtant, elle devait bien s'avouer que ce n'était pas tout. Dante lui manquait horriblement. Combien de nuits avait-elle passées, depuis leur retour, à se retourner, seule dans son grand lit, avec ce sentiment de vide abominable

au fond du cœur ? Au point de se demander si elle avait vraiment pris la bonne décision…

De retour de la consultation, les yeux encore rougis de larmes, les poings serrés, elle était tombée sur Dante qui l'attendait devant chez elle. Elle devait avoir piètre allure avec le mascara qui lui dégoulinait sur le visage car il l'avait examinée d'un air soupçonneux. Manifestement inquiet.

— Que se passe-t-il ? Il est arrivé quelque chose à Nico ?

— Non. Oui. Enfin, dans un sens…, avait-elle bredouillé. Je… Je n'ai plus de lait. Je vais devoir le nourrir au biberon.

Immédiatement, Dante s'était radouci.

— Quel dommage, Justina…

— Oui.

Un instant, elle avait follement espéré qu'il allait la serrer dans ses bras pour la réconforter, mais il n'en avait rien fait. Oh ! comme elle aurait aimé poser la tête sur son épaule et pleurer tout son soûl pour oublier cette horrible sensation de vide… Peut-être aurait-elle pu le croire, cette fois-ci, s'il l'avait consolée en lui promettant des lendemains heureux ?

Mais il s'était contenté de lui tapoter gentiment l'épaule, comme un étranger.

— Ne t'inquiète pas, le lait maternisé fait des miracles.

— Tu crois ?

— Absolument. Dans un sens, c'est peut-être même préférable.

— Pourquoi ?

— Jusqu'à maintenant, il dépendait totalement de toi pour les tétées. A présent, il pourra venir passer la nuit chez moi sans problème. Tout est prêt pour l'accueillir.

En plus d'être jalouse, Justina avait eu l'abominable sensation d'être de trop.

— Tu auras peut-être besoin de mon aide ? avait-elle suggéré, pleine d'espoir.

— Non, je te remercie.

Malgré sa douleur, elle s'était efforcée de lui offrir un visage stoïque.

— Bien.

Pourtant, lorsque Dante vint chercher Nico pour la première fois, Justina eut l'impression qu'on lui arrachait le cœur.

Elle avait soigneusement préparé toutes ses affaires en étouffant tant bien que mal un mélange de tristesse et de nervosité. D'heure en heure, elle se sentait plus nerveuse. Encore plus soucieuse de son apparence qu'à l'accoutumée, elle choisit une robe en cachemire dans laquelle Dante ne l'avait jamais vue. Lorsqu'elle conduirait Nico chez lui, elle laisserait ses cheveux défaits et se maquillerait avec application. Même si c'était parfaitement ridicule, elle avait besoin d'apporter un soin particulier à sa tenue. Besoin de se sentir belle, bien qu'elle refusât de s'interroger sur ses propres motivations…

Mais la sonnette de la porte d'entrée retentit alors qu'elle était encore en jean, avec un T-shirt taché. C'était Dante, un peu ébouriffé par le vent, le nœud de cravate desserré, mais toujours incroyablement séduisant, alors qu'elle-même se sentait affreusement négligée.

— C'est moi qui devais t'amener Nico, protesta-t-elle en essuyant quelques gouttes de sueur malencontreuses sur son front.

— Je sais… Mais j'avais une réunion tout près d'ici. J'ai voulu t'éviter le trajet.

— Mais… Je voulais voir la chambre de Nico.

— Tu la verras une autre fois, répondit-il après un silence.

Justina plaqua un sourire froid sur ses lèvres. Incroyable ! Il faisait de l'obstruction délibérée ! Etait-ce une façon de se venger parce qu'elle avait repoussé sa proposition de mariage ? L'avait-elle humilié au point qu'il ne puisse pas lui pardonner ?

Dante jeta un coup d'œil à sa montre.

— Tu as l'air bien pressé ! lança-t-elle aussitôt, avec une fausse gaieté. Tu as tout de même le temps de boire un café, j'espère ?

Le regard glacial qu'il posa sur elle la fit frissonner.

— Tu crois que c'est une bonne idée ?

Chancelante, elle tenta de conserver un visage avenant.

— Peut-être pas, en effet...

— Il vaut mieux que je m'en aille tout de suite avec Nico, pour te laisser te reposer.

Il haussa les sourcils avant d'ajouter :

— Tu as prévu quelque chose pour ta première soirée de liberté ?

Elle trouva la force d'esquisser un sourire.

— Je n'ai pas encore décidé, mentit-elle.

Pourvu qu'il ne se doute de rien et croie qu'un million de possibilités s'offraient à elle !

— En tout cas, tu as bien mérité de te détendre. A demain.

Après leur départ, elle erra quelques minutes dans les grandes pièces vides et trop calmes de son appartement. C'était comme si elle cherchait quelque chose, mais sans savoir quoi précisément. Machinalement, elle s'arrêta devant la glace de sa chambre. Avec ses cheveux collant à ses tempes et son air égaré, elle ne risquait pas de retenir Dante... Néanmoins, son apparence physique n'était pas en cause, elle le savait bien. C'était son refus qui avait

profondément blessé l'orgueil de Dante, peut-être à tout jamais et de manière irréparable.

Après s'être douchée et avoir enfilé un peignoir, elle était toujours incapable de se concentrer sur quoi que ce soit. Peut-être aurait-elle dû manger quelque chose ? Mais son frigo était presque vide. Elle n'irait pas bien loin avec deux yaourts allégés et une moitié de barre chocolatée… Depuis qu'elle passait ses journées à s'occuper de Nico, elle n'arrivait plus à se préparer des repas équilibrés. Il faudrait pourtant être raisonnable…

« Voilà ce que va être ta vie désormais, se dit-elle sombrement. L'avenir qui se dessine devant toi ne risque pas de s'améliorer. » Elle maudissait cette peur qui l'avait empêchée de saisir la chance dont elle avait pourtant rêvé. Trop timorée pour se lancer dans l'inconnu d'une nouvelle vie, il lui faudrait se résigner à assister passivement au bonheur que Dante construirait avec une autre. Car, tôt ou tard, il rencontrerait une femme qui l'aimerait et qu'il épouserait. Quelqu'un que Nico, peut-être, appellerait un jour maman.

— Non ! s'exclama-t-elle tout haut, à l'adresse d'un interlocuteur invisible.

Et parce que ce cri la libérait, elle le répéta avec force :

— Non !

Tremblante, elle courut dans la chambre, s'habilla en hâte et sortit pour trouver un taxi auquel elle donna, dans un état second, l'adresse de Dante à Spitalfields.

Il faisait très doux dehors et la circulation était relativement fluide pour une fin de journée. Par la fenêtre, elle voyait des mères de famille qui allaient joyeusement chercher leurs enfants à la sortie d'une école maternelle dont les fenêtres étaient décorées de papillons et d'abeilles

multicolores. Bien que situé en centre-ville, ce quartier était paisible et convivial, mieux adapté pour un enfant que l'immeuble moderne où elle habitait sans connaître un seul de ses voisins…

Quand le taxi s'arrêta devant une imposante porte noire, elle se sentait au bord de la crise de nerfs. Des lumières brillaient au premier étage. Dans le petit square de la place, le chant des oiseaux résonnait. Elle paya le chauffeur et appuya d'un doigt tremblant sur la sonnette.

Lorsque Dante lui ouvrit, une expression qu'elle n'aurait su déchiffrer se peignit sur ses traits. Un mélange de surprise, de contrariété et de quelque chose de plus grave, indéfinissable et extrêmement intimidant… Tout à coup, elle se demanda ce qu'elle faisait là et faillit rappeler son taxi.

— Qu'y a-t-il ? demanda Dante.

— Je… Je te dérange ? dit-elle avec difficulté.

Dante la contempla longuement en silence. Comme il avait envie de lui répondre que oui ! Justina le dérangeait depuis le tout début, dès le premier instant de leur rencontre. Dès qu'elle avait posé sur lui ses grands yeux d'ambre, il avait couru à sa perte. Mais il en avait assez de poursuivre une Justina inaccessible et des arcs-en-ciel illusoires.

Il se contenta donc de lui lancer un regard interrogateur.

— Qu'est-ce que tu veux ?

Justina prit une profonde inspiration.

— Je peux entrer ?

Sans un mot, il ouvrit la porte en grand et s'écarta pour la laisser passer, comme s'il avait peur de son contact.

— Je suis en haut, à l'étage, dit-il.

Elle crut d'abord qu'il parlait de la chambre à coucher mais, en montant l'escalier à sa suite, elle arriva dans le

salon. Décidément, elle ne s'habituerait jamais à la distribution des pièces, dans ces vieilles demeures londoniennes, qui datait de l'époque où le rez-de-chaussée était réservé à l'office et aux domestiques.

La scène qui l'accueillit, douillette, presque intime, la bouleversa. Un verre de porto était posé sur la table basse à côté d'un journal déplié et la musique de Puccini résonnait agréablement. Dante avait accroché aux murs de grandes peintures à l'huile et choisi un mobilier ancien, probablement de style italien. Oui, on se sentait bien dans cette atmosphère, ce chez-soi… Dante avait su créer une ambiance chaleureuse. D'ailleurs, elle n'en avait pas douté un seul instant.

Comme elle avait envie de s'installer sur les coussins moelleux du canapé ! Dante lui servirait un verre avant de s'asseoir à côté d'elle et… L'expression sévère de son hôte la ramena à la réalité.

— Que fais-tu ici ? questionna-t-il.

Elle aurait pu inventer n'importe quel prétexte conventionnel pour se justifier. Dire, par exemple, qu'elle voulait s'assurer que tout se passait bien pour Nico. Ou qu'elle voulait voir comment il avait aménagé l'endroit où il vivait. D'ailleurs, c'était vrai, même si ce n'était pas la raison principale de sa visite. Mais l'heure était à l'honnêteté. Il lui fallut puiser loin au fond d'elle-même le courage de s'expliquer.

— Tu me manques, déclara-t-elle simplement.

— Nos relations sexuelles, plus exactement, répondit-il cruellement.

— Non. Toi.

— J'ai du mal à te croire.

— C'est pourtant la vérité ! Je t'assure, Dante.

Il secoua la tête.

— Je suis désolé. Aussi flatteuse que soit ta déclaration, je ne peux pas accepter une relation dans les termes que tu suggères, Justina. Je t'ai demandé de m'épouser, et tu m'as renvoyé ma proposition en pleine figure.

— Uniquement par naïveté ! s'écria-t-elle. J'espérais encore l'impossible. Je suis incorrigiblement romantique. Tu ne m'as jamais parlé d'amour et, dans mon esprit, un mariage sans amour est voué à l'échec.

Elle reprit son souffle avant de continuer :

— Mais je suis prête à admettre mes torts car il s'agit aussi du bien de Nico. Si j'ai à choisir entre me marier ou te perdre, je veux bien t'épouser demain.

Il y eut un long silence pendant lequel Dante scruta désespérément les yeux de Justina pour y découvrir la vérité. Subitement, il comprit qu'il n'était plus question de reculer. S'il voulait réellement la reconquérir, il devait trouver le courage de lui dire ce qu'il n'avait jamais osé avouer, même à lui-même. Il existait des vérités fondamentales qui faisaient force de loi.

— Il ne s'agit pas uniquement de Nico comme je l'ai cru tout d'abord, déclara-t-il lentement. Certes, le mariage est ma seule garantie de jouer un rôle dans sa vie. Mais en y réfléchissant, j'ai pris conscience que je ne serais pas capable de lier ma destinée à une femme que je n'aimerais pas. Comment tolérer de passer mon existence aux côtés d'un être qui me serait indifférent ? Je n'ai aimé qu'une femme, Justina. Toi. Un temps, j'ai cru que cet amour était mort, mais je me trompais. Il s'est réveillé quand j'ai su que tu portais mon enfant.

Dans la pièce, la musique s'était tue. Justina n'entendait

plus que sa respiration hachée. Bouleversée, malgré son désir fou de le croire, quelque chose en elle résistait encore.

— Alors… Pourquoi ne m'as-tu pas dit tout ceci quand tu m'as parlé de mariage ?

— Tu m'aurais cru ?

Il plissa les yeux.

— Nous avions si souvent parlé d'amour dans le passé, sans agir en conséquence… Cette fois-ci, j'ai préféré te donner des preuves à la place de beaux discours. Mais cela ne marchera entre nous que si tu es prête à me pardonner. Et je ne sais pas si tu en es capable.

Au son de sa voix intransigeante, Justina se glaça.

— N'en dis pas plus, je t'en prie.

— Si. Tu as besoin d'entendre la vérité.

— Dante…

— Ta mère a fait de mauvais choix, je le sais. Tu as grandi avec la conviction qu'aucun homme n'était digne de confiance. Et j'ai commis une énorme bêtise. Mais si tu n'apprends pas à pardonner, pas seulement moi, mais ta mère…, tu passeras le reste de ta vie hantée par l'ombre du passé. Tu dois en prendre conscience, Jus. Il faut lâcher prise et te libérer une bonne fois pour toutes.

A ces mots, Justina sentit les larmes commencer à couler sur ses joues. Des larmes qu'elle avait l'impression d'avoir retenues depuis toujours. Petite fille, elle ne devait surtout pas se faire remarquer. Très vite, elle avait appris qu'il fallait être forte, présenter au monde extérieur une façade calme et agréable. Elle se souvenait encore de cette nuit interminable, dans une chambre d'hôtel, à huit ans. Cette première fois où sa mère n'était pas rentrée. Elle avait tremblé de terreur dans son lit. Et puis, au matin, quelque chose avait changé. Elle avait survécu. Il était donc

possible de se débrouiller seule. L'adulte indépendante qu'elle était devenue n'était que le prolongement de cette petite fille terrorisée.

— Je suis désolée, bredouilla-t-elle, secouée de sanglots. Mais j'avais tellement peur, Dante. Ma carrière était mon seul point d'ancrage. Je redoutais que tout s'écroule autour de moi si je perdais mon indépendance, si je me reposais entièrement sur toi. Assez ironiquement, tout a fini par s'écrouler de toute façon…

Elle s'essuya furtivement les joues.

— Je n'aurais jamais dû chercher à t'empêcher de réaliser ton rêve, convint-il doucement. Ta carrière et ton talent faisaient partie intégrante de la femme que j'aimais. J'ai cherché à mettre en cage un oiseau qui ne demandait qu'à ouvrir ses ailes.

— J'ai pris mon envol, répondit-elle d'une voix brisée. Mais maintenant, j'ai envie de mener une vie plus calme et reposante, de rentrer à la maison.

Pendant une minute interminable, il la dévisagea, avant de pousser un soupir qui semblait venir de très loin. Puis il ouvrit les bras.

— Je suis là, dit-il simplement.

Le cœur de Justina se serra. C'était l'instant crucial. Si elle franchissait les quelques pas qui la sépararaient encore de Dante, elle laisserait définitivement le passé loin derrière.

— Dante…, chuchota-t-elle.

— J'ai encore une chose à ajouter, dit-il. Probablement la plus importante de toutes.

Il avait envie de s'avancer vers elle, de la toucher. Mais c'était à elle de faire le pas. Il ne pouvait pas prendre ce qu'elle devait lui offrir en toute liberté.

— Je t'aime, déclara-t-il. Tu le sais, j'espère ?

Elle lut la vérité bouleversante de cet aveu dans les profondeurs de ses yeux noirs.

— Oh ! Dante, mon chéri ! s'écria-t-elle. Si tu savais combien je t'aime… J'ai essayé de lutter contre mes sentiments, mais je n'y peux rien.

Dante se mit à rire.

— Alors que fais-tu si loin de moi ?

Sans plus réfléchir, elle se précipita dans ses bras et commença à embrasser avec ferveur ses lèvres, son nez, son front, tandis que de grosses larmes continuaient à rouler sur ses joues.

— Je suis en sécurité, maintenant, murmura-t-elle.

Les yeux fermés, Dante enfouit son visage dans la douceur soyeuse des cheveux de Justina et la laissa pleurer tout son soûl. Puis il la poussa doucement vers la salle de bains pour qu'elle puisse se passer de l'eau sur le visage. Lorsqu'elle revint, il lui avait servi un verre de porto, comme s'il avait lu dans ses pensées. Justina sentit l'émotion lui serrer la gorge : la scène qu'elle avait imaginée en arrivant était en train de se réaliser.

Elle vint s'asseoir sur les genoux de Dante et l'embrassa avec toute la tendresse qu'elle retenait depuis trop longtemps.

— Encore une chose, dit-elle en s'écartant.

— Alors dépêche-toi, murmura-t-il avec un sourire. Je te veux dans mon lit dans moins de dix minutes.

— Au sujet de tous ces hommes dont je t'ai parlé.

Le visage de Dante se rembrunit.

— Je fais mon possible pour me montrer moderne et tolérant, mais il y a des limites, *tesoro*.

Ignorant son froncement de sourcils sévère, elle haussa les épaules.

— Ils n'existent pas. Je les ai inventés.

— Que veux-tu dire ? Je ne comprends pas.

— C'est très simple. J'ai fait semblant d'avoir eu d'autres amants pour te convaincre que je t'avais oublié. En réalité, je n'ai jamais cessé de t'aimer. Contrairement à ce dont je voulais te persuader, ma vie amoureuse s'était arrêtée avec toi. Il n'y a jamais eu que toi, Dante.

Guettant sa réaction, elle aperçut un sourire de satisfaction, tout à fait macho, se dessiner sur son visage…

— Oh ! je vois…

— A présent, tu peux m'embrasser, dit-elle.

Bouleversé, Dante lissa en arrière les beaux cheveux noirs de cette femme qu'il avait toujours aimée.

— Tu m'as manqué, Justina.

— Tu m'as donné l'impression contraire. Depuis notre retour de Toscane, tu me traitais avec tellement de froideur…

— Il fallait te montrer combien notre existence serait triste et vide si nous nous séparions. J'étais obligé de te repousser pour essayer de te reconquérir. C'était un pari risqué, mais je ne voyais pas d'autre moyen de t'ouvrir les yeux.

Posant une main sur sa joue, elle plongea les yeux dans les siens.

— Je t'aime tant, Dante D'Arezzo… Je compte bien employer le reste de ma vie à te le prouver. Mais trêve de paroles. Embrasse-moi.

Épilogue

Profitant du soleil d'automne dans le jardin, Justina était en train de composer une chanson auprès de Nico endormi, quand on sonna à la porte. Dante avait peut-être oublié ses clés. Elle ne l'attendait pas si tôt, mais il avait sans doute réussi à écourter sa réunion, ce qu'il faisait de plus en plus souvent ces temps-ci. Le cœur battant, elle se dirigea vers la porte d'entrée. Quelle joie ! Ils pourraient aller ensemble promener Nico au square et s'arrêteraient au retour pour s'asseoir à la terrasse d'un salon de thé.

Mais la silhouette qui se dessina sur le seuil était tout à fait inattendue. Aux prises avec un flot d'émotions contradictoires, Justina se figea. En plus du mélange habituel de résignation et d'irritation, qu'elle éprouvait toujours en présence de sa mère, une bouffée d'amour l'envahit.

Comme à l'accoutumée, Elaine Perry était vêtue dans un style un peu trop jeune pour son âge. Elle portait un jean moulant et un blouson de cuir beige assorti à ses bottines. Une symphonie de bracelets en argent tintait à ses poignets et une énorme besace pendait à son épaule.

— Bonjour, Jus.

— Quelle surprise ! Où est Jacques ?

— Il s'appelle Jean, corrigea sa mère en haussant les épaules. Et… nous avons rompu.

— Ah. Tu entres ?

Il y eut un moment d'hésitation, pendant lequel Elaine Perry fouilla dans son grand sac. Elle en sortit un paquet enveloppé dans du papier brillant et décoré d'ours bleus.

— J'ai un cadeau pour le bébé, annonça-t-elle d'un air presque penaud. Pour… Nico.

La gorge de Justina se serra. Il n'y avait pas si longtemps, elle aurait fait un commentaire acide, du genre « Je croyais que tu étais trop jeune pour avoir un petit-fils ». Mais elle avait changé. Grâce à Dante, elle avait compris qu'elle ne serait jamais libre d'aimer tant qu'elle resterait enchaînée aux rancœurs du passé. D'ailleurs, sa mère ne lui tendait-elle pas une perche en brandissant ce cadeau qui ressemblait fort à un rameau d'olivier ?

— Viens. Il a très envie de faire ta connaissance.

— C'est vrai ?

Justina remarqua que la voix de sa mère tremblait, presque timidement. Pour la première fois de sa vie, elle eut l'impression de la voir avec des yeux d'adulte. Elle voyait une femme très vulnérable, dont la couche de fond de teint ne parvenait pas à masquer les rides. L'émotion lui gonfla le cœur.

— Mais bien sûr, maman, répondit-elle doucement. Même s'il n'a que neuf mois, il reconnaît instinctivement quelqu'un de sa famille, j'en suis certaine.

Elaine était toujours là quand Dante rentra chez lui deux heures plus tard. A la vue des deux femmes assises dans le jardin, la plus âgée tenant son fils dans ses bras, il saisit tout de suite la situation.

Justina leva les yeux vers lui avec un sourire éblouissant.

— Oh ! tu es là.

— *Si, tesoro*, répondit-il simplement.

Comme toujours, un échange de regards leur avait suffi pour se comprendre.

Justina invita sa mère à rester dîner. Elaine se confia beaucoup ce soir-là, après un début hésitant. Elle était fatiguée d'être la maîtresse d'un homme riche qui ne la respectait pas, lasse aussi de lutter sans répit pour paraître plus jeune que son âge. Justina la serra tendrement dans ses bras au moment de lui dire au revoir. Elle s'inquiétait pour l'avenir de cette femme qui avait toujours dépendu de la générosité de ses amants.

Quelques semaines plus tard, alors que Justina et Dante étaient couchés, elle se tourna vers lui pour lui caresser les cheveux, dans un geste qui lui était devenu coutumier.

— Dante ?

— Oui ?

— Tu sais, mon appartement de Clerkenwell ?

— Oui. Je parie que tu as l'intention de le donner à ta mère ?

— Comment as-tu deviné ?

Il lui sourit.

— C'est logique. Elle a besoin d'habiter quelque part sans dépendre de quelqu'un et nous ne nous installerons jamais là-bas en famille, je pense ?

Elle secoua la tête. En famille. Cette expression lui causait un plaisir infini.

— En effet. Puisque nous abordons le sujet…

— Tu n'aimes pas ma maison ?

— Si. Mais…

— Quoi donc ?

— Ce n'est pas ce que j'aurais choisi. En plus, tu l'as

achetée à un moment où tout allait mal entre nous. Un moment que je préférerais oublier. Si tu…

— Vendons-la, dit-il aussitôt. Ou louons-la. Je l'ai prise uniquement pour être près de chez toi. Mais maintenant que nous vivons ensemble, cela m'est égal d'habiter n'importe où. Du moment que tu es heureuse, je le serai aussi.

— Oh ! Dante, je t'aime tant…

— Je sais. Et je ressens exactement la même chose pour toi.

Il la serra tendrement au creux de ses bras.

— Dis-moi, es-tu impatiente de devenir ma femme ?

Quelle question ! Elle comptait les jours jusqu'à leur mariage, qu'ils fêteraient en Toscane, au *palazzo*. Dante projetait de prendre un mois de vacances pour leur lune de miel et elle se réjouissait de tout ce temps à partager avec lui.

Elle le soupçonnait de vouloir retourner en Italie pour s'y installer définitivement, idée qui était loin de lui déplaire. Dans cette perspective, elle avait très sérieusement repris les cours d'italien. Quant à son métier, elle pouvait l'exercer n'importe où.

En ce moment, elle écrivait une chanson qu'elle n'avait pas encore montrée à Dante et qui était sans doute sa meilleure composition. Intitulée *Pour toujours*, elle serait dédiée à celui qu'elle aimait et à qui elle devait son bonheur.

Pour toujours.

HEIDI RICE

Le secret de Juno

Traduction française de
FRÉDÉRIQUE MALLET

HARLEQUIN

Chapitre 1

Le cœur battant, Juno Delamare scrutait le tableau d'affichage du terminal cinq de Heathrow lorsque l'arrivée du vol 155 en provenance de Los Angeles fut annoncée. Il arrivait !

Pour l'amour du ciel, ressaisis-toi.

Prenant une profonde inspiration, elle s'exhorta au calme. Elle devait être en possession de tous ses moyens quand Mac Brody, la coqueluche d'Hollywood, franchirait la porte des arrivées car elle s'était donnée pour mission de lui remettre l'invitation pour le mariage de sa meilleure amie, Daisy Dean, et surtout de le convaincre d'y assister.

Dans deux semaines, Daisy allait épouser le célèbre promoteur Connor Brody et Juno voulait profiter de cette occasion pour essayer de rapprocher les deux frères qui n'étaient plus en contact depuis de nombreuses années.

Daisy avait aidé Juno à reprendre sa vie en main six ans auparavant et celle-ci avait en retour la ferme intention de réussir son rôle de médiateur, même si elle ignorait encore comment y parvenir.

A présent que l'heure approchait, elle sentait la panique

la gagner. Que se passerait-il s'il voyageait accompagné de gardes du corps ou refusait de prendre l'invitation ?

N'ayant pas l'intention de jouer la carte de la séduction elle savait qu'elle devait faire appel à la sensibilité de Mac Brody, si tant est qu'il en ait une.

Juno ne l'avait jamais rencontré, ni vu jouer dans aucun de ses films, mais elle se trouvait dans la vaste cuisine de Daisy deux semaines auparavant lorsque la lettre était arrivée… Elle avait alors eu un aperçu du caractère de Mac Brody.

D'après les quelques photos qu'elle avait vues de lui, il était certes séduisant, mais derrière ce physique de beau ténébreux à la virilité troublante se cachait un être égoïste, narcissique et arrogant.

Daisy, certaine que la lettre était porteuse de bonnes nouvelles, avait décacheté fébrilement l'enveloppe et extrait l'invitation qu'elle avait envoyée à Brody, accompagnée d'un mot de son agent l'informant que M. Cormac Brody n'assisterait pas au mariage de son frère Connor, et lui demandant de bien vouloir à l'avenir s'abstenir de le contacter.

Daisy en avait pleuré, ce qui lui arrivait rarement. Connor, un bras autour de ses épaules, lui avait expliqué que Mac avait le droit d'avoir ses propres sentiments tandis qu'eux ne pouvaient le forcer à une rencontre qu'il ne souhaitait pas. Pourtant, Juno l'avait surpris peu après en train de relire la lettre que son frère n'avait même pas eu la décence d'écrire lui-même, et avait perçu le chagrin et le regret qu'il tentait de dissimuler.

Juno s'accouda à la barrière, dévisageant chaque passager. Soudain, elle aperçut une grande silhouette portant une

casquette de base-ball enfoncée jusqu'aux yeux, un jean délavé et un T-shirt moulant une poitrine musclée.

A sa façon de marcher elle le reconnut : il avait exactement la même démarche souple et féline que Connor. Elle le regarda avancer vers elle, tête baissée, les doigts crispés sur la poignée de son sac, semblant vouloir passer inaperçu.

Le cœur battant, elle se fraya un chemin à travers la foule afin de lui faire face à la sortie.

Mac Brody avait hâte de quitter Heathrow. Il n'avait jamais beaucoup aimé les aéroports et celui-ci en particulier lui rappelait de mauvais souvenirs. Trois ans plus tôt, les paparazzis lui avaient tendu en cet endroit même une embuscade. Il venait de rompre avec le top model Regina Saint Clair, laquelle s'était vengée en racontant à la presse qu'il n'était qu'un play-boy doublé d'un toxicomane.

Les élucubrations de Gina auraient pu être amusantes si la presse n'avait pas pris son histoire pour argent comptant, au point de le harceler pour obtenir sa réponse. Mais Cormac n'était pas du genre à régler ses comptes par presse interposée.

Sur le moment, il en avait terriblement voulu à Gina. A présent, il comprenait combien elle s'était bercée d'illusions, pensant que lui aussi était amoureux. Depuis cette mésaventure, il mettait toujours les choses au clair avant de fréquenter une jeune femme.

Il leva les yeux pour chercher la sortie et, n'apercevant aucun journaliste, poussa un soupir de soulagement. C'est alors qu'une petite silhouette surgissant de derrière un pilier vint se planter devant lui.

— Vous êtes bien Cormac Brody ?

— Baissez la voix, ordonna-t-il, vous allez attirer l'attention sur moi.

Heureusement, personne ne semblait avoir entendu.

— Je suis désolée, mais je dois vous parler, dit-elle d'un ton poli quoique décidé. C'est extrêmement important.

— Vraiment ?

Il connaissait la rengaine. Il aurait dû passer son chemin mais l'allure de garçon manqué de cette fille, son jean délavé et son T-shirt mettant en valeur ses courbes subtiles, sa taille fine et ses petits seins haut perchés lui semblèrent irrésistibles.

Des cheveux souples châtains très clair encadraient son fin visage dont la peau pâle et crémeuse ne portait aucun maquillage et au milieu duquel ressortaient d'étonnants yeux bleu-vert.

— Qu'avez-vous de si important à me dire ? demanda-t-il intrigué. Je suis pressé.

— Je n'ai que faire de votre condescendance, M. Brody.

— J'apprécierais que vous cessiez de répéter mon nom si fort, rétorqua-t-il surpris par cette repartie osée. Je ne souhaite pas me faire remarquer.

Il jeta un coup d'œil par-dessus son épaule afin de s'assurer que personne n'avait entendu, et aperçut à ce moment Pete Danners.

— Bon sang !

Elle fronça les sourcils et allait se retourner lorsque, jetant son sac au sol, il la plaqua contre le pilier pour les dissimuler à la vue du même journaliste qui l'avait poursuivi sans relâche trois ans auparavant.

— Ne vous retournez pas, lui intima-t-il. Si cet homme me voit, mon voyage va virer au cauchemar.

***

Juno retint son souffle.

Que se passait-il ?

Elle était à présent collée contre le corps musclé de Cormac Brody et son odeur entêtante la faisait chavirer.

— Que faites-vous ? demanda-t-elle le souffle court.

Elle ne s'était pas retrouvée aussi près d'un homme depuis six ans et, malgré le choc, elle sentait une chaleur diffuse envahir chaque point où leurs corps étaient en contact.

Il recula légèrement sans cesser de regarder par-dessus son épaule. Elle prit une longue inspiration.

— Dieu merci, il est parti. A présent j'ai une dette envers vous, ma beauté.

— Je ne… peux pas respirer, bégaya-t-elle, agitée de tremblements.

— Qu'est-ce qui ne va pas ? demanda-t-il en la fixant de ses yeux d'un bleu incroyable.

Vous ! avait-elle envie de crier.

Il inclina la tête.

— Calmez-vous.

Elle sentit une main douce se poser sur son cou et son souffle s'altéra lorsque du pouce il traça le contour de sa bouche.

— Que diriez-vous d'essayer ceci ? murmura-t-il en approchant ses lèvres.

A l'instant où elles effleurèrent les siennes, son pouls s'emballa et un frisson de plaisir la parcourut.

Sa raison lui dictait de le repousser, mais lorsqu'elle posa ses paumes sur son T-shirt et sentit ses muscles frémir sous ses doigts elle ne put résister à l'envie de laisser ses mains s'aventurer sur le fin coton. Elle écarta les lèvres et au contact de sa langue une vague brûlante l'envahit,

faisant durcir le bout de ses seins et réduisant à néant tout effort de pensée.

S'enhardissant, elle répondit à son baiser, le corps embrasé. Des doigts avides se glissèrent sous son T-shirt et elle se cambra contre lui, découvrant alors l'évidence de son désir.

Soudain, un brusque éclair de lucidité la ramena à la réalité.

Mais qu'est-ce que je fais ?

Elle se débattit, essayant de reprendre contenance. Mac s'écarta alors légèrement d'elle.

— Nous ferions mieux d'arrêter avant que la situation ne nous échappe.

Juno se raidit, furieuse de sa propre faiblesse.

Qu'est-ce qui lui avait pris ? Après six ans de célibat, elle venait d'embrasser un inconnu en plein milieu d'un hall d'aéroport !

— Cela vous dérangerait d'ôter votre main ? demanda-t-elle, consciente qu'il continuait de la caresser, tout près de son sein.

Il retira la main, mais la posa aussitôt sur sa hanche.

— Et si nous trouvions un endroit où poursuivre cela en toute intimité ?

Ecarlate, elle remit nerveusement son T-shirt dans son jean. Pour qui la prenait-il ?

Il posa un doigt sous son menton et lui releva la tête.

— Y a-t-il un problème ?

Un gros problème. Une nymphomane s'est emparée de mon corps.

— N... Non, aucun, bégaya-t-elle en se dégageant brusquement.

— En êtes-vous sûre ? Vous vous comportez bizarrement.

— Je dois partir.

Elle devait s'éloigner de cet homme si séduisant avant que la nymphomane ne se manifeste de nouveau.

Il lui attrapa le poignet.

— Hé, attendez un instant !

Elle chercha à retirer son bras mais sa poigne chaude se resserra.

— Je dois vraiment y aller.

— Vous ne pouvez pas embrasser un homme ainsi et simplement tourner les talons, dit-il parfaitement maître de lui. Qu'en est-il de cette chose si importante dont vous vouliez discuter avec moi ?

Oh ! Non ! L'invitation pour le mariage !

Comment avait-elle pu oublier la mission qu'elle s'était fixée ?

— Lâchez-moi d'abord. J'ai quelque chose pour vous.

— Je crois que cela ne fait aucun doute, rétorqua-t-il avec un sourire sensuel.

Elle rougit de plus belle, sentant la pointe de ses seins durcir malgré elle. Fichu Mac Brody. Comment pouvait-il avoir un tel effet sur elle ?

Elle lui prit le poignet et plaqua l'enveloppe dans sa paume retournée.

— Il s'agit d'une invitation pour le mariage de votre frère.

Le sourire de Mac disparut aussitôt.

— Elle vient de ma meilleure amie, Daisy, la fiancée de votre frère, ajouta-t-elle.

Elle crut distinguer une lueur dans son regard, mais elle disparut si vite qu'elle pensa avoir rêvé.

— Je n'ai pas de frère, répliqua-t-il en froissant l'enveloppe.

C'était là un scénario qu'elle n'avait pas envisagé.

— Bien sûr que si, rétorqua-t-elle, se demandant ce qui avait bien pu se passer entre eux.

Elle s'était juré de ne pas le supplier mais après ce qui venait d'arriver cela n'avait plus grande importance. Elle prit une profonde inspiration.

— Je vous en prie. Il faut que vous veniez. C'est très important.

— Pas pour moi, répliqua-t-il.

Il brandit l'invitation froissée.

— Vous pouvez la rendre à votre amie et lui dire que je n'ai pas l'intention de venir.

— Comment pouvez-vous être si insensible ? lança-t-elle sans réfléchir.

— En quoi cela vous concerne-t-il ?

— Je vous l'ai dit, Daisy est mon amie.

— Je vois, dit-il. Ce baiser était votre idée ou la sienne ?

Juno en resta un instant bouche bée.

— Vous savez parfaitement que c'était la vôtre.

De quoi l'accusait-il au juste ?

— Vous savez quoi, M. Brody ?

Il n'était plus question de supplier, elle en avait assez de Mac Brody et de son ego démesuré.

— Etre riche et célèbre ne vous donne pas le droit de traiter votre famille de la sorte. Daisy et Connor sont des personnes formidables qui valent bien mieux que vous.

— Vraiment ? répliqua-t-il en ricanant, déclenchant la fureur de Juno. Pourquoi m'avoir embrassé alors ?

S'il n'arrêtait pas de parler de ce maudit baiser, elle allait le gifler.

— Je ne vous connaissais pas encore.

— Il vous reste le meilleur à découvrir.

Sentant le rouge lui revenir aux joues au souvenir de

l'excitation de Mac, elle releva le menton, refusant de reconnaître l'étrange sensation qui s'était nichée au creux de son ventre.

— Je crois que vous surestimez votre charme, M. Brody.

— Vous ne pourrez jamais en être certaine.

Elle ne s'abaissa pas à lui répondre mais ne put s'empêcher d'entendre son rire sarcastique tandis qu'elle s'éloignait.

Le cœur battant à se rompre, Juno enrageait en se dirigeant à grands pas vers la sortie. Elle avait vu juste à propos de Mac Brody. Il ne méritait pas une famille aussi merveilleuse que Daisy, Connor et leur adorable bébé, Ronan. Dieu merci, il ne viendrait pas au mariage. Quel soulagement de savoir qu'elle ne le reverrait jamais !

Le sourire de Mac s'évanouit tandis que l'inconnue s'éloignait d'un air digne. Il n'aurait pas dû la provoquer ni l'embrasser mais il n'avait pu s'en empêcher. Son regard glissa sur son jean délavé qui soulignait la courbe de ses fesses et il sentit le désir s'éveiller de nouveau en lui.

Il scruta le hall, et ne voyant aucune trace de paparazzi se pencha pour ramasser son sac. Il se rendit alors compte qu'il tenait encore l'invitation dans sa main et se dirigea vers la poubelle la plus proche. Ainsi qu'il le lui avait dit, il n'avait plus de frère, aucun besoin d'une famille et pas la moindre intention d'assister à ce mariage. La dernière chose dont il avait envie était de réveiller les émotions et les souvenirs pénibles qu'il avait soigneusement enfouis.

Mais juste comme il s'apprêtait à jeter l'invitation, il porta l'enveloppe froissée à son visage et huma le parfum de savon et de fleurs sauvages qu'elle avait laissé sur le papier. Un frisson de désir tel qu'il n'en avait plus éprouvé depuis bien longtemps l'envahit.

Il avait envie d'elle. Après ce baiser auquel elle avait répondu de façon si douce et enivrante, il n'y avait plus de doute. Bien que n'étant pas aussi sophistiquée et conciliante que les femmes avec qui il sortait d'habitude, elle avait réussi à le fasciner.

Peut-être même qu'elle l'attirait parce qu'elle était différente. Avec son allure de garçon manqué, son petit corps si réceptif et son caractère vif, elle représentait pour lui un défi.

Dire qu'il ne connaissait même pas son nom !

Etouffant un juron, il enfouit l'enveloppe dans la poche arrière de son jean.

Chapitre 2

Assise dans le métro, Juno regardait défiler les paysages verdoyants de la banlieue londonienne tout en se remémorant les détails de sa rencontre avec Mac Brody.

Quelques instants plus tard, comme elle descendait Portobello Road, elle dut admettre que Mac, malgré son arrogance, n'était pas le seul coupable. Elle avait sa part de responsabilité dans cette affaire.

Elle dépassa la façade colorée de Funky Fashionista, la boutique de Daisy, et jeta un coup d'œil à la vitrine qu'elle avait passé des heures à arranger la veille. Elle ressentit une bouffée d'orgueil que vint aussitôt ternir un sentiment de culpabilité.

Comment avait-elle pu se montrer si irresponsable et tout gâcher ?

Dès qu'il l'avait regardée et que ses lèvres s'étaient posées sur les siennes, ses résolutions s'étaient envolées. Elle n'arrivait toujours pas à comprendre pourquoi cet homme avait réussi à faire tomber les barrières qu'elle avait érigées autour d'elle six ans auparavant.

Le charme dévastateur de Mac l'avait envoûtée mais

elle devait cesser d'accorder de l'importance à ce baiser puisqu'elle ne le reverrait jamais.

Elle poussa un soupir de soulagement en apercevant la petite pension de famille de Mme Valdermeyer située à côté de l'imposante maison géorgienne de Daisy et Connor. Pour l'instant, tout ce dont elle avait envie était de se terrer dans sa chambre.

Elle s'arrêta brusquement sur la première marche du perron. Non, elle ne pouvait pas faire cela. Six ans plus tôt elle s'était promis de toujours assumer ses actes. Elle se devait de tout raconter à Daisy…

— Je suis heureuse que tu sois là, s'exclama Daisy avec un sourire radieux en la précédant dans le couloir. Le tissu de ma robe de mariée vient d'arriver de Delhi, il est absolument fabuleux. J'ai hâte de te le montrer.

— Super, répondit Juno en essayant de montrer quelque enthousiasme tandis qu'elles entraient dans la grande cuisine ensoleillée située à l'arrière de la maison. Où est Ronan ?

— Cette petite terreur fait la sieste, répondit Daisy en remplissant la bouilloire. Peux-tu imaginer qu'il nous a réveillés à 4 heures, ce matin ?

Le regard de Daisy s'illumina en mentionnant son fils, et Juno sentit son cœur se serrer.

— Assez parlé de lui, continua Daisy tout en préparant le thé, nous devons discuter de ta robe de demoiselle d'honneur.

Elle se tourna vers Juno et s'arrêta brusquement.

— Qu'est-ce que tu as sur le visage, une allergie ?

— Ce n'est rien, répliqua Juno qui, prenant son courage à deux mains, ajouta : je viens de faire quelque chose d'irresponsable et je…

— Toi ? l'interrompit Daisy. C'est impossible. Tu es la personne la plus sage que je connaisse.

Plus depuis ce matin.

— Je suis allée attendre Mac Brody à Heathrow. Je voulais lui remettre son invitation en main propre, lança-t-elle avant que son courage ne l'abandonne.

Daisy écarquilla les yeux.

— Tu as vu Mac ? Le frère de Connor ? Mais…

— Je croyais pouvoir le persuader de venir. Je savais combien vous y teniez et…

— Attends, l'interrompit de nouveau Daisy. Es-tu en train de me dire que tu as rencontré le séduisant Mac Brody ?

Etait-ce un sourire qui se dessinait sur les lèvres de Daisy ?

— Oui, et alors ?

— C'est fantastique ! s'exclama Daisy. Raconte-moi tout.

— Qu'est-ce qui te prend ?

Juno avait l'impression que Daisy était en train de lui tendre un piège.

— Est-il aussi beau et sexy que dans ses films ?

Juno devint écarlate.

— Daisy ! Tu es presque mariée !

— Je n'en suis pas pour autant aveugle, répliqua Daisy, sans sembler le moins du monde embarrassée. De toute façon je me dois de l'apprécier, du moins d'un point de vue purement esthétique, puisque Connor et lui se ressemblent comme deux gouttes d'eau.

Les traits de Mac Brody étaient un peu plus doux que ceux de Connor et ses yeux d'un bleu plus vif, mais tous deux avaient la même beauté celtique, des pommettes hautes, un physique élancé et musclé et cette allure dangereusement désinvolte. Pourtant, avant que Daisy ne fasse

allusion à cette ressemblance frappante, Juno n'y avait pas prêté attention.

Peut-être parce que Connor ne lui avait jamais fait battre le cœur comme son frère l'avait fait.

Elle se força à chasser l'image de Mac de son esprit.

— Peu importe de quoi il a l'air, dit-elle d'un ton aussi neutre que possible, le fait est qu'il a refusé d'assister au mariage. Il a même nié avoir un frère et j'ai perdu mon sang-froid. Je voulais m'excuser auprès de toi et de Connor parce qu'il n'y a plus aucune chance qu'il vienne à présent.

— T'excuser de quoi ? Nous savions déjà qu'il ne viendrait pas, dit Daisy de façon si laconique que Juno se demanda ce qui était arrivé à son amie d'ordinaire si sensible. Tu te souviens de la lettre de son agent.

— Je sais, j'étais là. Tu étais très contrariée.

Daisy fit un geste vague de la main.

— J'ai eu tort de croire qu'il pouvait changer. Connor était tout aussi têtu et dans l'erreur lorsque je l'ai rencontré. Après ce qu'ils ont vécu étant enfants, il n'est pas étonnant que Mac ait quelques blocages.

Daisy poussa un soupir.

— Je ne suis pas surprise qu'il dise ne pas avoir de frère.

Qu'avaient-ils donc vécu ?

La question brûlait les lèvres de Juno mais elle se retint de la formuler. La situation entre Connor et lui était peut-être plus délicate qu'elle ne l'avait pensé, mais Mac Brody avait raison sur un point : tout cela ne la regardait pas — et elle avait déjà causé assez de dégâts.

— Je suis sûre que Mac a tout autant besoin d'une famille que Connor, poursuivit Daisy, mais il lui faudra peut-être plus de temps pour s'en rendre compte.

Juno en doutait mais elle préféra se taire.

— Alors, reprit Daisy. Comment l'as-tu trouvé ? Sais-tu que *Blush Magazine* l'a élu l'homme le plus sexy de l'année. On raconte même qu'il est libre en ce moment… Je suis certaine que tu n'es pas restée insensible à son charme.

Juno sentit alors le piège se refermer sur elle. Depuis que Daisy était tombée amoureuse de Connor, elle n'avait eu de cesse de lui trouver à elle aussi un prince charmant.

— Je suis sûre qu'il s'est passé quelque chose ! s'exclama Daisy, tu as rougi !

— Il ne s'est rien passé, grommela Juno, écarlate.

Daisy la dévisagea un instant avant de lancer avec une stupéfiante certitude :

— Tu l'as embrassé !

Juno en resta bouche bée. Comment pouvait-elle le savoir ?

— Je comprends maintenant pourquoi tes joues sont irritées, ajouta Daisy. J'aurais dû m'en douter. Tu as rencontré Mac à la descente de l'avion et il n'avait pas eu le temps de se raser.

— C'était pour échapper aux journalistes, tenta de se justifier Juno, et… rien de spécial en fait.

— Tu parles, tu n'avais jamais embrassé aucun homme depuis Tony. C'est un miracle.

Tony. Juno tressaillit en l'entendant prononcer ce nom.

— Ça n'a rien à voir avec Tony. C'est du passé.

Daisy lui prit les mains et la regarda avec tendresse.

— Cela fait pourtant six ans que tu te morfonds.

— Je ne vois pas ce que tu veux dire, se défendit Juno en essayant de se dégager.

— Si, tu le sais. Tu ne sors jamais, tu refuses de te maquiller et même de porter des robes.

— Ça ne me va pas.

Daisy fit une pause et resserra son étreinte.

— Tu n'as pas à avoir honte d'avoir embrassé Mac Brody. Il fait rêver toutes les filles, pourquoi pas toi ? Si je le voyais je le féliciterais d'avoir réussi à t'approcher.

Daisy s'interrompit brusquement en entendant les pleurs de son fils dans le baby-phone.

— Attends-moi. Je vais m'occuper de Ronan, nous parlerons ensuite de ta robe de demoiselle d'honneur.

Juno laissa échapper un soupir. Le baiser de Mac Brody l'avait déjà assez remuée, la conversation avec Daisy n'avait pas arrangé les choses ! Se tenant la tête à deux mains, elle écouta les cris de Ronan se transformer en sanglots indignés, puis cesser lorsque la voix apaisante de Daisy s'éleva. Juno l'imagina assise dans le rocking-chair blanc en train de mettre son fils au sein.

Une terrible sensation de vide s'empara d'elle, lui faisant monter les larmes aux yeux.

Et si Daisy avait raison ? Elle avait survécu à ce qui était arrivé six ans plus tôt, mais s'était cachée pendant tout ce temps…

Mac Brody venait de lui faire comprendre en un baiser à quel point sa vie était triste et monotone… Il était peut-être temps qu'elle reconnaisse que survivre ne suffisait plus, que s'habiller en garçon manqué et vivre une vie de célibat ne servait à rien.

Pourquoi ne pas laisser Daisy créer sa robe de demoiselle d'honneur ? Si elle était capable d'embrasser une vedette de cinéma dans un aéroport elle pouvait certainement laisser sa meilleure amie dessiner sa tenue, en espérant qu'elle ne lui fasse rien de trop excentrique.

Elle ne prenait pas un grand risque.

Chapitre 3

— Daisy, je… ne sais pas quoi dire.

Juno, stupéfaite, contemplait son reflet dans le miroir du dressing. Le satin bronze de sa robe mettait en valeur des courbes dont elle avait oublié jusqu'à l'existence.

— Je ne peux pas entrer dans l'église ainsi, le pasteur risque d'avoir une crise cardiaque !

— Mais non, répliqua Daisy en riant, tu es superbe. Comment te sens-tu ? Elle te plaît ?

Juno pivota sur la pointe des pieds pour jeter un coup d'œil au dos de la robe qui plongeait jusqu'au creux de ses reins.

Elle n'aurait jamais pu imaginer porter une robe aussi belle et se sentir si sexy. C'était incroyable.

— Grâce à toi, j'ai l'impression d'être… différente, avoua-t-elle, l'émotion lui serrant la gorge, mais je trouve cela un peu angoissant.

— Avec raison car tu vas faire chavirer le cœur de tous les hommes.

Elle prit un Kleenex et le tendit à Juno.

— Mais souviens-toi qu'il est interdit de voler la vedette à la mariée ou de pleurer.

— Je ferai de mon mieux, répliqua Juno en riant.

Elle ne s'était jamais sentie aussi jeune et insouciante.

Juno serrait nerveusement son bouquet d'orchidées et de lis en écoutant Daisy prêter serment devant le prêtre. Le corsage rebrodé de perles de sa robe étincelait sous la lumière filtrant des vitraux de la ravissante petite église. On se serait cru dans un conte de fées.

Soudain, des murmures s'élevèrent dans le fond de l'église et Juno eut l'impression que quelqu'un l'observait. Elle risqua un coup d'œil par-dessus son épaule et une silhouette debout dans l'ombre près de la porte attira son regard, faisant bondir son cœur dans sa poitrine.

Lui ? C'était impossible.

Elle écarquilla les yeux, certaine d'avoir eu une vision mais distingua cette fois nettement l'homme qui depuis deux semaines hantait ses rêves. Il inclina la tête et elle aurait juré sentir son regard glisser sur son corps.

— Connor, regarde !

Daisy laissa échapper un cri de joie en apercevant Mac et Connor se retourna à son tour, la stupéfaction se peignant sur ses traits.

Cette interruption sembla déranger le prêtre qui prit l'air pincé.

— Excusez-moi, monsieur, lui dit Daisy dans son français hésitant, une personne très importante arrive.

— Nous devons l'accueillir, lança-t-elle à Connor en lui attrapant la main et en s'élançant dans l'allée centrale.

Elle marqua un léger arrêt en arrivant devant Mac puis lui jeta les bras autour du cou tandis que les deux frères se serraient la main.

Juno aperçut ensuite Daisy guidant Mac vers l'autel et, en le regardant approcher, essaya de reprendre ses esprits.

— Juno, je pense que tu as déjà rencontré le frère de Connor, Mac.

Il s'était fait couper les cheveux. Avec sa nouvelle coupe, son visage fraîchement rasé et son costume gris clair ouvert sur une chemise d'un blanc éclatant, il était encore plus séduisant que la première fois.

Elle releva le menton.

— M. Brody, dit-elle calmement en dépit de la centaine de papillons qui avaient à présent élu domicile dans son ventre.

— Juno, c'est bien ça ?

Il laissa glisser son regard sur elle et elle ne put réprimer un frisson.

— Un nom de déesse qui vous va bien, murmura-t-il en la dévisageant de son regard bleu intense aussi troublant que dans son souvenir.

Le pasteur toussota et reprit la cérémonie tandis que Juno essayait vainement de faire abstraction de la présence troublante de Mac. Que faisait-il là alors qu'il avait catégoriquement refusé d'assister au mariage deux semaines auparavant ?

Lorsque le prêtre déclara enfin le couple mari et femme, Connor prit Daisy dans ses bras et déposa un long baiser langoureux sur ses lèvres.

— Cela a l'air très agréable.

Elle entendit le murmure provocateur de Mac par-dessus les cris de joie de l'assistance.

— Que diriez-vous de refaire un essai, vous et moi ?

Juno se raidit en sentant son souffle sur sa nuque et se retourna brusquement.

— Non merci, dit-elle en luttant pour garder contenance, une fois m'a suffi.

Ses yeux se posèrent néanmoins sur sa bouche et elle imagina la pression de ses lèvres sur les siennes.

— Une fois ne suffit pas, Juno, murmura-t-il d'un ton caressant, surtout entre vous et moi.

Elle lui tourna résolument le dos. Elle aurait presque pu croire qu'il était venu au mariage de Daisy et Connor rien que pour la tourmenter.

Daisy tendit ensuite les bras vers Juno et l'enlaça.

— Tu as trouvé l'homme parfait, chuchota Juno, émue aux larmes.

Connor posa à son tour la main sur son épaule et la prit affectueusement dans ses bras avant de serrer la main de Mac.

— Je suis heureux que tu sois venu, Mac. Ça fait longtemps, bien trop longtemps.

— Oui, répondit celui-ci, impassible.

— J'espère que tu viens à la réception, Daisy et moi serions ravis de te présenter ton neveu, Ronan.

Un silence tendu s'installa, puis Mac répondit :

— Je ne manquerais ça pour rien au monde.

Un sentiment de malaise se nicha au creux du ventre de Juno. Il avait employé le même ton froid pour lui dire qu'il n'avait pas de frère.

— J'espère que tu auras suffisamment d'appétit pour faire honneur à la cuisine française du château, ajouta Daisy pour détendre l'atmosphère.

— J'en suis persuadé.

— A présent, si tu veux bien nous excuser, Connor et moi devons retrouver nos autres invités.

Elle adressa un clin d'œil à son amie.

— Aussi je te laisse en l'agréable compagnie de Juno. Elle pourra te présenter à nos amis et t'indiquer comment rejoindre le château.

Juno lança à Daisy un regard horrifié tout en essayant de trouver une excuse valable, mais celle-ci lui prit le bouquet des mains en murmurant :

— Arrête de faire la timorée. Il ne va pas te mordre.

Et avec un petit rire ravi elle ajouta :

— Du moins pas encore.

Sur ce, le couple s'éloigna de l'autel et sortit de l'église sous les vivats de l'assistance.

— Le château est à quelques kilomètres d'ici, dit Juno, incapable de regarder Mac et se sentant soudain nue dans sa robe. Je peux vous présenter quelques personnes avant de vous indiquer le chemin.

Il lui saisit le bras comme elle s'apprêtait à partir.

— Je préfère me passer des présentations.

Du pouce, il lui caressa l'intérieur du coude, la faisant frissonner.

— Et je n'écoute que les indications de mon metteur en scène ! poursuivit-il avec un petit sourire moqueur. Vous feriez mieux de m'accompagner si vous ne voulez pas que je me perde.

— Loin de moi cette pensée, répliqua-t-elle sarcastique.

Il l'attira à lui en riant et elle sentit alors sa masse de muscles sous le costume de lin.

Elle aurait dû se dégager mais elle ne voulait pas lui laisser voir combien sa proximité la troublait.

— Je n'ai rien mangé depuis ce matin, je suis affamé, dit-il d'un ton par trop désinvolte.

Elle ne put s'empêcher de trembler. Pourquoi donc

avait-elle l'impression qu'il n'était pas en train de penser au buffet ?

La douce lumière estivale nimbait l'atmosphère d'un reflet mordoré tandis que la voiture de sport de Mac, suivant les autres véhicules du cortège, empruntait l'allée de chênes centenaires menant au château. Daisy et Connor avaient fait de leur mariage un événement magique. La façade du château était recouverte de vigne vierge et un escalier majestueux conduisait à la terrasse principale où circulaient des serveurs en uniforme chargés d'accueillir les invités avec une coupe de champagne.

Juno lança un coup d'œil à Mac Brody. Elle avait découvert à la sortie de l'église à quel point il était célèbre lorsque, la voiture des jeunes mariés s'étant éloignée, la foule s'était littéralement jetée sur lui. Il s'était montré patient, charmant et avait accédé de bonne grâce à toutes les demandes de photos et d'autographes, mais elle avait malgré tout perçu son malaise.

Il s'était détendu pendant le trajet mais, quand il gara la Porsche devant le château, elle remarqua que son visage s'était de nouveau fermé.

Pourquoi était-il venu si cette soirée représentait une telle épreuve ?

La vulnérabilité qui filtrait sous son aplomb avait de façon paradoxale stimulé la confiance de Juno.

— Pensez-vous pouvoir marcher jusqu'à l'entrée ? demanda-t-il avec un petit sourire en regardant ses chaussures à talons.

— Je peux toujours les enlever à condition que vous me promettiez de n'en rien dire à Daisy, répondit-elle en souriant.

— Pourquoi donc ?

— C'est elle qui a dessiné ma tenue, les chaussures en font partie intégrante.

Il laissa glisser son regard sur elle.

— Daisy a beaucoup de talent. Vous êtes superbe.

Juno sentit le rouge lui monter aux joues en croisant son regard et les battements de son cœur redoublèrent.

Si un simple compliment suffit à te faire perdre la tête, tu as encore du chemin à faire, Juno.

Chapitre 4

Où diable était-elle donc passée ?

Mac scruta pour la énième fois la salle de bal et jeta un coup d'œil à sa montre. Cela faisait trois heures qu'elle était partie prétextant vouloir changer de chaussures et il avait arpenté le château de long en large dans l'espoir de la retrouver. La réception battait son plein à présent et les invités s'en donnaient à cœur joie. Tous, sauf lui, qui était pourtant venu de si loin pour la voir.

Il s'appuya contre un mur, s'exhortant au calme, et regarda les danseurs évoluer, rêvant d'apercevoir sa robe de soie bronze et ses boucles dorées.

Qu'est-ce qu'il lui avait pris de venir ?

La veille, après une soirée de gala pour la promotion de son dernier film à Londres, il avait renoncé à passer la nuit avec sa ravissante partenaire Imelda Jackson. Son refus l'avait surpris lui-même. En d'autres circonstances, il aurait profité de ce moment agréable. A présent, il comprenait ce qui l'en avait empêché. Le désir impérieux de retrouver l'invisible miss Juno était responsable de ce refus, ainsi que de sa folle décision de venir au mariage de Connor.

Depuis qu'il l'avait embrassée à Heathrow, elle acca-

parait ses pensées et ce matin, après avoir une fois de plus rêvé d'elle, il avait su qu'il devait la retrouver pour assouvir son désir d'elle une bonne fois pour toutes et se libérer enfin de l'obsession qu'elle avait fait naître en lui.

Il avait retrouvé l'invitation qu'il avait curieusement oublié de jeter, annulé sa place en première classe sur le vol du soir pour Los Angeles, et réservé un siège sur l'avion du matin pour Nice.

Mais une fois dans la petite chapelle française, il avait compris que l'aventure dans laquelle il s'était lancé allait s'avérer plus compliquée que prévu. Revoir son frère avait déjà remué des souvenirs pénibles mais se retrouver face à Juno dont le petit corps mince était moulé dans une robe somptueuse avait été le coup de grâce. Lorsqu'il avait plongé son regard dans ses yeux incroyables, il avait senti son cœur chavirer.

Passé le moment délicat de son arrivée à l'église, il avait ressenti une certaine complicité entre eux dans la voiture et avait même cru déceler une lueur d'attirance dans ses yeux, mais elle avait choisi de s'éclipser.

A présent, après avoir passé la soirée à bavarder avec des inconnus, à errer telle une âme en peine à sa recherche et à soigneusement éviter son frère et sa jeune épouse, il se sentait frustré et furieux, contre elle et contre lui-même.

Il n'arrivait cependant pas à se décider à partir par peur de la laisser filer une nouvelle fois. Il devait se libérer de son obsession pour elle, surtout après l'avoir vue dans cette robe.

Il scruta une fois de plus la foule. Etant demoiselle d'honneur, elle ne pouvait pas avoir quitté la soirée et devait donc l'éviter. Soit. Lorsqu'il finirait par la trouver, il ferait en sorte de la retenir.

Il s'immobilisa en apercevant enfin un chatoiement bronze au bout de la salle de bal et une masse de boucles brillant sous la lumière des chandeliers.

Il la tenait.

Le feu qui couvait dans son ventre s'embrasa tandis que, sans la quitter des yeux, il traversait la salle.

— Juno, te voilà enfin ! s'exclama Daisy en repoussant une mèche de cheveux de son visage rosi par le champagne et l'excitation. Sais-tu où est Mac ? Connor est inquiet à l'idée qu'il ait pu quitter la réception sans nous dire au revoir.

— Pourquoi ferait-il cela ? demanda Juno l'air innocent.

Elle n'était pas très fière de lui avoir faussé compagnie mais lorsqu'elle s'était rendu compte qu'il la déshabillait du regard, elle avait paniqué.

Elle avait tout d'abord eu l'intention de changer de chaussures mais lorsque, à son retour, elle l'avait vu entouré par un groupe d'adolescentes, puis en grande discussion avec Joannie, une amie très glamour de Daisy, elle avait décidé de l'éviter. Sachant qu'il la rendait nerveuse et n'ayant aucun désir de se ridiculiser devant lui, elle avait préféré lui fausser compagnie.

— Je crois que Mac a été très éprouvé de revoir Connor, lança Daisy.

Elle se tourna vers Juno avec un petit sourire.

— Mais il était évident, à sa façon de te regarder, qu'il n'avait pas fait tout ce chemin simplement pour assister à notre mariage.

— Que veux-tu dire ? demanda Juno d'une voix tremblante.

— Il te dévorait des yeux !

— Tu crois ? demanda-t-elle tout en se sentant ridicule.

— Bien sûr ! Je suis persuadée que tu ne m'as pas tout raconté au sujet de ce baiser !

— Ne sois pas stupide, se défendit Juno. Ce n'était pas très important.

Elle n'aurait jamais dû lui en parler.

— Si tu le dis.

Mais passant le bras sous celui de Juno, elle murmura :

— Ju, ma chérie. Même si c'est vrai, le fait est que Mac est là aujourd'hui, qu'il est extrêmement sexy et te dévore des yeux. Alors pourquoi le fuis-tu ?

— Je ne le fuis pas, répondit Juno, pas très convaincue elle-même.

— Alors va chercher une coupe de champagne et saute-lui dessus avant qu'une autre le fasse. Si tu entendais les commentaires de Joannie à son sujet, tu comprendrais que tu as une sérieuse concurrence.

— Il n'en est pas question. Je ne l'intéresse pas… Et ce serait…

Ce serait comment ?

Insensé ? Pétrifiant ? Excitant ? Grisant ?

Juno fronça les sourcils. Elle ne pouvait tout de même pas être en train d'envisager de suivre les conseils de Daisy ? Jusqu'à présent elle n'avait même pas eu le cran de s'approcher de Mac !

— Cesse pour une fois d'être raisonnable. Il faut parfois se jeter à l'eau et se laisser porter par le courant, et je peux te garantir que si Mac est aussi doué que son frère au lit, tu ne regretteras pas ta décision !

Juno se sentit devenir pivoine.

Cette précision était décidément de trop.

— Pas si fort, Mme Brody !

La voix profonde de Connor les fit toutes deux sursauter.

— Il y a des enfants dans l'assemblée.

Les joues brûlantes, Juno regarda Connor, portant Ronan dans ses bras, planter un baiser sur la tempe de Daisy. Il avait sans aucun doute entendu son commentaire déplacé.

Daisy lui fit un clin d'œil, pas gênée le moins du monde.

— Grand dieu, si j'avais su que tu étais si puritain, je ne t'aurais jamais épousé.

Connor passa son bras libre autour de la taille de sa femme et l'embrassa.

— Il est trop tard pour faire machine arrière à présent.

— Mais il est temps que nous nous échappions, répliqua Daisy en riant.

— Tiens, ajouta-t-elle en regardant par-dessus l'épaule de Juno, en parlant du loup…

Juno se retourna et retint son souffle en voyant Mac s'avancer à grands pas. Il devait bien faire un mètre quatre-vingt-huit estima-t-elle. En tout cas, il était plus imposant et impressionnant que jamais, tout en muscles et incroyablement sexy avec son regard bleu intense fixé sur elle.

Elle soutint son regard, incapable de détourner les yeux. Ce n'était pas la panique qui lui faisait tourner la tête, c'était l'excitation.

Il sembla hésiter en apercevant Connor et Daisy à ses côtés.

— Salut, dit-il d'un ton léger.

Ses yeux se posèrent alors sur le bébé.

— Mac, dit Connor en caressant les boucles de son fils qui s'endormait sur son épaule, je te présente ton neveu, Ronan Cormac Brody.

Mac continuait de dévisager l'enfant.

— Ronan ? dit-il enfin d'une voix à peine audible tout en enfonçant les mains dans ses poches. C'est un beau petit gars.

— C'est aussi notre avis, répondit Connor en poussant un soupir triste et résigné.

Juno sentit son cœur se serrer. Mac avait-il fait attention au second prénom du bébé ? Pourquoi était-il si distant ?

— Il est épuisé. Il devrait être couché depuis bien longtemps, intervint Daisy en souriant dans l'espoir d'alléger la tension palpable.

Elle lança un regard entendu à Connor.

— Nous devrions aller le mettre au lit, ajouta-t-elle en se tournant vers son beau-frère. Nous sommes si heureux que tu sois venu, Mac. Nous aurions préféré passer plus de temps ensemble mais nous comprenons que ce ne soit pas facile pour toi.

Juno attendit que Mac proteste mais il se tut. Pourquoi avait-il évité Connor et Daisy toute la soirée ?

Daisy étreignit brièvement son beau-frère.

— Tu es toujours le bienvenu chez nous à Londres.

— Merci, finit-il par dire en lançant un rapide regard sur Connor et le bébé. Je suis content de vous avoir vus tous les deux ainsi que votre petit gars.

A son ton poli et distant, Juno comprit qu'il n'avait pas l'intention d'accepter l'invitation de Daisy.

Les deux frères prirent congé l'un de l'autre et le couple s'éloigna.

Juno rassembla alors son courage et posa la question qui lui brûlait les lèvres depuis l'apparition de Mac dans l'église.

— Pourquoi êtes-vous venu ? Il semble que le mariage de votre frère ne vous réjouisse pas.

— Qu'en savez-vous ? répondit-il l'air furieux.

Il lui attrapa le poignet et, l'entraînant à sa suite, s'élança dans la salle de bal, se frayant un chemin parmi les invités.

— Que faites-vous ? bégaya-t-elle en bataillant pour éviter de se prendre les pieds dans sa robe.

Comme il ne ralentissait pas, la surprise laissa place à la colère. Les gens jetaient des regards curieux dans leur direction. Elle tenta de résister mais il continua, l'entraînant à l'écart sur une terrasse dont il referma derrière lui les portes-fenêtres.

Il se pencha sur elle, les yeux brillant de colère, et en reculant Juno vint heurter, du dos, la balustrade.

— Etes-vous devenu complètement fou ?

— Combien de temps vous faut-il pour changer de chaussures ? lança-t-il d'un ton agressif. Ça fait trois heures que je vous cherche.

Stupéfaite, elle ne trouva rien à répondre.

— Si mes souvenirs sont exacts, vous deviez vous occuper de moi, et non pas filer comme une gamine morte de peur.

Juno réprima l'envie de le gifler. Pour qui se prenait-il ?

— Vous n'aviez pas l'air d'avoir besoin de moi, rétorqua-t-elle sèchement.

— Bon sang. Vous vous cachiez ? Mais pourquoi, grand Dieu ? demanda-t-il l'air incrédule.

Elle releva le menton tout en maudissant le rouge qui lui montait au visage.

— Pas de vous, qu'est-ce que vous croyez ?

C'était pourtant le cas et elle le savait aussi bien que lui.

— A quoi jouez-vous ?

Il lui saisit le menton, la forçant à le regarder.

— Vous m'embrassez dans l'aéroport jusqu'à ce que

j'en perde la tête et ensuite vous vous échappez. Et voilà que vous recommencez.

Il la fixait avec une telle intensité qu'elle sentit une onde brûlante lui envahir le ventre.

— Cessez de me provoquer. Vous n'en avez pas besoin, murmura-t-il, les lèvres frôlant les siennes. Croyez-moi, vous avez déjà toute mon attention.

Elle posa ses mains tremblantes contre les muscles puissants de son torse et il referma les bras autour de sa taille, l'attirant contre lui.

— Je n'ai que faire de votre attention.

— Ah bon ? demanda-t-il en enfouissant les doigts dans ses cheveux. Prouvez-le-moi, alors.

Lorsqu'il posa sa bouche sur la sienne, elle voulut le repousser, mais ses lèvres s'entrouvrirent malgré elle tandis qu'un désir fulgurant la traversait.

— Embrassez-moi, murmura-t-il.

Subjuguée, elle passa les bras autour de son cou et, en le sentant frémir, une toute nouvelle sensation de pouvoir s'empara d'elle.

Il s'arracha à ses lèvres et lui prit le visage entre les mains.

— Je suis venu pour vous. Mon hôtel est à deux pas d'ici.

Elle se perdit dans son regard brûlant de désir, essayant de comprendre ce qui lui arrivait.

Elle ne se sentait plus capable de revenir en arrière. Elle voulait que Mac continue de la toucher, de l'embrasser. Elle était fatiguée d'avoir peur et avait trop attendu ce moment. Il était temps de surmonter ce qui lui était arrivé six ans auparavant. Elle devait saisir cette occasion si elle ne voulait pas le regretter toute sa vie.

Elle dit alors la seule chose qui semblait importante.

— Je… Je n'ai pas de protection sur moi.

— J'aime les femmes qui ont le sens pratique. Ne vous inquiétez pas, j'ai tout ce qu'il faut à l'hôtel.

Il fit lentement glisser son pouce le long de son cou, posa ses mains brûlantes sur ses épaules et la regarda droit dans les yeux.

— Etes-vous sûre de vous ?

Le fait qu'il lui pose la question alors qu'il était évident qu'elle était prête à se donner à lui la conforta dans sa décision.

Elle hocha la tête.

— Venez, lui dit-il en lui prenant la main, nous avons déjà perdu assez de temps.

Chapitre 5

Mac les conduisit jusqu'à l'hôtel à une allure vertigineuse tandis que Juno se réfugiait dans un monde sensoriel : l'odeur du cuir, les battements de son cœur, le parfum de désir qui imprégnait la voiture et le vent tiède dans ses cheveux.

Alors qu'ils traversaient le lobby de l'hôtel, le souvenir de ce lointain été lui revint à l'esprit mais elle se persuada qu'elle n'était plus la jeune fille naïve d'alors et qu'avec Mac il ne s'agissait pas d'amour mais d'une simple nuit de plaisir.

Mac entra dans la suite et se dirigea directement vers la chambre, tenant toujours sa main serrée dans la sienne. Ils n'avaient pas échangé un mot depuis le départ du château.

Il retira sa veste et la lança sur une chaise avant d'appuyer sur un interrupteur. Elle le regarda alors, imposant et viril, et se figea.

— Qu'y a-t-il ?

— Rien, murmura-t-elle, soudain en proie à de nouveaux doutes.

Que se passerait-il si elle ne savait comment s'y prendre ? Lorsqu'il l'avait serrée contre lui et embrassée dans la

pénombre réconfortante de la terrasse, tout lui avait semblé si naturel. Mais à présent, dans la lumière vive de cette chambre d'hôtel, face à son corps visiblement prêt pour elle, plus rien ne semblait simple.

Elle ne connaissait pratiquement rien du sexe. Elle n'avait fait l'amour qu'une fois, six ans auparavant, tandis que Mac ne comptait plus les aventures.

Elle sursauta au contact de sa main sur son épaule.

— Détends-toi, dit-il en lui caressant la joue, puis l'entraînant vers le lit, il ajouta :

— Viens.

Docile, elle le suivit et s'allongea près de lui.

Il repoussa ses cheveux et lui titilla des lèvres le lobe de l'oreille. Ce léger baiser éveilla un délicieux frisson en elle et l'enhardit.

Contente-toi de rester dans le moment présent, Juno.

Elle tendit la main vers lui, sortit d'un geste maladroit sa chemise de son pantalon et explora la peau chaude et musclée de son ventre et la fine ligne de poils qui descendait de son nombril, tandis qu'il faisait glisser les bretelles de sa robe, révélant la dentelle de son décolleté. Elle frissonna de nouveau et sa main, tremblante, s'immobilisa sur son ventre.

Il la prit et la porta à ses lèvres.

— Tu as l'air paniquée. Qu'est-ce qui ne va pas ?

Le peu de courage qui lui restait s'évanouit. Avait-il compris qu'elle n'avait aucune expérience ?

— Pouvons-nous éteindre la lumière ? murmura-t-elle.

Elle ne voulait pas qu'il la voie nue. Ses seins étaient petits et ses hanches étroites comme celles d'un garçon.

Il lui prit le visage entre les mains et elle discerna dans ses yeux une tendresse inattendue.

— Je n'ai pas attendu deux longues semaines pour te faire l'amour dans le noir mais nous pouvons faire un compromis, dit-il en se levant.

Il éteignit le lustre, ne laissant que la lumière douce de la lampe de chevet.

Elle ferma les yeux et se raidit, s'attendant à ce qu'il continue de la déshabiller, mais il prit sa main et la posa contre sa chemise.

— Et si tu prenais l'initiative ? dit-il.

— Cela ne te dérange pas ? murmura-t-elle reconnaissante.

— Au contraire, répondit-il avec un sourire plein de promesse sensuelle.

Soulagée, elle lui adressa un timide sourire.

Les doigts tremblants, elle défit les boutons de sa chemise, et, à la vue de sa peau bronzée recouverte d'une fine toison, son désir reprit vie.

Il sentait délicieusement bon, une odeur de savon mêlée à une fragrance musquée virile. Elle repoussa le tissu sur ses larges épaules et caressa son torse musclé et son ventre plat, lui arrachant un gémissement. Ses doigts s'arrêtèrent à la ceinture de son pantalon. Fascinée et intimidée par l'expression de son désir, elle retint son souffle, ne sachant plus si elle était prête à continuer.

— Juno, est-ce la première fois ?

Elle leva la tête et, rencontrant son regard perspicace, sentit ses joues s'enflammer.

— Bien sûr que non. J'ai vingt-deux ans, répondit-elle en rajoutant une pointe d'indignation dans sa voix.

— Mais tu as peu d'expérience, n'est-ce pas ?

Mortifiée, elle tenta de remonter les bretelles de sa robe mais il lui saisit le poignet.

— Qu'y a-t-il ? demanda-t-il à la fois amusé et déconcerté.

— Tu as raison, avoua-t-elle. Je ne peux que te décevoir.

Comment avait-elle pu se croire capable de profiter de l'instant ? Elle se sentait pitoyable. Une belle robe, un peu de maquillage et des talons hauts ne suffisaient pas à la transformer en déesse du sexe.

Il lui lâcha le poignet et la força à le regarder.

— Il ne s'agit pas de me décevoir ou pas. Ce n'est pas un test.

Il effleura du pouce le renflement de ses seins. Captivée par sa voix rauque et sa douce caresse, elle en sentit le bout se durcir.

— Il semble que j'aie juste un peu plus d'expérience que toi, alors laisse-moi faire.

Il fit glisser le bustier de sa robe, la dénudant jusqu'à la taille.

— Allonge-toi, lui dit-il doucement.

Elle se laissa aller contre l'oreiller tandis qu'il caressait son ventre et descendait jusqu'à son nombril déclenchant en elle une onde de plaisir d'une telle violence qu'elle se mordit la lèvre pour ne pas crier.

— Tout ce que tu dois faire est de me dire ce que tu aimes.

— Je… Je ne sais pas.

— Alors nous allons chercher à le savoir ! lança-t-il avec un petit sourire coquin tout en dégrafant son soutien-gorge.

Elle sursauta, prise de panique.

— Non !

Elle essaya de se couvrir, mais il lui attrapa les bras et la maintint sur le lit. Elle ferma les yeux, gênée de sentir son regard sur ses seins.

— Pourquoi veux-tu te cacher ? demanda-t-il stupéfait.

Elle ouvrit les yeux et, voyant son regard admiratif, se sentit devenir écarlate.

— Mes seins sont trop petits, murmura-t-elle.

Il rit doucement en secouant la tête.

— Ils sont parfaits.

Lui lâchant les bras, il posa sa paume chaude sur l'un d'eux, en effleura la pointe et se pencha pour la prendre dans sa bouche, mordillant doucement la chair tendre. Elle se cambra tandis que des ondes brûlantes lui parcouraient le corps.

Il passa d'un sein à l'autre, les caressant, les embrassant, les pinçant avant d'en titiller le bout et de le sucer avidement.

— Ils sont si sensibles, si réactifs, murmura-t-il, c'est merveilleux.

Juno voulait tout apprendre de lui, aussi souleva-t-elle les fesses pour l'aider à lui enlever sa robe et elle ne résista pas davantage lorsque la dernière barrière de dentelle s'en alla rejoindre le reste par terre.

— Tu es magnifique, murmura-t-il en la caressant avec une exquise lenteur.

Elle se mit à gémir comme il fouillait les boucles entre ses cuisses, approchant les doigts du centre de son désir pour aussitôt s'en éloigner. C'était tellement frustrant qu'elle ne put s'empêcher de l'encourager.

— Oui… là.

Les mots lui échappèrent tandis qu'elle s'agrippait à ses épaules et soulevait les hanches à la recherche de ses caresses.

— Tout ce que tu voudras, dit-il en souriant.

Les doigts de Mac plongèrent dans sa moiteur, caressant son clitoris, la faisant haleter, désespérée de trouver

un soulagement. Soudain, agitée de soubresauts, elle lui griffa le dos, bouleversée par le violent désir qui la tenaillait, avant de sentir son corps se tendre et exploser en un millier de parcelles scintillantes.

Mac ouvrit sa fermeture Eclair libérant son érection douloureusement gonflée.

Il voulait faire durer leur plaisir mais la voir jouir avait allumé un feu incontrôlable en lui. Il s'exhorta au calme tandis qu'il enfilait un préservatif.

Juno ouvrit ses magnifiques yeux bleu-vert voilés de plaisir et lui adressa un sourire timide.

— Comment était-ce ?

— Délicieux, murmura-t-elle. Je ne savais pas…

Le cœur de Mac battit à se rompre. Elle lui avait pourtant dit qu'elle n'était pas vierge.

— Merci, Mac. Je ne m'attendais pas à ce que ce soit si merveilleux.

Il se sentit envahi d'un mélange de fierté et d'une sensation qui ressemblait fort à de l'instinct de possession.

— Tu n'as pas besoin de me remercier, dit-il en prenant sa main pour l'embrasser. Je compte bien avoir ma récompense à présent.

Elle bougea de nouveau contre lui, sa hanche nue effleurant son érection.

— Je suis désolée, tu n'as pas… encore…

La voyant à la fois effrayée et embarrassée, il éprouva l'envie de la serrer contre lui. Elle était vraiment adorable.

Il passa un bras autour de sa taille et la serra plus fort.

— Veux-tu recommencer ?

Il ne se sentait guère capable d'attendre plus longtemps mais ne voulait pas la presser et tout gâcher.

— Si c'est aussi bien que la première fois, répondit-elle avec bravade, je suis d'accord.

— Je vais faire de mon mieux, promit-il, priant pour arriver à être patient tandis qu'il saisissait ses hanches.

Elle le regarda fixement, s'offrant à lui avec une telle générosité dénuée de peur qu'il sentit son cœur se serrer, mais il décida d'ignorer cette sensation.

Juno gémit sous la pression de son érection. Il lui releva les hanches, prêt à la pénétrer, mais sentit les muscles de son sexe se crisper et ses mains se resserrer autour de son cou.

— Laisse-toi aller, la rassura-t-il doucement.

Il s'immobilisa pendant ce qui lui sembla une éternité, lui laissant le temps de s'habituer à lui, puis il la pénétra lentement.

— C'est bon ? demanda-t-il.

— Oh oui ! répondit-elle.

Elle enroula les jambes autour de sa taille, remuant maladroitement sous lui tandis que ses coups de reins devenaient plus rapides et plus forts. Ses gémissements firent écho aux grognements de Mac tandis que leur plaisir montait jusqu'à ce qu'un raz de marée exquis déferle sur eux, les plongeant dans l'oubli.

Chapitre 6

Alanguie dans les bras de Mac, Juno savourait les dernières sensations d'un orgasme éblouissant. Le dos plaqué contre son torse, elle sentait son sexe encore ferme pressé contre ses fesses et son souffle sur sa nuque tandis qu'il lui recouvrait un sein d'une main.

— Alors, es-tu prête à recevoir ta note ? murmura-t-il.

Pas le moins du monde gênée par son léger ton ironique, elle laissa échapper un petit rire.

— J'espère avoir au moins neuf.

— Je pensais à dix sur dix pour l'initiative et cinq pour l'endurance.

Elle lui envoya un petit coup de coude et il rit à son tour en resserrant son bras autour de sa taille.

— Je voulais juste dire que nous allons devoir travailler sur ta résistance, chérie.

Sa chaleureuse moquerie la remplit de fierté et en se pelotonnant contre lui une sensation douloureuse entre ses cuisses lui arracha une plainte.

— T'ai-je fait mal ? demanda-t-il en la faisant rouler sur le dos et en cherchant son regard.

— Non, pas du tout, répondit-elle, émue par sa prévenance.

Elle remua les fesses et sentit de nouveau la légère douleur.

— C'est juste que… ça faisait longtemps.

— Je suis désolé, dit-il en passant la main sur son ventre. Cela faisait combien de temps ?

Gênée, elle remonta les genoux contre elle.

— Un bon moment.

Il fit glisser un doigt le long de son cou et repoussa une mèche de cheveux derrière son oreille.

— Ne le prends pas mal. Tu es une femme belle et attirante. Je suis seulement curieux.

Elle poussa un soupir. Pourquoi aurait-elle honte ?

— Six ans.

— Six… ? Mais tu étais encore une enfant !

— Non, répliqua-t-elle d'un ton sec. Je savais exactement ce que je faisais.

Même si elle n'avait pas été prête à faire face aux conséquences de ses actes.

— Qu'est-il arrivé, Juno, demanda-t-il en lui prenant le visage entre les mains et en déposant sur ses lèvres un baiser si tendre qu'elle sentit une étrange douleur lui étreindre le cœur.

Elle le repoussa, ne souhaitant pas se laisser aller à cette forme d'intimité avec lui. Il ne s'agissait que d'une nuit de plaisir et elle ne pouvait se permettre de mêler les sentiments au sexe. Pas une seconde fois.

— C'était il y a longtemps.

Elle souleva le drap et s'assit au bord du lit, frissonnant malgré la lourde chaleur estivale.

— Je… Je dois partir.

Alors qu'elle se penchait pour ramasser sa robe, il la prit par la taille, l'attirant vers lui.

— Reste avec moi cette nuit. Je te promets de ne plus te poser de questions.

Elle savait qu'elle aurait dû partir, mais la chaleur de ses bras et son souffle contre son oreille étaient trop rassurants.

Elle regarda par-dessus son épaule tandis qu'il empilait les oreillers contre la tête de lit et lui tendait la main.

— Viens, murmura-t-il d'une voix envoûtante. Je te raccompagnerai demain matin.

Elle bâilla et il eut un petit rire.

— Faire l'amour est épuisant, n'est-ce pas ? la taquina-t-il en berçant sa tête contre son épaule et en tirant le drap sur eux.

— Je ne peux pas rester longtemps, murmura-t-elle, en se pelotonnant contre lui.

Quel mal y avait-il à rester un petit moment ? Elle maîtrisait la situation et se sentait si lasse. Elle posa une main sur son torse, sentit le battement régulier de son cœur, et respira son odeur. C'était si bon d'être dans ses bras.

Elle ferma les yeux, s'abandonnant à cette douce sensation.

Il aurait dû la laisser partir. Pourquoi ne l'avait-il pas fait ?

La question tourmentait Mac tandis que la tête de Juno se faisait plus lourde sur sa poitrine et que son corps se laissait gagner par le sommeil. Il éteignit la lampe de chevet et regarda un rayon de lune jouer sur ses boucles dorées.

N'avait-il pas toujours évité les câlins après le sexe ? Pourquoi trouvait-il rassurant de sentir son corps contre le sien ?

Et pourquoi ne parvenait-il pas à chasser de son esprit l'image d'elle à seize ans, seule et vulnérable ? Il avait

dû lui arriver quelque chose de terrible. C'était la seule explication à sa longue abstinence, mais en quoi cela le regardait-il ? Il n'avait aucune responsabilité dans cette histoire.

Il avait au contraire tout fait pour être attentif et patient avec elle. Mais pour une raison qu'il ne s'expliquait pas, il avait ensuite éprouvé le besoin de la garder dans ses bras.

Il ferma les yeux et d'autres images vinrent le hanter. Connor et Daisy descendant main dans la main l'allée centrale de l'église. Le bébé de Connor endormi dans ses bras. L'angoisse de Juno lorsqu'elle avait découvert son érection.

Il soupira. Ce n'était pas étonnant qu'il se comporte de façon aussi irrationnelle, cette journée avait été riche en émotions.

Assister au mariage de Connor avait été une erreur. N'écoutant que sa libido, il avait profité de cette fille et se sentait coupable de la façon dont il l'avait utilisée, surtout depuis qu'il avait découvert son innocence.

Pourquoi se torturait-il ainsi ? Il lui avait donné du plaisir et était pratiquement sûr de lui avoir offert son premier orgasme. Elle l'en avait même remercié.

Il la laisserait partir sans regret le lendemain.

Il devait reprendre sa vie et le travail qu'il aimait, retourner à la tranquille solitude de sa maison de Laguna Beach. Il avait besoin d'oublier Connor et sa petite famille, ainsi que la jeune femme confiante abandonnée entre ses bras.

Mais comme elle frissonnait dans son sommeil, il resserra instinctivement les bras autour d'elle.

Chapitre 7

Juno fut réveillée par le gazouillis des oiseaux. Les premiers rayons du soleil filtraient à travers les persiennes.

Elle perçut un faible soupir derrière elle et sentit sur sa hanche une main possessive qui bougea légèrement, la faisant frissonner. Elle jeta un coup d'œil par-dessus son épaule et vit Mac Brody allongé sur le ventre, le drap repoussé bas sur ses fesses.

En soulevant délicatement la main de Mac afin de ne pas le réveiller, elle aperçut en travers de son bras une vilaine cicatrice qu'elle n'avait pas remarquée la veille au soir.

A ce souvenir, son pouls s'emballa. Faisant preuve d'une attention et d'une patience infinies, Mac lui avait offert l'expérience la plus exaltante et érotique de sa vie. Elle se pencha vers lui et déposa un léger baiser sur sa joue.

— Merci, Mac Brody, murmura-t-elle en sentant sa vue se brouiller.

Horrifiée, elle s'essuya les yeux. Il n'y avait pas de place pour les sentiments dans leur histoire, il s'agissait seulement de sexe.

Elle sentit pourtant l'émotion lui nouer la gorge. Elle

n'aurait jamais dû passer la nuit entière dans ses bras. C'était là exactement le genre d'intimité qu'elle voulait éviter.

Ne voulant pas attendre son réveil, elle se glissa hors du lit, s'habilla et traversa la chambre, ses chaussures à la main. En passant près du bureau elle hésita avant de saisir un crayon et de griffonner quelques mots sur une feuille de papier à l'en-tête de l'hôtel. Elle la plia en quatre, y inscrivit le nom de Mac, et revint sur la pointe des pieds la poser sur la table de nuit, près du téléphone.

Elle tourna alors la tête pour admirer une dernière fois le superbe corps de Mac. Un profond soupir lui échappa et elle s'éloigna à pas de loup, soudain pressée de partir aussi loin que possible.

Une sonnerie bruyante tira brusquement Mac d'un doux rêve érotique. Les yeux fermés, il tâtonna pour saisir le téléphone.

— Brody, grommela-t-il.

— Mac, ça fait deux jours que ton mobile est éteint. Qu'est-ce que tu fabriques en France ?

Mac reconnut la voix de son agent de presse, Mickey Carver.

— Ça ne te regarde pas, Mick.

Il allait raccrocher lorsqu'il entendit Mick le supplier de l'écouter.

— D'accord, mais parle doucement, murmura-t-il, je ne suis pas seul.

Il se retourna et, clignant des yeux, aperçut l'oreiller de plumes portant encore la trace de Juno.

Ecartant le combiné, il tendit l'oreille, mais n'entendit aucun bruit provenant de la salle de bains.

— Attends un instant, Mick. Je peux te rappeler ?

— Bien sûr, répondit celui-ci en soupirant, mais fais-moi une faveur. La prochaine fois que tu décides de séduire une belle Anglaise, préviens-moi, d'accord ? J'ai passé la nuit à répondre aux appels des tabloïds et ça continue !

Mac se redressa brusquement.

— Qu'est-ce que tu racontes ?

— Les photos sont dans tous les journaux du matin.

— Quelles photos ?

— De vous deux, répondit Mickey, très étroitement enlacés.

La stupéfaction de Mac vira à la fureur et un juron lui échappa. Quelqu'un avait dû les prendre en photo la nuit dernière, et leur baiser intime avait été livré au public ce matin.

— Hé, calme-toi. Tu sais, ce sera une excellente publicité pour la sortie de *Death Game* en Europe, surtout si la fille est anglaise. Elle est avec toi ?

— Non, grommela-t-il, soudain soulagé qu'elle ne le soit pas. Je te préviens, Mickey, ma vie privée ne regarde que moi et si tu donnes la moindre information sur cette histoire, je te vire.

Mickey marqua une pause avant de répondre prudemment :

— Compris, Mac. Qu'attends-tu de moi alors ?

— Dis-leur qu'il n'y a aucun commentaire, c'est tout.

Mickey se racla la gorge.

— Ils ont déjà son nom.

— Je dois la prévenir, dit Mac.

Juno n'était pas préparée pour ça, et il avait l'intention d'être là pour la protéger.

Il allait raccrocher lorsqu'il se ravisa.

— Attends, Mick. Quel est son nom, au fait ?

Il ne savait pas où elle était pour l'instant mais il devait passer à l'action. Il allait commencer par réserver deux billets pour Los Angeles pour l'éloigner des journalistes.

— Eh, dis-moi, tu ne lui as pas demandé son nom avant de la mettre dans ton lit ? Quel tombeur !

Le petit rire macho de Mick exaspéra Mac.

— Son nom, Mick.

Il entendit un froissement de papier.

— D'après les articles, elle s'appelle Juno Delamare, travaille dans une boutique de vêtements, Funky Fashionnista, à Portobello à l'ouest de Londres et...

Ayant obtenu ce qu'il voulait, Mac raccrocha. Il se passa les doigts dans les cheveux et, regardant par la porte donnant sur la terrasse, remarqua que le soleil était déjà haut dans le ciel.

Quelle heure était-il ? S'il était 6 heures du matin à Los Angeles il devait être plus de midi ici. Après les émotions de la veille, il avait dormi comme un loir.

Il n'était donc pas étonnant qu'elle ne soit plus là. Elle avait dû aller prendre son petit déjeuner.

Les battements de son cœur se calmèrent un peu.

Il se leva, s'étira et décida qu'il ne pouvait plus la laisser partir après l'avoir mise dans un tel pétrin. Passer une quinzaine de jours avec lui dans sa villa à Los Angeles lui permettrait d'être à l'abri des regards indiscrets.

Vu la façon dont les choses s'étaient passées entre eux la veille, cela ne devrait représenter une épreuve pour aucun d'eux.

Il fit un pas en avant et posa le pied sur un morceau de papier ; son nom y était écrit en lettres capitales. Il le ramassa et le déplia.

Son cœur fit un bond tandis qu'il lisait et relisait les deux petites phrases.

« Cher Mac,
« Merci pour cette nuit mémorable.
« Je te souhaite beaucoup de bonheur.
« Juno »

De rage, il froissa la lettre dans sa main.

Elle n'était pas allée prendre son petit déjeuner, elle l'avait quitté sans rien dire !

Qu'est-ce que cela signifiait ? Avait-elle pris la décision de ne jamais le revoir ?

Il traversa la chambre à grands pas et ouvrit à la volée la porte de la salle de bains. Elle n'avait pas le droit de le traiter de la sorte !

Il entra dans la douche et bascula le mitigeur sur « Froid », en serrant les dents.

Non seulement elle avait une fois de plus pris la poudre d'escampette, mais elle l'avait offensé et blessé.

L'eau glacée lui gifla le visage.

— Beaucoup de bonheur, tu parles, grommela-t-il en tendant la main vers le savon.

Chapitre 8

Juno entendait d'une oreille distraite les commentaires fébriles de Daisy et les réponses calmes et posées de Connor tandis que la limousine se dirigeait vers Portobello.

Depuis le matin, elle se sentait lasse, perturbée et déstabilisée. Son corps était douloureux, Daisy l'avait harcelée de questions en la voyant revenir à 8 heures du matin dans sa robe de demoiselle d'honneur et ils avaient dû essuyer un retard de trois longues heures à l'aéroport de Nice.

Pourquoi ne pouvait-elle donc pas se débarrasser de ce sentiment de vide ? Pourquoi la vision de Mac endormi, au moment où elle avait fermé la porte, ne cessait-elle de la hanter ?

Elle s'était promis de ne plus jamais souffrir à cause d'un homme et ne voulait pas se laisser aller à rêver.

La seule explication plausible était son épuisement.

Ce dont elle avait besoin était de retrouver sa petite vie, l'ordre et le calme de son studio et de dormir. Ils étaient heureusement bientôt arrivés.

Elle aperçut soudain au travers des vitres teintées de la limousine une foule rassemblée devant la demeure de Daisy et Connor. Un homme portant deux énormes appareils

photo autour du cou se détacha alors du groupe et courut vers eux. Un flash éblouit Juno et d'autres journalistes se précipitèrent aussitôt autour de la voiture.

Connor souleva Ronan de son siège auto et berça le bébé en pleurs contre son épaule, puis tapa contre la vitre de séparation.

— Jim, approchez-vous le plus près possible de la maison et appelez la police, je vous prie.

Juno courut vers l'entrée à la suite de Daisy et Connor tandis que les flashes crépitaient. Elle se protégea les yeux et attrapa la main de Daisy pour se frayer un chemin à travers la foule. Les questions fusaient.

« Juno, depuis combien de temps connaissez-vous Mac Brody ? » « Est-il aussi sexy qu'on le dit, Juno ? » « Où est Mac ? Va-t-il venir vous retrouver à Portobello pour une autre nuit de passion ? »

Elle entendit les hurlements de terreur de Ronan tandis que Connor les poussait à l'intérieur, et claquait la porte au nez des curieux.

— Bon sang, que diable se passe-t-il ? hurla Connor.

— Ne crie pas, lui intima Daisy en prenant son fils dans ses bras pour le calmer.

Tous trois firent un bond lorsqu'un journal tomba sur le sol : un nez et une bouche apparurent à travers la fente de la boîte aux lettres.

— Fantastique photo, Juno. Vous êtes sûre de ne pas avoir de commentaire ? supplia une voix désincarnée au fort accent cockney.

Connor jura et rabattit d'un geste sec le volet de la boîte aux lettres.

— Prends ça et va dans le bureau, dit-il en fourrant le journal dans les mains de Juno. Je m'occupe de la police.

Honteuse, Juno suivit Daisy et le bébé dans le studio. Pourquoi n'avait-elle pas pensé aux possibles conséquences de la soirée de la veille ? Mac était célèbre. Il était évident que leur rendez-vous galant ne pouvait pas rester secret et à présent cette folie retombait sur Connor et Daisy, le premier jour de leur lune de miel.

Daisy jeta un coup d'œil par la fenêtre du bureau.

— On dirait un essaim de sauterelles, murmura-t-elle avec une certaine fascination.

— Tout ceci est ma faute, murmura Juno en se laissant tomber sur le canapé.

Daisy se percha sur l'accoudoir pendant que les pleurs de Ronan se transformaient en sanglots saccadés. La honte de Juno s'accrut. Comment avait-elle pu se montrer aussi irresponsable ?

— Je suis vraiment désolée, murmura-t-elle en caressant d'une main tremblante les boucles de Ronan. Regarde dans quel état il est.

— Ne t'inquiète pas pour lui, répondit Daisy.

Déboutonnant son chemisier, elle offrit le sein au bébé qui, se calmant aussitôt, se mit à téter avec voracité.

— Tu vois, dit Daisy en souriant, tu peux arrêter de trembler, maintenant.

Elle indiqua du menton le journal que Juno tenait encore serré dans sa main.

— Et si nous regardions les raisons de cette agitation ?

Juno déplia le journal sur ses genoux et resta bouche bée en découvrant la première page.

Sous un gros titre, « La nuit de passion du beau Brody avec une jeune londonienne », s'étalait une grande photo en couleur qui, en dépit de sa piètre qualité, déclencha un flot de souvenirs brûlants chez Juno. On y voyait Mac

en train de l'embrasser passionnément sur la terrasse du château, ses longues mains posées au creux de ses reins.

Daisy fredonna.

— Le mystère est résolu.

Gênée, Juno referma le journal d'un geste brusque.

— Il m'a embrassée… et nous nous sommes laissés emporter.

— Je vois ça, dit Daisy, un léger sourire aux lèvres.

— C'est terrible.

Daisy appuya la tête du bébé contre son épaule et lui tapota le dos.

— Moi, je trouve cela plutôt fantastique.

Son sourire se fit espiègle.

— Maintenant, j'ai deux questions très importantes à te poser. Est-ce que ta nuit passionnée a été aussi torride que cette photo semble l'indiquer ? Et quand vas-tu le revoir ?

Le rouge qui monta aux joues de Juno fit rire Daisy.

— Oublie la première question, dit-elle, j'ai déjà la réponse.

— Je ne compte pas le revoir. Ce n'était que pour une nuit.

— Qui a dit ça ? Lui ?

— Pas exactement, répondit Juno, prudente. Il dormait encore lorsque je suis partie ce matin.

Daisy haussa les sourcils, interloquée.

— Tu as laissé tomber l'homme dont rêvent toutes les femmes. Tu es folle ou quoi ?

— Je ne voulais pas le réveiller, dit-elle d'un ton plaintif. Je lui ai laissé un mot.

L'excuse était faible, même pour elle.

— De toute façon il ne cherchait pas une véritable relation… et moi non plus.

C'était la vérité. Même si son cœur s'emballait chaque fois qu'elle pensait à lui, cela ne pouvait être qu'un reste d'alchimie sexuelle. Une telle relation était vouée au désastre, elle le savait.

Daisy ajusta Ronan endormi sur son épaule et envoya à Juno un regard qui la mit au supplice.

— Qu'en sais-tu ? Tu n'as pas attendu pour le vérifier.

— Je n'en avais pas besoin, c'était évident. Je suis juste… réaliste.

Elle n'avait aucune envie de rentrer dans le jeu de cette incorrigible romantique de Daisy.

Celle-ci leva la main.

— Il y a un temps pour être réaliste et un autre pour laisser libre cours à la passion qui sommeille en toi et oublier toute raison. Vivre une aventure torride avec Mac Brody relève sans nul doute de la seconde catégorie.

Elle soupira et reprit :

— J'ai peine à croire que tu laisses passer une chance pareille.

— Arrête Daisy. C'est une affaire classée.

Daisy prit soudain un air sérieux.

— Ne fais pas ça, Juno, pas maintenant, pas après avoir réussi tant de choses ces deux dernières semaines.

— Je ne comprends pas ce que tu veux dire.

Elle le savait pourtant mais ne voulait pas l'entendre.

— Juno, depuis que tu as rencontré Mac, j'ai découvert une facette de toi que je ne connaissais pas, et c'était magnifique à voir. Tu reprenais enfin goût à la vie. Tu as eu le courage de porter cette robe de demoiselle d'honneur et ensuite de passer la nuit avec Mac. Je parie que tu étais morte de peur en entrant dans sa chambre d'hôtel.

Juno rougit de nouveau.

— Un peu, mais il a été étonnant. Il s'est montré patient et compréhensif.

— Alors pourquoi es-tu partie ?

— Je ne voulais pas me rendre ridicule, lâcha Juno. Mac est peut-être le frère de Connor, mais il est aussi une vedette de cinéma dont la plupart des femmes, bien plus belles et sophistiquées que moi, sont amoureuses. Je ne voulais pas qu'il me traite avec condescendance et prétende tenir à moi alors que ce n'était pas le cas.

La nuit précédente, elle avait découvert qu'elle était capable de se laisser guider par son instinct et de saisir une ocasion. Elle avait déjà franchi un grand pas. Un jour, peut-être, elle aurait le courage de rechercher le grand amour. Pour l'instant, elle avait bien trop peur de souffrir.

— J'ai risqué le tout pour le tout une fois déjà et cela s'est mal terminé. Je ne veux pas recommencer.

Une larme glissa sur la joue de Daisy.

— Je te comprends, Juno. Aucune fille de seize ans ne devrait affronter ce que tu as vécu. Et je ne veux jamais te voir revivre une telle épreuve.

Elle essuya ses larmes d'un geste impatient.

— Mais tu dois commencer à croire en ton propre jugement si tu veux retrouver confiance en toi.

— Parfait. Mon jugement me disait que Mac Brody ne voulait rien de plus qu'une aventure d'une nuit.

— Tu n'en sais rien, s'obstina Daisy.

Juno se força à rire.

— Tu dis cela uniquement parce qu'il est le frère de Connor. Tu ne le connais pas. Veux-tu savoir pourquoi il est réellement venu en France ?

— Je t'écoute.

— Parce qu'il voulait coucher avec moi, avoua Juno.

Au lieu d'avoir l'air horrifié, Daisy éclata de rire.

— J'en étais sûre. J'espère que tu es flattée.

Juno se sentit devenir écarlate. Bien sûr qu'elle avait été flattée. De façon ridicule même.

— Tu ne comprends pas à quel point il est superficiel ? Il vous a soigneusement évités toi et Connor, et même le petit Ronan, à la réception. Tu sais que c'est vrai. Je ne comprends pas comment tu peux le lui pardonner.

Quelle mauvaise foi ! N'avait-elle pas fait la même chose avec lui ?

— Tu ne peux pas le juger là-dessus. La situation entre lui et Connor est compliquée. Je te l'ai déjà dit.

— Je sais, ils ont eu une enfance difficile, mais cela ne justifie pas…

— Ecoute-moi, Juno, l'interrompit Daisy, ils ne se sont pas vus depuis que Mac avait dix ans. Connor est pratiquement sûr qu'on l'a baladé d'une famille d'accueil à une autre pendant toute son adolescence.

Elle laissa échapper un profond soupir.

— Je ne cherche pas à l'excuser. C'est réellement compliqué et je ne pense pas qu'il soit aussi superficiel que tu le penses. Il se protège. Tout comme toi.

Juno ne sut que répondre. Elle ne voulait pas penser à Mac comme à un enfant seul et mal aimé.

— Le fait est que tu ne le connais pas toi non plus, poursuivit Daisy, mais tu as aimé le peu que tu as vu. Tu m'as même dit qu'il avait été étonnant. Pourquoi t'es-tu enfuie sans même lui donner une chance ?

— Tu trouves que j'ai réagi de façon excessive ?

Etait-ce la raison pour laquelle elle s'était sentie si vide et désenchantée depuis qu'elle avait quitté cette chambre d'hôtel ? Avait-elle fait preuve de lâcheté ?

— Oui, je crois, répondit Daisy prudemment. Tu avais une petite chance que Mac ne te mette pas dehors au réveil.

— J'ai bien fait alors, s'exclama Juno en souriant malgré la terrible déception qui lui étreignait la poitrine.

Des clameurs soudaines s'élevèrent de la rue et les firent sursauter.

— Tiens, occupe-toi de Ronan, je vais voir ce qui se passe.

Daisy se précipita vers la fenêtre.

— C'est peut-être la police.

Juno, apaisée par la douce odeur du bébé préférait ne plus songer à la police ni à la presse. Les journalistes finiraient bien par lever le camp lorsqu'ils se rendraient compte que sa « nuit de passion » avec Mac Brody n'avait pas de lendemain. A cette idée, son sentiment de déception grandit, lui serrant la gorge.

Daisy écarta le rideau et jeta un coup d'œil à l'extérieur.

— Oh!

Lançant à Juno un sourire radieux, elle lui fit signe d'approcher.

— Viens voir.

Juno s'approcha de la fenêtre, Ronan endormi dans ses bras, tandis que son amie lui cédait la place.

Elle distingua une grande silhouette grimpant quatre à quatre les marches du perron de la maison de Daisy et Connor.

Son cœur se mit à battre la chamade tandis que Daisy murmurait :

— M. Etonnant semble décidé à te donner une seconde chance…

Chapitre 9

— Nos places sont réservées sur le vol de ce soir.

Mac jeta un coup d'œil à sa montre tout en faisant les cent pas.

— Tu ferais bien de préparer tes bagages, il nous reste peu de temps.

— De quoi parles-tu ?

Mac s'immobilisa et la regarda enfin.

— Du vol pour Los Angeles. Tu vas venir passer les deux prochaines semaines avec moi, jusqu'à ce que les journalistes se calment.

— C'est impossible !

Un frisson d'excitation s'était emparé d'elle dès qu'il était entré dans le bureau et Daisy avait trouvé aussitôt un prétexte pour les laisser seuls.

Juno était très flattée qu'il l'ait suivie depuis la France, mais n'en avait pas pour autant perdu la notion de la réalité.

— Je ne peux pas. Je dois m'occuper de la boutique.

— Tu ne connais pas les journalistes. Tu ne pourras pas approcher du magasin. Ils seront là jour et nuit et vont fouiller et interroger tout le quartier pour obtenir ce qu'ils veulent.

— Ils ne peuvent pas faire ça, l'interrompit-elle stupéfaite.

Il fit un pas vers elle et posa une main sur sa joue.

— Crois-moi, ils vont faire de ta vie un enfer, je sais de quoi je parle. Viens avec moi à LA. J'ai une propriété à Laguna Beach et un service de sécurité efficace. Dans quelques semaines, ils ne se préoccuperont plus de toi et tu pourras rentrer chez toi.

Tandis qu'il lui caressait la joue, elle le regarda droit dans les yeux avant de reculer soudain prise d'un doute. Il n'était certainement pas venu de si loin pour la sauver des griffes des paparazzis.

— Pourquoi te donnes-tu tant de mal ? Nous nous connaissons à peine.

Il eut un petit sourire.

— Nous aurons tout loisir d'y remédier.

Elle déglutit péniblement, la bouche sèche.

— Tu n'es pas là uniquement pour me protéger des journalistes, n'est-ce pas ?

— Si, répondit-il avec un sourire charmeur qui démentait son affirmation. Mais rien ne nous interdit de profiter l'un de l'autre pendant ton séjour. Il se trouve que j'ai quelques jours de libre avant le début de mon nouveau projet et j'ai besoin de distraction. Il semblerait qu'il en soit de même pour toi.

Son pouce glissa le long de son cou, lui envoyant un frisson de désir.

Même si elle essayait de le nier, elle avait envie d'aller à LA avec lui. Elle n'aurait jamais dû partir comme ça ce matin, elle avait été lâche et pathétique. A condition d'agir avec prudence, elle avait peut-être à présent la chance de vivre une belle histoire.

— Qu'entends-tu par « distraction » ? demanda-t-elle

d'une voix calme qui contrastait avec les battements de son cœur.

— Ça, par exemple.

Il l'enlaça et lui donna un baiser terriblement sensuel.

— Qu'en penses-tu ?

Juno porta une main à ses lèvres, stupéfaite par l'intensité du désir de Mac et par la force de sa propre réaction. Il ne s'agissait pas de belle histoire mais de désir physique. Et Mac semblait être la personne idéale. Serait-elle capable de garder cela à l'esprit et de s'assurer que ses émotions ne s'en mêlent pas ?

— Hier soir n'était qu'un avant-goût, dit-il d'une voix rauque les yeux brillants de promesse. Nous avons encore des nuits mémorables devant nous, quatorze pour être précis.

Elle en eut le souffle coupé. Ce n'était pas son arrogance qui l'avait stupéfiée mais la nuance de sa voix lorsqu'il avait prononcé « nuits mémorables ». Elle comprit soudain pourquoi il était venu la chercher et cela lui donna de l'assurance.

Jusque-là, Mac avait décidé de tout et elle l'avait laissé faire parce que la passion entre eux l'avait aveuglée et mise à sa merci.

Si elle voulait se protéger, elle devait montrer à Mac qu'elle ne se laissait pas faire si facilement.

— Tu es ici à cause du mot que je t'ai laissé, lança-t-elle d'une voix aussi ferme que possible.

Comment diable avait-elle compris ?

Mac n'appréciait pas de se voir démasqué de la sorte, surtout après avoir répété la scène depuis l'aéroport.

Il avait décidé de sortir la carte de la décontraction et

du charme, et de lui promettre de belles nuits. Il voulait qu'elle s'imagine qu'il lui faisait une faveur. Pas question de lui montrer à quel point il était impatient qu'elle vienne à LA, et combien son fichu mot l'avait ébranlé.

Son plan venait d'échouer.

Il laissa alors échapper un petit rire forcé.

— Ce n'est pas vrai, répondit-il, ton mot était très gentil, simplement un peu prématuré vu les événements.

— Je ne te crois pas. Tu n'as pas apprécié, je le sais.

Bon sang!

Il se savait bon acteur et avait donné sa réplique avec juste assez de nonchalance pour la rendre convaincante.

— Pas du tout, rétorqua-t-il sans grande conviction.

— Je suis devenue un défi pour toi, continua-t-elle, l'étudiant toujours comme si elle était capable de lire en lui. Tu ne supportes pas que je sois partie, alors tu viens à ma reconquête, n'est-ce pas ?

A présent il ignorait s'il devait être impressionné ou agacé. Il lui prit le bras.

— Je te l'ai déjà dit, je ne joue pas à ce petit jeu.

Surtout lorsqu'il n'était pas certain de pouvoir gagner.

— Tu dois te décider. Viens-tu à LA ou non ?

Face à cet ultimatum, elle fronça les sourcils, et comprenant son erreur il lui lâcha le bras.

Où diable était passée son soi-disant charme décontracté ? Il se comportait comme un parfait imbécile, lui qui d'ordinaire ne se départissait jamais de son calme avec les femmes, surtout quand il les désirait autant qu'il la voulait elle.

Il était sur le point de se reprendre lorsqu'elle lança avec un sourire enjôleur :

— Je pense que c'est une bonne idée mais je tiens à préciser quelques points.

— Lesquels ? demanda-t-il avec méfiance.

Où était donc passée la jeune fille timide qu'il avait initiée la nuit précédente ?

— Je compte rester deux semaines, dit-elle, au terme desquelles chacun de nous reprendra sa vie.

Il acquiesça, se demandant pourquoi il ne se sentait pas plus soulagé. Il avait prévu de dire la même chose lui-même, et trouvait déconcertant de la voir prendre cette initiative.

— Et je ne veux en aucune façon que cela affecte ta relation avec Connor, Daisy et Ronan.

— Ce ne sera pas un problème, dit-il en admirant sa loyauté envers ses amis.

De toute façon, sa relation avec Connor et sa famille était quasi inexistante.

Elle poussa un petit soupir et ses joues rosirent.

— Le reste… est un peu plus personnel. J'espère que cela ne te dérange pas que je te pose la question, mais j'ai passé un test il y a six ans et…

Elle marqua une pause.

— Je n'ai pas eu de relations depuis. Qu'en est-il pour toi ?

Il mit un instant à comprendre ce qu'elle lui demandait. Son admiration grandit. Cette question avait son importance, en particulier si jamais elle avait lu les inepties rapportées par la presse au sujet de sa vie privée.

— J'ai été testé il y a quelques années pour une question d'assurance. De plus, j'utilise des préservatifs et ne consomme aucune drogue. Cela te convient-il ?

— Oui, je crois, admit-elle en ayant l'air si soulagée qu'il ressentit un soudain besoin de la prendre dans ses bras.

— Y a-t-il autre chose ? demanda-t-il tout en lui caressant la joue du dos de la main.

Ne pas savoir ce qu'elle pensait ou allait faire ensuite était un petit prix à payer pour l'instant mais au bout de deux semaines il serait à même de la connaître. Il était expert dans l'art d'étudier les gens et d'obtenir d'eux les informations qu'il désirait.

Une fois qu'il connaîtrait tous ses secrets, elle ne le fascinerait plus autant qu'à présent.

— J'ai aussi l'intention de payer mon billet.

— C'est inutile, je l'ai déjà pris, affirma-t-il décidé à avoir gain de cause.

C'était faux. Il avait seulement demandé de prendre pour Juno un aller simple, et il se rendit compte que c'était un drôle d'oubli. Depuis quand était-il sorti avec une femme sans avoir à l'avance établi une stratégie de repli ?

Il réalisa aussi que c'était la première fois qu'il invitait une femme chez lui. Sa maison de Laguna Beach était son sanctuaire et même Gina n'y avait jamais passé la nuit. Il avait toujours fait en sorte de la retrouver dans l'appartement qu'elle possédait à Hollywood Hills.

— Bon, dans ce cas… mais je voudrais tout de même être sûre d'avoir un billet de retour.

— Tout est arrangé, dit-il sèchement, se demandant pourquoi son obstination commençait à l'irriter. Maintenant, si tu n'as pas d'autres exigences, il serait temps d'aller préparer tes valises.

Il posa une main dans le creux de ses reins et la guida vers la porte du bureau.

— Nous avons un avion à prendre.

Il était impatient de commencer ce voyage.

A la fois euphorique et terrorisée, Juno se précipita dans le couloir pour annoncer la nouvelle à Daisy.

L'esprit en ébullition, elle se concentra sur les détails. Elle devait s'arranger pour être remplacée à la boutique, puis demander à Daisy de l'aider à choisir des vêtements appropriés pour Los Angeles.

Elle était consciente du risque qu'elle prenait mais savait aussi qu'elle avait agi avec prudence et circonspection. Elle ne se sentait pas la force de résister à Mac Brody, mais, si elle faisait preuve de pragmatisme et de vigilance, elle devrait être capable de gérer la situation.

Le plus important était de se lancer dans cette aventure en gardant les pieds sur terre. Son billet de retour lui assurait de retrouver sa vraie vie dans deux semaines. En attendant, elle était curieuse et excitée d'apprendre à connaître Mac. Cela ne signifiait pas pour autant qu'il était l'homme de sa vie.

Elle ne s'était jamais sentie assez sûre d'elle avec un homme auparavant, mais avec lui elle y était presque arrivée et cela lui avait donné une étonnante sensation de pouvoir.

Sa confiance en elle s'estompa au souvenir du contact de sa main dans son dos tandis qu'il la guidait hors de la pièce, et des battements de son cœur lorsqu'il lui avait demandé de l'accompagner à Los Angeles.

Elle eut alors l'impression de s'être jetée dans la gueule du loup…

Chapitre 10

Juno comprit vite qu'elle aurait du mal à garder les pieds sur terre comme elle se l'était promis.

Le vol fut terriblement excitant, non pas parce qu'elle voyageait en première classe pour la première fois de sa vie, mais parce que la main de Mac ne quittait pas sa cuisse. Troublée, elle se contenta de lui poser quelques questions sur Hollywood, Los Angeles et sa maison de Laguna Beach. Puis la fatigue l'emporta et elle sombra dans le sommeil.

Malgré les explications de Mac dans l'avion, rien n'aurait pu la préparer au choc qu'elle éprouva en découvrant sa maison.

Elle ne se rappelait même pas comment elle était arrivée dans cette immense chambre. Après le passage de la douane et le contrôle des passeports, elle s'était aussitôt rendormie dans l'hélicoptère qui les avait conduits jusqu'à Laguna Beach. Elle avait un vague souvenir de Mac la portant dans la maison, mais c'était à peu près tout.

Repoussant les draps, elle traversa la pièce et tira les rideaux. A travers la baie vitrée, elle découvrit une large

terrasse en pierres blanches prolongée par une piscine à débordement bordée de yuccas et de plantes exotiques.

La maison de verre et d'acier, située sur une petite colline, surplombait une crique accessible par des escaliers taillés dans le rocher. De légères vagues se brisaient sur un sable si blanc qu'elle cligna des yeux.

C'était d'une beauté à couper le souffle. Passer deux longues semaines dans cet endroit magnifique allait être une grande aventure.

Elle se retourna vers le lit et s'aperçut que seule sa place avait été occupée. Mac, certainement aussi épuisé qu'elle, n'avait donc pas passé la nuit ici. Les quelques fois où elle avait ouvert les yeux pendant le vol, elle l'avait vu penché sur son ordinateur. Peut-être était-il en train de travailler à son nouveau projet ? Elle risquait de ne pas beaucoup le voir mais, sachant qu'elle perdait ses moyens en sa présence, cela lui convenait et elle n'avait aucunement l'intention de réclamer sa constante attention.

Elle ouvrit sa valise et choisit parmi les tenues sélectionnées avec Daisy une robe rouge vif qu'elle n'aurait jamais songé à porter deux mois auparavant. Une fois prête, elle partit explorer la maison.

Elle découvrit quatre autres chambres avec leurs salles de bains attenantes, un salon avec une télévision à écran plasma géant, une salle de gym parfaitement équipée, un bureau au matériel informatique haut de gamme et une bibliothèque remplie de livres et de DVD. Dans le hall, elle put admirer une série d'affiches des films de Mac mais ne l'aperçut, lui, nulle part.

Pour finir, elle arriva dans la cuisine, une pièce aussi moderne, immaculée et impeccablement conçue que le reste de la maison, très différente de la minuscule

cuisine qu'elle partageait à Londres avec ses colocataires. Malgré l'imposante perfection de cette pièce, Juno pensa avec regret aux bavardages constants de la maison de Mme Valdermeyer.

Un bol vide qui traînait sur la table lui indiqua que Mac avait déjà pris son petit déjeuner. Elle décida d'en faire autant et tout en avalant son muesli se demanda comment il faisait pour supporter un tel silence.

La paix et le calme étaient sans aucun doute précieux à un homme qui vivait en permanence sous le feu des projecteurs.

Pensant que la douceur de l'air marin lui changerait les idées, elle s'aventura sur la terrasse et mettait ses mains en visière pour se protéger les yeux du soleil lorsqu'elle distingua sur la plage en contrebas une grande silhouette familière qui sortait de l'eau et se penchait pour ramasser un T-shirt sur le sable.

Elle retint son souffle en voyant Mac enfiler un short et traverser la plage à grandes enjambées. Arrivé sur la terrasse, il leva la tête comme s'il avait senti sa présence et planta son regard bleu sauvage dans le sien.

Il était tellement séduisant. Elle suivit des yeux les gouttes d'eau glissant le long de son torse musclé et sa tête se mit à tourner à la pensée qu'il était à elle, du moins pour quelque temps.

— Tu as bien dormi ?

— Oui, merci. Je viens de me servir un bol de céréales. J'espère que cela ne t'ennuie pas.

— Juno, tu peux prendre tout ce qui te fait plaisir, répondit-il avec un lent sourire séducteur.

Elle sentit le bout de ses seins se dresser et sa respiration

s'accélérer. C'était un défi pur et simple. Restait à prouver qu'elle était capable de le relever.

Sans le quitter des yeux, elle fit un pas hésitant dans sa direction et posa les doigts sur sa poitrine, les faisant lentement glisser, jusqu'à ce que, stupéfaite, elle remarque la puissante érection qui tendait son short.

— Ça suffit, petite allumeuse, murmura-t-il en l'attirant contre lui.

Elle sentit à travers le fin tissu de sa robe la peau humide de Mac et frissonna malgré la vague de chaleur qui l'avait envahie.

— Laisse-moi faire, dit-il d'une voix rauque.

Avant même qu'elle ne puisse réagir, il la hissa sur son épaule et traversa la cuisine.

— Pose-moi, cria-t-elle en se démenant.

— Pas question. Tu n'allais pas assez vite.

Juno laissa échapper un petit rire et sentit sa tête tourner tant elle était excitée. Il ouvrit du pied la porte de sa chambre et la posa sur le lit.

— Tu trouves cela amusant ? lança-t-il en l'emprisonnant dans ses bras.

Il était si beau et si déterminé qu'elle sentit son corps s'embraser.

— Absolument hilarant, le taquina-t-elle.

— Assez, décida-t-il en la traînant au bas du lit et en s'installant sur elle. Tu vas me le payer.

Il posa la bouche sur la sienne en un baiser à la fois taquin et sauvage puis commença à la déshabiller tandis qu'elle s'efforçait de faire glisser son short mouillé sur ses hanches.

Impressionnée par son érection, Juno se mordit la lèvre et demanda naïvement :

— Je peux la toucher ?

— Je te l'ai dit, tu peux prendre tout ce qui te fait plaisir.

— Alors, laisse-toi faire.

C'était là une requête hardie, mais elle voulait explorer le corps de Mac et s'en délecter sans être distraite par ses caresses.

Il roula sur le dos, les mains sagement posées à plat sur le lit.

— Je t'accorde une minute, pas plus.

Juno portait encore ses sous-vêtements et cela lui donnait une sensation de pouvoir face à son magnifique corps nu, offert. Elle suivit du doigt les poils bouclés qui recouvraient sa poitrine et descendaient en pointe sur son ventre plat jusqu'à son sexe tendu.

Elle sentit son ventre s'embraser.

— J'ai envie de toi, maintenant, la supplia-t-il, d'une voix rauque.

Elle sourit. L'avoir à sa merci était bien plus excitant qu'elle ne l'aurait cru.

Elle toucha le bout de son sexe et l'entendit soupirer. Incapable de se retenir plus longtemps, elle caressa son membre gonflé sur toute sa longueur, alant et venant avec une lenteur délibérée.

Lorsqu'elle le prit dans sa bouche, il frissonna si violemment qu'elle retira la main.

— Je t'ai fait mal ?

— Pas dans le sens où tu l'entends.

Il redressa la tête.

— Pourrais-tu enlever ces petits dessous ? J'aimerais avoir le plaisir de te regarder pendant que tu me tortures.

Elle accéda à sa requête et se déshabilla maladroitement devant lui. En sentant son regard posé sur son corps nu,

les bouts de ses seins se dressèrent et une vague de désir l'envahit.

— Tu es si belle, dit-il.

Il l'attira vers lui et l'embrassa longuement.

Elle respira l'odeur de mer, de soleil et de musc qui se dégageait du corps de Mac pendant qu'il tendait le bras pour attraper un préservatif dans le tiroir de la table de nuit.

Tandis qu'il l'enfilait, Juno laissa glisser ses doigts le long de son torse mais il recula.

— A présent, c'est à toi de te laisser faire.

Il se pencha sur elle et prit un de ses seins entre ses lèvres pour en titiller la pointe dressée. Elle se tortilla, enfonçant les mains dans ses cheveux tandis que du bout de la langue il descendait lentement vers son nombril. Elle se sentit devenir brûlante.

Il descendit encore et, lui écartant doucement les jambes, passa les mains sous ses fesses et posa la bouche sur son sexe.

Surprise par cette caresse intime et le désir intense qu'elle déclenchait, Juno se cabra.

— Non, s'écria-t-elle.

— Laisse-toi aller.

Il reposa les lèvres sur sa peau brûlante. Elle se tortilla mais ses mains à l'intérieur de ses cuisses la maintenaient offerte à l'exquise caresse de sa langue.

— Je t'en prie, arrête, gémit-elle en proie à d'intenses sensations.

Il ignora sa supplique et continua de la caresser avec sa bouche jusqu'à ce que le corps de Juno s'arc-boute et qu'un cri lui échappe au moment de l'extase.

Elle frissonnait encore sous l'effet des répliques de cet

orgasme fulgurant lorsque, ouvrant les yeux, elle l'aperçut en train de lui sourire.

— C'était si beau de te regarder, Juno.

Et terriblement excitant, songeait Mac tandis que son membre palpitait contre la douce chair de la cuisse de Juno. Elle rougit à sa remarque.

— Ne sois pas gênée, mon cœur, dit-il en lui caressant la joue. J'adore la façon dont tu réagis.

— C'est juste que..., expliqua-t-elle timidement, c'était la première fois.

Face à l'émerveillement contenu dans sa voix, il sentit une brève émotion l'envahir. Il posa son front contre le sien, essayant de calmer son souffle et son violent désir, de peur de lui faire mal.

— Viens, le supplia-t-elle.

La saisissant par les hanches, il s'installa entre ses cuisses et l'entendit retenir son souffle sous la puissance de sa pénétration. Il ne lui accorda que quelques secondes pour s'adapter à lui avant de bouger tant l'étroit étau de son corps le torturait. Lorsqu'elle s'agrippa à lui, secouée de spasmes, le peu de maîtrise qui lui restait s'évanouit et il s'enfonça en elle toujours plus loin et plus vite.

Son propre climax rugit tandis que les sanglots libérateurs de Juno résonnaient dans ses oreilles. Epuisé, il s'effondra sur elle.

— Mac, je ne sens plus ma jambe.

La douce supplique de Juno le ramena à la réalité.

— Je suis désolé.

Il se souleva, s'allongea sur le dos, disposé à lui faire des excuses. Il lui avait fait l'amour sans aucune délicatesse.

Dire qu'il était resté éveillé la moitié de la nuit, décidé à tout faire pour vaincre le désir sauvage qu'il éprouvait en sa présence.

Pendant tout le vol, il s'était obligé à travailler pour se retenir de la toucher et, lorsqu'il l'avait portée juste dans la chambre d'amis, il avait dû se faire violence pour rejoindre son propre lit sans la réveiller et lui faire l'amour.

Quelques heures de sommeil et un jogging de six kilomètres suivi d'une baignade dans l'océan Pacifique glacial n'avaient pas réussi à calmer son envie d'elle.

Il n'avait jamais autant désiré une femme de sa vie. Cela commençait à l'inquiéter.

— Comment te sens-tu ? J'espère ne pas avoir été trop brutal.

— Non, c'était merveilleux.

Ouvrant les yeux, il vit le sourire de Juno et la confiance qu'il perçut dans son regard le toucha de façon dérangeante.

Il lui avait fait l'amour trop vite mais elle ne semblait pas savoir qu'il aurait pu lui donner plus de plaisir s'il n'avait pas été si égoïste.

Il était peut-être temps qu'il découvre ce qui lui était arrivé six ans auparavant afin de cesser de se poser autant de questions.

— Pourquoi as-tu attendu si longtemps, Juno ?

Chapitre 11

— P… Pardon ? bégaya Juno.

Mac avait l'air si sérieux, d'un coup.

— Six ans, dit-il. Pourquoi as-tu attendu si longtemps ? Que s'est-il passé ?

Soudain, elle comprit. Elle se redressa et tira le drap contre sa poitrine, sa douce sensation de bien-être envolée.

— Je suis morte de faim. Je vais préparer un vrai petit déjeuner.

Elle allait sortir du lit lorsqu'il l'arrêta dans son élan.

— Pourquoi refuses-tu de me dire ce qui s'est passé ?

Elle se retourna et le vit déterminé à la faire parler. Elle sentit son ventre se nouer.

— Pourquoi tiens-tu tant à le savoir ?

— Ça m'obsède, avoua-t-il dans un soupir.

— C'est une vieille histoire.

Elle n'avait pas envie de revenir sur son passé maintenant qu'elle était sur le point de s'en libérer.

Il s'approcha d'elle et repoussa une mèche de son front.

— Tu as attendu six ans, puis tu m'as choisi. Je veux savoir pourquoi.

— Cela n'a rien à voir avec toi et ça n'a d'ailleurs plus d'importance maintenant.

— Pour moi, si.

Son obstination n'avait pas de sens. A moins que... Soudain, elle sentit l'angoisse la gagner. C'était exactement ce qu'elle avait tenté d'éviter.

— Si je ne suis pas assez excitante pour toi, tu n'as qu'à me le dire... Je peux partir.

Il jura et la prit par la taille au moment où elle posait le pied par terre.

— Arrête d'être sur la défensive. Il ne s'agit pas de ça.

Il l'attira vers lui pour l'empêcher de partir.

— Tu es adorable, imprévisible et sexy en diable. J'adore être avec toi, surtout au lit.

En entendant ce compliment, Juno sentit le désir renaître mais elle se rappela que ce genre de confidences ne faisait pas partie de leur marché.

— En quoi mon passé peut-il t'intéresser dans ce cas ?

— Par simple curiosité, ou peut-être par déformation professionnelle. Dans mon travail je dois comprendre les émotions et les motivations des gens.

Elle tenta de se dégager mais il resserra son étreinte.

— Je n'ai pas l'intention de te parler de moi pour assouvir ta curiosité, répliqua-t-elle avec emportement.

Il eut un petit rire, ce qui ne fit qu'aggraver son humeur.

— Et si je te posais une autre question, alors ? demanda-t-il en lui titillant le lobe de l'oreille du bout des lèvres. Si ce qui t'est arrivé il y a six ans n'a plus d'importance, pourquoi refuses-tu de m'en parler ?

Elle cessa de se débattre, sa colère la désertant juste au moment où elle en avait le plus besoin.

Après tout, pourquoi ne se confiait-elle pas à lui ?

— Le fait que tu sois si secrète me fait penser que c'est important, poursuivit-il, et c'est ce qui me tracasse.

Elle ne sut que répondre. La raison de son silence était pourtant simple : elle était profondément honteuse de ce qui était arrivé six ans plus tôt, de sa naïveté d'alors, mais elle ne voulait pas que Mac la juge.

C'était ridicule. Ils vivaient une aventure sans lendemain. Dans deux semaines elle rentrerait chez elle et ne le reverrait probablement plus jamais. Pourquoi alors se soucier de ce que Mac Brody pensait d'elle ?

Elle réalisa que si elle ne lui parlait pas de Tony cela voulait dire, d'une part, que cette histoire avait encore le pouvoir de la blesser et, d'autre part, qu'elle avait peur de la réaction de Mac.

— D'accord, mais je vais d'abord prendre une douche, annonça-t-elle.

— Bien, dit-il d'un ton satisfait. Que dirais-tu si je préparais le petit déjeuner dont tu parlais ?

— Si tu veux, répondit-elle à contrecœur, son appétit envolé.

Juno suivit l'odeur du bacon grillé jusqu'à la porte de la cuisine et aperçut Mac devant la cuisinière, vêtu d'un simple jean délavé. Il était si beau…

Elle n'était pas étonnée qu'il l'ait manipulée si facilement. Il avait le don de lui faire perdre la tête et elle devait à l'avenir se montrer plus vigilante.

Il lui lança un coup d'œil par-dessus son épaule.

— Peux-tu prendre les couverts ? Ils sont dans le premier tiroir.

Aucun homme n'avait jamais cuisiné pour elle. Le cœur battant, elle finit de mettre le couvert avec l'espoir qu'il ne

lui pose plus de questions. Plus elle y pensait, plus il lui semblait bizarre qu'il veuille savoir ce qui lui était arrivé.

Il posa les assiettes sur la table et lui indiqua un siège.

— Assieds-toi et mangeons tant que c'est chaud.

— Ça a l'air délicieux, fit-elle remarquer en admirant ce qu'il avait préparé.

Elle n'avait aucunement l'intention d'aborder la première le sujet de Tony.

— Veux-tu une tasse de café ?

— Oui, s'il te plaît, dit-elle en commençant à se décontracter.

Elle goûta le bacon croustillant à souhait.

— C'est bien meilleur que mon muesli de ce matin.

A la fin du repas, elle avait retrouvé sa sérénité, certaine qu'il avait oublié leur marché.

— Je peux faire la vaisselle, proposa-t-elle en débarrassant les assiettes.

— Ce n'est pas nécessaire, répondit-il en allongeant les jambes. La femme de ménage s'en occupera plus tard.

Elle posa les assiettes dans l'évier.

— J'ai envie d'aller marcher sur la plage.

L'atmosphère de la cuisine lui semblait soudain suffocante.

Il sourit et posa sa tasse de café en se levant.

— Bonne idée. A marée basse, on peut aller jusqu'à la plage publique et je vais te faire découvrir le meilleur marchand de glaces de LA.

Elle n'avait pas prévu de lui demander de l'accompagner.

— Je peux le trouver toute seule, tu n'es pas obligé de venir avec moi.

Le sourire de Mac s'élargit tandis qu'il enfilait son T-shirt.

— Je n'ai rien prévu de spécial.

En arrivant sur la plage, il lui prit la main.

— Alors, comment s'appelait-il ?

Il n'avait pas oublié.

Elle tenta d'ôter sa main mais Mac la tenait fermement. Pendant le repas, il avait remarqué son malaise et dans un premier temps avait envisagé de laisser tomber avant de changer ensuite d'avis pensant qu'il devait savoir, afin de la cerner. Tant qu'elle aurait des secrets, elle continuerait de le fasciner.

— Es-tu vraiment sûr de vouloir savoir ?

Il se força à ignorer le ton suppliant de sa voix.

— Raconte-le comme une histoire, ce sera plus facile. C'est ce que me disait mon psy.

Il n'y était allé qu'une fois et n'avait pas ouvert la bouche car cela lui avait trop rappelé l'époque où, enfant, il devait se confesser, mais elle n'avait pas besoin de le savoir. S'il voulait qu'elle s'ouvre à lui, il devait la mettre à l'aise.

— La confession soulage l'esprit. Souviens-toi de ça.

Elle lui lança un regard en biais.

— Tu n'y crois pas, n'est-ce pas ?

Pas une minute.

— Bien sûr que si.

Il lui lança un sourire enjôleur.

— A présent, raconte. Tu verras, tu te sentiras bien mieux après.

Elle eut un petit rire et il sut qu'il avait gagné.

Elle prit une profonde inspiration.

— Il s'appelait Tony. J'avais à peine seize ans lorsque je l'ai rencontré.

— Et lui ?

Il détestait déjà ce type.

— Il était plus âgé que moi.

Il s'en serait douté.

— Comment vous êtes-vous rencontrés ?

— Je voulais voir un film avec ma meilleure amie, Candice, mais il était interdit aux moins de dix-huit ans.

— Un des miens, j'espère, dit-il, essayant de détendre l'atmosphère.

Elle lui adressa un sourire mélancolique.

— Non, je n'en ai vu aucun.

Il s'arrêta net.

— Tu plaisantes ?

Lorsqu'il vit son sourire s'élargir, il se rendit compte à quel point il avait dû paraître suffisant.

— Je ne vais pratiquement jamais au cinéma.

— Nous allons devoir y remédier.

Sortir avec une femme qui ne connaissait rien de son image publique avait quelque chose de rafraîchissant. Il lui reprit la main et continua de marcher.

— Où en étions-nous ? Il s'appelait Tony et était vieux.

Elle rit de nouveau.

— Je n'ai jamais dit ça, mais peu importe. Candice et moi voulions à tout prix entrer dans le cinéma et nous nous étions maquillées et habillées de façon à paraître plus âgées. Tony était venu avec des copains, tu sais, des garçons sûrs d'eux, un peu frimeurs.

Il imaginait sans problème. Ces salauds avaient vu deux jeunes filles innocentes et trouvé moyen d'abuser d'elles.

— Ils nous ont proposé de nous faire entrer avec eux. Nous étions vraiment flattées d'avoir attiré leurs regards. Tony m'a acheté du pop-corn et un Coca, puis il a passé un bras autour de mes épaules. A la fin du film, j'étais déjà sous son charme.

Mac trouva son petit rire ironique bien triste.

— Il m'a demandé mon numéro de téléphone et, au cours des semaines suivantes, je suis tombée folle amoureuse de lui. Il m'emmenait dans des restaurants chics, m'achetait du champagne et des fleurs. Il semblait intéressé par ce que je lui disais et me comblait d'attentions. Alors, le jour où il m'a demandé d'aller chez lui, j'ai accepté.

Mac sentit son estomac se nouer. Il n'était plus si sûr de vouloir entendre la suite.

— Une fois dans son appartement, il n'a pas arrêté de me dire que j'étais incroyable, qu'il n'avait jamais rencontré une fille comme moi auparavant et qu'il me désirait. Puis, il…

Elle se tourna pour le regarder et il lut l'angoisse dans ses yeux avant qu'elle ne lâche :

— J'étais vierge et ça m'a fait mal. Très mal. Il n'était pas aussi doux que toi et m'a reproché de faire trop d'histoires. Il m'a dit de revenir lorsque j'aurais grandi. C'est pour cette raison que je n'ai plus voulu faire l'amour pendant si longtemps.

Elle haussa les épaules et détourna les yeux d'un air abattu qui lui serra le cœur.

— Maintenant tu sais à quel point je suis naïve et stupide.

— Arrête, ne dit pas ça.

Juno se retourna, stupéfaite de voir un mélange de fureur et d'émotion sur le beau visage de Mac. Il l'attira contre lui.

— Tu étais une enfant. Il le savait et a abusé de ton innocence.

Il lui caressa doucement les cheveux.

— Ne pense jamais que c'était ta faute.

Elle n'avait pas besoin de sa compassion. Son opinion

n'avait pas d'importance mais le fait qu'il ait pris sa défense la réconforta et soulagea la honte qu'elle avait enfouie en elle depuis si longtemps. Elle sentit ses yeux se brouiller de larmes.

— Ne pleure pas. Il ne mérite pas une seule de tes larmes.

Ils restèrent ainsi un long moment. Serrée contre lui, elle respirait son odeur réconfortante, écoutait le battement régulier de son cœur et le doux bruit des vagues se brisant sur le sable.

Elle eut soudain envie de lui raconter le terrible dénouement mais elle se retint. Elle lui en avait déjà trop dit.

Il lui souleva le menton, la forçant à le regarder.

— Tu te sens mieux à présent ?

— Oui.

— Que dirais-tu d'une coupe glacée au chocolat recouvert de chantilly et d'une sauce au caramel ?

— Merveilleux, répondit-elle s'efforçant de ne pas prêter attention au fait qu'il ait changé de sujet.

Mais elle avait beau essayer, elle ne pouvait oublier combien cela avait été bon qu'il la serre contre lui au moment où elle en avait le plus besoin.

Bravo, mon vieux, tu viens de te tirer une balle dans le pied.

Après ce qu'elle venait de lui dire il ne se sentait plus ni coupable ni responsable. Pourtant, depuis qu'il l'avait tenue dans ses bras, si digne et courageuse, il se sentait plus proche d'elle. Et il n'aimait pas ça.

Alors qu'ils contournaient les rochers et traversaient la plage publique, Mac s'efforça de surmonter les émotions conflictuelles qui s'étaient emparées de lui et préféra

penser à la glace qu'il allait manger avant de lécher les seins nus de Juno.

Leur aventure étant passagère, le mieux était de profiter de leur complicité physique et de s'abstenir à l'avenir de toute conversation intime ou incursion dans le passé. Essayer de la comprendre avait été une idée stupide.

À partir de cet instant, il allait restreindre sa curiosité et s'en tenir à l'aspect purement sexuel de leur relation — avec une sauce au chocolat par-dessus.

Chapitre 12

Les hormones de Juno entamèrent leur joyeuse danse habituelle lorsque, ôtant ses lunettes de soleil, elle regarda Mac traverser d'un pas nonchalant la terrasse de la piscine. Sa tenue de jogging lui collait à la peau.

Elle avait en huit jours développé une accoutumance inquiétante à ce corps musclé et bronzé. Mac s'était montré maître dans l'art de lui faire découvrir de nouvelles expériences sensuelles et elle avait été une élève enthousiaste et avide d'apprendre.

Contrairement aux prévisions de Juno, il passait la plupart de son temps avec elle à se prélasser au bord de la piscine, visiter les galeries d'art locales, manger tranquillement sur la terrasse et surtout à faire l'amour chaque fois qu'ils en avaient la possibilité.

Elle lui était reconnaissante de ne plus avoir abordé de sujet personnel, consciente que la décision de profiter pleinement de chaque instant relevait du bon sens. Elle ne pouvait, pas plus que lui, se permettre de s'engager.

Mac vivait dans un monde d'illusion où des gens magnifiques faisaient des choses fantastiques dans des endroits fabuleux. Ce n'était pas son cas à elle. Une fois

que ce merveilleux voyage toucherait à son inévitable fin, elle voulait être capable de revenir à sa vie normale sans regret et devait donc éviter de compliquer les choses. Elle avait pourtant de plus en plus de mal à rester réaliste.

Mac s'installa sur son transat et prit un verre de citronnade.

— Qu'avez-vous fait, mademoiselle Juno ?

— J'ai bavardé avec Daisy. Ronan vient de faire sa première dent et les a tenus éveillés une partie de la nuit.

— Ça ne doit pas être drôle.

Il se pencha et l'embrassa, lui laissant un arrière-goût de limonade et de désir sur les lèvres.

— Tu veux venir me rejoindre sous la douche ?

Il avait une fois de plus évité le sujet de Connor et sa famille. Elle essaya de ne pas s'en formaliser.

— J'en ai déjà pris une.

— Si tu en prends une autre, dit-il avec une lueur coquine dans le regard, je m'engage à te brosser le dos comme ce matin.

Ses joues rosirent au souvenir de leurs ébats matinaux.

— Je crois que je vais m'en passer, répondit-elle à contrecœur. Daisy doit me rappeler.

— Tu en es sûre ? murmura-t-il en lui mordillant la lèvre inférieure. C'est dommage parce que j'étais prêt…

Il marqua une pause délibérée.

— … à me laisser distraire.

— Tu l'es toujours, répliqua-t-elle en lui donnant une petite tape espiègle.

Mac ne l'avait pas seulement initiée au plaisir sexuel, il lui avait aussi appris l'art de la séduction, la taquinant et la provoquant jusqu'à ce qu'elle fasse de même. Et elle y prenait un plaisir de plus en plus addictif.

— Seulement avec toi, répondit-il en se levant.

Comme d'habitude, ses paroles tendres lui serrèrent le cœur.

Elle se mordilla la lèvre. Elle n'arrivait pas à prendre ses compliments à la légère mais ne devait pas oublier que Mac était un charmeur-né.

— Que dirais-tu de lire le scénario avec moi après ? demanda-t-il en s'étirant. Je dois me familiariser avec le personnage avant de commencer les répétitions la semaine prochaine. Ce serait une façon de te faire pardonner car j'ai pris du retard à cause de toi.

Elle se dressa d'un bond, excitée à cette perspective. La veille, pendant le dîner, il avait enfin accepté de parler de son travail mais avait refusé de regarder avec elle un de ses films sous prétexte qu'il n'aimait pas se voir à l'écran.

— J'adore cette idée.

— Ne t'emballe pas, dit-il avec un sourire indulgent. Tu risques de te lasser très vite.

Elle ramena ses jambes vers elle et le regardait s'éloigner lorsque la sonnerie du téléphone retentit.

Mac s'arrêta, tendit la main pour décrocher puis se ravisa. Il la regarda par-dessus son épaule.

— Peux-tu répondre ? demanda-t-il. Si c'est pour moi, dis que je rappellerai.

Elle se leva d'un bond tandis qu'il s'éloignait.

— Mac, attends.

Il s'arrêta dans l'embrasure de la porte, relevant un sourcil.

Ce devait être Daisy qui appelait. Elle était sûre que c'était la raison pour laquelle Mac n'avait pas décroché.

— J'ai quelque chose d'important à te dire.

Il s'appuya contre le chambranle de la porte et croisa les bras sur sa poitrine.

— Comme toujours, tu as toute mon attention, dit-il, d'une voix lourde de sous-entendus

Décrochant le combiné, Juno interrompit les salutations de Daisy.

— Puis-je te rappeler demain, Daze ? Mac et moi sommes en train de prendre notre petit déjeuner.

Reposant le combiné, elle eut un soupir prudent. Elle savait qu'elle s'aventurait hors des limites qu'elle s'était fixées mais elle ne pouvait prétendre plus longtemps que l'attitude de Mac envers Daisy et Connor n'était pas un problème. Elle voulait savoir pourquoi il se comportait de la sorte avec eux.

Il lui avait demandé de lui parler de son passé, elle aussi avait le droit d'être curieuse du sien et avait le sentiment de devoir réunir les deux frères.

— Alors, qu'est-ce qui était si important ? demanda Mac en souriant. J'espère que tu as menti à ton amie pour la bonne cause.

— Daisy n'est pas simplement mon amie, dit-elle. Elle est aussi ta belle-sœur.

— Où veux-tu en venir ?

Elle respira profondément et redressa les épaules.

— Pourquoi refuses-tu de parler d'eux ?

— Ce n'est pas le cas.

Elle serra nerveusement les mains. Elle n'avait posé aucune question lorsque Daisy avait fait allusion à l'enfance difficile de Connor parce que cela ne la concernait pas. La situation était différente à présent.

— Je sais que Connor et toi avez été séparés lorsque vous étiez enfants, hasarda-t-elle.

Il fronça les sourcils.

— Et que vous avez passé des années dans des familles d'accueil, continua-t-elle courageusement, sans pouvoir évaluer sa réaction.

Après avoir eu l'air surpris un instant, son visage s'était fermé.

— Je ne comprends pas pourquoi tu es si dur avec Connor et pourquoi tu te comportes comme si tu n'avais pas de frère.

Je ne peux pas parler de ça.

Malgré la panique qui lui nouait l'estomac, Mac parvint à se ressaisir.

— Tu n'as pas besoin de comprendre.

Il vit alors ses grands yeux expressifs s'agrandir mais refusa de se sentir coupable. Lorsqu'il se tourna pour partir, elle se précipita vers lui et posa une main sur son bras.

— Mac, s'il te plaît, ne t'en va pas.

— Qu'est-ce que tu veux au juste ? demanda-t-il.

— Comprendre la façon dont tu te comportes avec Daisy et Connor. Ça ne te ressemble pas. Tu n'es ni froid ni insensible.

La confiance qu'elle avait en lui accentua son malaise. Il aurait dû se douter que cela finirait par arriver.

Depuis qu'elle lui avait parlé de cette ordure qui l'avait pratiquement violée, il s'était senti redevable envers elle mais s'était concentré sur son désir. La voir s'épanouir dans ses bras et perdre ses inhibitions avait été merveilleux.

Il avait reporté ses rendez-vous, annulé les interviews, éteint son téléphone mobile et ignoré la pile de scénarios qui attendait sur son bureau afin de lui consacrer tout son temps.

A présent, elle attendait qu'il lui ouvre son âme à son tour.

— Tu ne me connais pas vraiment, Juno.

— Qu'essaies-tu de me dire ? Que tu n'es pas une bonne personne ? Je ne te crois pas.

Il aurait dû s'éloigner mais la laisser croire qu'il était réellement meilleur qu'il ne l'était en réalité ne leur aurait fait aucun bien.

— Tu veux savoir pourquoi Connor et moi ne pourrons jamais être frères ? C'est à cause de l'endroit d'où je viens et de ce qui est en moi, dit-il, se sentant aussi sale que la sueur qui séchait sur son corps.

Comme elle ne disait rien, il poursuivit :

— Notre père était un alcoolique violent.

A peine eut-il prononcé ces mots qu'il revit le visage bouffi et marqué qui, enfant, le terrorisait.

— Et lorsqu'il était soûl il aimait se servir d'une ceinture avec une énorme boucle.

Elle n'avait toujours pas réagi, mais cela n'allait pas tarder.

— Chaque fois qu'il s'approchait de Connor avec cette ceinture, tu veux savoir ce que je faisais ?

Juno frémit. Lorsque Daisy lui avait parlé de jeunesse difficile, elle n'avait rien imaginé de tel.

— Quoi ?

— Rien, justement. J'entendais le bruit atroce de cette boucle qui entamait la chair de Connor, et je ne faisais absolument rien, trop content de ne pas être à sa place.

— Qu'aurais-tu pu faire ? Tu n'étais qu'un enfant !

— Nous n'avons que trois ans d'écart, mais contrairement à lui je n'ai pas de marque sur le corps.

— Et cette cicatrice sur ton bras ? D'où vient-elle ? demanda-t-elle d'une voix mal assurée.

Il passa la main dessus.

— C'est la seule. La dernière nuit a été particulièrement violente.

Il haussa les épaules, comme si cela n'avait aucune espèce d'importance.

Elle sentit les larmes couler sur ses joues.

— S'il te plaît, ne pleure pas.

Du pouce, il lui essuya une larme, l'air consterné.

— Je ne t'ai pas raconté ça pour que tu me prennes en pitié.

— C'est terrible.

— Non, plus à présent. J'ai appris à vivre avec.

Elle en doutait. Elle s'essuya les yeux. Il était évident qu'il ne voulait pas de sa compassion, Mais elle éprouvait une immense peine pour le petit garçon qu'il avait été.

— Je ne pense pas être une mauvaise personne, dit-il en la prenant par les épaules et en le regardant, mais je suis égoïste. Je ne pense qu'à moi. C'est ma nature. Je n'ai aucune envie de m'inventer une famille modèle, que ce soit avec Connor ou qui que ce soit d'autre.

Il passa le pouce sur la lèvre inférieure de Juno, et le bleu de ses yeux se fit plus intense.

— Alors, ne me prends pas pour quelqu'un que je ne suis pas. Tu risquerais de souffrir.

Juno observa Mac à travers la vitre tandis qu'il s'éloignait. Mac Brody n'était pas un être creux ou égoïste et, malgré ce qu'il semblait croire, il n'était pas responsable des sévices qu'avait subis Connor.

Mais qui était-il réellement ? Et pourquoi ne pouvait-elle

pas se débarrasser du terrible sentiment que Mac avait besoin d'elle et elle de lui, en dépit de sa mise en garde ?

Daisy lui avait dit qu'elle devait commencer à faire confiance en son propre jugement. Que se passerait-il si Mac n'était pas l'homme qu'elle croyait qu'il était ? Ne risquait-elle pas d'avoir le cœur brisé si elle découvrait qu'elle s'était trompée ?

Chapitre 13

— C'était mon agent.

Mac posa son mobile sur la table.

— Le studio veut absolument que j'assiste à la première de *Death Game* ce soir.

Juno leva les yeux de son assiette en étouffant un soupir. Elle ne pouvait plus nier l'évidence. Depuis qu'il avait, la veille, mentionné les horreurs de son enfance, Mac était agité, tendu, presque grossier.

Après qu'ils eurent fait l'amour ce matin, au lieu de la prendre dans ses bras, comme à l'accoutumée, il avait disparu dans son bureau jusqu'à l'heure du déjeuner et, depuis qu'ils étaient sur la terrasse, il lui avait à peine adressé la parole.

Il devait certainement regretter de s'être confié à elle, mais leur complicité lui manquait, et le comportement de Mac ne l'aidait pas à maîtriser ses émotions changeantes.

Tout ce qu'elle savait de lui était qu'il était maître dans l'art de l'esquive.

— *Death Game* est ton dernier film, n'est-ce pas ? demanda-t-elle prudemment.

— Oui, je suis censé en assurer la promotion mais j'ai déjà reporté deux interviews. Le studio n'a pas apprécié.

On aurait vraiment dit qu'il l'accusait. Pensait-il qu'elle allait le supplier de ne pas y aller ?

— Ne t'inquiète pas, Mac. Je suis parfaitement capable de passer la soirée seule.

— Tu n'as pas compris, répondit-il sans la lâcher des yeux. Je ne peux pas y aller seul, ça ne se fait pas.

Que cherchait-il à lui dire ?

Soudain, elle comprit et se sentit blêmir. Il ne pouvait pas l'emmener à Hollywood car elle n'était pas assez bien. Elle se mordit la lèvre et s'efforça de garder contenance. Elle savait qu'elle n'avait aucun droit sur lui mais comment pouvait-il envisager de sortir avec une autre alors qu'elle était encore là ? S'était-elle trompée à son sujet ? Etait-il aussi égoïste qu'il le prétendait ?

— Je comprends, dit-elle, rassurée que sa voix ne la trahisse pas. Qu'attends-tu de moi, que je te donne ma bénédiction ?

— Je n'en ai pas besoin, répliqua-t-il froidement.

Pourquoi se montrait-il délibérément cruel ? Elle avait sa vie, sa personnalité et il n'était pas question qu'il la rabaisse parce qu'elle était différente. Elle était allée plus loin qu'elle n'aurait dû dans cette relation mais de quel droit le lui faisait-il payer ?

— Qui est l'heureuse élue ? demanda-t-elle d'une voix crispée.

— De quoi diable parles-tu ?

— Très bien, si tu ne veux pas me le dire.

Elle se leva en jetant sa serviette sur la table. Elle ne craquerait pas devant lui, pas avant d'être seule.

— Après tout je n'en ai que faire.

A son tour, il se leva et l'attrapa par le bras.

— Tu n'as que faire de quoi ?

— De qui tu emmènes à ta maudite première !

Elle se rendit compte, au moment où les mots franchissaient ses lèvres, qu'elle venait de se trahir.

Au lieu de jubiler, ou d'essayer de la calmer — ce qui aurait été pire — il se contenta de la regarder.

— Juno, c'est avec toi que j'y vais, dit-il enfin. Pourquoi irais-je avec quelqu'un d'autre ?

— Avec moi ? demanda-t-elle, à la fois soulagée et confuse. Mais… je ne peux pas.

Il l'empêcha de faire demi-tour.

— Et pourquoi donc ?

Elle baissa les yeux en rougissant.

— C'est juste que… je ne suis pas ce genre de femme.

Eblouissante. Sophistiquée. Séduisante.

— Que veux-tu dire ?

— Comme les femmes qui assistent à la première d'un film, répondit-elle à mi-voix.

— Crois-tu réellement qu'elles soient mieux que toi, Juno ?

— Bien sûr que non.

Enfin, pas exactement.

— Mais je ne me sentirais pas dans mon élément.

— Dieu merci, ajouta-t-il avec une véhémence qui emballa le cœur de Juno.

— De plus, je n'ai pas de tenue appropriée pour une telle circonstance

Même si elle était heureuse qu'il lui ait demandé de l'accompagner, elle n'était pas certaine d'avoir envie d'exposer leur relation au vu et au su de tout le monde.

— Je connais une styliste sur Rodeo Drive qui pourra nous aider à trouver ce qu'il te faut.

Il lui effleura le menton du pouce.

— La seule chose que ces femmes fassent mieux que toi, c'est de paraître.

Il n'aurait pas dû dire cela. A présent cela semblait encore plus important, bien plus qu'il n'aurait fallu.

— Tu veux bien m'accompagner à la première, alors ? demanda-t-il. Je t'en serais reconnaissant.

S'il le présentait ainsi, elle n'avait pas le choix. Elle acquiesça en silence, son cœur cognant contre sa poitrine.

— Oui, si tu es certain de le vouloir.

— Je le suis.

Maudissant sa faiblesse, Mac regarda Juno s'éloigner.

Il aurait dû profiter de l'occasion pour s'inventer un rendez-vous fictif, et lui dire qu'elle ne pouvait pas l'accompagner à la première de *Death Game*.

Depuis la veille, il essayait de mettre de la distance entre eux : Juno commençait à lui faire peur avec sa façon de l'amener à parler d'un sujet qu'il n'avait jamais abordé avec personne, sa façon de pleurer pour lui alors qu'elle ne l'avait jamais fait pour elle, de le regarder comme s'il était quelqu'un de bien, alors qu'il lui avait affirmé le contraire. La façon aussi dont elle semblait capable de percer toutes les défenses qu'il avait soigneusement érigées avec le temps, l'amenant à désirer des choses qui jusque-là l'effrayaient.

Ce n'était plus juste de l'attirance qu'il ressentait, c'était… Diable, il n'était même pas sûr de ce qu'il éprouvait. Et cela n'était pas bon signe.

Lorsque son agent lui avait rappelé d'assister à cette soirée il avait tout de suite su qu'il voulait y aller avec

Juno, persuadé qu'elle rendrait cette épreuve bien plus supportable.

Cette pensée l'avait aussitôt agacé au plus haut point. Et il s'en était pris à elle.

Mais comment aurait-il pu imaginer qu'elle tirerait de fausses conclusions de son invitation laconique ? En voyant son air abattu, il s'était senti minable.

Il s'assit, composa le numéro de la styliste et attendit qu'elle décroche en s'appuyant au dossier de la chaise. L'image de Juno vêtue de façon aussi sexy qu'au mariage de Connor et Daisy s'imposa à son esprit, aussitôt suivie d'une autre où il la déshabillait.

Son irritation céda la place à une vague de désir.

Et puis après ?

Pourquoi ne profiteraient-ils pas de cette soirée ? Pourquoi n'aurait-il pas le droit de la gâter un peu ? Contrairement à ses anciennes amies, Juno n'avait eu droit qu'à bien peu des fastes de la vie de star. Depuis la veille, il s'était qui plus est montré un peu revêche. C'était le moins qu'il puisse faire.

Il aurait ensuite tout le temps de s'inquiéter de l'étrange effet qu'elle avait sur lui.

— Bonjour, Juanita, c'est Mac Brody à l'appareil.

L'accueil chaleureux de Juanita le fit sourire.

— Je veux emmener une amie à la première de *Death Game* ce soir, et je veux m'assurer que tout soit parfait.

Chapitre 14

Juanita Suarez prit Juno sous son aile dès l'instant où ils entrèrent dans sa boutique située sur Rodeo Drive et Mac ne tarda pas à s'éclipser.

Avant l'ouverture de Funky Fashionista, Juno, contrairement à Daisy, n'avait jamais éprouvé un grand intérêt pour la mode. Elle avait pris son emploi de gérante au sérieux et avait beaucoup appris afin de satisfaire ses clientes, sans avoir toutefois l'idée de mettre à profit ses connaissances pour elle. Une fois seule avec Juanita, elle fut émerveillée par l'incroyable choix de vêtements de haute couture, et devint de plus en plus excitée à l'idée de choisir la tenue parfaite pour accompagner Mac à cette soirée.

Quand aurait-elle une autre occasion de s'habiller comme une star pour se rendre à une première à Hollywood au bras de l'un des hommes les plus sexy de la planète ? Un jour, elle pourrait même raconter cela à ses petits-enfants !

— Celle-ci vous va à ravir, chérie ! s'exclama Juanita en voyant Juno sortir de la cabine d'essayage dans une robe du soir bustier en taffetas turquoise dont le corsage était rebrodé de perles. Qu'en pensez-vous ?

Juno se regarda dans le miroir. Le délicat tissu épousait

à la perfection les courbes de son corps. La coupe était osée mais l'effet impressionnant.

— Elle est magnifique, répondit-elle. Quel est son prix ?

Aucune des tenues qu'elle avait essayées jusque-là ne portait d'étiquette et cela la rendait un peu nerveuse.

— Vous êtes adorable, répondit Juanita en lui adressant un sourire légèrement condescendant. Ne vous inquiétez pas, Mac m'a donné carte blanche et j'ai toujours mis un point d'honneur à ne pas contrarier une célébrité.

Elle agita la carte de crédit que Mac lui avait confiée avant de partir.

— L'idée de profiter de son argent ne me plaît pas, se justifia Juno en effleurant le somptueux tissu.

Juanita sembla totalement déconcertée.

— Mac m'avait dit que vous étiez spéciale mais je vois qu'il avait raison ! Vous êtes la première de ses petites amies à me dire ça !

Avait-il vraiment dit qu'elle était spéciale ?

— En avez-vous rencontré beaucoup ?

La question fusa avant qu'elle n'ait pu se retenir.

— Un certain nombre, répondit Juanita tout en dégrafant le corsage pour aider Juno à enlever la robe. Je travaillais pour Gina, et c'est ainsi que j'ai fait la connaissance de Mac.

— Pour qui ?

— Gina Saint Clair, le mannequin avec lequel Mac sortait.

— Ah !

Juno sentit son estomac se serrer tandis qu'elle se rhabillait. Elle n'aurait pas dû aborder le sujet. En arrivant chez Mac, elle s'était promis de ne pas le faire. Savoir qu'il était sorti avec toutes ces belles créatures ne pouvait qu'entamer sa confiance en elle.

Juanita rit en remettant la robe sur son cintre.

— Ce n'est pas la peine de faire cette tête. Je vais vous confier un secret, mais auparavant promettez-moi de ne le répéter à personne.

— Très bien.

— Gina était tombée amoureuse de lui. Et je vous assure qu'elle n'est ni la première, ni la dernière. Cet homme a laissé une armée de cœurs brisés dans Beverly Hills, mais le pire est qu'il ne s'en rend même pas compte. Les femmes se pâment devant lui sans qu'il s'en aperçoive.

Juno sentit ses joues s'empourprer. Le regardait-elle aussi de la sorte ?

— Il sort avec elles quelques mois, puis les laisse tomber, poursuivit Juanita.

Juno sentit sa gorge se nouer. Elle ne se faisait pourtant pas d'illusions et savait que son temps avec Mac était compté. Pourquoi se sentait-elle donc abattue ?

— Merci, Juanita. Je sais à quoi m'en tenir avec Mac.

— Mais, ma chérie, j'en arrive au plus important. J'en ai vu, des femmes, défiler dans la vie de Mac Brody. Il est toujours charmant, aimable avec elles, mais pas du tout impliqué. Avec vous c'est différent.

Bien sûr. Elle n'était pas mannequin, elle !

— Pourquoi ? demanda-t-elle, pas certaine de vouloir écouter la réponse.

— Vous, il vous regarde comme s'il vous voyait vraiment.

Juanita lui fit un clin d'œil en agitant la carte.

— En voici la preuve ! Il n'avait jamais laissé sa carte de crédit jusqu'à présent. Et à Hollywood, il y a un dicton que j'affectionne tout particulièrement.

Elle haussa les sourcils.

— La carte de crédit en dit plus long que n'importe quel mot !

Juno sourit. L'humour de Juanita lui remontait le moral. Quoi qu'il puisse se passer entre Mac et elle, elle aimait l'idée d'avoir pu l'impressionner et espérait qu'il ne l'oublierait pas trop facilement.

Ce n'était que justice. Après tout, lui aussi l'avait bel et bien impressionnée.

Chapitre 15

Les papillons qui avaient virevolté dans le ventre de Juno alors que, parée de sa somptueuse robe du soir, elle s'était tenue devant Mac et avait vu ses yeux s'assombrir de désir, disparurent au moment où leur limousine s'arrêta devant le théâtre art déco de Westwood.

Tandis que la voiture descendait Wilshire Boulevard, Mac lui avait expliqué ce qu'on attendait d'eux, mais entre sa main caressant négligemment sa cuisse à travers le tissu de sa robe et le fait de le voir lui si séduisant dans son smoking, Juno avait eu toutes les peines du monde à se concentrer.

Aussi, lorsqu'il lui offrit le bras en sortant de la voiture, elle se rendit compte qu'elle n'avait rien écouté.

— Nous tâcherons de nous éclipser le plus vite possible, lui murmura-t-il à l'oreille en posant la main au creux de ses reins tandis que les flashes crépitaient autour d'eux.

Il la guida vers les fans qui, agglutinés derrière des barrières posées de chaque côté de l'entrée principale, brandissaient des livres d'autographes en criant son nom.

— Ne bouge pas. Cela ne prendra qu'une minute, lui dit-il en s'éloignant.

Une minute qui se transforma en vingt avant qu'il n'arrive à se dégager pour revenir vers elle. Elle avait remarqué pendant ce temps qu'il était tendu et mal à l'aise, tout comme il l'avait été en France, à la sortie de l'église.

— Désolé, dit-il en lui prenant la main et en faisant un léger signe de tête aux agents de sécurité qui s'étaient occupés d'elle. A présent, allons voir ce maudit film.

Il emprunta le tapis rouge mais devant l'entrée du théâtre un journaliste s'avança vers eux, brandissant un énorme micro.

— Bonsoir Mac, c'est formidable de vous voir ici. Charlie Stater, pour *Good Evening, America. Death Game* est donc un nouveau départ pour vous. Quelle impression cela vous fait-il de jouer pour une fois le rôle d'un méchant ?

Mac resserra ses doigts autour de la main de Juno et adressa un sourire tendu au reporter.

— Anson n'est pas un mauvais gars, Charlie. C'est un incompris.

Tandis que l'interview se poursuivait et que Mac parlait d'un film dont elle ignorait tout, Juno s'aperçut que les photographes s'étaient attroupés autour d'eux, le bruit des déclencheurs et les innombrables flashes devenant de plus en plus gênants.

Comment faisait-il pour supporter cela ?

— Qui est cette charmante jeune femme à vos côtés, Mac ?

— Cette charmante jeune femme se prénomme Juno, répondit-il avant de déposer sur ses lèvres un baiser bref mais délibérément intime.

Comme Mac faisait un pas en arrière, les yeux rivés sur le visage rosi de Juno, les questions du journaliste, le

bruit de la caméra et les clameurs de la foule s'estompèrent jusqu'à ce qu'elle n'entende plus que les battements de son cœur résonnant dans ses oreilles.

Le reste de la réception se déroula dans une espèce de brouillard.

Le film s'avéra magnifique. Un thriller porté par la performance époustouflante de Mac.

Assise dans l'obscurité du théâtre, Juno découvrit une facette de lui qu'elle ne connaissait pas. Il s'identifiait si bien à son personnage qu'il en devenait une autre personne. Cela allait au-delà du talent, pensa-t-elle. Bien au-delà.

A l'issue de la projection, Mac répondit à une série d'interviews, sa main toujours dans la sienne. Il insista pour la présenter aux journalistes et chaque fois le sentiment de panique de Juno s'intensifiait.

En arrivant à la réception organisée dans un restaurant étoilé de Beverly Hills, Juno s'aperçut qu'il ne l'avait pratiquement pas lâchée de toute la soirée. Même pendant la projection, il avait gardé ses doigts entrelacés aux siens.

— Alors, qu'en as-tu pensé ? demanda-t-il en lui tendant une coupe de champagne.

La question semblait désinvolte, mais, à ses yeux fixés sur son visage, elle sut qu'il n'en était rien.

Elle se souvint de la façon dont il avait remué sur son fauteuil pendant presque tout le film. Il n'avait pas menti en affirmant que se voir à l'écran le rendait nerveux. Cette pensée était bizarrement touchante.

Elle but une gorgée de champagne, pas certaine de pouvoir mettre des mots sur l'idée qu'elle avait de sa performance.

— Je ne connais rien au monde du cinéma, mais tu

semblais si réel que je t'ai cru capable de tuer cet homme. Physiquement c'était toi, mais je l'avais oublié. C'était incroyable.

Elle se mit à rougir tandis que la tension disparaissait du visage de Mac, et qu'il ébauchait un sourire.

— Je suis désolée. Ce que je viens de dire te semble peut-être stupide.

— Pas du tout, rétorqua-t-il en amplifiant son sourire. Tu m'as fait le plus beau compliment qu'un acteur puisse recevoir.

— Pourquoi ? demanda-t-elle, touchée par l'orgueil sincère qui filtrait dans la voix de Mac.

— Parce que tu as cru à mon personnage.

— Ton travail est très important pour toi, n'est-ce pas ?

— Il est certain que je n'aurais jamais rien trouvé de mieux pour payer mes factures, répondit Mac d'un ton désinvolte.

Elle le regardait de nouveau de cette façon qui lui donnait l'impression d'être transparent. Il n'était pas sûr d'aimer cela.

— Non. Je veux dire que ce n'est pas la célébrité ou l'argent qui sont importants à tes yeux. Ce qui compte pour toi, c'est de jouer.

Que savait-elle de tout cela ? Son intuition était troublante. Et perturbante.

— Oui, je pense que tu as raison. Jouer m'a sauvé.

— Comment cela ?

Il haussa les épaules. Il pouvait le lui dire. Il l'avait déjà mentionné lors d'interviews.

— J'ai fait de mauvais choix lorsque j'étais adolescent

et à l'âge de quinze ans on m'a placé dans un centre de redressement.

Il but une gorgée de champagne en se demandant comment il pouvait se retrouver une fois de plus à déballer sa vie.

— Il y avait là un assistant social qui m'a suggéré de m'inscrire à un stage de théâtre. J'ai suivi son conseil et ce fut comme une drogue. Je n'avais plus besoin d'être moi-même. Je pouvais être qui je voulais, j'adorais ça.

— Pourquoi ne voulais-tu plus être toi-même ?

Personne, jusque-là, n'avait jamais été assez perspicace pour lui poser cette question.

— J'étais un voyou. Le fait de ne plus être moi me faisait du bien. Crois-moi.

Le pli de son front se creusa.

— Tu es un merveilleux acteur, dit-elle avec une telle sincérité que Mac sentit son cœur s'emballer.

Pourquoi cela semblait-il soudain si important ?

— Tu as trouvé ta voie. Tu ne dois pas confondre être au mauvais endroit et être une mauvaise personne. Ce n'est pas la même chose.

— Qui t'a dit ça ?

— Toi, répondit-elle en souriant.

Elle se hissa sur la pointe des pieds et l'embrassa sur la joue.

— Jouer la comédie ne t'a pas sauvé, Mac. Tu ne comprends pas que tu t'es sauvé tout seul ?

Mac joua avec sa deuxième coupe de champagne en attendant Juno qui était partie se rafraîchir. Le film avait eu plus de succès que prévu. Il détestait ce genre de soirée, mais, avec Juno à ses côtés, il n'avait pas vu le temps passer.

Il avait adoré ses commentaires au sujet du film. Il

aimait être avec elle et n'avait aucune envie qu'elle parte. Pourquoi le nier ?

Il lui semblait à présent évident que c'était la raison pour laquelle il s'était senti si mal à l'aise les derniers jours. La solution était simple. Pourquoi établir une limite arbitraire à leur relation ?

S'ils se donnaient un peu de temps pour épuiser l'énergie sexuelle qui existait entre eux et s'éloigner l'un de l'autre naturellement, la pression disparaîtrait et leur relation pourrait prendre un tour normal.

Il termina sa coupe de champagne, soulagé d'avoir réglé le problème.

Dès qu'elle reviendrait, ils allaient s'éclipser, peut-être même prendre l'hélicoptère pour rentrer à Laguna. Depuis l'instant où il avait vu Juno dans cette robe si sensuelle, une idée bien précise avait germé dans son esprit…

Il attendrait le lendemain pour lui proposer de rester plus longtemps. Etant donné la façon dont elle se comportait avec lui, il ne pensait pas avoir de mal à la convaincre.

— Bonsoir, Mac.

Il se crispa en reconnaissant cette voix à l'accent du Sud, douce et traînante.

— Bonsoir, Gina, dit-il en se retournant. Tu es…

Le mot « impeccable » fut le premier qui lui vint à l'esprit en découvrant son maquillage parfait et sa robe de soie bleue moulant artistiquement sa silhouette élancée.

— … jolie, dit-il enfin.

Il était étonné de constater que Juno, avec sa petite taille et son style particulier, lui remuait les sens comme jamais auparavant Gina, ou ses autres petites amies.

— Jolie ? répéta-t-elle en haussant un sourcil parfaitement dessiné. Toi au moins tu sais parler aux femmes !

Il se rendit compte qu'il l'avait blessée et éprouva, même trois ans après leur séparation, un sentiment de culpabilité.

— Je n'ai jamais été très doué pour m'exprimer, se justifia-t-il, irrité de se sentir coupable alors que cette femme avait raconté pis que pendre sur lui à la presse. Sauf sur un plateau de tournage, poursuivit-il.

— Ce n'est pas vrai, rétorqua-t-elle avec un air nostalgique, tu savais trouver les mots. Mais j'ai toujours commis l'erreur de mal les interpréter, n'est-ce pas ?

Le sentiment de culpabilité de Mac s'intensifia et l'impatience le gagna.

— J'imagine que tu avais l'intention de me dire quelque chose.

— En effet, dit-elle en baissant les yeux sur sa coupe de champagne. Je ne t'ai jamais demandé pardon pour le tort que je t'avais causé. Je suis vraiment désolée.

Elle semblait sincère et il resta un moment sans voix.

— C'est du passé, Gina. Cela fait longtemps que j'ai cessé de t'en vouloir.

Elle releva la tête.

— Ce que tu dis est comique !

— Pourquoi ?

— C'est toi qui avais toutes les raisons d'être rancunier et c'est moi qui t'en veux depuis des années.

— Et pourquoi cela ? demanda-t-il, se laissant emporter par la curiosité. Il n'avait jamais compris qu'elle ait eu tant de mal à accepter leur séparation.

— C'est on ne peut plus simple, Mac, et je crois te l'avoir dit à l'époque. J'étais folle amoureuse de toi et je ne pouvais supporter que tu n'essaies même pas de m'aimer en retour.

Mac enfonça une main dans sa poche, déterminé à

ne pas laisser gâcher son humeur par le ton empreint de nostalgie de Gina. Il ne se sentait pas responsable de l'issue de leur relation. Plus à présent.

Juno aperçut à travers la baie vitrée donnant sur la terrasse le superbe top model dont Juanita avait parlé, Gina Saint Clair, tenant compagnie à Mac.

Qu'est-ce que cela peut bien te faire qu'elle soit si belle ? C'est toi qui es avec lui ce soir !

Elle se répéta mentalement ce mantra en s'approchant d'eux, tout en essayant de ne pas remarquer à quel point ils formaient un joli couple. Mac, imposant dans son smoking parfaitement coupé, et Gina, tellement stylée et élégante dans sa robe de soie bleu ciel.

Elle était si occupée à détailler chacun des nombreux atouts de Gina qu'elle ne se rendit compte qu'une fois arrivée sur la terrasse du caractère intime de leur conversation.

Y avait-il encore quelque chose entre eux ? Elle ne put refouler le sentiment de jalousie qui s'empara d'elle.

Tandis que la voix de Mac lui parvenait par-dessus le cliquetis des verres et des conversations elle décida de se cacher derrière un grand laurier-rose pour écouter ce qu'ils disaient.

— Tu n'étais pas amoureuse de moi, Gina. Tu croyais l'être. Nous formions un beau couple et avions une bonne entente sexuelle. C'est tout.

Il semblait agacé.

— Je t'aimais. Et tu m'as brisé le cœur, répliqua-t-elle d'une voix tremblante comme si elle était sur le point de pleurer.

— Ne sois pas stupide, Gina, l'amour est une illusion, répliqua Mac d'un ton catégorique qui rappela à Juno

les propos qu'il avait tenus lors du mariage de Connor et de Daisy, et le jour où il lui avait dit de ne pas s'engager avec lui.

— Tu ne l'as pas encore compris ? poursuivit-il. Même si ce n'était pas le cas, je n'ai aucune envie d'en donner ni d'en recevoir. Si je me souviens bien, je te l'avais dit dès le début. C'est ta faute si tu as eu le cœur brisé.

Il prononça ces mots avec une froideur qui stupéfia Juno.

Elle n'avait pas à être jalouse de Gina car il n'avait pas de sentiments pour elle, mais en avait-il jamais eu pour quelqu'un ?

Où était l'homme qui l'avait réconfortée avec tant de tendresse, s'était confié à elle et lui avait fait l'amour de façon si passionnée ? Où était l'homme qui, ainsi qu'elle l'avait cru, avait besoin d'elle ?

Cet homme avait-il vraiment existé ? Ou bien Mac avait-il joué un des rôles dans lesquels il excellait ?

Un sentiment de panique s'empara soudain de Juno lorsque la vérité s'imposa à elle.

Elle avait commis la même erreur que Gina. Elle était tombée éperdument amoureuse de Mac Brody. Ne sachant pas s'il était capable de l'aimer en retour, elle courait le risque d'avoir le cœur brisé.

Chapitre 16

— Pourquoi ne me dis-tu pas ce qui se passe ? cria Mac en direction de la salle de bains attenante, j'en ai assez de ton silence !

Il jeta sa veste de smoking sur le lit, ôta ses boutons de manchette et attendit en vain une réponse.

Il se sentait d'humeur maussade. Gina l'avait déjà forcé à parler de choses dont il n'avait aucune envie de se souvenir, lui gâchant le plaisir ressenti à la suite de sa conversation avec Juno.

Lorsque celle-ci, livide et évitant son regard, l'avait ensuite rejoint, toute sa bonne humeur l'avait déserté.

Il avait fait de son mieux pour rester serein pendant le trajet en limousine jusqu'à l'héliport de Beverly Hills, espérant que son silence la fasse réagir. Il avait eu son comptant de discussions « sérieuses et profondes » ce jour-là et n'avait pas l'intention d'en entamer une autre.

Mais elle n'avait pas réagi.

Il avait alors tenté à deux reprises de briser la glace pendant le vol de retour. Elle s'était enfermée dans son mutisme et s'était précipitée dans la salle de bains dès leur arrivée.

La gorge serrée, il ôta sa chemise, la roula en boule et la lança rageusement dans la corbeille de linge sale.

— Il vaudrait mieux que tu me dises ce qui t'arrive. Je n'ai pas l'intention d'attendre toute la nuit.

Bon sang, il avait fait des plans pour cette soirée ! Prendre sa douche seul n'en faisait pas partie !

N'obtenant toujours pas de réponse, il se dirigea, vêtu à présent de son seul caleçon, vers la salle de bains et entra. Elle était nue dans la douche, ses vêtements soigneusement posés sur le lavabo.

La tension de Mac commença à se dissiper en admirant sa silhouette menue, la courbe de son derrière et la large aréole rose de ses petits seins parfaits. Son sang bouillonna.

— Excuse-moi, lança-t-elle en attrapant une serviette sous laquelle elle dissimula son joli corps. J'allais prendre ma douche.

— Eh bien, on dirait que tu as de la visite, rétorqua-t-il en s'approchant sans la quitter des yeux, un petit sourire forcé aux lèvres.

Ils pourraient toujours régler le problème plus tard. Il avait aperçu la pointe de ses seins se dresser lorsqu'elle l'avait vu entrer.

Il était grand temps d'en revenir aux choses simples.

Juno posa son regard sur le torse musclé de Mac, puis sur l'évidence de son désir, et sentit ses jambes flageoler.

Il suffisait qu'il la regarde, avec cette lueur de désir dans les yeux pour que sa volonté l'abandonne.

Elle ne se sentait pourtant pas capable de faire l'amour avec lui maintenant, alors que ses émotions étaient sens dessus dessous.

Pendant le trajet en hélicoptère, elle avait essayé de se

concentrer sur la conduite à adopter pour revenir à une relation plus simple et plus cadrée avec lui. Mais le subtil parfum de son après-rasage et la sensation de sa cuisse pressée contre la sienne lui avaient fait perdre la tête. Elle commençait à comprendre qu'il en avait toujours été ainsi avec lui.

Elle s'était fourvoyée en pensant qu'elle agissait de façon rationnelle et raisonnable alors que c'était tout le contraire. Ainsi que Daisy le lui avait suggéré, elle avait libéré la passion qui sommeillait en elle et celle-ci avait à présent pris le contrôle absolu de sa personne. Elle devait se ressaisir.

Ses mains agrippèrent sa serviette et son dos heurta la paroi vitrée de la douche lorsqu'il posa une main sur sa joue. Il était si proche qu'elle voyait les minuscules taches grises de ses iris.

— Si tu n'y vois pas d'inconvénient, j'aimerais me laver toute seule, murmura-t-elle d'une voix incertaine.

— J'en vois un, rétorqua-t-il tandis que son pouce glissait sur sa peau douce et brûlante, la faisant frémir de désir.

— Je t'en prie, Mac, ce n'est pas le moment.

— Dis-moi d'arrêter, alors.

Les mots restèrent coincés dans sa gorge lorsqu'il fit tomber la serviette à ses pieds.

La bouche de Mac vint se poser sur ses lèvres tandis qu'il plaquait son corps brûlant contre le sien. Le duvet de son torse effleura la pointe dressée de ses seins et elle sentit son érection à travers le fin coton de son caleçon.

Il ouvrit le robinet de la douche en la fixant, la détermination et l'excitation donnant une couleur bleu cobalt à son regard puis, la saisissant par la taille, il la souleva sans peine dans ses bras, l'adossant à la paroi de la douche.

— Accroche-toi à moi, murmura-t-il en plaçant ses mains sous ses fesses.

Elle s'accrocha à son cou et tenta d'enrayer la passion et l'excitation qui s'étaient brutalement emparées d'elle.

— Ne me dis jamais que tu n'as pas envie de moi, murmura-t-il d'une voix insistante.

Les mains de Juno s'agrippèrent aux épaules de Mac dont les muscles forts et puissants se contractèrent à ce contact. Elle essaya de trouver la force de le repousser afin de retrouver la maîtrise d'elle-même.

A ce moment-là, il inclina la tête et pressa ses lèvres dans son cou. La tête de Juno bascula alors en arrière et sa respiration se fit saccadée tandis qu'elle se laissait aller à l'inévitable. Les dents et la langue de Mac se lancèrent à l'assaut de ses sens, suçant et mordillant la base de son cou, tandis qu'une vague de désir déferlait au plus profond d'elle.

— J'ai envie de toi, maintenant.

Elle acquiesça, incapable de se refuser à lui.

Il poussa l'extrémité de son érection contre la fleur de son intimité et inclina ses hanches afin de la pénétrer.

Elle gémit sous la pression, une vive crainte venant soudain diminuer son excitation.

Elle ne pouvait pas faire cela. Elle risquait de se perdre pour toujours. Mais déjà elle n'était plus maîtresse d'elle-même, toute son attention concentrée sur son plaisir.

Elle cacha son visage dans son cou lorsqu'il la prit par les hanches pour ajuster sa position puis haleta quand il se mit à bouger profondément en elle. Tandis que les coups de reins de Mac devenaient plus forts, rapides et impitoyables, elle sentit son plaisir s'amplifier. Lorsqu'il

explosa en elle en criant, elle se cambra, succombant à son tour à la vague ultime de l'extase.

— Bon sang ! marmonna Mac en sortant précipitamment de la douche.

Que s'était-il passé ?

A travers la vitre couverte de buée, Juno, désemparée, le vit poser les mains sur le lavabo.

Qui était-il ? S'était-elle trompée à son sujet ?

Elle sortit avec précaution de la douche, les hanches douloureuses et le sexe sensible après leur étreinte passionnée. Elle ramassa la serviette et l'enroula autour d'elle, préférant cacher sa nudité.

— Nous avons un problème, annonça-t-il brusquement tout en se retournant.

— Lequel ? demanda-t-elle avec anxiété.

— Je n'ai pas mis de préservatif.

— Je...

Elle essaya d'assimiler ce qu'il était en train de lui dire mais son esprit ne pouvait saisir que la contrariété de sa voix.

— Tu ne prends pas la pilule, n'est-ce pas ?

Elle secoua la tête et il laissa échapper un juron en se passant une main dans les cheveux.

— Quand as-tu eu tes règles pour la dernière fois ?

— Je...

Elle était incapable de s'en souvenir, bloquée par le ton impatient et vif de sa question.

— Je ne sais plus.

— Fais un effort, c'est important.

Les mains de Juno étaient moites, son cœur battait à tout rompre.

— Je vais les avoir bientôt.

— Nous ne pouvons pas prendre le risque que tu sois enceinte, affirma-t-il en tapant du poing sur le lavabo, ce serait un désastre. Il existe une pilule que tu peux prendre pour empêcher cela.

A ces mots, elle revint brutalement en arrière, à une agonie qu'elle s'était jurée de ne jamais revivre. Elle ravala un sanglot et essaya de maîtriser la terrible panique qui s'emparait d'elle.

Pas ça. Plus jamais ça.

Elle ne pouvait pas redevenir cette jeune fille anéantie, désemparée. Elle ne pouvait pas revenir en arrière, passer encore six ans de sa vie à tout reconstruire.

Elle serra les dents pour stopper la nausée montante et s'adjura de ne penser qu'au présent.

— Je m'en charge.

Sa voix semblait venir de très loin.

Elle fit demi-tour pour sortir de la salle de bains, faisant ce premier pas crucial pour s'éloigner de l'abîme, sachant que sa seule chance de survivre était de partir — sans regarder en arrière.

— Juno, attends, s'écria Mac.

Qu'avait-il fait ?

Il avait vu la méfiance et le trouble dans son regard lorsqu'elle lui avait dit qu'elle n'avait pas envie de lui et il avait alors paniqué.

Au lieu de la séduire, d'entretenir la passion qui existait entre eux et d'attendre qu'elle soit réceptive, il n'avait écouté que l'urgence de son désir et avait perdu la tête. Il l'avait prise de façon brutale, sans penser aux conséquences, et avait tout gâché.

— Je suis désolé.

Il la prit par les épaules et massa sa peau glacée.

— C'est ma faute.

Il avait toujours su qu'il ne pouvait pas prendre le risque d'avoir un enfant. Il regarda ses propres mains, si grandes et dures sur son corps délicat. Comme celles de son père.

Elle se raidit, et ses épaules tremblèrent encore davantage.

— Tu as raison, dit-elle, ce serait une catastrophe si je tombais enceinte mais je préfère ne pas parler de ça maintenant.

Pourquoi avait-elle l'air si formel ?

— Allons nous coucher, suggéra-t-il, s'efforçant de parler d'une voix calme avant de déposer un baiser sur son front. Nous avons besoin d'une bonne nuit de sommeil. Nous trouverons une solution demain matin.

Il aurait aimé pouvoir la prendre dans ses bras pour se tranquilliser, mais elle se détourna.

— Je suis épuisée. Je pense que je vais aller dormir dans la chambre d'amis. Bonne nuit.

Il fit un pas dans sa direction, déterminé à la retenir, mais s'arrêta.

Qu'était-il donc en train de faire ?

Il devait se ressaisir, se calmer, lui laisser un peu d'espace. Leur donner à tous deux un peu d'espace.

Ils vivaient l'un sur l'autre depuis bientôt deux semaines et d'une certaine façon il s'était laissé prendre au piège de sa présence. C'était la raison pour laquelle il avait perdu ses esprits dans la douche. Si leur relation devait durer il fallait qu'il apprenne à garder ses distances, à maîtriser son désir pour elle.

Une nuit sans elle ne lui ferait pas de mal. Cela leur ferait même probablement du bien à tous les deux.

Chapitre 17

Mac n'en était plus aussi sûr le lendemain matin après avoir passé une nuit blanche à se retourner dans son lit vide.

La veille, il s'était comporté de manière maladroite et autoritaire et elle avait tous les droits de lui en vouloir. Elle n'avait cependant montré ni chagrin ni colère envers lui, demeurant calme et posée. Plus il y pensait, plus cela le déconcertait.

Il avait la ferme impression d'être passé à côté de quelque chose de très important.

Juno était attablée devant un bol de muesli lorsqu'il entra dans la cuisine.

— Bonjour, lança-t-il d'un ton enjoué, bien éloigné de ce qu'il ressentait. As-tu bien dormi ?

— Oui, merci, répondit-elle si poliment qu'il tressaillit.

Elle n'en avait pourtant pas l'air.

Ne voulant pourtant pas se laisser décourager, il posa une main sur son épaule et l'embrassa sur la joue.

Elle recula.

Bon sang, que se passait-il encore ? Est-ce qu'elle lui en voulait ?

Il se prépara mentalement à la scène à laquelle il s'était

attendu la veille au soir, mais elle garda le nez dans son bol de céréales, s'appliquant à porter chaque cuillerée à sa bouche.

Attendait-elle qu'il parle en premier ? Il soupira. Il valait mieux en finir tout de suite.

Il attrapa le paquet de céréales et s'en servit un grand bol tout en se demandant ce qu'il pouvait dire sans paraître ridicule.

— Je suis désolé de m'être comporté de la sorte hier soir. Nous nous sommes laissé emporter tous deux. Je suis allé trop loin, excuse-moi.

Juno ne daigna pas lever la tête pour le regarder. La tension augmenta.

— Il n'y avait pas de raison pour que tu dormes seule, lui fit-il remarquer prudemment.

La main de Juno était sur la table et il posa la sienne dessus.

— Que dirais-tu d'oublier ce qui s'est passé ? Il est fort peu probable que tu tombes enceinte puisque tu es à la fin de ton cycle, et si cela se produit nous trouverons une solution.

Il avait eu le temps d'examiner cette possibilité sous tous les angles et avait décidé de s'en remettre au destin. Vu son hérédité, il n'aurait jamais pris la décision de devenir père, mais le souvenir de Connor tenant son fils dans ses bras ne le quittait pas.

Il en était finalement arrivé à la conclusion que la perspective d'avoir un petit garçon ou une petite fille avec les yeux, la douceur et la détermination de Juno n'était pas si terrifiante que cela.

Elle retira sa main et la fit disparaître sous la table. Il ressentit une forte contrariété. N'avait-il pas fait amende

honorable ? Il ne pouvait tout de même pas passer sa vie à s'excuser.

— Et si nous allions faire de la voile aujourd'hui, demanda-t-il d'un ton léger. Il fait un temps magnifique et mon yacht est ancré dans la marina.

Le seul fait de l'imaginer étendue à l'avant du bateau dans son minuscule maillot de bain jaune suffit à lui remonter le moral.

Elle leva soudain le menton et rencontra enfin son regard.

— Je pars dans une heure. J'ai réservé une place sur le vol de 14 heures. J'ai vérifié les horaires des bus et…

Il se leva d'un bond en faisant tomber sa chaise.

— Tu… quoi ?

Elle se leva à son tour et prit son bol.

— Je dois recommencer à travailler, dit-elle rapidement tout en se dirigeant vers l'évier. Je veux être là-bas vendredi matin car la fin de semaine est le moment le plus chargé.

— Dans ce cas, il ne te reste plus qu'à annuler, répondit-il en ayant l'impression que sa tête allait exploser.

Il l'avait laissée prendre ses distances la veille au soir, lui donnant le temps dont elle avait besoin. Cette fois, il n'avait pas l'intention de la laisser partir.

— Je sais que c'est un peu plus tôt que prévu mais…

Il s'approcha d'elle et l'obligea à lui faire face.

— Si c'est à cause d'hier soir, je me suis déjà excusé.

Elle donnait l'impression, contrairement à lui, de ne pas être affectée le moins du monde par ce qui s'était passé.

Elle releva le menton en un signe de défi.

— Cela n'a rien à voir avec hier soir. Nous avons toujours su que cela ne durerait pas. Je pars juste un peu plus tôt, c'est tout.

— Je sais que c'est ce que nous avions dit mais…

Sa voix retomba. Mais quoi ?

Elle se tenait face à lui, rigide et indifférente alors que tout semblait tanguer en lui. Ils avaient dit que cela ne durerait pas, mais entre-temps il s'était pris à croire que leur relation était plus profonde. Il avait pensé qu'elle avait des sentiments pour lui. S'était-il trompé à ce point ?

Tandis qu'elle était là à le regarder sans ciller, il comprit soudain ce qui s'était passé la veille.

Il lui avait dit qu'il serait catastrophique qu'elle tombe enceinte, et après une légère hésitation elle lui avait donné raison. Il eut la sensation qu'on lui plantait une flèche en plein cœur et retira sa main comme s'il avait touché une flamme.

Quel fou il avait été ! Au cours des dix derniers jours il avait cru qu'elle pensait du bien de lui et avait alors eu l'impression d'être une bien meilleure personne. Il s'était trompé.

Il se raidit. Sa douleur était l'écho de l'effroyable sensation de rejet qui l'avait poursuivi pendant toute son enfance, de tous ces gens qui s'étaient occupés de lui sans jamais vouloir le garder.

— Si c'est ainsi, j'imagine que je ne peux pas te faire changer d'avis, déclara-t-il d'un ton aussi calme que possible. Je vais demander à ma secrétaire de s'occuper de ton trajet jusqu'à l'aéroport. Ce n'est pas la peine que tu prennes le bus.

Il mit dans le ton de sa voix juste ce qu'il fallait d'indifférence. Il était acteur. Il savait le faire. Il avait sa fierté, et c'était d'ailleurs tout ce qui lui restait.

Elle garda les yeux baissés et ne répondit pas.

— C'était bien, Juno.

Et cela n'aurait jamais dû aller plus loin.

— Je te souhaite beaucoup de bonheur, dit-il, reprenant ses propres termes.

S'il y avait une leçon qu'il avait apprise lorsqu'il était enfant, c'était bien celle-là :

Ne montre jamais aux autres que tu souffres.

— Vous vous sentez bien, mademoiselle ? demanda l'hôtesse avec sollicitude.

— Ça va, merci

Juno lui adressa un léger sourire en prenant sa carte d'embarquement d'une main tremblante et elle monta à bord en essayant de ne penser à rien. Mais l'horreur des derniers instants avec Mac ne cessait de lui revenir à l'esprit.

L'amour est une illusion.

C'était ce qu'il avait dit à Gina. Et il savait ce qu'il disait. Il n'avait jamais eu besoin d'elle. Elle s'était inventé une histoire puérile pour justifier le fait qu'elle avait besoin de lui.

Il l'avait prévenue de ne pas le prendre pour quelqu'un qu'il n'était pas et c'était pourtant ce qu'elle s'était acharnée à faire. Comment avait-elle pu être aussi stupide ? Comment avait-elle pu tomber amoureuse d'un homme incapable de l'aimer en retour ?

Elle avait même bêtement imaginé, pendant sa longue nuit d'insomnie, que si elle lui confiait ses sentiments il lui jurerait en retour un amour éternel. La froideur de sa réaction à l'annonce de son départ avait anéanti ses derniers espoirs.

Elle aurait aimé être en colère contre lui, crier, hurler et se répandre en injures pour atténuer sa peine. Pourtant, alors que l'avion s'élevait au-dessus des nuages, elle réalisa

qu'elle n'éprouvait à présent qu'une sensation d'abattement et un sentiment écrasant de perte.

Il lui avait pourtant dit qu'elle souffrirait. Pourquoi ne l'avait-elle pas écouté ?

Chapitre 18

— Daisy a raison, tu n'as pas bonne mine.

La voix douce du docteur Maya Patel ne réussit pas à atténuer la tristesse de Juno.

Cela faisait quatre semaines qu'elle était rentrée chez elle. Un mois depuis que sa « fabuleuse aventure » avait, par sa faute, viré au cauchemar.

Elle s'était réfugiée dans le travail pour éviter de penser. Elle avait géré une inexplicable crise de larmes lorsque, le jour de son arrivée, elle avait eu ses règles. Elle avait dû faire face à une foule de coups de téléphone émanant de journalistes cherchant à la persuader de vendre son histoire. Et elle avait surmonté une avalanche d'émotions lorsqu'elle avait aperçu à Portobello Market une immense affiche du film qu'elle avait vu avec Mac.

Malgré tous ses efforts, ce qui s'était passé continuait de la torturer. Elle avait maigri, souffrait d'insomnies et fondait encore en larmes à tout bout de champ. Elle avait même vomi plusieurs fois les jours précédents.

Elle s'était transformée en une rabat-joie complaisante et commençait à se détester.

La veille, Daisy était rentrée de son voyage de noces et,

en la voyant, lui avait tout de suite pris rendez-vous chez son médecin traitant.

Daisy avait bien sûr cherché à savoir si son état avait quelque chose à voir avec Mac. Juno, honteuse de lui dire la vérité, avait inventé une histoire de virus et avait presque réussi à s'en convaincre elle-même.

— J'ai dû attraper un microbe intestinal.

— Tu sembles épuisée, remarqua sagement Maya. Souffres-tu d'insomnies ?

— Un peu.

— As-tu des sautes d'humeur ?

Elle fit oui de la tête. Comment Maya pouvait-elle le savoir ?

— Vas-tu fréquemment aux toilettes en ce moment ?

— Euh... oui.

Maya posa les coudes sur son bureau et croisa les doigts.

— Je pense que nous devrions faire un test de grossesse.

Juno rougit et ressentit une soudaine et familière envie de pleurer. La presse s'était bien sûr chargée d'informer tout le monde de sa liaison avec Mac. Le regard compatissant de Maya la déprima encore davantage.

— Je ne peux pas être enceinte, Maya. J'ai eu mes règles depuis... Et nous n'avons pas...

Elle hésita.

— Nous avons fait attention tout le temps.

Presque tout le temps.

— Disons alors que tu vas accepter pour me faire plaisir, répliqua Maya d'un ton ferme.

Juno soupira et acquiesça. Elle n'en était plus à une humiliation près.

*
* *

— Le test est positif, annonça doucement Maya tout en regardant le résultat. Tu es enceinte.

Juno eut l'impression de recevoir un coup en pleine poitrine.

— Mais… mais c'est impossible !

— J'ai bien peur que ce soit pourtant le cas, rétorqua Maya avec sympathie. Il arrive qu'on ait des règles très légères en début de grossesse. C'était le cas, n'est-ce pas ?

— Je ne… oui, je crois, bégaya-t-elle, l'esprit engourdi.

Pendant les vingt minutes où elle avait attendu les résultats du test, elle était restée calme, certaine là au moins que les choses ne pouvaient pas mal tourner.

Maya fit le tour de son bureau et prit Juno dans les bras au moment où elle éclatait en sanglots.

— Ne t'inquiète pas, ma chérie, dit-elle en abandonnant son rôle de médecin pour redevenir l'amie qu'elle était, et en caressant la tête de Juno. Nous allons trouver une solution.

— Je ne peux pas assumer ça… Je n'en ai pas la force, hoqueta Juno entre deux sanglots.

Comment cela avait-il pu se produire ? Etait-ce un châtiment pour avoir commis la même terrible erreur deux fois dans sa vie, être tombée amoureuse d'un homme qui n'était pas celui qu'elle croyait ?

— Je vais appeler Daisy, décida Maya en prenant son visage entre ses mains. Tu ne peux pas affronter cette situation toute seule. Tu as besoin pour l'instant d'une bonne nuit de sommeil. Demain, si tu veux, nous pourrons envisager toutes les options.

— Non ! Ne dis rien à Daisy, s'il te plaît ! s'écria Juno.

Elle ne s'imaginait pas faire face à Daisy et Connor.

— Tu vas avoir besoin de soutien dans les mois à venir, et Daisy est ta meilleure amie.

Juno approuva docilement, sachant que Maya avait raison.

Une autre pensée lui traversa soudain l'esprit, renforçant son angoisse.

— Est-ce que…, dit-elle avant de marquer une pause pour reprendre son souffle, je risque encore de faire une fausse couche ?

— Il n'y a pas de raison que cela se produise, répondit Maya retournant s'asseoir à son bureau. De nombreuses femmes font des fausses couches avant d'avoir des grossesses parfaitement normales. Dès que tu te sentiras prête, nous pourrons faire un examen plus approfondi pour voir comment se porte le bébé.

Un sourire effleura ses lèvres.

— Tu as décidé de le garder ?

Juno se mit à trembler.

— Je ne sais pas.

Au fond d'elle, elle savait qu'elle avait déjà pris sa décision, ce qui rendait la situation encore bien plus compliquée.

Aurait-elle la force de supporter ce qui s'était déjà produit six ans auparavant si les choses tournaient de nouveau mal ?

Chapitre 19

— C'est absurde. Tu dois prévenir Mac.

Juno regarda Daisy par-dessus la table du petit déjeuner. Elle s'était préparée à cette réaction mais n'était pas prête à changer d'avis.

Comme prévu, Daisy lui avait apporté son soutien inconditionnel depuis son retour de chez le médecin. Après lui avoir arraché le récit de son aventure, elle avait insisté pour que Juno dorme dans la chambre d'amis, l'avait consolée, dorlotée et avait tenté d'apaiser ses craintes.

Daisy l'avait aussi encouragé à garder l'enfant si c'était ce qu'elle souhaitait vraiment et lui avait tenu la main lors de l'examen médical. Elle lui avait préparé des petits plats, acheté une montagne de vitamines et l'avait suppliée de ne pas se replier de nouveau sur elle-même et de ne pas se rendre responsable de tout ce qui avait mal tourné dans sa vie.

Ce matin-là, à son réveil dans la luxueuse chambre d'amis de Daisy et Connor, Juno s'était sentie pour la première fois en un mois capable d'assumer ce qui lui était arrivé et prête à affronter l'avenir.

Quelques instants auparavant, Daisy lui avait posé

la question tant redoutée, et à présent elle ne savait que dire pour convaincre son amie de laisser tomber le sujet.

— Tu m'avais dit exactement la même chose, insista Daisy, lorsque je suis tombée enceinte de Ronan. Je ne voulais pas en parler à Connor mais tu m'as poussée à le faire et tu avais raison.

— La situation est différente, murmura Juno, le nez dans son bol de muesli à moitié vide.

— Comment ça ? Mac n'a-t-il pas aussi le droit de savoir qu'il va devenir père ?

Juno secoua la tête. Ce n'était pas ce qu'elle avait voulu dire.

Ce que Mac lui avait dit lors de leur dernière soirée l'avait profondément blessée, lui rappelant la réaction de Tony lorsqu'elle lui avait annoncé qu'elle était enceinte.

— Il me demanderait certainement d'avorter. Puisque ce n'est pas le choix que j'ai fait, je ne vois pas l'intérêt de le prévenir.

— Comment peux-tu en être aussi sûre ? demanda Daisy.

Juno aperçut l'air horrifié de son amie. C'était exactement ce qu'elle avait voulu éviter. Elle n'avait aucune intention de faire passer Mac pour un méchant aux yeux de sa famille. Un jour, peut-être, aurait-il envie de reprendre contact avec Daisy et Connor, et elle ne voulait pas entacher leur relation.

— Parce qu'il me l'a dit.

— En es-tu certaine ? insista Daisy.

— Oui, mentit Juno.

Daisy laissa échapper un soupir.

— J'ai du mal à y croire mais, en admettant que ce soit vrai, comment vas-tu faire pour le lui cacher ?

— Il ne me contactera plus.

Tous ses espoirs s'étaient envolés lorsque, après son retour, il ne lui avait plus donné signe de vie.

— Et je ne pense pas qu'il vous contacte non plus. Si cela se produit, je trouverai une solution.

Il lui avait dit clairement qu'il ne croyait pas en l'amour et n'avait pas envie de fonder une famille.

— Et si la presse l'apprend ?

— Mac n'étant plus là, je ne représente plus aucun intérêt pour les journalistes. Je dois aller de l'avant, Daze. Pour l'instant seule la santé du bébé m'importe.

Daisy lui prit la main et la serra.

— Je comprends, mais il reste un autre problème à résoudre.

— Lequel ?

— La façon dont Connor va réagir à son retour de Berlin cet après-midi. Tu sais à quel point il est protecteur.

— Veux-tu que je lui parle ? demanda Juno.

Est-ce que quelque chose pourrait un jour redevenir simple dans sa vie ?

Daisy lui tapota la main.

— Je m'en occupe mais je ne peux rien promettre.

Juno soupira. Elle n'attendait plus aucune promesse. Vingt-quatre heures d'affilées sans avoir à affronter une crise émotionnelle grave lui suffisaient amplement.

Mac monta lourdement les escaliers de la plage et regarda le podomètre accroché à son poignet. Seize kilomètres. Il avait couru jusqu'à la limite de ses forces après une nouvelle nuit sans sommeil. Comme chaque après-midi, il devait se rendre au studio mais les répétitions s'avéraient catastrophiques. Pour la première fois de sa carrière, il ne réussissait pas à entrer dans la peau du personnage.

Depuis une semaine, il allait courir tous les matins, chaque fois plus longtemps, espérant ainsi évacuer les tensions accumulées depouis le départ de Juno le mois précédent. Hélas, le stratagème ne marchait plus.

En arrivant sur la terrasse, il ôta son T-shirt trempé et ses yeux se posèrent soudain sur la chaise longue où Juno avait l'habitude de s'asseoir à l'ombre en l'attendant. Il jeta son vêtement à terre en laissant échapper un juron.

Qui voulait-il donc leurrer ? La douleur lancinante et la sensation de solitude étaient chaque jour plus suffocantes. La maison, autrefois son sanctuaire, était devenue une prison. Où que ses yeux se posent, il la voyait partout. Dans la piscine, vêtue de son petit maillot de bain jaune. A la table du petit déjeuner en train de manger son bol de muesli. Dans son lit et dans sa douche, son corps menu frémissant sous ses caresses. Elle était comme un fantôme, le défiant d'essayer de l'oublier.

C'était allé si loin qu'il avait même envisagé de mettre la maison en vente mais les souvenirs n'auraient pas disparu pour autant. Il n'avait pas besoin d'un nouveau lieu de vie. Il avait besoin d'elle.

Chaque fois qu'il prenait son téléphone avec l'intention de lui demander pourquoi elle était partie, il en revenait toujours au moment où ils s'étaient quittés et se sentait incapable de l'appeler. Peut-être par fierté, ou plutôt par instinct de survie, il voulait que ce soit elle qui revienne vers lui. Pendant les premières semaines, il avait même espéré qu'elle soit tombée enceinte de lui et soit obligée de le contacter mais cela ne s'était pas produit.

Il se dirigea vers la cuisine, ouvrit le réfrigérateur et attrapa une bouteille d'eau minérale glacée qu'il fit rouler sur son front.

Seul le ronronnement du climatiseur troublait le silence lourd qui commençait à l'étouffer.

— Arrête de te comporter comme un lâche, Brody, dit-il soudain à voix haute.

Il ouvrit la bouteille, la vida d'un trait et la jeta dans la poubelle. Puisqu'elle n'avait pas fait un pas vers lui, c'est lui qui allait le faire.

Il se dirigea vers le salon et s'approchait du téléphone lorsque la sonnerie retentit.

— Allo, qui est à l'appareil ? demanda-t-il en décrochant.

— C'est Connor.

En entendant la voix de son frère, il sursauta.

— Connor ?

— Oui, ton grand frère, tu te souviens ?

La pointe de sarcasme ne lui échappa pas.

— Comment va Juno, demanda-t-il sans même chercher à cacher son impatience ou à s'enquérir des raisons de son appel.

Connor habitait juste à côté de la femme qui, comme il venait de se l'avouer, représentait tout pour lui. Le destin avait bien fait les choses.

Connor laissa échapper un petit rire dur.

— Comment veux-tu qu'elle aille ?

— Je n'en ai pas la moindre idée, admit-il entre ses dents. C'est pour cela que je te le demande.

Son frère avait de bonnes raisons de le mépriser. Et alors ? Il n'avait pas le temps de s'occuper de cela pour l'instant.

— Qu'avais-tu l'intention de faire, Mac ?

La voix de Connor était à présent empreinte de tristesse.

— As-tu voulu la punir parce que tu ne pouvais pas te venger sur moi ? Dans ce cas, elle ne méritait vraiment pas de devenir…

— Je ne comprends strictement rien à ce que tu racontes, l'interrompit Mac, pris de panique. Lui est-il arrivé quelque chose ?

— Oui, justement, répondit Connor, d'un ton résigné.

— Est-elle malade ? Blessée ?

— Je dirais les deux à la fois. Elle porte ton enfant qu'elle a, malgré une peur panique, décidé de garder. Et elle…

Mac raccrocha sans écouter la fin.

Juno était enceinte de leur enfant et ne lui avait rien dit ? Cela faisait plus d'un mois qu'elle était partie, mais elle ne l'avait jamais appelé. Avait-il si peu d'importance pour elle ? Il laissa tout d'abord éclater sa colère pour atténuer sa douleur et décida ensuite qu'il n'avait que faire des raisons de son silence.

Elle était à lui, et l'avait toujours été. Il n'aurait jamais dû lui permettre de partir. Et qu'il soit damné s'il la laissait seule un moment de plus.

Chapitre 20

— Ou est Juno ? lança Mac sans préambule dès que Connor ouvrit la porte. La vieille fille d'à côté m'a dit qu'elle était chez vous.

Il passa devant son frère interloqué qui d'un cri le stoppa net.

— Reviens ici ! Il n'est pas question que tu entres chez moi en hurlant sans y être invité.

Il se retourna et aperçut Connor qui s'avançait vers lui l'air furieux.

Super ! Il venait de passer une nuit blanche dans l'avion en provenance de Los Angeles, avec une épouvantable migraine et une colère qui ne retombait pas. Si son frère cherchait la bagarre, il était prêt !

— Je n'ai pas besoin de ton invitation pour parler à la femme qui porte mon enfant, siffla-t-il.

— Reprends-toi, lui intima Connor manifestement déterminé à ne souffrir aucune réplique. Elle n'est pas là.

Il lui indiqua une porte ouverte sur une chambre plongée dans l'obscurité.

— A présent, si tu veux la voir, calme-toi.

Mac, écumant de rage, suivit son frère. De quel droit

le traitait-il comme un enfant capricieux ? Dès qu'il aurait revu Juno, il allait régler ses comptes avec ce donneur de leçons.

— Assieds-toi, ordonna Connor en lui indiquant le canapé en cuir.

Mac croisa les bras sans bouger d'un pas.

— Dis-moi d'abord ce que tu as à me dire et ensuite où elle est.

— Bon sang, tu vas t'asseoir ou tu veux que je t'aide ? cria Connor.

Mac serra les poings, mais finit par céder. Provoquer son frère ne l'aiderait pas à trouver Juno.

— Qu'est-ce que tu veux savoir ?

Connor le regarda avec mépris.

— Je veux comprendre quel genre d'homme est capable d'avoir une relation sexuelle sans protection avec une femme, sans même avoir la décence de chercher à savoir après si elle est tombée enceinte ou pas.

Les choses ne s'étaient pas passées ainsi.

L'accusation injuste de Connor le révolta mais le sentiment de culpabilité qui l'avait accompagné toute sa vie l'empêcha de se récrier.

— Tu crois que je ne sais pas ce que tu penses de moi, ce que tu as toujours pensé depuis notre enfance dans ce trou pourri. Tu penses que je suis un mec égoïste et irresponsable !

Il se prit la tête entre les mains.

— A l'époque c'était vrai, poursuivit-il, la bouche sèche. Je te l'accorde. Mais ce n'est plus le cas à présent.

Il leva la tête et regarda Connor dans les yeux.

— Je veux que Juno revienne. Je crois que je suis amoureux d'elle.

Il laissa échapper un soupir, surpris par ses propres paroles.

— C'est pour cela que je suis ici.

— Tu crois que je te tiens pour responsable de ce qui s'est passé lorsque nous étions enfants ? demanda Connor, interdit.

— J'en suis sûr et c'est la raison pour laquelle ta femme m'a invité à votre mariage, et pas toi !

— Mac, c'est ridicule.

Connor s'assit et posa une main sur l'épaule de Mac.

— Je n'ai jamais pensé cela. Au contraire, j'ai toujours cru que c'était ma faute. Si je n'étais pas sorti ce soir-là, si je ne m'étais pas entêté à n'en parler à personne, on aurait pu obtenir de l'aide. J'aurais pu le retenir.

— Tu as pourtant dit à l'assistante sociale, après que l'on nous eut séparés, que tu ne voulais plus jamais me voir.

Etait-il possible que son frère ne le déteste pas après tout ce qui s'était passé ?

— J'avais tellement honte, expliqua Connor. Je t'avais vu cette nuit-là, inconscient, sur le brancard, le visage ensanglanté et couvert d'hématomes, le bras fracturé. Je n'arrivais plus à m'ôter cette vision de l'esprit. Tu avais à peine dix ans. J'aurais dû être là pour te défendre. Ça m'a hanté pendant des années. Jusqu'à ce que je rencontre Daisy et qu'elle me fasse comprendre que nous n'y étions pour rien. C'était la faute de notre père et de sa faiblesse pour l'alcool.

Il serra brièvement son frère contre lui et son chagrin évident apaisa enfin les démons de Mac.

— J'aurais dû t'en parler il y a des années. Et tu as raison, c'est moi qui aurais dû t'inviter à notre mariage, ajouta-t-il doucement. J'ai fait preuve de lâcheté. Pardonne-moi.

Mac lut un amour véritable dans les yeux de Connor et comprit à cet instant qu'il avait retrouvé un frère qu'il n'avait jamais vraiment perdu.

— J'accepte tes excuses, murmura-t-il. Mais il vaut mieux nous arrêter là avant de nous mettre à pleurer comme des madeleines. En ce qui te concerne, je ne suis pas sûr, mais moi, je dois soigner mon image.

Connor laissa échapper un petit rire.

— Tu parles, tu es acteur ! J'imagine que tu passes ton temps à pleurer !

Mac haussa un sourcil.

— Arrête, frérot, ou tu risques de le regretter !

Connor éclata de rire et ce son joyeux rappela à Mac leur enfance. Connor toujours positif et optimiste, et lui passant son temps à imaginer le pire. Il se rendit compte à quel point son frère lui avait manqué.

Connor se leva et se dirigea vers sa table de travail.

— A présent que nous avons eu notre moment de faiblesse, dit-il d'un ton léger, et que nous en sommes arrivés à la conclusion que tu es capable de chialer comme une gonzesse, nous pouvons parler de Juno.

Il s'assit sur son bureau et croisa les jambes.

— Tu dis que tu es amoureux d'elle. En es-tu certain ?

— J'ai mis du temps à m'en rendre compte mais j'en suis sûr à présent.

Cela faisait même longtemps qu'il n'avait pas été aussi sûr de quelque chose.

— Je veux essayer d'arranger les choses entre nous mais ce n'est pas évident. Je ne sais même pas si elle est amoureuse de moi ou si elle me déteste. Elle n'a rien voulu me dire au sujet du bébé. Cela me laisse peu d'espoir.

— Ne me regarde pas comme ça, dit Connor en haussant les épaules, je n'en ai pas la moindre idée.

Il marqua une pause.

— Tout ce que je sais c'est qu'elle est rentrée très déprimée de Los Angeles. Tu ne dois donc pas lui être indifférent.

Mac ne trouva pas cela très convaincant mais décida de s'en contenter pour l'instant.

— Quoi d'autre ?

— Tu as entendu parler d'un type qui s'appelle Tony ?

Mac laissa exploser la colère qui couvait en lui depuis qu'il avait entendu son nom pour la première fois.

— C'est l'ordure qui l'a violée lorsqu'elle avait seize ans. J'aimerais bien le retrouver et l'étrangler de mes propres mains.

— Je t'aiderais volontiers, dit Connor d'un air sévère, car Daisy m'a raconté ce qui s'était passé mais l'histoire ne s'arrête pas là. La suite peut t'aider à comprendre pourquoi elle ne t'a rien dit au sujet du bébé. Juno est intelligente mais bien plus fragile qu'il n'y paraît. J'imagine que tu sais qu'elle n'avait pas eu d'autre relation depuis cette aventure.

Mac se sentit rougir en acquiesçant de la tête.

— Tu ne dois pas sous-estimer l'importance que cela peut avoir. Elle avait confiance en toi, Mac, et c'est primordial après tout ce qu'elle avait vécu.

Connor se retourna pour attraper un stylo et un bloc-notes sur le bureau. Il fit un rapide croquis, griffonna quelques mots, arracha la page et la tendit à Mac.

— En ce moment elle est au magasin. C'est à deux pas d'ici.

Mac jeta un coup d'œil à l'ébauche de plan et se leva.

— Merci.

— Demande-lui de te raconter la fin de l'histoire, Mac, mais je t'en prie, reste calme et dis-lui ce que tu ressens.

Mac acquiesça et se dirigea vers la porte en pensant au bébé et à Juno, le cœur cognant contre sa poitrine.

— Mac, encore une chose, le rappela Connor.

Il se retourna, la main sur la poignée de la porte.

— N'oublie pas de glisser un mot en ma faveur lorsque tu auras terminé. Juno va me tuer lorsqu'elle apprendra que c'est moi qui ai vendu la mèche.

— N'y compte pas, frérot, répondit-il, essayant de faire preuve d'humour pour soulager sa propre tension. Je vais me faire un malin plaisir de te dénoncer ! Tu n'aurais pas dû dire que je chialais comme une gonzesse !

Chapitre 21

Juno avala une gorgée de l'infusion de fenouil qui l'aidait à lutter contre les nausées et entra une nouvelle ligne de chiffres dans la calculatrice.

Daisy ayant refusé de la laisser travailler au magasin ce samedi, qui était le jour le plus chargé, elle s'était attelée aux comptes dans l'arrière-boutique et trouvait ce travail monotone et méthodique étrangement apaisant.

Elle commençait enfin à se sentir mieux. Le matin même elle était retournée voir Maya pour écouter le rythme cardiaque du bébé. L'échéance des trois mois se rapprochait chaque jour davantage et elle pourrait bientôt commencer à faire des plans pour le bébé et elle.

Pour l'instant, il ne lui restait plus qu'à se concentrer sur les objectifs qu'elle pouvait atteindre et laisser le reste suivre son cours. Elle n'était peut-être pas destinée à vivre une belle histoire d'amour avec l'homme de ses rêves mais,si tout se passait bien, elle pourrait vivre quelque chose de merveilleux dans huit mois.

Elle entendit la porte s'ouvrir.

— Un instant, Daze, dit-elle en finissant de classer les reçus des fournisseurs.

— Tu aurais pu me dire au sujet du bébé.

Elle redressa vivement la tête au son de cette voix profonde. Mac ?

— Que fais-tu ici ? réussit-elle à murmurer en croisant son regard d'un bleu intense.

La grande silhouette de Mac se tenait dans l'encadrement de la porte.

— Je suis venu, entre autres, pour te parler, répondit-il calmement.

Il s'avança dans sa direction mais elle bondit de sa chaise et recula.

— Va-t'en. Je n'ai rien à te dire.

Elle ne se sentait pas la force de revivre ses rêves et son intense désir, sachant que tout n'avait été qu'illusion.

— C'est faux et tu le sais.

Il contourna la table et elle recula encore d'un pas, heurtant un portant de robes qui se trouvait contre le mur.

— Et si tu commençais par m'expliquer pourquoi tu es partie ? demanda-t-il tout en se rapprochant. Ensuite tu pourras me dire pourquoi tu ne m'as pas parlé du bébé ?

— Pourquoi l'aurais-je fait ? répondit-elle tandis qu'une rage dont elle ne soupçonnait pas l'existence faisait surface. Pourquoi te parler d'un enfant dont tu ne veux pas ?

Elle ne voyait qu'une explication à sa présence. A cette pensée, elle se sentit piégée et la peur l'envahit.

Elle essaya de s'échapper mais il la rattrapa, enroula un bras autour de sa taille et l'attira contre lui.

— Tu n'iras nulle part avant de m'avoir donné une réponse.

Elle martela sa poitrine de coups.

— Je ne veux pas avorter. Tu ne peux pas m'y obliger.

Ses yeux étaient noyés de larmes.

— Arrête, Juno, je ne suis pas venu pour ça.

Il endura les coups et resserra son étreinte jusqu'à ce qu'elle se calme.

— Je ne le ferai jamais ! s'écria-t-elle. Laisse-moi tranquille. Je te déteste !

Ce n'était plus Mac qu'elle voyait à présent, mais le visage méprisant et indifférent de Tony. Puis la rage et la fureur s'estompèrent, la laissant épuisée, en proie à une crise de sanglots.

— Calme-toi, Juno, écoute-moi.

Sa voix semblait venir de très loin. Il la souleva dans ses bras, s'assit sur la chaise qu'elle avait laissée libre et la berça contre lui. D'une main, il lui effleura la joue et repoussa une mèche de cheveux.

— Je ne t'ai jamais parlé d'avortement. Et à présent que tu es enceinte, c'est la dernière chose dont j'aie envie.

Il posa sa main sur la sienne, encore crispée.

Elle gigota, essayant en vain de se lever.

— Tu m'as dit de prendre la pilule du lendemain. Quelle est la différence ?

Il laissa échapper un profond soupir.

— J'ai eu tort. Ne m'en tiens pas rigueur.

— Pourquoi l'as-tu dit, alors, si tu ne le pensais pas ?

Son regard se perdit dans le vague.

— Je ne voulais pas d'enfant car j'avais peur d'avoir hérité des gènes de mon père.

Il hésita.

— Mais à présent, poursuivit-il en la regardant tout en prenant sa main, je sais que c'était stupide. Je veux être un père pour cet enfant. Me crois-tu ?

— Oui, répondit-elle, émue par la sincérité de son regard.

Elle soupira et se résigna à lui dire la vérité.

— Mais il se peut que le bébé n'arrive jamais à terme.

— Raconte-moi ce qui s'est passé, Juno, lui demanda-t-il avec douceur. J'ai eu la sensation que tu ne te battais pas seulement contre moi tout à l'heure.

Les lèvres de Juno se mirent à trembler dangereusement. Elle lui devait cela après l'avoir accusé injustement.

— Je suis tombée enceinte, dit-elle simplement, après... après la nuit que j'avais passée avec Tony.

— Mais ce n'est pas tout, n'est-ce pas ?

Elle secoua la tête.

— Mes parents étaient furieux. Ils ne voulaient pas que je le garde.

Elle ravala ses larmes, déterminée à aller jusqu'au bout. Cela s'était produit il y avait si longtemps. Elle devait passer à autre chose.

— Je suis partie avec l'idée de leur prouver qu'ils avaient tort. J'ai pris une chambre chezMme Valdermeyer. Je me berçais d'illusions, je pensais que Tony serait fou de joie, me dirait qu'il m'aimait et...

Elle reprit son souffle. Tout cela semblait si stupide à présent.

— Je suis allée le voir à son travail et lui ai tout raconté. Il a très mal réagi et m'a dit de me débarrasser du bébé. Il a tout de suite décroché son téléphone pour prendre rendez-vous mais je me suis enfuie. Je ne l'ai jamais revu.

— Quelle ordure !

L'empathie de Mac lui donna la force de poursuivre son récit.

— Deux jours plus tard j'ai fait une fausse couche, un avortement spontané, comme m'a dit le médecin. Je sais maintenant que cela valait mieux car je n'étais pas

assez mûre pour avoir un enfant, mais à l'époque j'étais désespérée.

— Arrête, Juno, dit-il en entrelaçant ses doigts aux siens, ne te rends pas responsable, tu n'y étais pour rien.

Il esquissa un léger sourire.

— Une jeune femme pleine de sagesse m'a dit la même chose il y a peu.

Elle répondit faiblement à son sourire tout en sentant les dernières traces de culpabilité disparaître jusqu'à ce qu'il ne reste qu'une lointaine douleur pour l'enfant qu'elle avait perdu.

Il posa la main sur son ventre et elle en sentit la chaleur à travers le fin coton de sa robe.

— Que dit le médecin à propos du bébé ? Jusqu'à quel point devons-nous être prudents ?

Le « nous » fit s'emballer le pouls de Juno mais elle réprima cette bouffée d'espoir. Pendant le mois qui venait de s'écouler, elle s'était promis de ne pas demander l'impossible. Ce n'est pas parce qu'il se souciait du bébé qu'il attendait quelque chose de plus.

— Maya est optimiste et dit que tout va bien. Une fois que j'aurai passé le cap des trois mois, on pourra être tranquilles.

— Voilà de bonnes nouvelles, n'est-ce pas ?

Le sourire spontané sur son beau visage bronzé le fit ressembler à un petit garçon et le cœur de Juno chavira.

Elle acquiesça et se leva, avide de mettre de la distance entre eux. Elle l'aimait encore mais ne voulait plus se laisser emporter par ses sentiments.

Il se leva à son tour.

— Où crois-tu aller ainsi ?

Elle se tourna vers lui, déterminée à ne pas se laisser bercer d'illusions.

— Je peux te prévenir par mail pour les prochaines visites prénatales, dit-elle en repoussant ses cheveux en arrière. Combien de temps penses-tu rester à Londres ?

Voyant que Mac ne répondait pas et continuait de la regarder, elle se dépêcha de finir.

— La première échographie doit se faire à dix semaines. Si tu veux je te donnerai le calendrier des rendez-vous. Mais pour la première, ce n'est peut-être pas la peine de venir exprès de Los Angeles.

Un calendrier ? De quoi diable parlait-elle ?

Mac fronça les sourcils. Ne venaient-ils pas de décider de faire cela ensemble, en tant que couple ?

— Je n'aurai pas besoin de venir de Los Angeles puisque tu repars avec moi.

Juno resta bouche bée tandis qu'il poursuivait, persuadé qu'elle comprendrait que c'était la seule solution.

— Le metteur en scène peut se passer de moi pendant au moins une semaine. Si cela n'est pas suffisant pour que tu arranges les choses ici, nous pourrons peut-être revenir brièvement avant de commencer le tournage en octobre. Mais il n'est pas question que tu fasses le voyage toute seule.

Il entendait rester ferme sur certains points

— Je ne pars pas vivre à Los Angeles. Ma vie est ici.

Il était prêt à négocier.

— Je ne veux pas te forcer mais mon contrat actuel stipule que je dois tourner aux Etats-Unis. Cela implique donc que nous vivions là-bas pendant les six prochains mois. Après, je suis libre de faire ce que je veux.

Il avança une main, la faisant glisser dans ses cheveux soyeux.

— Nous pouvons revenir ici avant la naissance du bébé. Je peux même acheter une maison dans la rue de Daisy et Connor si c'est ce que tu souhaites.

Cette idée n'était pas pour déplaire à Mac. Son frère et lui avaient du temps à rattraper.

Elle se déroba à sa caresse. Elle n'avait pas l'air ravie ni reconnaissante, mais plutôt contrariée.

— Qui a dit que nous allions vivre ensemble ?

Cette question le prit totalement de cours.

— C'est évident. Que veux-tu que nous fassions une fois que nous serons mariés ?

— Mariés ? s'écria-t-elle. Je n'ai jamais dit que j'allais me marier avec toi. Tu ne me l'as même pas demandé !

— C'est vrai.

Il prit sa main et y déposa un bref baiser. Dans sa hâte d'arranger les choses il avait sauté une étape plutôt importante. Il était heureusement facile d'y remédier.

— Veux-tu m'épouser, Juno ?

Elle retira sa main.

— Non, je ne veux pas, répondit-elle si clairement qu'il ne pouvait se méprendre.

— Et pourquoi donc ?

Sa tête recommençait à lui faire mal. Pourquoi s'obstinait-elle à le contrarier ?

— Je t'aime, tu m'aimes et tu portes mon enfant. Que nous faut-il de plus ?

Elle le regarda comme s'il venait de la gifler et la bonne humeur de Mac s'émoussa. Après qu'elle lui eut raconté l'horrible histoire de Tony et de sa fausse couche, il s'était justifié et excusé et avait alors ressenti un immense

soulagement. Il avait cru que tout allait bien, qu'elle était amoureuse de lui et que leur séparation n'avait été qu'un terrible malentendu.

Etait-il allé trop vite ?

Peut-être n'était-elle pas amoureuse de lui ?

Aurait-il à présent assez de courage pour mettre ses sentiments à nu, sachant qu'ils n'étaient peut-être pas réciproques ?

— Tu m'aimes ?

Juno réprima une montée soudaine d'espoir et d'amour. Etait-il sincère ou en train de jouer un nouveau rôle, pour le bien du bébé ?

— Depuis quand m'aimes-tu ?

— Depuis…

Il marqua une pause et se passa une main nerveuse dans les cheveux.

— Depuis toujours, j'imagine, mais j'étais trop stupide pour le voir.

— Tu ne m'as même pas contactée depuis que je suis partie. Cela fait plus d'un mois.

Un doute affreux la saisit soudain.

— Qui t'a dit que j'étais enceinte ? Connor ? C'est pour cela que tu es venu, n'est-ce pas ?

Elle distingua un éclair de culpabilité dans le regard de Mac et eut envie de hurler. Il n'était plus question qu'elle vive un mensonge. Plus jamais.

Elle allait régler ses comptes avec Connor !

— Il ne s'agissait que de sexe agréable pour toi, ajouta-t-elle voyant qu'il restait silencieux. J'ai entendu ce que tu as dit à Gina. Je sais que tu ne crois pas à l'amour.

Il eut l'air contrarié, mais pas honteux comme elle s'y attendait.

— Voilà donc l'explication de ton mutisme du dernier soir ! Je ne t'ai jamais dit ça à toi, je l'ai dit à Gina. Et si tu n'avais pas écouté ce qui ne t'était pas destiné tu n'en aurais rien su.

Il n'allait tout de même pas lui faire croire que c'était sa faute !

— Ce n'est pas le problème !

— Je voulais qu'elle cesse de me harceler et j'aurais tout aussi bien pu lui dire que j'étais gay.

Son regard se fit plus intense.

— Et même si je dois admettre que le sexe entre nous était particulièrement bon, et que j'ai d'ailleurs l'intention d'en profiter encore bien davantage…

A cette promesse Juno ressentit une vague de chaleur l'envahir.

— Cela ne représente qu'une infime partie de ce que je ressens pour toi. Une chose encore : j'avais déjà décidé de venir avant que Connor m'appelle.

— Tu as tout de même mis plus d'un mois à te décider !

La croyait-il si naïve ? Elle redressa les épaules et le défia du regard.

— Ne me prends pas pour une idiote. Il est inutile de me faire croire que tu es amoureux de moi, Mac.

Sur ses traits, elle vit la contrariété faire place à de la stupéfaction.

— Qu'est-ce que tu racontes ? Crois-tu vraiment que je puisse agir par pitié ? Tu es la femme la plus forte, la plus intelligente et la plus courageuse que je connaisse.

Son cœur fit un bond. Etait-il possible qu'il soit vraiment amoureux d'elle ?

Le compliment singulier qu'il venait de lui adresser était le plus convaincant qu'elle ait jamais entendu. Et le plus merveilleux. Il ne l'avait effectivement jamais traitée avec condescendance parce qu'elle ne lui en avait jamais laissé la possibilité.

Et lui était l'homme le plus charismatique, le plus merveilleux, le plus irrésistible qu'elle ait jamais rencontré. Ils s'étaient toujours traités d'égal à égal. Il l'avait défiée, provoquée, et l'avait rendue complètement dingue, mais il avait libéré son corps et son esprit.

— Tu m'aimes vraiment ?

Elle n'arrivait pas à y croire. Son rêve était-il réellement devenu réalité ?

— N'est-ce pas ce que je viens de te dire ? Et toi, m'aimes-tu ?

En voyant son air vulnérable et en percevant l'exaspération et l'incertitude contenues dans sa voix, elle laissa éclater l'amour, le désir et la joie qu'elle avait tellement essayé de réprimer.

Malgré leur manque d'assurance et la succession de tragédies et de traumatismes qu'ils avaient subis dans leurs existences respectives, ils avaient réussi à vaincre toutes les difficultés.

Elle enroula les bras autour de son cou.

— Oh ! Mac, « aimer » n'est pas un mot assez fort pour exprimer ce que je ressens !

La tension de Mac disparut comme par enchantement. Il enlaça Juno, la souleva de terre et enfouit sa tête dans son cou.

— Merci, mon Dieu, soupira-t-il.

Il avait l'air si soulagé qu'elle rit.

Il releva la tête et lui lança un regard noir.

— Cela n'a rien de drôle.

— Je suis désolée, dit-elle sans la moindre trace de regret. Que puis-je faire pour que tu me pardonnes ?

Il la serra plus fort contre lui et elle sentit l'évidence de son désir.

— Laisse-moi réfléchir un instant, répondit-il d'une voix si sensuelle qu'elle sentit ses jambes se dérober sous elle, je pense avoir trouvé la meilleure façon de te punir.

Il approchait sa bouche de la sienne lorsque…

Daisy fit irruption dans la pièce.

Ils se séparèrent brusquement, comme deux adolescents pris en faute.

— Mac, tu n'as pas le droit de venir faire une scène ici, dit-elle en lui jetant un regard accusateur.

Elle se tourna vers son amie.

— Je suis désolée, Ju. J'étais sortie acheter quelque chose à manger. Tout va bien ?

Juno ne sut tout d'abord que répondre.

— Elle va bien, très bien même, annonça Mac avec ironie tout en reprenant Juno dans ses bras.

— Et maintenant, ma chère belle-sœur, laisse-nous tranquille !

En voyant l'air médusé de Daisy, Juno gloussa.

— Oh mon Dieu ! s'écria Daisy les yeux brillants de joie, tandis qu'elle comprenait enfin. Vous vous êtes réconciliés, c'est merveilleux !

— Et ce le sera encore davantage lorsque nous pourrons enfin être tranquilles !

Daisy leva une main en signe de capitulation.

— Je vois. Faites comme si je n'étais pas venue.

— Où en étions-nous ? murmura Mac quand ils furent de nouveau seuls.

Juno pressa un doigt sur ses lèvres, s'efforçant de rester calme au milieu de ce tourbillon de bonheur.

— On ne peut décemment pas faire l'amour ici, réussit-elle à murmurer malgré le frisson qui s'était emparé d'elle. Ce serait… vraiment peu pratique !

— Chérie, répliqua-t-il d'une voix traînante, la première chose qui m'a séduit chez toi, c'est ton côté pratique.

Il rit et glissa la main sous sa robe.

— Mais là tu dois me faire confiance.

Il prit ses fesses en coupe.

— Ce qui n'est pas pratique peut aussi avoir son charme.

Après vingt-cinq minutes de pur plaisir, elle dut admettre qu'il avait raison.

Épilogue

— Laisse-moi faire.

Dans l'antichambre silencieuse de l'église, Connor prit la fleur des mains tremblantes de Mac.

— Calme-toi, mon gars, lui conseilla-t-il en accrochant la fleur à sa boutonnière. Tu en fais une tête ! On ne dirait pas que tu vas épouser la femme de tes rêves. Je ne pensais pas qu'une star d'Hollywood pouvait avoir le trac.

— Très drôle, ironisa Mac en essuyant ses mains moites sur son costume. Je n'ai pas le trac.

Ou du moins, il ne l'avait pas eu jusqu'à présent.

— C'est bon pour les amateurs.

Ce qu'il était dans ces circonstances. Il avait eu sept mois pour préparer cet instant mais cela ne l'empêchait pas d'être angoissé à l'idée de ne pas être un bon mari ou un bon père. En voyant au fil des semaines le corps délicat de Juno s'arrondir, il avait oscillé entre l'orgueil, l'excitation et une terreur paralysante. Que deviendrait-il s'il ratait la seule chose qui ait de l'importance dans sa vie ?

— Quel est le problème alors ? demanda Connor, sérieux cette fois. Tu ne regrettes pas ta décision, n'est-ce pas ?

— Tu plaisantes ! Je ne peux pas me passer d'elle.

Et là était le problème.

Daisy ayant insisté, il avait dû passer la nuit séparé de Juno pour la première fois en sept mois et n'avait pu fermer l'œil. Il avait essayé de tricher et de la voir ce matin mais Daisy l'avait empêché d'entrer dans la suite du château, prétextant que cela portait malheur. Pour la première fois de sa vie, il avait les nerfs en pelote.

Il ne se calmerait que lorsqu'il verrait Juno descendre l'allée vers lui, sachant qu'il était digne d'elle.

— Et si je n'y arrivais pas, murmura-t-il plus pour lui-même que pour Connor.

— Tout ce que tu as à faire est de l'attendre devant l'autel et de dire « oui, je le veux », répondit Connor d'un ton léger. Je te donnerai un grand coup de coude si tu oublies de parler.

Mac se força à sourire, reconnaissant que Connor essaie de détendre l'atmosphère.

La dernière fois qu'il avait désiré quelque chose à ce point, il était âgé de dix ans et se trouvait sur un lit d'hôpital seul, en proie à la peur et à la souffrance, espérant que quelqu'un vienne s'occuper de lui. Et son rêve n'avait pas été exaucé.

— Je ne parle pas de la cérémonie, marmonna-t-il, je parle du mariage lui-même. Que va-t-il se passer si je commets une erreur ou si elle se rend compte qu'elle ne m'aime pas ?

Il venait d'avouer sa plus grande angoisse. Connor le prit au sérieux et se contenta de secouer la tête.

— Tu vas y arriver, Mac. Tu es quelqu'un de bien, tu sauras être un mari et un père merveilleux. J'en suis persuadé après t'avoir vu avec Ronan.

Connor posa une main sur l'épaule de son frère qui sentit sa tension s'alléger.

— Je n'ai jamais vu Juno aussi heureuse. Elle croit en toi, à juste raison. Il te suffit de prendre confiance en toi, maintenant.

Emu par la ferme conviction de son frère, Mac sentit sa gorge se serrer.

Juno croyait en lui, lui faisait confiance et l'adorait. Que ce soit à Laguna ou à Londres où ils venaient d'emménager dans une maison au coin de la rue de Connor et Daisy, elle n'avait eu de cesse de lui prouver son amour. Et c'était la seule chose qui lui importait à présent. Aussi longtemps qu'il en serait certain il se sentait capable de tout.

— D'accord, je promets de ne plus paniquer, dit-il en laissant échapper un soupir de soulagement. Merci pour tes conseils avisés.

Il regarda son frère en souriant.

— Pas de quoi, répondit Connor en lui rendant son sourire. Cela fait partie de mon rôle de témoin.

La volée de cloches de la chapelle sonnant midi les interrompit.

— Bon sang, s'écria Connor en regardant sa montre, c'est le moment d'y aller.

Il vérifia que les alliances en or étaient bien dans la poche de son gilet.

— Tout est prêt, annonça-t-il en entraînant Mac à sa suite.

— Eh, calme-toi, Connor, dit Mac sentant sa confiance revenir tandis qu'ils entraient dans la même petite chapelle française où il avait aperçu Juno dans sa robe de demoiselle d'honneur quelques mois plus tôt. Il ne manquerait plus que ce soit le témoin qui me donne le trac, maintenant !

Il rit tandis que Connor le guidait vers l'avant de l'église.

— Je n'arrive toujours pas à comprendre pourquoi vous avez insisté pour vous marier maintenant alors que tu es enceinte de huit mois. C'est de la folie.

Cela faisait au moins dix fois que Daisy répétait la même chose. Elle se leva et mit les mains sur ses hanches.

— Bon, tu peux te regarder, maintenant, dit-elle en retirant le drap qui recouvrait le miroir sur pied du presbytère de l'église. Je décline toute responsabilité si ton bustier craque pendant que tu descends l'allée.

Juno se regarda dans le miroir en riant. La robe de soie ivoire aux lignes pures que lui avait confectionnée Daisy flattait sa silhouette épanouie, mais elle cligna des yeux en découvrant le décolleté vertigineux.

— Oh ! mon Dieu, s'écria-t-elle en mettant sa main devant sa bouche. Je vois ce que tu veux dire.

— Je t'avais prévenue que ta poitrine allait se transformer. Je ne comprends toujours pas pourquoi Mac et toi n'avez pas voulu attendre que le bébé soit né. Cela aurait été bien plus simple.

Juno se tourna et prit la main de son amie en accentuant le sourire qui ne la quittait pas depuis sept mois.

— Pas pour nous, répliqua-t-elle simplement. Tu sais à quel point Mac est devenu nerveux ces derniers temps, même s'il a essayé de le cacher. Il aurait perdu tout contrôle si je l'avais fait attendre une minute de plus.

Au souvenir de son impatience à les voir mariés, elle sentit son cœur s'emballer.

Daisy réprima à son tour un fou rire.

— Après avoir vu sa tête ce matin lorsque je lui ai dit qu'il ne pouvait pas te voir, je pense que tu as raison.

Les cloches retentirent soudain dans le petit presbytère.

— Mon Dieu, dit Daisy, passant de la plaisanterie à la consternation. J'ai promis à Mac et à Connor de ne pas être en retard.

Elle lui adressa un petit sourire contrit tandis que son regard s'attardait sur son décolleté.

— Je ne vais pas avoir le temps d'ajouter un morceau de dentelle afin de préserver ta pudeur.

— Ne t'inquiète pas, dit Juno, tout sourire. La robe est merveilleuse. Je risque simplement de choquer le prêtre. Il nous reste juste à espérer qu'il ne fasse pas une attaque !

Elles éclatèrent de rire.

Daisy se calma la première et prit les mains de Juno dans les siennes.

— Je suis tellement fière de toi.

— Pourquoi ?

— Souviens-toi comme tu paniquais, la dernière fois que nous étions là, à l'idée de porter ta robe de demoiselle d'honneur ? Tu es devenue une magnifique jeune femme depuis.

— C'est l'amour de Mac qui m'a métamorphosée, précisa Juno en ravalant des larmes de joie.

Tandis qu'elle s'avançait dans l'allée vers l'homme de ses rêves, et voyait l'amour ainsi que le désir briller dans ses yeux, elle eut l'impression que son cœur allait éclater.

Une semaine plus tard, épuisée et affaiblie après douze heures de travail, Juno regardait son mari tenir pour la première fois leur petite fille dans ses bras.

— Elle est belle, n'est-ce pas ? murmura-t-elle d'une voix lasse, tout en sentant son cœur de nouveau près d'éclater.

Il la regarda par-dessus le petit bout de chou qu'il serrait délicatement contre son torse, les yeux remplis d'orgueil, d'admiration et d'amour.

— Beau travail, madame Brody. C'est le plus beau bébé du monde.

Une légère ride vint barrer son front.

— Mais dorénavant j'aimerais vous voir toutes deux respecter la ponctualité.

Juno rit en se souvenant de la panique de Mac lorsqu'il s'était réveillé en pleine nuit et l'avait vue haleter sous l'effet des premières contractions, trois semaines plus tôt que prévu.

— J'essaierai de mieux faire la prochaine fois, répondit-elle en plaisantant tandis qu'elle le voyait devenir livide.

— N'allons pas trop vite, répliqua-t-il fermement. Mon cœur va mettre un certain temps à reprendre un rythme normal après l'arrivée de cette petite puce.

Il regarda sa fille en souriant.

— Ton papa doit tout d'abord se remettre de ses émotions, n'est-ce pas, ma chérie ?

Juno s'appuya contre les oreillers en soupirant tandis que Mac s'asseyait près d'elle, un sourire béat illuminant son beau visage.

Son cœur fit de nouveau un bond, sans toutefois menacer d'éclater, et cette fois-ci elle comprit pourquoi.

J'imagine que tu t'habitues au bonheur.

Composé et édité par HarperCollins France.

Achevé d'imprimer en août 2017.

CPI
BLACK PRINT

Barcelone

Dépôt légal : septembre 2017.

Pour limiter l'empreinte environnementale de ses livres, HarperCollins France s'engage à n'utiliser que du papier fabriqué à partir de bois provenant de forêts gérées durablement et de manière responsable.

Imprimé en Espagne.